1984

1984

차 례   1984

제 1 부

1장

　4월의 어느 맑은 날, 시계가 13시를 가리켰다. 윈스턴 스미스는 불쾌한 바람을 피하려고 턱을 가슴팍에 꼭 붙인 채 빅토리 맨션의 유리문 안으로 재빨리 미끄러져 들어갔다. 하지만 아무리 서둘러도 뒤따라오는 모래바람 소용돌이가 안으로 들어오지 않게 막을 수는 없었다.

　복도에서 삶은 양배추의 비릿한 냄새와 낡고 매캐한 카펫 냄새가 풍겨왔다. 복도 맨 끝 벽에는 너무 커서 실내용이라기에는 걸맞지 않은 컬러 포스터가 단단하게 고정되어 있었다. 너비가 1미터가 넘는 포스터에는 커다란 얼굴이 그려져 있었다. 마흔다섯 살쯤 되어 보이는, 거칠지만 잘생긴 남자의 얼굴은 검고 굵은 수염으로 덮여 있었다. 윈스턴은 계단으로 향했다. 엘리베이터는 확인해볼 필요도 없었다. 한창 경기가 좋던 시절에도 엘리베이터를 운행하는 경우는 거의 없었고, 최근엔 낮에는 아예 전력이 공급되지 않았다. 증오 주간을 준비하면서 시작된 경제 조치 가운데 하나였다. 그의 아파트는 7층에 있었다. 오른쪽 발목에 정맥류성 궤양을 앓고 있는 서른아홉 살의 윈스턴은 몇 번이나 쉬어가면서 느릿느릿 계단을 올랐다. 층마다 층계참 맞은편에 붙어 있는 커다란 포스터 속 얼굴이 그를 노려봤다. 움직일 때마다 어떻게든 눈을 마주치게 하는 포스터였다. 얼굴 밑에는 "빅 브라더가 당신을 보고 있다"라는 문구가 적혀 있었다.

집 안에 들어서자 선철(용광로에서 쇳돌을 녹여 만든 철로 탄소 함량이 많다—옮긴이) 작업과 관련된 수치를 읽는 낭랑한 목소리가 들려왔다. 오른쪽 벽에 거울처럼 생긴 길쭉한 금속판이 있었는데 여기서 목소리가 흘러나오고 있었다. 윈스턴이 다이얼을 돌리자 소리가 조금 줄어들기는 했지만 여전히 단어 하나하나까지 또렷하게 들렸다. 텔레스크린이라는 이 기계는 음량을 줄일 수는 있어도 완전히 끌 수는 없었다. 그는 창가로 걸어갔다. 작고 왜소한 그의 몸은 당원복인 푸른색 작업복 탓에 더욱 말라 보였다. 그의 머리카락은 윤기가 흐르고 얼굴은 낙천적으로 보였다. 하지만 피부는 싸구려 비누와 거친 면도날 그리고 바로 얼마 전까지 몰아닥친 추위로 거칠어져 있었다.

꼭 닫힌 창문 바깥쪽 세상은 싸늘해 보였다. 거리에는 세찬 바람이 몰아쳐 먼지가 흩날리고 종잇조각들이 나부끼고 있었다. 태양이 밝게 빛나고 하늘은 온통 푸른빛이었지만 거리 여기저기에 붙어 있는 포스터 말고는 어느 곳에서도 색깔을 찾아볼 수 없었다. 거리가 잘 내려다보이는 구석구석마다 포스터 속 검은 수염 얼굴이 날카로운 시선을 보내고 있었다. 윈스턴 집 바로 맞은편에도 포스터가 붙어 있었다. "빅 브라더가 당신을 보고 있다"라는 문구와 함께 검은 눈동자가 윈스턴의 눈을 노려보았다. 창문 바로 아래 거리에 한쪽 귀퉁이가 찢어진 또 다른 포스터가 바람에 나부끼고 있었다. 그때마다 '영사(INGSOC, 영국 사회주의England Socialism의 새로운 약어)'라는 글자가 보였다 가렸다 했다. 멀리서 헬리콥터 한 대가 지붕 사이를 스치듯 내려와 쉬파리처럼 잠깐 맴돌더니 방향을 틀어 날아가 버렸다. 창문 너머로 사람들을 감시하는 경찰 순찰기였다. 하지만 이런 순찰쯤은 문제가 아니었다. 문제는 사상경찰이었다.

윈스턴의 등 뒤에서는 텔레스크린 속 목소리가 여전히 선철 작업과 제9차 3개년 계획에 대해 주절대고 있었다. 이 텔레스크린은 수신과 송신 기능이 동시에 있었다. 아주 작은 속삭임을 제외하고는 모든 소리를 잡아낼 뿐 아니라 금속판의 시야에 들어 있는 모든 대상을 볼 수 있었다. 물론 언제 감시가 이루어지는지는 알 길이 없었다. 그저 사상경찰이 얼마나 자주 그리고 어떤 방식으로 개인들의 회선에 접속할지를 가늠해볼 뿐이었다. 심지어 매일 스물네 시간 감시가 이루어진다는 소리도 있었다. 마음만 먹으면 그들은 언제든지 감시할 수 있었다. 사람들은 자신들이 내는 소리가 모두 감청되고 캄캄할 때 외에는 자신들의 행동이 모두 감시된다는 사실을 받아들여야 했다. 이렇듯 오래전부터 시작된 습관은 어느덧 본능이 되었다.

윈스턴은 계속해서 텔레스크린에 등을 돌리고 있었다. 하지만 이편이 그나마 나은 방법일 뿐 자신의 모습을 숨기지 못한다는 사실을 알고 있었다. 집에서 1킬로미터쯤 떨어진 곳에는 그의 일터인 진실부의 흰색 건물이 음울한 도시를 배경으로 우뚝 솟아 있었다. 윈스턴은 이곳이 에어스트립 원의 중심지이며 오세아니아 지역에서 세 번째로 인구가 많은 런던이라는 사실에 막연한 혐오감을 느꼈다. 그는 런던이 예전에도 이런 모습이었는지 생각해내려고 어린 시절의 기억을 짜냈다. 지금처럼 19세기 낡은 건물들이 군데군데 목재를 드러내고, 깨진 창문에는 마분지가 붙어 있었던가? 지붕은 쭈그러진 함석판으로 땜질이 되어 있고, 정원 담벼락은 제멋대로 정신없이 늘어서 있었던가? 지금처럼 폭격을 맞은 자리에 횟가루가 날리고, 분홍바늘꽃이 잔해 위를 어지럽게 날아다녔던가? 폭격의 잔해가 있던 자리에는 넓은 길과 닭장같이 지저분한 판잣집이 들어서 있었던가? 하지만 아무 소용이 없었다. 앞뒤 상황도 없이 도무지 무엇인지 짐작도 가지 않는 단편적인 장면 몇 가지만 분명하게 기억날 뿐이었다.

진실부('신어Newspeak'로는 '진부Minitrue'라고 부른다. 신어는 오세아니아 공용어로 구조와 어원은 부록을 참조하기 바란다)는 다른 건물들과는 완전히 다르게 생겼다. 허공 속으로 3백 미터나 우뚝 솟아 있는 이 흰색 콘크리트 건물은 거대한 피라미드 형태로 층마다 테라스가 있었다. 번쩍거리는 건물 전면에는 당 슬로건이 우아한 글씨체로 적혀 있었는데 윈스턴의 집에서도 읽을 수 있을 만큼 크고 뚜렷했다.

전쟁은 곧 평화이고
자유는 노예를 만들어내며
무지는 힘이 된다.

들리는 소문에 따르면 진실부 건물 내부에는 지상에만 3천 개의 방이 있고, 지하에도 그만큼의 방이 있다고 했다. 게다가 진실부와 모양과 크기가 비슷한 건물 세 곳이 런던 이곳저곳에 흩어져 있었다. 빅토리 맨션에서는 주위 건축물들을 더욱 작아 보이게 하는 이 거대한 네 건물이 모두 보였다. 각 건물에는 정부 조직을 구성하는 부서가 하나씩 자리 잡고 있었다. 진실부는 뉴스와 엔터테인먼트와 교육과 예술을, 평화부는 전쟁을 맡았다. 사랑부는 법과 규범을 유지하는 일을 맡았으며 풍요부는 경제를 맡았다. 신어로는 각각 진부와 평부, 사부, 풍부라고 불렀다.

사랑부는 특히 두려움의 대상이었다. 건물에는 창문이 하나도 없었다. 윈스턴은 사랑부 안은 말할 것도 없고 그 5백 미터 근방도 못 가봤다. 공식적인 용무가 있어야만 들어갈 수 있었는데 이때도 미로 같은 철조망 담장과 강철로 만든 정문 그리고 어딘가에 숨겨놓은 자동소총 총구를 통과해야만 했다. 심지어 외부 도로와 통하는 담장 앞에는 고릴라처럼 생긴 경비원들이 검은색 제복을 입고 곤봉으로 무장한 채 어슬렁거리고 있었다.

윈스턴이 갑자기 돌아섰다. 그는 텔레스크린을 마주할 때를 대비한 듯 평온하고 낙천적인 표정을 짓고 있었다. 그는 방을 가로질러 작은 부엌으로 들어갔다. 이맘때쯤 부서에서 나오려면 구내식당에서 먹는 점심을 걸러야 했다. 지금 부엌에 있는 음식이라곤 다음 날 아침 식사로 남겨둔 흑빵 한 덩어리뿐이었다. 윈스턴은 선반에서 맑은 술이 담긴 병을 하나 꺼냈다. 술병에는 '빅토리 진'이라는 흰색 라벨이 붙어 있었다. 술에서는 중국 백주와 비슷한 역한 기름 냄새가 진동했다. 그는 작은 찻잔 가득 술을 채우고 마음을 단단히 먹은 다음 약을 삼킬 때처럼 단숨에 들이켰다.

그의 얼굴이 이내 진홍빛으로 변하더니 눈에서는 눈물이 흘러내렸다. 술맛은 질산과 비슷하다. 게다가 한꺼번에 들이켜면 뒤통수를 곤봉으로 얻어맞은 것 같은 충격이 전해진다. 하지만 속이 타는 듯한 충격이 잦아들면 세상이 조금은 유쾌하게 느껴진다. 윈스턴은 '빅토리 담배'라고 적힌 구겨진 담뱃갑에서 담배를 한 개비 꺼냈다. 그런데 깜박하고 담배를 세워서 들고 있다가 담뱃잎이 빠져 바닥에 떨어지고 말았다. 그 다음에는 똑같은 실수를 저지르지 않았다. 윈스턴은 다시 거실로 돌아와 텔레스크린 왼쪽에 놓인 작은 탁자 앞에 앉았다. 그러고는 탁자 서랍에서 펜과 잉크병 그리고 앞표지는 대리석 무늬이고 뒤표지는 붉은색인 두툼한 4절판 노트 한 권을 꺼냈다.

거실의 텔레스크린이 특이한 위치에 달려 있는 데는 그만한 이유가 있었다. 보통 텔레스크린은 방 전체를 볼 수 있도록 벽 끝에 설치되지만 그의 거실에는 창문 맞은편 길쭉한 벽에 설치되어 있었다. 윈스턴이 앉아 있는 벽의 한쪽 끝에는 약간 오목하게 들어간 곳이 있었다. 아마도 이 건물을 설계할 때 책장을 놓으려고 한 공간인 듯했다. 이 오목한 공간에 잘만 숨으면 텔레스크린의 시야에서 벗어날 수 있었다. 비록 소리는 막을 수 없을지라도 지금과 같은 자세로 앉아 있으면 몸은 숨길 수 있었다. 윈스턴이 앞으로 하려는 일을 마음먹게 된 이유도 이 방의 독특한 구조 때문이었다.

하지만 무엇보다 중요한 이유는 지금 막 서랍에서 꺼낸 노트 때문이었다. 노트는 눈에 띄게 아름다웠다. 부드러운 미색 종이가 세월의 흔적으로 약간 누렇게 바랬지만 적어도 지난 40년 동안 만들어지지 않았던 물건이었다. 하지만 그는 그보다 훨씬 오래전에 만들어진 노트라고 생각했다. 윈스턴이 노트를 찾아낸 곳은 도시 빈민가(어느 빈민가였는지는 잘 기억나지 않는다)의 지저분하고 조그만 고물상 진열대였다. 그는 노트를 보자마자 갖고 싶다는 열망을 강하게 느꼈다. 원래 당원은 일반 상점에 들어가지 못한다는 규정이 있었다(이를 두고 '자유 시장 거래'라고 불렀다). 하지만 이 규정은 철저하게 지켜지지 않았다. 윈스턴은 위아래 거리를 재빨리 살핀 뒤 상점 안으로 들어가 2달러 50센트에 노트를 샀다. 그때는 특별한 목적이 있어 이 노트를 원했던 건 아니었다. 그는 서류 가방에 노트를 넣고 죄책감을 느끼면서 집으로 돌아왔다. 노트에는 아무것도 적혀 있지 않았지만 그 자체만으로 문제의 소지가 될 수 있었다.

윈스턴이 하려는 일은 일기를 쓰는 것이었다. 이 일은 불법은 아니었지만(법이 아예 존재하지 않았기에 불법이라고 할 수는 없었다)

들키면 사형을 당하거나 노동교화소형 20년 이상을 선고받기에 충분한 행동이었다. 윈스턴은 펜촉을 펜대에 맞춰 끼운 다음 기름을 없애려고 입으로 펜촉을 빨았다. 구식이라 최근에는 거의 쓰이지 않는 모델이었지만 윈스턴은 은밀하게 어렵사리 한 자루 구할 수 있었다. 단지 이 아름다운 미색 노트에는 볼펜이 아니라 진짜 펜촉이 어울린다는 생각 때문이었다. 사실 그는 손으로 글씨를 쓰는 데 익숙하지 않았다. 짧은 메모를 쓸 때 빼곤 음성으로 기록하는 게 보통이었다. 물론 지금 그의 목적에는 맞지 않았다. 윈스턴은 펜에 잉크를 묻힌 다음 잠깐 주저했다. 뱃속이 울렁거렸다. 종이에 글을 쓰는 것은 결단력이 필요한 일이었다. 그는 서툴게 글씨를 써나가기 시작했다.

1984년 4월 4일

윈스턴은 의자 등받이에 등을 기댔다. 정말 난감한 기분이었다. 무엇보다 지금이 1984년인지도 확실하지가 않았다. 대강 그쯤 되는 것 같다고 짐작만 할 뿐이었다. 그가 서른아홉 살인 것은 확실하고, 1944년이나 1945년에 태어났다고 알고 있었다. 하지만 지금 이 상황에서 정확한 날짜를 못 박기는 불가능했다.

갑자기 자신이 누구를 위해 일기를 쓰는지 의문이 들었다. 미래를 위해, 아니면 아직 태어나지 않은 아이들을 위해? 그의 생각은 잠깐 불확실한 날짜에 머물렀다가 갑작스럽게 신어로 '이중사고(doublethink)'라는 단어를 떠올렸다. 처음으로 자신이 하고 있는 행동이 얼마나 중요한지 이해되기 시작했다. 어떻게 미래와 소통할 수 있단 말인가? 본질적으로 불가능한 일이었다. 미래가 지금과 닮아 있다면 그의 목소리에 귀를 기울이지 않을 것이다. 반대로 지금과 다르다면 그의 수고는 아무런 의미가 없을 것이다.

윈스턴은 잠시 멍하니 종이를 바라봤다. 텔레스크린에서 흘러나오는 소리가 귀에 거슬리는 군가로 바뀌었다. 그는 자신을 표현하는 방법뿐 아니라 원래 말하려고 했던 의도마저 잊어버린 것 같았다. 지난 몇 주 동안 윈스턴은 이 순간을 준비했다. 용기 말고 다른 것은 필요하지 않았다. 실제로 글을 쓰는 것은 어렵지 않을 듯했다. 말 그대로 그의 머릿속에서 몇 년 동안 끊임없이 맴돌던 독백을 종이에 옮기기만 하면 될 것이다. 하지만 이 순간만큼은 독백이 완전히 말라버린 듯했다. 게다가 정맥류성 궤양 자리가 참을 수 없을 정도로 가렵기 시작했다. 그는 함부로 긁어서는 안 된다고 생각했다. 그랬다간 염증이 생겨 벌겋게 부풀어 오를 것이다. 몇 초가 지나갔다. 그는 눈앞에 놓인 종이와 발목의 가려움증, 참기 어려운 군가 소리, 아까 먹은 술로 생긴 알딸딸한 취기 말고는 아무것도 느끼지 못했다.

갑자기 윈스턴은 절박하게 글을 쓰기 시작했다. 하지만 자신이 무엇을 쓰고 있는지조차 깨닫지 못했다. 그는 아이처럼 서툴고 작은 글씨로 대문자도 빠뜨리고 문장도 제대로 끝맺지 못하면서도 노트를 빼곡하게 채워나갔다.

1984년 4월 4일. 지난밤 영화관. 모두 전쟁 영화. 피난민을 가득 실은 배 한 척이 지중해 어딘가에서 폭탄을 맞고 침몰하는 내용의 아주 재미있는 영화 한 편. 관객들은 아주 크고 육중한 몸집의 남자 하나가 헬리콥터에 쫓겨 헤엄쳐 도망가는 장면을 보고 아주 즐거워했다. 처음에는 물속에서 돌고래처럼 허우적거리며 도망가는 남자가 보였고, 곧 헬리콥터의 사격 조준기에 포착된 남자를 보여주었다. 다음 순간 남자의 온몸에 총알구멍이 뚫렸고, 그를 둘러싼 바다가 핏빛으로 물들었다. 남자는 구멍으로 물이 스며든 것처럼 갑자기 가라앉았다. 관객들은 그가 가라앉을 때 박장대소하면서 소리를 질렀다. 다음 장면은 아이들을 가득 태운 구명보트 위에서 헬리콥터가 맴돌고 있었다. 거기에는 유태인으로 보이는 중년 여자가 세 살쯤 되어 보이는 남자아이를 안고 있었다. 꼬마는 공포에 질려 비명을 지르면서 여자의 몸속으로 들어가기라도 하려는 듯 여자의 가슴팍에 얼굴을 묻었다. 여자는 공포로 파랗게 질렸지만 아이를 안고 달래면서 마치 자신의 팔로 총알을 막을 수 있다고 생각하는 듯 아이를 감싸고 있었다. 다음 순간 헬리콥터는 멋진 섬광과 함께 20킬로그램짜리 폭탄을 터뜨렸고, 보트는 성냥개비처럼 산산조각 났다. 아이의 팔이 공중으로 붕 떠오르는 장면은 정말 멋졌다. 맨 앞부분에 카메라를 매단 헬리콥터가 아이의 팔을 쫓아가면서 찍은 게 분명해 보였다. 당원석에서 우레 같은 박수가 터져 나왔다. 그때 노동자석에 앉아 있던 어떤 여자가 갑자기 소란을 피웠다. 그녀는 아이들에게 이런 장면을 보여주는 것은 옳지 않다고 외쳐댔다. 그러자 경찰이 나타나서 여자를 끌고 나갔다. 나는 여자에게 무슨 일이 생겼다곤 생각하지 않는다. 노동자계급인 프롤(프롤레타리아의 줄임말—옮긴이)이 보이는 전형적인 노동자의 반응에 신경을 쓰는 사람은 아무도…….

윈스턴은 글쓰기를 멈췄다. 손에 쥐가 나기도 했지만 대체왜 자신이 이런 쓰레기 같은 말들을 쏟아내고 있는지 알 수 없었다. 하지만 흥미롭게도 그의 머릿속에 전혀 다른 기억이 선명하게 떠올랐고 그것에 대해 글을 써야겠다는 생각이 들었다. 그제야 윈스턴은 바로 이 사건 때문에 집으로 돌아와 갑자기 일기를 쓰기로 마음먹었다는 사실을 깨달았다.

그날 아침 진실부에서 일어난 사건이었다. 하지만 딱히 일어났다고 표현하기도 모호한 일이었다.

아침 11시 무렵이었다. 윈스턴이 일하는 기록국에서 직원들은 칸막이가 있는 각자의 자리에서 의자를 끌고 나와 텔레스크린 맞은편 홀 중앙으로 모여 '2분 증오(Two Minutes Hate)'를 기다리고 있었다. 윈스턴도 중간쯤에 자리를 잡았다. 그때 얼굴은 눈에 익지만 말을 나눠본 적은 없는 두 사람이 느닷없이 방으로 들어왔다. 한 사람은 복도에서 곧잘 마주치던 여자였다. 이름은 모르지만 소설국 직원이라는 것은 알고 있었다. 손에 기름이 묻어 있거나 스패너를 들고 있는 것을 보면 '소설 제작기'를 담당하는 인력 가운데 하나인 듯했다. 그녀는 스물일곱 살쯤 되어 보였는데, 머리숱이 많고 얼굴은 주근깨투성이에 당돌해 보이고 행동은 운동선수처럼 재빨랐다. 허리에는 청년 성생활 반대 연맹 마크가 그려진 자줏빛 휘장을 엉덩이 윤곽이 살짝 드러날 만큼 꽉 감고 있었다. 윈스턴은 처음부터 그 여자가 싫었다. 이유도 명확했다. 그녀가 하키 운동장이나 냉수욕, 단체 구보, 의례적인 정신 수양 등과 같은 분위기를 풍기고 있었기 때문이다. 윈스턴은 대체로 여자를 좋아하지 않았지만 그중에서도 젊고 예쁜 여자를 특히 싫어했다. 당에 고집스럽게 집착하고, 슬로건을 곧이곧대로 받아들이고, 밀고자를 자처해 다른 사람을 감시하고, 이단의 냄새를 맡아내는 자는 언제나 여자였기 때문이다. 그것도 대부분 젊은 여자였다. 검은 머리칼을 가진 그 여자는 그중에서도 가장 위험해 보이는 인상을 풍겼다. 언젠가 복도에서 마주쳤을 때 윈스턴을 곁눈질로 빠르게 훑어보기도 했다. 윈스턴은 그녀의 시선이 자신에게 날카롭게 박히는 듯한 기분과 함께 어두운 공포심에 빠져들었다. 그녀가 사상경찰 대원일지도 모른다는 생각이 머릿속을 스쳤다. 사실 그럴 가능성은 거의 없었다. 하지만 그 여자와 가까이 있을 때마다 공포와 적대심이 뒤섞인 불편한 기분을 느끼는 것은 어쩔 수 없었다.

또 다른 사람은 오브라이언이었다. 그는 핵심 당원으로서 윈스턴은 짐작도 가지 않는, 꽤나 요원하고 중요한 자리를 맡고 있었다. 오브라이언은 덩치가 크고 건장한 남자였다. 목이 두껍고 얼굴은 우스꽝스러우면서도 거칠고 잔인해 보였다. 외모는 험상궂게 생겼지만 그의 행동에는 특별한 매력이 있었다. 예를 들어 코에 걸친 안경을 고쳐 쓰는 동작은 상대방의 마음을 풀어주고, 딱히 왜인지는 알 수 없지만 세련되게 느껴졌다. 사고방식이 약간 구식인 사람들이 보기에는 담뱃갑에 든 담배를 권하는 18세기 귀족을 연상하게 하는 동작이었다. 윈스턴이 지난 몇 년 동안 오브라이언을 본 횟수는 다 합해도 열 번 남짓밖에 되지 않았다. 하지만 그는 오브라이언에게 마음이 끌렸다. 오브라이언의 도시적인 태도와 수상 경력이 화려한 격투기 선수 같은 외모가 만들어내는 상반된 분위기 때문만은 아니었다. 그보다는 오브라이언의 정치적인 정통성이 완벽하지 않을 거라는 은밀한 믿음, 아니 믿음이라기보다는 단순한 바람 때문이었다. 그의 얼굴 어딘가에서 분명 그런 분위기가 풍기고 있었다. 어쩌면 오브라이언의 얼굴에 쓰여 있는 것은 비정통성이 아니라 그의 지적 능력인지도 모른다. 어쨌거나 오브라이언은 텔레스크린을 피해 단둘만 있게 된다면 한 번쯤 말을 걸어보고 싶은 사람이었다. 하지만 윈스턴은 이런 추측을 확인해보려는 시도조차 한 적이 없었다. 사실 확인할 방법도 없었다. 오브라이언이 손목시계를 흘끗 들여다봤다. 거의 11시가 다 되었으니 '2분 증오'가 끝날 때까지 기록국에 머물 작정인 듯했다. 그는 윈스턴과 같은 줄에서 몇 자리 떨어진 의자에 앉아 있었다. 두 사람 사이에는 윈스턴 바로 옆자리에서 일하는 직원이 앉아 있었다. 갈색 머리에 몸집이 작은 여자였다. 검은 머리의 여자는 그 바로 뒷줄에 앉았다.

다음 순간 홀 끝에 있는 텔레스크린에서 흉측하게 삐걱대는 굉음이 터져 나왔다. 거대하고 괴기스러운 기계를 기름도 치지 않은 채 작동시킬 때 나는 소리 같았다. 그 소리를 듣자 이가 갈리고 뒷덜미의 머리카락이 쭈뼛 섰다. '증오'가 시작된 것이다.

언제나 그렇듯 모두의 '숙적'인 이매뉴얼 골드스타인의 얼굴이 화면에 비쳤다. 여기저기서 야유가 들렸다. 몸집이 작은 갈색 머리 여자는 공포와 혐오가 뒤섞인 새된 소리를 지르고 있었다. 골드스타인은 변절자이자 타락한 인간이었다. 오래전(얼마나 오래전인지는 아무도 기억하지 못했다) 그는 한때 당에서 빅 브라더만큼 지위가 높은 지도급 인사였다. 하지만 반혁명 활동에 가담했다가 발각되어 사형선고를 받은 뒤 홀연히 탈출해 자취를 감췄다. '2분 증오' 프로그램은 매일 달라졌지만 골드스타인만큼 주된 증오 대상은 없었다. 그는 배신자들 가운데서도 가장 악랄할 뿐 아니라 당의 순수성을 가장 먼저 비난한 자였다. 그 이후 일어난 모든 범죄, 즉 당을 배신하는 행위와 기만, 태업, 이단, 일탈은 모두 그의 가르침에 직접적인 기반을 둔 것이었다. 그는 어딘가에 여전히 살아남아서 음모를 꾸미고 있을 것이다. 외국인 후원자의 경제적인 지원을 받으면서 바다 너머에 숨어 있을지도 모른다. 실제로 오세아니아에 근거지를 마련했다는 소문도 이따금 들렸다.

윈스턴은 아랫배가 옥죄는 듯한 기분이 들었다. 그는 골드스타인의 얼굴을 볼 때마다 고통스럽고 혼란스러운 감정을 느끼곤 했다. 골드스타인은 살집이 없는 유태인의 얼굴에 굽실거리는 은발이 후광처럼 보였으며 염소수염을 기르고 있었다. 영민한 듯하지만 어딘지 모르게 뼛속 깊이 비열해 보이는 인상이었다. 길고 가느다란 코끝에 안경을 걸친 모습에서는 어수룩함이 느껴졌다. 그의 얼굴은 염소를 닮았고, 목소리마저 염소 울음소리 같았다. 골드스타인은 언제나처럼 악랄한 말로 당의 강령을 공격했다. 어린아이도 꿰뚫어볼 정도로 과장되고 비뚤어진 공격이었다. 하지만 설득력이 있어 냉정한 판단력이 없는 사람이라면 현혹될 수도 있을 것이다. 그는 빅 브라더를 모욕하고, 당의 독재를 비난하고, 즉시 유라시아와 평화 통합을 이루어야 한다고 주장했다. 또 언론과 출판, 집회, 사상의 자유를 옹호하면서 혁명이 배반당했다고 신경질적으로 외쳤다. 그는 당의 웅변가들이 으레 사용하는 연설 형식을 따라 다음절(多音節)을 빠르게 내뱉었다. 이따금 신어를 사용하기도 했는데, 사실 일반 당원들보다 더 많이 사용했다. 한편 골드스타인의 연설이 흘러나오는 동안 혹시라도 그럴듯한 헛소리에 현혹당해 현실에 의문을 품는 사람이 생기지 않도록 텔레스크린 속에 나타난 그의 머리 뒤쪽으로는 유라시아 군대의 행진이 계속해서 비쳤다. 표정이 굳은 아시아인들의 행렬이 화면에 나타났다가 사라지고 또 다른 행렬로 바뀌었다. 반복적이고 지루한 군화 소리가 골드스타인이 내는 염소 울음소리 같은 목소리의 배경음이 되고 있었다.

'증오'를 시작한 지 30초도 채 지나지 않았지만 방 안에 있는 사람들의 절반 이상한테서 통제하기 어려운 분노의 탄식과 외침이 쏟아져 나왔다. 자기만족에 빠진 염소 같은 화면 속 얼굴 그 뒤로 보이는 유라시아 군대의 위협적인 힘은 감당하기 어려웠다. 게다가 골드스타인의 모습을 보거나 그를 떠올리는 것만으로도 공포와 분노가 일었다. 오세아니아가 유라시아나 동아시아 가운데 한 곳과 전쟁을 벌일 때도 나머지 한 곳과는 평화를 유지했기에 골드스타인은 이들 두 나라보다 더 지속적으로 증오의 대상이 되었다. 그는 모든 사람에게 증오와 멸시를 받았다. 또 많은 사람이 각종 연단과 텔레스크린, 신문, 책에서 매일 천 번도 넘게 그의 이론을 반박하고 깨부수고 조롱했다. 이처럼 그는 모든 사람에게 한심하기 짝이 없는 쓰레기로 인식되었지만 이상하게도 그의 영향력은 결코 줄어들지 않았다. 골드스타인의 지령을 받은 스파이나 공작원이 사상경찰에게 발각되지 않고 넘어가는 날이 단 하루도 없을 정도였다. 그는 국가 전복을 꿈꾸는 음모자들로 이루어진 커다란 비밀 군대조직의 우두머리였다. 사람들은 이 조직을 '브라더후드'라고 불렀다. 또 골드스타인이 썼다는 끔찍한 책에 대한 이야기도 나돌았다. 모든 이단 논리의 개요서라는 이 책은 은밀히 유통되고 있으며 제목도 없고 '그 책'이라고만 불렸다. 하지만 이것도 그저 막연한 소문으로만 알려져 있을 뿐이었다. 일반 당원들은 피할 수만 있다면 '브라더후드'나 '그 책'이란 말을 입에 올리지 않았다.

　몇 분 만에 '증오'의 분위기가 광적으로 바뀌었다. 사람들은 화면에서 흘러나오는 염소 울음 같은 미친 소리가 묻힐 정도로 고성을 질러대며 자리에서 펄쩍펄쩍 뛰었다. 몸집이 작은 갈색 머리 여자는 얼굴이 붉게 달아오른 채 뭍에 올라온 생선처럼 입을 뻐끔거렸다. 오브라이언의 심각한 얼굴 또한 벌게졌다. 그는 자리에 똑바로 앉아 있었지만 그의 가슴은 마치 거센 파도에 맞설 때처럼 부풀어 올랐다가 파르르 떨렸다. 윈스턴의 뒷자리에 앉은 검은 머리 여자는 "추잡해! 추잡해! 추잡스러워!"라고 외치기 시작했다. 그러다가 갑자기 화면을 향해 두꺼운 신어사전을 집어던졌다. 사전은 골드스타인의 코에 맞고 튀어나왔지만 그의 목소리는 멈추지 않았다. 불현듯 정신을 차린 윈스턴은 다른 사람들과 함께 고함을 지르며 의자 가로대를 발뒤꿈치로 난폭하게 차고 있는 자신의 모습을 깨달았다. '2분 증오'가 끔찍한 이유는 활동을 강요받아서가 아니었다. 오히려 그와 반대로 피할 수 없어서였다. '증오'를 시작하면 누구든 30초 안에 반드시 허울이 벗겨졌다. 흉물스러운 공포와 복수심을 느끼고 무아지경에 빠져들어 상대를 죽이고 고문하고 쇠망치로 얼굴을 박살 내고 싶다는 열망이 모든 사람들의 머리에 전류처럼 흘렀다. 사람들은 자신의 의지와 상관없이 우거지상을 하고 미친 듯이 비명을 질러댔다. 그렇지만 사람들이 느끼는 분노는 마치 램프의 불꽃처럼 이쪽에서 저쪽으로 흔들리는, 추상적이면서도 방향성 없는 감정이었다. 이와 마찬가지로 윈스턴의 증오도 한순간 골드스타인이 아니라 오히려 빅 브라더와 당 그리고 사상경찰에게 향했다. 그럴 때면 윈스턴의 마음은 거짓으로 가득 찬 이 세상에서 진실과 분별력의 유일한 수호자이자 사람들의 조롱을 받는 고독한 화면 속 이단자에게 쏠렸다. 하지만 다음 순간 바로 주위를 둘러싼 사람들 가운데 하나가 되어 골드스타인에 대한 이야기가 모두 사실인 것처럼 생각되었다. 빅 브라더를 향한 비밀스러운 혐오도 흠모로 바뀌고, 빅 브라더의 존재가 아시아의 무리를 막아내려고 두려움을 무릅쓴 채 바위처럼 우뚝 서 있는 난공불락의 수호자처럼 여겨졌다. 반대로 골드스타인은 고립되고 무력한 데다 존재 자체에 의구심이 드는데도 목소리만으로 문명사회를 파괴할 수 있는 사악한 주술사처럼 느껴졌다.

인간은 마음대로 증오의 대상을 바꿀 수 있다. 악몽에서 벗어나려고 베개에서 가까스로 머리를 떼는 사람처럼 윈스턴은 발버둥을 쳐서 증오의 대상을 화면 속 얼굴에서 뒷자리에 앉아 있는 검은 머리 여자로 바꾸는 데 성공했다. 생생하고 아름다운 상상 속 장면이 그의 마음을 스쳐갔다. 윈스턴은 여자를 경찰봉으로 내리쳐 죽이고 싶었다. 그녀를 발가벗겨 말뚝에 매어놓고 성 세바스찬처럼 온몸에 화살을 쏘아 죽이고 싶었다. 그녀를 강간한 뒤 절정의 순간에 칼로 목을 그어버리고 싶었다. 윈스턴은 자신이 '왜' 그 여자를 증오하는지 알고 있었다. 그녀가 젊고 예쁠 뿐 아니라 금욕 생활을 하고 있어서였다. 그는 그녀를 침대로 데려가고 싶지만 그런 일은 절대 일어나지 않을 것이다. 두 팔로 껴안아보고 싶은 그녀의 달콤하고 유연한 허리에는 순결을 상징하는 역겨운 자줏빛 휘장이 보란 듯이 감겨 있었기 때문이다.

'증오'가 절정에 이르렀다. 골드스타인의 목소리는 진짜 염소 울음소리로 변하고, 그의 얼굴도 잠깐 사이에 염소로 바뀌었다. 다음 순간 염소 같은 얼굴이 화면 속으로 스며드는 것처럼 사라졌다. 그 대신 거대한 규모의 무시무시한 유라시아 병사들이 포효하는 기관총을 들고 나타났다. 그들은 당장이라도 화면 밖으로 튀어나올 것만 같았다. 맨 앞줄에 앉은 사람들은 움찔하면서 몸을 사리기도 했다. 하지만 곧이어 모든 사람들한테서 안도의 한숨이 터져 나왔다. 적대적인 형상들이 사라지고 검은 머리에 수염을 기른 빅 브라더의 얼굴이 나타났기 때문이다. 강력하고 신비로운 안정감을 풍기는 커다란 얼굴이 화면 전체를 뒤덮었다. 아무도 그의 말을 제대로 알아듣지 못했다. 그것은 전쟁터에서 사기를 북돋워 주는 말이었는데, 모든 단어를 명확히 알아들을 수는 없지만 듣는 것만으로도 신뢰가 되살아났다.

이윽고 빅 브라더의 얼굴이 화면에서 사라지고 대문자로 적힌 당 슬로건이 나타났다.

전쟁은 곧 평화이고

자유는 노예를 만들어내며

무지는 힘이 된다.

하지만 사람들의 눈에는 몇 초 동안 빅 브라더의 얼굴이 사라지지 않고 화면에 남아 있는 것 같았다. 모두의 눈동자에 생생한 인상을 남겨 곧바로 사라질 수 없는 듯했다. 몸집이 작은 갈색 머리 여자는 바로 앞에 있는 의자 등받이 위로 자신의 몸을 던지면서 화면을 향해 두 팔을 벌리고 떨리는 목소리로 "나의 구세주여!"라고 외쳤다. 그다음 그녀는 두 손에 얼굴을 묻었다. 기도를 하는 게 틀림없었다.

그때쯤 모든 사람이 낮고 느린 목소리로 "B-B……B-B!"라고 규칙적으로 외치기 시작했다. 외침은 아주 느리게 이어졌고, 첫 번째 B와 두 번째 B 사이는 꽤 길게 뜸을 들였다. 그 장중한 소리는 어딘지 모르게 야만적인 면이 있어 마치 맨발로 발을 구르며 북을 치는 소리를 배경으로 들려오는 듯했다. 사람들은 30초 동안 구호를 외쳤다. 그것은 감정의 절정에 이르는 순간에 종종 들리는 노래 후렴구 같았다. 빅 브라더의 지혜와 위엄을 찬양하는 노래이면서도 반복적인 소음으로 의식을 교묘하게 마비시키는 자기최면의 행동이었다. 윈스턴은 뱃속이 얼어붙는 듯한 기분이었다. '2분 증오' 때는 어쩔 수 없이 군중심리에 휘말렸지만 "B-B······B-B!"라는 구호는 들을 때마다 끔찍하게 여겨졌다. 물론 그도 다른 사람들과 함께 구호를 외쳤다. 혼자만 다르게 행동할 수는 없었다. 자신의 생각과 얼굴 표정을 숨기면서 남들과 똑같이 행동하는 것은 본능적인 반응이었다. 하지만 단 몇 초라도 눈빛이 그를 배신하는 순간이 있었다. 그리고 정확하게 바로 그때 놀라운 일이 벌어졌다. 순식간이지만 분명히 벌어진 일이었다.

잠깐 사이에 윈스턴은 오브라이언과 눈이 마주쳤다. 오브라이언은 자리에서 일어나 안경을 벗었다가 그만의 독특한 동작으로 고쳐 쓰던 참이었다. 그들의 눈이 마주친 것은 채 1초도 되지 않은 아주 짧은 순간이었지만 윈스턴은 알 수 있었다. 분명히 알 수 있었다! 틀림없이 오브라이언은 자신과 같은 생각을 하고 있었다. 두 사람 사이에 분명한 메시지가 전해졌다. 마치 두 사람의 마음이 열린 것처럼 서로의 생각이 눈으로 전달되었다. 오브라이언은 윈스턴에게 이렇게 말하는 듯했다.

'나도 당신과 같은 생각이에요. 어떤 기분인지 알아요. 당신이 경멸하고 증오하고 혐오하는 걸 알고 있지요. 하지만 걱정하지 말아요. 난 당신 편이니까!'

다음 순간 오브라이언의 얼굴에서 번득이던 지성의 빛이 사라지고 다른 사람들처럼 알 수 없는 표정이 되었다.

그뿐이었다. 윈스턴은 조금 전 일이 실제로 일어난 게 맞는지 아리송했다. 그 뒤에 또 다른 사건으로 이어질 것도 아니었다. 다만 자신 말고도 당에 대항하는 적이 있다는 믿음 또는 희망의 불꽃을 지펴줄 뿐이었다. 어쩌면 거대한 지하조직의 음모에 대한 소문이 사실일지도 모른다. 또 어쩌면 '브라더후드'가 정말로 존재할 수도 있다! 체포와 자백 그리고 처형이 계속되는 상황에서 '브라더후드'를 단순히 소문일 뿐이라고 여길 수는 없었다. 윈스턴은 어느 날은 그들의 존재를 믿었고, 또 어느 날은 믿지 않았다. 증거는 없었다. 어쩌면 큰 의미가 있을지도 모르고, 어쩌면 아무런 의미가 없을지도 모르는 순간들이 있을 뿐이었다. 우연히 흘려들은 대화의 일부분이나 화장실 벽에 적힌 희미한 낙서, 낯선 두 사람이 마주쳤을 때 마치 서로 안면이 있는 것 같은 사소한 동작 등처럼 말이다. 이 모든 것은 다 짐작에 지나지 않았다. 혼자만의 착각일 수도 있었다. 그 뒤로 윈스턴은 오브라이언을 다시는 쳐다보지 않고 자기 자리로 돌아갔다. 그와의 짧은 접촉을 이어나갈 수 있는 방법이 전혀 떠오르지 않았다. 설사 방법이 있다고 하더라도 상상할 수 없을 정도로 위험한 행동이 될 것이다. 찰나의 순간 두 사람이 모호한 시선을 주고받았을 뿐 다른 일은 아무것도 없었다. 하지만 지금의 고립된 삶 속에서는 이것만으로도 충분히 기억할 만한 사건이었다.

윈스턴은 상체를 똑바로 세우고 자리에 앉았다. 그가 트림하자 아까 마신 술이 뱃속에서 역류하려고 했다.

윈스턴은 다시 노트로 눈을 돌렸다. 그는 무기력하게 생각에 잠겨 있던 동안 자신도 모르게 글을 쓰고 있었다는 사실을 깨달았다. 게다가 조금 전처럼 서투르고 작은 글씨체가 아니었다. 그는 마치 홀린 듯이 펜을 움직이면서 부드러운 종이 위에 대문자를 깔끔하게 써 내려가고 있었다.

빅 브라더 타도
빅 브라더 타도
빅 브라더 타도
빅 브라더 타도
빅 브라더 타도

똑같은 글귀가 이미 한 면의 반을 채우고 있었다. 그는 짜릿한 고통을 느끼지 않을 수 없었다. 도발적인 글귀만큼이나 처음 일기를 쓰기로 한 자신의 행동이 얼마나 위험한지 깨닫자 실소가 나왔다. 망친 면을 찢어버리고 일기를 쓰겠다는 계획 자체를 포기하고 싶은 충동이 잠깐 일었다.

하지만 그것도 다 소용없다는 걸 알고 있었기에 그렇게 하지 않았다. '빅 브라더 타도'라고 쓰건, 쓰지 않건 차이는 없었다. 일기를 계속 쓸지, 포기할지도 중요하지 않았다. 어느 쪽이든 사상경찰이 그를 찾아낼 것이다. 그는 모든 위법 행위를 포함하는 가장 근본적인 범죄를 저질렀다. 가령 종이에 글씨를 쓰지 않았더라도 마찬가지였다. 그들은 이를 두고 '사상범죄'라고 불렀다. 사상범죄는 절대 감출 수 없었다. 잠깐이나, 어쩌면 몇 년 동안이라면 피할 수 있을지 몰라도 곧 발각될 수밖에 없었다.

일은 언제나 한밤중에 일어났다. 사상범이 체포되는 것은 언제나 밤이었다. 한참 잠에 빠져 있을 때 거친 손이 사상범의 어깨를 갑작스럽게 흔들어 깨운다. 눈앞에는 불빛이 이글거리고 험악한 얼굴들이 침대 주위를 둘러싸고 있다. 재판도, 체포 기록도 없는 경우가 대부분이다. 범죄자의 이름은 등록부에서 말소된다. 과거에 있었던 기록이 모두 깨끗하게 지워지고, 존재했다는 사실 자체가 부인되고 잊힌다. 사상범은 제거되어 완전히 없어진다. 이런 일을 보통 '증발했다'라고 표현한다.

윈스턴은 잠깐 화가 났다. 그는 급하게 글씨를 삐뚤삐뚤 휘갈겨 쓰기 시작했다.

그들이 날 총살하겠지만 나는 신경 쓰지 않아. 그들이 내 뒷목에 총을 쏘겠지만 나는 개의치 않아. 빅 브라더를 타도하자. 그들은 언제나 뒤에서 목에 총을 쏘지만 나는 신경 쓰지 않아. 빅 브라더 타도⋯⋯.

윈스턴은 약간 부끄러운 기분을 느끼면서 펜을 내려놓고 의자에 등을 기댔다. 다음 순간 그는 소스라치게 놀랐다. 누군가 문을 두드리고 있었다.

벌써 발각된 건가! 윈스턴은 생쥐처럼 꼼짝하지 않고 자리에 앉아 누구든 한 차례 문을 두드린 뒤 가버리면 좋겠다는 헛된 희망을 품었다. 하지만 곧 다시 문을 두드리는 소리가 들렸다. 더 이상 시간을 끌다가는 상황이 정말 나빠질 것이다. 그의 심장이 고동치고 있었다. 그렇지만 얼굴은 오랜 습관처럼 아무런 표정도 짓고 있지 않았다. 윈스턴은 자리에서 일어나 무거운 몸을 이끌고 문 쪽으로 걸어갔다.

2장

문손잡이를 잡은 윈스턴의 눈에 탁자 위에 펼쳐놓은 일기가 들어왔다. 방 맞은편에서도 보일 정도로 '빅 브라더 타도'라는 글씨가 큼지막하게 적혀 있었다. 정말 멍청한 행동이었다. 하지만 그는 공포를 느끼면서도 잉크가 아직 마르기 전이어서 일기장을 덮지 않았다. 미색 종이에 잉크가 번지는 것이 싫었기 때문이다.

윈스턴은 호흡을 가다듬은 뒤 문을 열었다. 그 순간 따뜻한 안도감이 온몸에 퍼져나갔다. 문밖에는 푸석한 머리와 창백하고 주름진 얼굴을 한 여자가 피곤한 몰골로 서 있었다. 그녀는 음울하고 징징대는 목소리로 말했다.

"아, 동지. 동지가 집에 돌아온 것 같았어요. 잠깐 우리 집에 가서 싱크대 좀 봐줄래요? 또 막혔어요. 그리고…….”

　그녀는 같은 층에 사는 파슨스 부인이었다('부인'은 당에서 꺼리는 호칭이었다. 원래는 '동지'라고 불러야 하지만 여자들 앞에서는 본능적으로 '부인'이라는 말이 튀어나오곤 했다). 여자는 서른 살 정도였다. 하지만 그보다 훨씬 나이 들어 보이고 얼굴의 주름살마다 먼지가 낀 것처럼 보였다. 윈스턴은 여자를 따라 복도로 나갔다. 짜증스럽게도 거의 매일 이런 보수 작업을 해야만 했다. 1930년쯤 지어진 빅토리 맨션은 너무 낡아서 허물어지기 직전이었다. 천장과 벽에서는 끊임없이 횟가루가 날리고, 겨울 추위가 찾아올 때마다 파이프는 얼어 터졌으며, 눈이 오면 지붕에서 물이 샜다. 난방 장치는 경제적인 이유로 아예 잠가두거나 절반밖에 틀지 않았다. 자신이 직접 하지 않는 보수 작업은 관련 위원회의 허가를 받아야 하는데, 창문 하나 고치는 데도 2년이 걸리곤 했다. 파슨스 부인이 얼버무리듯 말했다.

　“톰이 집에 없어서요.”

　파슨스 부부 집은 윈스턴의 집보다 조금 컸지만 다른 의미에서 우중충했다. 마치 거대하고 난폭한 동물이 다녀간 것처럼 모든 게 부서지고 짓밟혀 있었다. 하키 스틱, 권투 장갑, 터진 축구공, 땀에 절고 뒤집어진 반바지 등 갖가지 물건들이 바닥에 나뒹굴고 있었다. 탁자 위에는 더러운 그릇과 너덜너덜한 운동 서적 등이 쌓여 있었다. 벽에는 자줏빛 청년연맹 현수막과 첩보원연맹 현수막 그리고 거대한 크기의 빅 브라더 포스터가 걸려 있었다. 집 안에서는 건물 전체에 진동하는 삶은 양배추 냄새와 함께 고약한 땀 냄새가 코를 찔러댔다. 말로 표현하기는 어렵지만 한 번만 숨을 들이마셔도 단번에 땀 냄새임을 알 수 있었다. 방금 전까지 이곳에 있던 사람이 남긴 냄새 같았다. 옆방에서는 누군가가 빗과 화장지 조각으로 텔레스크린에서 흘러나오는 군가에 장단을 맞추고 있었다.

파슨스 부인은 약간 불안한 시선으로 문을 흘끗 바라봤다.

"아이들이에요. 오늘은 밖에 나가지 않았어요. 물론……."

그녀는 문장을 마치지 않고 말을 끝내는 버릇이 있었다. 싱크대 안은 완전히 막혀 더러운 녹색 물이 넘실대고 있었는데 양배추보다 더 역겨운 냄새가 풍겼다. 윈스턴은 무릎을 꿇고 파이프 이음새를 살펴봤다. 그는 손을 사용하고 싶지 않았다. 또 몸을 숙이면 늘 기침이 나므로 몸을 숙이고 싶지도 않았다. 파슨스 부인은 난감해하면서 그를 바라봤다.

"톰이 집에 있으면 당장 고쳐줄 거예요. 그이는 이런 일을 좋아하죠. 손재주도 좋아요. 원래 톰이……."

파슨스는 윈스턴의 진실부 동료였다. 그는 뚱뚱하고 활동적이며 답이 없을 정도로 멍청하고 맹목적인 열성 당원이었다. 당의 안정을 위해서는 사상경찰보다 파슨스처럼 조금의 의심도 없이 당에 헌신하는 일개 구성원이 더 중요했다. 서른

다섯 살인 파슨스는 더 이상 청년연맹에서 활동할 수 없었다. 청년연맹에 가입하기 전에 그는 법적 나이를 넘겼는데도 첩보원연맹에서 1년 더 활동했다. 진실부에서 그는 지적 능력을 그다지 요구하지 않는 하급 직위를 맡고 있었다. 하지만 스포츠 위원회를 비롯해 단체 행군, 자발적인 시위, 절약 캠페인, 봉사 활동 조직 등 몸으로 활동하는 위원회에서는 모조리 주도적인 위치를 차지했다. 그는 파이프 담배 연기를 뿜어대면서 지난 4년 동안 저녁마다 지역 커뮤니티센터에 하루도 빠지지 않고 모습을 드러냈다는 사실을 은근히 자랑하곤 했다. 참을 수 없는 땀 냄새는 그의 치열한 삶을 보여주는 무의식적인 증거였다. 그 냄새는 파슨스가 어딜 가든지 따라다녔고, 심지어 그가 지나간 뒤에도 남아 있었다.

윈스턴이 이음새의 너트와 씨름하면서 물었다.

"스패너 있습니까?"

파슨스 부인이 갑자기 흥분하면서 말했다.

"스패너요? 모르겠어요. 분명 있을 텐데, 아마 아이들이……."

아이들이 차지한 거실에서는 시끄러운 발소리와 함께 빗을 두드리는 소리가 또 한 번 왁자지껄하게 들렸다. 파슨스 부인이 스패너를 가져다주자 윈스턴은 물을 빼낸 다음 파이프를 막고 있던 더러운 머리카락 뭉치를 끄집어냈다. 그는 차가운 수돗물로 손을 최대한 깨끗이 씻고 나서 거실로 건너갔다. 그러자 사나운 목소리가 들렸다.

 "손 들어!"

 탁자 뒤에서 심술궂어 보이지만 잘생긴 아홉 살짜리 소년이 튀어나와 장난감 자동소총으로 윈스턴을 위협했다. 두 살 아래인 여동생도 나무토막을 들고 오빠와 똑같은 동작을 취했다. 두 아이 모두 푸른색 짧은 반바지와 회색 셔츠를 입고 붉은 손수건을 목에 맨 첩보단 단복 차림이었다. 윈스턴은 두 손을 머리 위로 들었지만 기분이 좋지 않았다. 아이들의 행동이 단순히 놀이로만 보이지 않았다. 소년이 외쳤다.

 "넌 반역자야! 넌 사상범이야! 넌 유라시아의 간첩이야! 널 총살하겠어. 널 증발시키겠어. 널 소금 광산으로 보낼 거야!"

 갑자기 아이들이 윈스턴 주위를 깡충깡충 뛰어다니면서 소리쳤다.

 "반역자! 사상범!"

 여자아이는 제 오빠가 하는 것을 그대로 흉내 내고 있었다. 곧 자라서 사람을 잡아먹을 호랑이 새끼들이 날뛰는 것 같아서 순간 소름이 끼쳤다. 소년의 눈에서 계산된 흉포성을 엿볼 수 있었다. 그것은 윈스턴을 때리거나 발로 차고 싶은 욕구로, 지금 당장 윈스턴에게 해를 가하지는 않았지만 분명히 그와 비슷한 의도가 보였다. 윈스턴은 소년이 들고 있는 장난감 총이 진짜가 아니어서 다행이라는 생각이 들었다.

파슨스 부인이 긴장한 눈빛으로 윈스턴과 아이들을 번갈아 바라봤다. 밝은 거실에서 보니 흥미롭게도 파슨스 부인의 얼굴 주름살에 진짜 먼지가 끼어 있었다. 부인이 설명했다.

　"아이들이 좀 시끄럽지요. 죄인들의 교수형을 못 보게 돼서 실망해서 그래요. 난 너무 바빠 아이들을 데려갈 수 없고 톰은 시간 맞춰 집에 오지 못하거든요."

　남자아이가 큰 소리로 외쳤다.

　"왜 교수형을 못 보는 건데?"

　여자아이는 여전히 주위를 깡충깡충 뛰어다니면서 외치고 있었다.

　"교수형 보고 싶어! 교수형 보고 싶어!"

　윈스턴은 전범죄로 유죄를 선고받은 유라시아 죄수들이 저녁때 광장에서 교수형을 당하기로 되어 있다는 사실을 기억해냈다. 한 달에 한 번 거행하는 교수형은 대단한 볼거리였다. 아이들은 언제나 형장에 데려가 달라고 졸랐다. 윈스턴은 이제 그만 돌아가겠다고 말한 뒤 문으로 걸어갔다. 그는 문밖을 나서서 채 여섯 걸음도 떼기 전에 목덜미에 큰 통증을 느꼈다. 마치 벌겋게 달궈진 철사에 찔린 듯했다. 뒤를 돌아보니 파슨스 부인이 새총을 주머니에 쑤셔 넣는 아들을 질질 끌고 집 안으로 들어가고 있었다.

　"골드스타인!"

문이 닫히는 것과 동시에 소년이 고함을 질렀다. 하지만 가장 기억에 남는 것은 파슨스 부인의 핏기 없는 얼굴에 드리워진 무력한 공포의 표정이었다.

집으로 돌아온 윈스턴은 목덜미를 문지르면서 텔레스크린 앞을 재빨리 지나쳐 탁자에 앉았다. 텔레스크린에서 흘러나오던 음악은 이미 멈춘 뒤였다. 그 대신 딱딱 끊기는 군대식 말투로 아이슬란드와 페로 제도 사이에 새로 정박한 해상요새의 무기를 잔인하게 묘사하며 떠들고 있었다.

윈스턴은 앞으로 저 아이들과 함께 무시무시한 삶을 살아갈 파슨스 부인에 대해 생각했다. 한 해, 두 해 지나갈수록 아이들은 엄마를 감시하면서 비정통성의 징후를 포착할 것이다. 요즘 세상에 아이는 대부분 끔찍한 존재였다. 가장 끔찍한 것은 첩보단 같은 조직에서 체계적인 교육을 통해 아이들을 관리가 불가능한 작은 괴물로 바꿔놓고 있다는 사실이었다. 아이들은 당의 가르침에 절대 반발하지 않았다. 오히려 당에 무한한 애정을 품어 모든 것을 당과 연관 짓고 있었다. 군가, 행군, 현수막, 행진, 가짜 총을 이용한 모의훈련, 구호 복창, 빅 브라더 숭배……. 이 모든 것이 아이들에게는 영광스러운 놀이였다. 아이들의 난폭성은 국가의 적, 외국인, 배신자, 파괴자, 사상범 등 모두 외부로 향했다. 서른 살이 넘은 부모가 자기 아이들을 두려워하는 것은 흔한 일이 되어버렸다. 〈타임스)에는 부모의 말을 몰래 엿듣던 꼬마 밀고자가 부모를 사상 경찰에 신고했다는 기사가 일주일이 멀다 하고 실렸다. 그리고 이들은 '어린이 영웅'이라고 떠받들어졌다.

새총에 맞은 부위의 얼얼한 고통이 사라졌다. 윈스턴은 별로 내키지는 않았지만 또다시 펜을 들고 일기장에 적을 만한 일이 더 있는지 생각했다. 갑자기 그의 생각이 다시 오브라이언에게 쏠렸다.

몇 년 전…… 정확하게 얼마나 오래전일까? 아마 7년 전일 것이다. 윈스턴은 칠흑같이 어두운 방 안을 걷고 있는 꿈을 꿨다. 그런데 그가 지나칠 때 옆에 앉아 있던 누군가가 "우리는 어둡지 않은 곳에서 만날 거요"라고 말하는 소리가 들렸다. 그 목소리는 명령이 아니라 선언처럼 들렸는데, 아주 조용해서 일상적으로 나누는 대화 같았다. 윈스턴은 멈추지 않고 계속 걸었다. 흥미롭게도 꿈속에서는 그 말이 별로 인상적이지 않았다. 하지만 그 뒤로 꿈속에서 들었던 말은 조금씩 의미를 더해갔다. 오브라이언을 처음 만난 게 꿈을 꾼 이전인지, 이후인지는 기억나지 않았다. 언제부터 오브라이언의 목소리를 구분하게 되었는지도 기억나지 않았다. 하지만 언제부턴가 그의 목소리를 알 수 있었다. 꿈을 꿨을 때 어둠 속에서 들려왔던 목소리는 바로 오브라이언의 것이었다.

윈스턴에게는 확신이 없었다. 그날 아침에 잠깐 눈이 마주치기는 했지만 오브라이언이 친구인지 적인지 알 수 없었다. 하지만 그건 별로 중요한 문제가 아니었다. 두 사람은 서로에 대한 이해로 연결된 관계가 되었다. 이는 애정이나 동지애보다 더 중요한 것이었다. 윈스턴은 "우리는 어둡지 않은 곳에서 만날 거요"라는 오브라이언의 말이 어떤 뜻인지 알지 못했지만 어떻게든 그의 말이 실현될 것만 같았다.

텔레스크린에서 흘러나오던 목소리가 잠깐 멈췄다. 선명하고 아름다운 트럼펫 소리가 정체된 공기 속을 떠돌았다. 이윽고 귀에 거슬리는 목소리가 다시 이어졌다.

"주목, 주목해주십시오! 말라바 전선에서 승전보가 전해졌습니다. 우리 병사들이 남인도에서 영광스러운 승리를 거두었습니다. 이번 승리로 전쟁이 곧 끝날지도 모른다고 말할 수 있는 권한을 받았습니다. 이것으로 속보를 마치겠습니다……."

윈스턴은 생각했다.
'좋지 않은 소식이 이어지겠군.'
아니나 다를까 유라시아 군대의 전멸에 대한 잔인한 묘사와 함께 사상자와 전쟁 포로의 숫자가 나열되었다. 그리고 다음 주부터 초콜릿 배급을 30그램에서 20그램으로 줄인다는 뉴스가 이어졌다.

윈스턴이 다시 트림을 했다. 몸속에 들어갔던 술기운이 사라지면서 기분이 가라앉았다. 텔레스크린에서는 승리를 축하하려는 건지, 아니면 줄어든 초콜릿 배급에 대한 기억을 잊게 하려는 건지 〈오세아니아, 그대를 위하여〉가 흘러나오기 시작했다. 원래는 일어나서 똑바로 서 있어야 하지만 지금 윈스턴이 있는 곳은 텔레스크린에서 보이지 않았다.

〈오세아니아, 그대를 위하여〉가 끝나자 밝은 분위기의 음악으로 바뀌었다. 윈스턴은 텔레스크린을 등지고 창 쪽으로 걸어갔다. 날은 여전히 춥고 맑았다. 저 멀리 어딘가에서 로켓 폭탄이 둔탁하면서도 떠나갈 듯이 포효하면서 폭발했다. 요즘은 일주일에 평균 2, 30개의 폭탄이 런던에 떨어졌다.

거리에는 찢어진 포스터가 바람에 나부끼고 있었다. 그때마다 '영사'라는 글자가 보였다가 사라지기를 반복했다. 영사, 영사의 신성한 원칙, 신어와 이중사고, 과거의 무상함……. 윈스턴은 심연의 숲을 헤매는 기분이었다. 마치 괴기스러운 세계에서 길을 잃은 괴물이 된 듯했다. 그는 혼자였다. 과거는 죽고, 미래는 상상할 수 없었다. 살아 있는 사람들 가운데 단 한 명이라도 그의 편일 가능성이 얼마나 있을까? 당의 통치가 영원히 계속되지 못한다는 것을 알 수 있는 방법이 있을까? 그 순간 마치 해답처럼 진실부의 흰 벽에 적힌 슬로건이 눈에 들어왔다.

전쟁은 곧 평화이고

자유는 노예를 만들어내며

무지는 힘이 된다.

윈스턴은 주머니에서 25센트짜리 동전을 꺼냈다. 거기에도 작은 글씨로 똑같은 슬로건이 분명하게 새겨져 있고, 뒷면에는 빅 브라더의 얼굴이 있었다. 동전 속의 눈은 그를 감시하듯 쫓아다녔다. 동전뿐 아니라 우표나 책 표지, 현수막, 포스터, 담배 포장지 등 어디나 마찬가지였다. 언제나 빅 브라더의 눈이 모두를 감시하고, 빅 브라더의 목소리가 모두를 포위하고 있었다. 잠이 들어도, 깨어 있어도, 일할 때도, 먹을 때도, 실내에 있어도, 실외에 있어도, 목욕할 때도, 침대에 있을 때도 탈출구는 없었다. 몇 제곱센티미터에 지나지 않는 두개골 속 말고는 자신의 것이 아무것도 없었다.

태양의 위치가 바뀌었다. 태양 빛을 반사하지 않게 된 진실부의 수많은 창문은 마치 요새에 뚫린 구멍처럼 으스스한 기분을 안겨주었다. 거대한 피라미드 형상 앞에서 윈스턴의 마음이 움츠러들었다. 그것은 너무나 강해 절대로 무너뜨릴 수 없을 듯했다. 로켓 폭탄 천 개가 떨어져도 끄떡없을 것만 같았다. 윈스턴은 자신이 누구를 위해 일기를 쓰고 있는지 또 한번 궁금해졌다. 미래일까, 과거일까, 아니면 상상 속의 세대일까……. 그의 앞에서 기다리는 것은 죽음이 아니라 소멸이었다. 일기장은 한 줌의 재로 변하고, 그는 증발할 것이다. 그의 존재가 지워지고 말소되기 전에 그의 일기장을 읽는 대상은 사상경찰이 유일할 것이다. 자신의 자취를 남길 수도 없고, 이름을 숨기고 종이에 끄적인 단어가 물리적으로 남아 있을 수도 없는 상황에서 어떻게 미래에 호소할 수 있을까?

텔레스크린이 14시를 알렸다. 윈스턴은 10분 안에 집을 나서야 한다. 14시 30분까지 진실부로 돌아가야 했다.

흥미롭게도 시간을 알리는 소리가 윈스턴에게 새로운 의지를 불어넣어 주었다. 그는 아무도 들으려 하지 않는 진실을 말하는 외로운 유령이었다. 하지만 그가 말을 계속하는 한 어떻게든 연속성은 깨어지지 않을 것이다. 다른 이들이 윈스턴의 이야기를 들어주어서가 아니라 그가 제대로 된 정신을 유지하고 있기에 인간의 유산은 이어질 것이다. 그는 탁자로 돌아가 펜에 잉크를 묻히고 다시 글을 쓰기 시작했다.

미래나 과거 또는 사상이 자유로운 시대에, 사람들이 서로 다르고 외롭지 않은 시대에, 진실이 존재하고 한 일이 하지 않은 일이 되지 않는 시대에……

획일화한 시대, 고립의 시대, 빅 브라더의 시대, 이중사고의 시대가 인사를 전한다!

윈스턴은 '난 이제 죽은 목숨이구나'라고 생각했다. 단호하게 행동한 지금에서야 제대로 생각하기 시작했다는 기분이 들었다. 모든 행동에는 그에 대한 결과가 들어 있다. 윈스턴은 이어서 적었다.

사상범죄는 죽음으로 이어지지 않는다. 사상범죄 자체가 바로 죽음이다.

윈스턴은 자신이 죽은 사람이나 다름없었기에 이제는 될 수 있는 한 오래 살아 있는 게 중요하다고 생각했다. 그의 오른손 손가락 두 개에 잉크가 묻어 있었다. 그를 위험에 빠뜨릴지 모르는 사소한 일이란 바로 이런 것이었다. 진실부의 음흉한 열혈 당원들 가운데 누군가가(몸집이 작은 갈색 머리 여자나 소설국에서 일하는 검은 머리의 젊은 여자 등 여자일 가능성이 컸다) 윈스턴이 왜 점심시간까지 빼먹으면서 글을 적었는지, 왜 옛날식 펜을 사용했는지, 무엇을 적고 있었는지 이상하게 생각하다가 결국 적절한 부서에 밀고할 수도 있었다. 그는 욕실로 가서 거친 암갈색 비누로 조심스럽게 잉크를 닦아냈다. 비누는 사포처럼 거칠어 잉크를 지우기에 적격이었다.

윈스턴은 일기장을 서랍 안에 집어넣었다. 노트를 숨길 수 있다는 쓸모없는 생각은 하지 않았다. 다만 일기장의 존재를 들켰는지는 확인할 수 있을 것이다. 마지막 장에 머리카락 한 올을 끼워두는 것은 너무 뻔했다. 윈스턴은 손가락 끝으로 뿌옇고 커다란 먼지 덩어리를 들어 표지 한쪽 끝에 올려놓았다. 만약 먼지가 떨어져 있다면 누군가 노트를 움직인 것이다.

3장

윈스턴은 어머니 꿈을 꿨다.

그는 어머니가 사라진 시기를 그가 열 살이나 열한 살 때로 기억했다. 어머니는 키가 크고 조각 같은 몸매를 지녔으며 움직임이 느리고 머릿결이 무척 아름다웠다. 말은 별로 없는 편이었다. 아버지는 그보다 기억이 흐릿하지만 얼굴이 검은 편이고 마른 몸집에 언제나 깔끔한 검은색 옷을 입었고(윈스턴은 특히 아버지의 구두창이 정말 얇았던 것을 기억했다) 안경을 쓰고 있었다. 두 사람은 분명 1950년대에 최초로 시행한 숙청에서 희생되었을 것이다.

꿈속에서 윈스턴의 어머니는 그가 있는 곳보다 훨씬 아래쪽의 어딘가에서 여동생을 품에 안고 앉아 있었다. 여동생에 대해서는 기억나는 게 거의 없었다. 다만 커다란 눈으로 무엇이든 뚫어지게 바라보던, 작고 연약하고 늘 조용한 아이였다는 사실만 기억났다. 두 사람은 모두 윈스턴을 올려다보고 있었다. 어머니와 여동생이 앉아 있던 장소는 우물 바닥이나 깊은 무덤 속 같은 지하 어딘가였다. 두 사람은 윈스턴보다 훨씬 아래에 있었는데도 계속 더 아래로 떨어지고 있었다. 그들은 침몰하는 배의 선실에서 어두워지는 바닷물 사이로 그를 올려다봤다. 선실에는 여전히 약간의 공기가 남아 있었다. 그들은 윈스턴을 계속해서 바라봤고 그도 그들을 바라봤다. 하지만 그러는 중에도 두 사람은 곧 그들을 완전히 삼켜버릴 푸른 심연으로 가라앉고 있었다. 윈스턴은 빛과 공기가 있는 밖으로 빠져나왔고, 어머니와 여동생은 계속해서 죽음으로 빠져들었다. 그들이 아래로 떨어지고 있는 이유는 윈스턴이 위에 있었기 때문이다. 그도 알고 그들도 알고 있었다. 어머니와 여동생의 얼굴에는 이미 모든 것을 알고 있다는 표정이 역력했다. 그렇지만 그들의 얼굴이나 마음에서 조금의 원망도 찾아볼 수 없었다. 윈스턴을 살리려면 자신들이 죽어야 한다는 것과 그 죽음을 피할 수 없다는 사실을 알고 있었으리라.

윈스턴은 꿈속에서 정확하게 무슨 일이 있었는지 기억나지 않았다. 다만 그를 위해 어머니와 여동생이 자신들의 목숨을 희생했다는 사실만은 알고 있었다. 그가 꾼 꿈은 인상적인 장면으로 뇌리에 기억되어 의식이 깨어난 뒤에도 계속되고, 잠에서 깨고 나서도 새롭고 가치 있는 사실과 생각을 일깨워 주었다. 윈스턴이 갑자기 깨달은 사실은 30년 전에 있었던 어머니의 죽음은 비극적이고 슬픈 일이지만 이제 그런 감정이 사라져버렸다는 것이다. 그가 알기로 비극은 사생활과 사랑과 우정이 존재하고, 가족이 함께하는 데 이유가 필요 없던 과거의 시대에 있었던 것이다. 윈스턴은 어머니를 떠올리면 가슴이 찢어지는 듯 아팠다. 어머니는 그를 사랑하면서 숨을 거두었고, 그때 너무 어리고 이기적이었던 그는 어머니의 사랑에 보답할 수 없었다. 또 제대로 기억하지는 못하지만 어머니는 어머니만이 할 수 있는 방법으로 자신을 희생했다. 지금이라면 일어나지 않았을 일이다. 오늘날에는 공포와 증오, 고통만 존재할 뿐 감정의 소중함이나 깊고 복잡한 슬픔 따위는 사라져버리고 없다. 그것들은 모두 수백 길의 푸른 심연 아래로 가라앉으면서 그를 올려다보던 어머니와 여동생의 커다란 눈 속에서 발견한 것이었다.

윈스턴은 햇살이 비스듬히 비치던 어느 여름날 저녁 갑자기 잘 손질되고 생기가 넘치는 잔디밭에 서 있는 자신을 발견했다. 그곳은 꿈속에서 자주 나타나던 장소인데, 어딘지도 정확히 모르고 실제로 본 적이 있는지도 확신할 수 없었다. 잠에서 깨면 윈스턴은 그곳을 '황금의 나라'라고 불렀다. 그곳에는 오래되고 토끼에게 물어뜯긴 흔적이 있는 목초지와 그 위로 나 있는 오솔길 그리고 두더지 굴이 여기저기에 있었다. 들판 건너편에는 허물어져 가는 울타리가 있고 그 안쪽엔 느릅나무 잔가지들이 산들바람에 희미하게 흔들렸다. 그때마다 여자의 머리처럼 풍성한 나뭇잎들이 물결쳤다. 눈에는 보이지 않지만 버드나무 아래 가까운 곳 어딘가에 분명 샘물이 있었다. 그곳에서 황어가 천천히 헤엄을 쳤다.

검은 머리 여자가 들판을 가로질러 그에게 다가오고 있었다. 단 한 번의 동작으로 여자는 옷을 모두 벗어 거만하게 옆으로 던졌다. 여자의 알몸은 희고 부드러웠다. 하지만 윈스턴은 어떤 욕망도 느끼지 못했다. 사실 여자의 알몸은 눈에 들어오지도 않았다. 단 한 번에 옷을 벗어던지는 동작을 보는 순간 그는 감탄을 금치 못했다. 그 우아함과 과감함이야말로 모든 문화와 사고의 체계를 무너뜨리고 있는 것처럼 보였다. 화려한 팔 동작 하나에 빅 브라더와 당 그리고 사상경찰이 아무것도 아닌 '무(無)'로 돌아가 버리는 듯했다. 이 동작 또한 과거 시대의 것이었다. 윈스턴은 "셰익스피어"라고 중얼거리며 잠에서 깨어났다.

텔레스크린에서 30초 동안 같은 음의 호루라기 소리가 귀청이 떨어져 나갈 만큼 크게 울려댔다. 당원들의 기상 시간인 7시 15분을 알리는 소리였다. 윈스턴이 침대에서 몸을 일으켰다. 몸에는 실오라기 하나 걸치지 않고 있었다. 하급 관리에게는 매년 3천 장의 의복 전표가 지급되었는데, 잠옷 한 벌을 얻으려면 6백 장의 전표가 필요했다. 그는 의자 위에 걸쳐놓았던 너저분한 속옷과 바지를 움켜쥐었다. 30분만 있으면 신체 단련 시간이었다. 갑자기 윈스턴의 몸이 반으로 접힐 듯이 구부러졌다. 아침에 잠에서 깨자마자 겪는 발작적인 기침 탓이었다. 기침을 연이어 하다 보니 공기가 폐에서 몽땅 빠져나가 버린 듯한 기분이 들었다. 윈스턴은 똑바로 등을 대고 누워 몇 번이나 숨을 깊이 들이마신 다음에야 제대로 호흡할 수 있었다. 기침으로 혈관이 팽창되고 정맥류성 궤양 자리가 근질거리기 시작했다.

날카로운 여자의 목소리가 들렸다.

"3, 40대 동지들! 동지들! 준비하세요, 3, 40대!"

윈스턴은 텔레스크린 앞으로 튀어나가 준비 자세를 취했다. 화면에는 벌써 호리호리하지만 근육이 탄탄해 보이는 젊은 여자가 운동복과 운동화를 신고 서 있었다. 여자가 외쳤다.

"팔운동 시작! 구령에 맞춰서 합니다. 하나, 둘, 셋, 넷! 하나, 둘, 셋, 넷! 자, 힘을 내서 좀 더 활기차게! 하나, 둘, 셋, 넷! 하나, 둘, 셋, 넷⋯⋯."

반복적인 운동을 따라 하는 동안 발작적인 기침으로도 완전히 지워지지 않았던 꿈의 잔상이 머릿속에서 조금씩 되살아났다. 윈스턴은 음산한 얼굴 위에 신체 단련 시간에 적절할 만한 즐거운 표정을 억지로 만들어내고 팔을 앞뒤로 기계적으로 흔들면서 어린 시절의 희미한 기억을 떠올리려 애썼다. 하지만 정말 어려운 일이었다. 윈스턴의 기억 속에서 1950년대 말 이전의 일은 거의 희미해졌다. 참고할 만한 외부 기록이 별로 없으면 사람들은 삶의 전체적인 윤곽조차 제대로 알고 있지 못한다. 일어나지 않았을 일을 거대한 사건으로 기억하는가 하면, 사건의 전체 분위기는 기억하지 못하면서 세세한 점만 떠올리기도 한다. 도저히 연결할 수 없는 오랜 기억의 긴 공백 기간도 생긴다. 그때는 모든 것이 달랐다. 심지어 나라들의 이름과 지도도 차이가 났다. 예를 들어 지금의 에어스트립 원은 예전엔 잉글랜드 또는 브리튼이라고 불렸다. 다만 런던은 그때도 지금처럼 런던이라고 불렸던 것 같다.

윈스턴의 기억 속에서 그의 조국이 전쟁을 하지 않았던 적은 없었다. 하지만 그가 어렸을 때 갑자기 시작된 공습이 모두를 경악시켰던 것을 생각해보면 그전까지는 상당히 오랫동안 휴전 기간이 계속된 듯하다. 첫 공습은 아마도 원자폭탄이 콜체스터에 떨어졌을 때였던 것 같다. 그는 공격 자체는 기억하지 못했다. 하지만 아버지가 그의 손을 꼭 붙잡고 밟을 때마다 삐걱거리는 나선형 계단을 따라 땅속 깊이 어딘가로 서둘러 내려갔던 것만은 기억했다. 그가 완전히 지쳐서 칭얼댈 때까지 아버지는 걸음을 멈추지 않았다. 어머니는 마치 꿈속처럼 아버지와 그의 뒤를 따라 긴 계단을 침착하게 내려오고 있었다. 품에는 여동생을 안고 있었다. 아니, 어쩌면 그저 담요 뭉치였는지도 모르겠다. 윈스턴은 그때 여동생이 태어났는지 확실히 기억할 수 없었다. 마침내 시끄럽고 사람들로 붐비는 장소에 도착했는데, 다름 아닌 지하철역이었다.

사람들이 곳곳에 앉아 있었다. 돌로 된 바닥에 앉은 사람도 있고 쇠로 만든 의자에 끼어 앉다 못해 누군가의 무릎에 앉아 있는 사람도 있었다. 윈스턴 가족은 바닥에 자리를 잡았다. 그들 옆의 의자에는 어느 할아버지와 할머니가 나란히 앉아 있었다. 검은색 고급 정장을 입고 성성한 백발 위에 검은 모자를 쓴 할아버지의 얼굴은 벌겋게 달아올랐고 푸른색 눈에는 눈물이 가득 고여 있었다. 몸에서는 술 냄새가 진동했다. 땀샘에서 땀 대신 술이 배어 나오는 듯하고 눈에 고인 것도 눈물이 아니라 술인 듯한 기분마저 들었다. 하지만 약간 술에 취했다고 해도 견디기 어려운 슬픔에 빠져 있는 것만큼은 사실이었다. 어린 윈스턴이 보기에도 용서할 수도, 회복할 수도 없는 끔찍한 일이 벌어진 것 같았다. 그 또한 무슨 일인지 알 듯했다. 할아버지가 사랑하는 누군가가, 아마도 어린 손녀가 목숨을 잃은 듯했다. 할아버지는 몇 분에 한 번씩 이렇게 중얼거리곤 했다.

"그들을 믿지 말아야 했어. 내가 말했잖아, 안 그래? 이건 그들을 믿은 대가야. 내가 계속 그랬잖아. 그 자식들은 절대 믿으면 안 된다고."

윈스턴은 절대 믿어선 안 되는 그 자식들이 누구였는지 지금은 기억나지 않았다.

그날을 시작으로 해서 문자 그대로 전쟁이 계속되었다. 다만 같은 전쟁이 아니었을 뿐이다. 유년 시절에 런던에서 몇 개월 동안 혼란스러운 시가전이 벌어졌는데, 그중 일부는 지금도 생생하게 기억했다. 하지만 어느 시기에 누구와 싸웠는지 시간 순서에 따라서는 절대 짚어낼 수 없었다. 현재 존재하는 기록 이외에 다른 문서나 구전 기록이 하나도 없었기 때문이다. 예를 들어 1984년 현재(지금이 1984년이 맞다면) 오세아니아는 유라시아와 전쟁을 하고 있었고 이스트아시아와는 동맹 관계였다. 이 세 나라의 관계 변화가 공식적으로나 사적으로 인정된 적은 한 번도 없었다. 하지만 윈스턴은 불과 4년 전만 해도 오세아니아가 이스트아시아와 전쟁 중이었고, 유라시아와 동맹을 맺었다는 사실을 분명하게 알고 있었다. 그의 기억이 완벽한 통제를 받지 않아서 은밀하게 손에 넣은 정보였다. 공식적으로 동맹국이 바뀌는 일은 없었다. 오세아니아가 유라시아와 전쟁을 하고 있다면 지금까지 계속해서 전쟁을 해온 것이다. 특정한 순간의 적은 절대적인 악을 대표했기에 과거건 미래건 타협은 있을 수 없었다.

'끔찍하지만 이 모든 게 진실일지도 모른다.'

윈스턴은 고통스럽게 어깨를 뒤로 젖히면서(엉덩이에 손을 올리고 허리를 비틀면서 어깨를 뒤로 젖히는 동작은 등 근육을 강화하는 데 좋다고 했다) 지금까지 수없이 해오던 생각을 또 한 번 떠올렸다. 만일 당이 과거로 손을 뻗쳐 "이런저런 사건이 일어난 적이 없다"고 말한다면 그건 고문이나 처형보다 더 끔찍한 일이 아닐까?

당에서는 오세아니아가 유라시아와 동맹을 맺은 적이 없다고 했다. 하지만 윈스턴 스미스는 알고 있었다. 분명 4년 전에 두 나라는 동맹국이었다. 그런데 이런 지식은 어디에 존재하는 것일까? 지식은 오직 그의 의식 속에서만 존재하고, 그마저도 곧 사라지고 말 것이다. 모두가 당이 만들어낸 거짓을 수용하고, 또 모든 기록이 같다면 거짓은 곧 역사가 되고 진실이 될 것이다.

"과거를 지배하는 자가 미래를 지배하고, 현재를 지배하는 자가 과거를 지배한다."

당의 슬로건이었다. 하지만 과거는 한 번도 바뀐 적이 없었다. 현재의 진실은 과거에도, 미래에도 진실이었다. 그건 아주 간단했다. 필요한 것은 사람들의 기억을 끊임없이 계속해서 제압하는 것뿐이었다. 당에서는 이를 '현실 통제'라 불렀는데, 신어로는 '이중사고'라고 했다.

"쉬어!"

텔레스크린에서 조금 부드러워진 말투의 명령이 흘러나왔다.

윈스턴은 양쪽으로 팔을 늘어뜨리고 천천히 폐 속에 공기를 채워 넣었다. 그의 생각은 다시 이중사고의 미궁 속으로 빠져들었다.

이중사고란 알면서도 모르는 것, 완벽한 진실을 알고 의식하면서도 정교하게 만든 거짓을 말하는 것, 서로 상충하는 두 가지 의견을 동시에 가진 것, 이것들이 서로 상반된 줄 알면서도 믿는 것, 논리에 반하는 논리를 사용하는 것, 도덕성을 부인하면서 또 한편으로는 도덕성을 주장하는 것, 민주주의가 불가능하다고 믿으면서도 당이 민주주의를 수호한다고 믿는 것, 잊어야 하는 사실을 잊었다가 필요할 때 기억을 되살리고 또다시 쉽게 잊을 수 있는 것 그리고 무엇보다 그 과정에 똑같은 과정을 적용하는 것이다. 이는 아주 미묘한 문제인데, 의식적으로 무의식을 유도한 다음에 바로 조금 전에 자신이 했던 최면 행동을 잊어버리는 것이다. '이중사고'의 의미를 이해하려면 이중사고가 필요했다. 텔레스크린 속 훈련관이 또 한 번 외쳤다.

"차렷! 발끝에 손이 닿는지 보자고요!"

여자는 열정적으로 소리쳤다.

"자, 동지들, 엉덩이부터 쭉 몸을 뻗어요! 하나 둘, 하나

둘……."

윈스턴이 싫어하는 동작이었다. 운동할 때마다 엉덩이부터 발끝까지 찌르는 것 같은 통증이 전달되고, 마지막에는 언제나 발작적인 기침이 터져나왔다. 달갑지 않은 기분이 생각을 방해했지만 윈스턴은 다시 생각에 빠져들었다. 과거는 단순히 바뀐 게 아니라 파괴된 것이다. 자신의 기억 이외에 외부 기록이 전혀 없는 상황에서는 가장 분명한 사실을 구성해내는 것도 어려웠다. 윈스턴은 처음 빅 브라더라는 말을 들었던 때를 기억해내려고 애썼다. 분명 1960년대라는 생각이 들었지만 확실하지 않았다. 당에서 기록한 역사에 따르면 물론 빅 브라더는 처음부터 지도자이자 혁명의 수호자였다. 그의 노력은 자본가들이 이상야릇한 중절모를 쓰고서 번쩍이는 자동차나 유리창이 달린 마차를 타고 런던 거리를 돌아다니던 1930년대와 1940년대의 풍요롭던 시절로 거슬러 올라갔다. 이 신화적인 이야기가 어디까지 사실이고, 어디까지가 꾸며낸 건지는 알아낼 수 없었다. 윈스턴은 언제 당이 생겼는지 기억해내지 못했다. 그는 1960년 이전에는 '영사'라는 단어를 들은 적이 없다고 확신했다. 하지만 구어인 영국 사회주의는 그전에 통용되었을 수도 있었다. 모든 게 안개에 싸인 것처럼 확실하지 않았다. 가끔은 분명하게 거짓이라고 짚어낼 수 있는 일도 있었다. 예를 들어 당의 역사책에서는 당이 비행기를 발명했다고 주장하지만 그는 아주 어렸을 때도 비행기를 본 기억이 있었다. 하지만 증명할 수 있는 것은 아무것도 없었다. 증거는 전혀 없었다. 언젠가 역사적 사실의 날조를 분명히 보여주는 서류를 손에 넣은 적이 있었다. 그때는……

텔레스크린 속에서 날카로운 목소리가 들렸다.

"스미스! 6079 스미스 W 동지! 그래요, 당신이오! 몸을 더 굽혀요! 더 잘할 수 있는데 노력하지 않는 거예요. 자! 더 낮게! 훨씬 낫군요. 그거예요, 동지. 자, 이제 몸을 펴고 모두 날 봐요."

갑자기 윈스턴의 온몸에서 뜨거운 땀이 배어 나왔다. 그의 얼굴은 여전히 변화가 없었다. 절대 놀란 표정을 지어서는 안 된다! 분노한 표정도 안 된다! 눈 한 번 잘못 깜빡이는 것으로 흔적도 없이 사라질 수 있었다. 윈스턴은 자리에 선 채로 훈련관이 머리 위로 손을 들어 올렸다가 손가락 첫 번째 관절이 발가락에 닿도록 몸을 구부리는 모습을 바라봤다. 우아해 보이지는 않았지만 놀랍도록 깔끔하고 효율적인 동작이었다.

"이렇게요, 동지들! 내가 하는 것처럼 해봐요. 어떻게 하는지 잘 봐요. 난 서른아홉 살이고 아이도 넷이에요. 하지만 봐요."

여자는 또 몸을 구부렸다.

"무릎이 구부러지지 않는 게 보이죠? 마음만 먹으면 여러분도 할 수 있어요."

그녀는 몸을 곧추세우면서 말을 이었다.

"마흔다섯 살 이하라면 누구나 발에 손이 닿을 수 있어요. 우리 모두가 최전방에 나가 싸울 특권은 없지만 적어도 체력은 유지해야죠. 말라바 전선에서 싸우는 젊은이들을 떠올려봐요! 해상요새에 있는 선원들은 어떻고요! 우리 젊은이들이 얼마나 힘들게 나라를 지키는지 생각해봐요. 자, 그럼 다시 해볼까요? 좋아요. 동지, 훨씬 나아졌어요."

윈스턴이 온 힘을 다한 덕분에 몇 년 만에 처음으로 무릎을 굽히지 않고 발가락에 손이 닿을 정도로 몸을 구부리는 데 성공하자 그녀는 격려하듯 외쳤다.

4장

텔레스크린이 아주 가까이에 있었지만 윈스턴은 하루 일과
를 앞두고 자신도 모르게 깊은 한숨을 내쉬고 말았다. 그는 음
성 기록기의 주둥이 부분에 쌓인 먼지를 입으로 불어 날린 다
음 안경을 썼다. 그러고는 책상 오른쪽 진공관 밖으로 쏟아져
나온 종이 두루마리 네 개를 풀어 하나로 모았다.

윈스턴이 일하는 자리의 칸막이벽에는 구멍이 세 개 뚫려
있었다. 음성 기록기의 오른쪽에는 문서 메시지를 전송하는
작은 진공관이, 왼쪽에는 신문을 전송하는 좀 더 큰 진공관이
있었다. 옆쪽 벽에는 윈스턴의 팔이 쉽게 닿을 만한 곳에 커다
란 직사각형 구멍 하나가 있었는데, 쇠창살로 보호망을 쳐놓
았다. 이 마지막 구멍은 종이를 버리는 곳이었다. 각 사무실뿐

아니라 복도에도 좁은 간격으로 뚫려 있는 이 비슷비슷한 직사각형의 구멍을 모두 합하면 수천 개를 넘어 수만 개가 되고도 남았다. 왜 그런지는 모르겠지만 이 구멍은 '기억 구멍'이라고 불렀다. 없애야 하는 문서나 바닥에 떨어진 종잇조각은 무조건 가장 가까운 기억 구멍의 뚜껑을 열고 버렸다. 그러면 버려진 종이는 뜨거운 공기에 휩쓸려 건물 어딘가에 숨겨져 있는 커다란 용광로 안으로 빨려 들어갔다.

윈스턴은 풀어놓은 종이 두루마리 네 개를 살펴봤다. 종이의 메시지는 모두 한두 줄의 약어로 적혀 있었다. 전부는 아니지만 대부분 신어로 이루어진 약어는 내부 문건용이었다. 내용은 이런 식이었다.

타임스 84, 3, 17 빅 브라더 아프리카 연설 오보 정정

타임스 83, 12, 1983년 4분기 발표 3개년 계획 내용 인쇄 오류
　　최근 호 확인

타임스 84, 2, 14 초콜릿 풍요 전달 오보 정정

타임스 83, 12, 3 기사 빅 브라더 대불만 비존재인 언급 재작성
　　초안 제출

윈스턴은 희미한 만족감을 느끼면서 마지막 메시지를 한쪽에 밀어놓았다. 마지막 메시지는 복잡하고 책임을 져야 하는

일이었기에 맨 나중에 처리하는 편이 나을 것 같았다. 두 번째 메시지는 하나로 이어지는 수치를 확인해야 하는 지루한 작업이었지만 어쨌든 나머지 세 개는 일상적인 메시지였다.

윈스턴이 텔레스크린 번호를 눌러 필요한 날짜의 〈타임스〉를 요구하자 단 몇 분 만에 요청한 문서가 진공관 밖으로 미끄러져 나왔다. 윈스턴이 받은 메시지에 언급된 신문 기사나 뉴스는 이런저런 이유로 변경, 즉 공식적인 용어로는 '정정'이 필요한 것들이었다. 예를 들어 3월 17일자 〈타임스〉 기사에는 "남인도 전선은 앞으로도 조용하겠지만 북아프리카에서는 곧 유라시아의 공격이 시작될 것"이라는 빅 브라더의 하루 전날 연설이 보도되었다. 하지만 유라시아 총사령부는 북아프리카를 그대로 놔둔 채 남인도 전선을 공격했다. 따라서 빅 브라더의 예측이 실제와 맞아떨어지게 하려면 연설 내용을 바꿔야 했다. 마찬가지로 〈타임스〉 12월 19일자에는 1983년 4분기, 즉 제9차 3개년 계획의 여섯 번째 분기의 다양한 소비재 생산량에 대한 공식 예측치가 발표되었다. 그런데 실제 생산량 정보를 보도한 오늘 날짜 기사와 비교하니 모든 항목에서 크게 차이가 났다. 윈스턴이 해야 하는 일은 처음의 예측치를 오늘 발표한 내용과 맞게 정정하는 것이었다. 세 번째 메시지는 간단한 오류이므로 단 몇 분이면 고칠 수 있었다. 얼마 전 2월에 풍요부는 1984년 한 해 동안 초콜릿 배급을 줄이는 일은 없을 거라고 약속했다(공식 용어로는 '절대적 맹세'라고 한다). 하지만 윈스턴이 알기로는 이번 주말부터 초콜릿 배급을 30그램에서 20그램으로 줄일 계획이었다. 따라서 그가 할 일은 원래 발표한 내용을 4월 중에 초콜릿 배급을 감축할 필요성이 있다는 경고로 바꾸기만 하면 되었다.

윈스턴은 각 메시지를 처리하자마자 음성 기록기 정정 내용과 그에 해당하는 〈타임스〉 발행본을 한데 모아 진공관으로 밀어 넣었다. 그다음에는 거의 무의식적인 동작으로 원래의 메시지와 자신이 적어놓은 초고 종이를 구겨 탐욕스러운 화염의 불길로 이어지는 기억 구멍 속으로 던졌다.

그는 진공관과 이어진 숨겨진 미로에서 벌어지는 일을 자세히는 아니더라도 대충은 알고 있었다. 필요한 수정 작업을 마친 특정 날짜의 〈타임스〉는 취합과 확인을 거친 뒤 다시 인쇄되며, 원래 신문은 폐기되고 수정된 신문이 그 자리를 대신한다. 이런 지속적인 변경 작업은 신문뿐 아니라 책, 간행물, 팸플릿, 포스터, 전단지, 필름, 음원 기록, 만화, 사진 등 정치나 이념적 중요성을 지닌 모든 인쇄물과 문서에 적용되었다. 과거는 매일, 매분 새로운 정보로 수정되었다. 그 덕분에 서류상 증거를 확인해봤을 때 당의 예측은 한 번도 틀린 적이 없었다. 또 필요에 맞지 않는 기사나 의견을 기록으로 남기는 것도 허용되지 않았다. 모든 역사는 필요에 따라 쉽게 지우고 다시 작성할 수 있는 가변적인 기록이었다. 일단 작업이 이루어진 다음에는 기록을 바꿨다는 사실을 증명할 수 없었다. 기록국에서 가장 많은 인력, 그러니까 윈스턴이 일하는 부서와 비교도 안 될 만큼 거대한 규모의 사람들이 대체나 파기가 요구되는 책과 신문, 그 밖의 문서를 모두 찾아내고 수집하는 일을 맡았다. 정치적 구성에 변화가 있거나 빅 브라더의 예언이 빗나가면서 열댓 번도 넘게 다시 고친 수많은 〈타임스〉가 최초의 발행일에 맞춰 서류철에 묶여 있었다. 이것들과 어긋나는 수정 전 신문은 남아 있지 않았다. 책 또한 몇 번이나 도로 거두어들여 다시 고쳤고, 여지없이 이런 수정 사실을 숨긴 채 재발행했다. 윈스턴이 받은 글로 된 명령도 처리한 뒤 반드시 없애야 하고, 절대 위조 행위를 언급하거나 암시해서는 안 되었다. 다만 정확한 기록을 위해 오탈자와 인쇄 오류, 인용 오류 등을 바로잡아야 한다고 언급할 뿐이었다.

윈스턴은 풍요부의 기록을 고치면서 이런 작업은 위조라고 할 수도 없고, 그저 하나의 헛소리를 또 다른 헛소리로 대체하는 것뿐이라고 생각했다. 그가 처리한 정보의 대부분은 현실과 전혀 관계가 없었다. 노골적인 거짓말 또한 현실과 동떨어져 있었다. 정정된 통계자료뿐 아니라 원래 자료도 얼토당토않은 허구에 지나지 않았다. 예를 들어 풍요부에서는 특정 분기의 부츠 생산량을 1억 4천5백만 켤레로 예측했다. 그런데 실제 생산량이 6천2백만 켤레에 지나지 않는다면 윈스턴은 언제나 그렇듯 할당량을 초과 달성한 것으로 나타내려고 맨 처음의 예측을 5천7백만 켤레로 낮춰 기록했다. 그렇지만 실제 생산량이 6천2백만 켤레라는 정보 또한 5천7백만 켤레나 1억 4천5백만 켤레만큼이나 터무니없기는 마찬가지였다. 실제로는 생산된 부츠가 한 켤레도 없을 수 있었다. 아니, 그보다는 실제 생산량을 아는 사람이 아무도 없거나 아예 관심이 없을 가능성이 더 컸다. 다만 아는 것이라곤 서류상으로는 매 분기에 천문학적인 숫자의 부츠가 생산되고 있다는 사실뿐이었다. 하지만 아마도 오세아니아에 사는 인구 가운데 절반 정도는 맨발로 지내고 있을 것이다. 크건 작건 간에 기록된 내용은 모두 마찬가지였다. 모든 것이 날짜마저 확신할 수 없는 어둠 속 세상으로 희미하게 사라져버리고 있었다.

윈스턴은 사무실 너머를 흘끗 바라봤다. 맞은편에 있는 칸막이 안에서는 몸집이 작고 검은 턱수염을 기른 틸로천이 정돈된 자세로 바지런히 일하고 있었다. 그는 접은 신문을 무릎 위에 얹어놓고, 입을 음성 기록기의 주둥이 부분에 바짝 대고 있었다. 마치 텔레스크린에다 남모르는 비밀을 속삭이고 있는 듯한 분위기였다. 그는 곧 고개를 들고 안경 너머로 윈스턴이 앉아 있는 쪽을 적의에 찬 눈초리로 쏘아봤다.

윈스턴은 틸로천에 대해 아는 게 거의 없고 무슨 일을 하는

지도 전혀 몰랐다. 기록국 직원들은 자신이 하는 일을 좀처럼 말하려 하지 않았다. 창문도 없는 긴 방에 칸막이가 쳐진 직원들의 자리가 두 줄로 정렬되어 있고, 그 안에서는 종이를 부스럭대는 소리와 음성 기록기에 대고 중얼거리는 소리가 끝없이 들려왔다. 이 사무실 복도를 오가면서 매일 마주치거나 2분 증오 때의 광기를 함께 겪는 동료들 가운데 윈스턴이 이름조차 모르는 사람이 열 명도 넘었다. 바로 옆자리에 앉아 있는 갈색 머리의 조그마한 여자가 하루도 빠짐없이 출근해서 하는 일이 출판기록물에서 증발된 사람들의 이름을 찾아내 지우는 것이었다. 증발된 이들이 존재했다는 사실조차 지우기 위해서였다. 두 해 전에 그녀의 남편도 증발되었다는 점에서 보면 그녀는 이 일에 적격이었다. 조금 떨어진 자리에는 앰플포스라는 남자가 일하고 있었다. 그는 온화하고 무기력한 성격에 언제나 꿈에 젖어 사는 것처럼 보였다. 귀 주변에 털이 수북한 그는 시의 운율을 맞추는 데 놀랄 정도로 재주가 뛰어났다. 그래서 사상적으로는 불순하지만 시집에 남겨둘 가치가 있다고 판단되는 시들을 고치는 일을 맡고 있었다(수정된 시는 '최종본'이라고 불렸다). 50명 남짓 일하고 있는 이 사무실은 복잡한 기록국의 분과들 가운데서도 하부 조직에 지나지 않았다. 윈스턴이 속한 부서의 위아래로 층층이 수많은 노동자가 상상을 초월할 정도로 다양한 일을 하고 있었다. 거대한 인쇄소

마다 편집 요원과 조판 전문가들이 있고, 사진을 정교하게 조작하는 스튜디오도 갖추고 있었다. 텔레스크린 프로그램과에는 기술자와 프로듀서 그리고 특히 성대모사에 능숙한 배우들이 있었다. 필요할 때마다 책과 정기 출판물을 확인하는 문헌 기록원도 수없이 많았다. 수정된 문서를 보관하는 거대한 저장소가 있고, 원래의 문서를 파괴하는 용광로도 어딘가에 숨겨져 있었다. 그리고 철저하게 이름을 숨긴 채 어딘가에서 이 모든 작업을 조율하고 과거의 기록 가운데 보존할 대상과 수정할 대상, 존재 자체를 없애야 할 대상을 결정하는 수뇌부가 있었다.

하지만 기록국 또한 진실부의 일부분에 지나지 않았다. 진실부의 주요 업무는 과거를 재건하는 게 아니었다. 진실부는 신문과 영화, 교과서, 텔레스크린 프로그램, 연극, 소설을 비롯해 조각상에서 슬로건, 서정적인 시에서 협약, 아이들의 철자법 책에서 신어사전에 이르기까지 중요한 정보와 지침, 오락거리를 시민들에게 제공했다. 진실부는 당의 다양한 요구를 충족시킬 뿐 아니라 프롤레타리아 계급을 위해 낮은 수준으로 이 모든 작업을 수정하는 일도 했다. 프롤레타리아 계급의 문학과 음악, 드라마 등 전반적인 오락거리를 담당하는 부서 체계가 따로 있었다. 여기에서 운동이나 범죄, 점성술로 도배된 형편없는 신문과 5센트짜리 자극적인 싸구려 소설, 섹스로 질척거리는 영화, '작시기(시를 만드는 기계)'라는 무작위 단어 조합기를 이용해 순전히 기계적으로 만든 감상적인 노래 등을 제작했다. 심지어 신어로 '포르노과'라고 부르는 하부 분과는 아주 질 낮은 외설물을 만들고 있었다. 여기서 만든 영상은 밀봉해서 발송했기에 제작진 외에는 당원이라도 볼 수가 없었다.

윈스턴이 일하는 동안 진공관에서 종이 두루마리 세 개가 또 밀려나왔다. 하지만 세 가지 메시지 모두 단순한 사항이어서 '2분 증오'로 작업을 멈추기 전까지 끝낼 수 있었다. 2분 증오를 마치자 윈스턴은 자리로 돌아와 선반에 놓아둔 신어사전을 꺼내 들었다. 그는 음성 기록기를 한쪽으로 밀어놓고 안경을 닦은 다음 가장 중요한 아침 업무를 시작했다.

윈스턴은 일에서 큰 기쁨을 느끼고 있었다. 대부분은 지루한 일상적인 업무였지만 개중에는 수학적으로 깊이 있는 문제처럼 정신을 온전히 집중해야 하는 어렵고 복잡한 일도 끼어 있었다. 이는 그가 알고 있는 영사의 원칙과 당의 의도에 대한 추측에만 의존해 진행해야 하는 섬세한 수정 작업이었다. 윈스턴은 이런 일에 능숙했다. 이따금 그는 순전히 신어로만 적힌 〈타임스〉 사설을 수정하는 일을 맡을 때도 있었다. 윈스턴은 아까 밀어놓았던 메시지를 펼쳤다. 거기에는 다음과 같이 적혀 있었다.

타임스 83, 12, 3 기사 빅 브라더 대불만 비존재인 언급 재작성 초안 제출

구어, 즉 표준 영어로 바꾸면 이런 뜻이었다.

1983년 12월 3일자 〈타임스〉의 일일 명령 보도는 매우 불만족스러우며 존재하지 않는 사람을 언급하고 있다. 전체 내용을 다시 쓰고 그 초안을 상사에게 제출하라.

윈스턴은 문제의 기사를 훑어봤다. 빅 브라더의 일일 명령은 대부분 해상요새 선원들에게 담배를 비롯한 위문 물자를 공급하는 조직인 FFCC의 노고를 치하하는 내용이었다. 그중에는 핵심 당원이자 요직에 있는 인물인 위더스라는 동지를 특별히 언급하고, 그에게 2등 특별 공로훈장을 수여했다는 내용도 있었다.

3개월 뒤 FFCC는 뚜렷한 이유 없이 갑작스럽게 해체되었다. 위더스와 그의 측근들이 처벌을 받았으리라는 사실을 짐작할 수 있었다. 하지만 언론이나 텔레스크린에서는 어떤 언급도 하지 않았다. 정치범이 재판을 받거나 공개적으로 비난받는 것은 이례적이었기에 예상할 수 있는 일이었다. 범죄 사실을 고백한 반역자나 사상범 수천 명이 공개재판을 받고 처

형당하는 일은 한두 해에 한 번 일어날까 말까 한 특별한 구경 거리였다. 당을 불쾌하게 한 사람들이 흔적도 없이 사라져 다 시는 소식을 들을 수 없는 경우가 다반사였다. 이들에게 어떤 일이 벌어졌는지 아주 작은 단서조차 찾기 어려웠다. 그중 몇 몇은 목숨을 연명하고 있을 수도 있었다. 윈스턴의 부모뿐 아 니라 개인적으로 알고 지내는 지인들 가운데도 소리 소문도 없이 사라진 이들이 얼추 서른 명은 되었다.

윈스턴은 종이를 고정하는 클립으로 코를 부드럽게 쓸어내 렸다. 맞은편 칸막이 책상에서는 틸로천 동지가 음성 기록기 앞으로 몸을 구부린 채 은밀하게 뭔가를 하고 있었다. 그는 잠 깐 고개를 들고 또 한 번 윈스턴에게 적대적인 시선을 보냈다. 윈스턴은 그가 자신과 똑같은 일을 하고 있는지 궁금해졌다. 충분히 있을 수 있는 일이었다. 까다로운 일의 성격으로 보아 한 사람에게만 맡길 리가 없었다. 그렇다고 위원회 같은 집단 에 맡기면 정보 조작 행위를 공공연하게 인정하는 꼴이 되고 말 것이다. 아마도 열 명 남짓한 사람이 빅 브라더의 연설을 고치는 작업을 별도로 수행하고 있으리라. 그런 다음 핵심 당 원의 최고 우두머리가 편집 과정과 복잡하지만 꼭 필요한 비 교 작업을 거쳐 그 결과물들 가운데서 하나를 선택하고 영구 적인 기록으로 남겨 진실로 만들어낼 것이다.

윈스턴은 위더스가 어떤 이유로 처벌받았는지 알지 못했

다. 아마도 부패에 연루되었거나 무능력해서였을 것이다. 어쩌면 단순히 인기가 너무 많은 부하 직원이라는 이유로 빅 브라더가 제거했을 수도 있다. 위더스나 그와 가까운 누군가가 이단적인 성향을 나타냈는지도 모를 일이다. 하지만 정부의 생리로 볼 때 그저 권력을 유지하려는 차원에서 그를 숙청하거나 증발시켰을 가능성이 가장 컸다. 메시지에서 '비존재인 언급'이라는 말은 위더스가 이미 죽은 사람이란 사실을 짐작할 수 있는 유일한 단서였다. 체포된 사람들이 반드시 숙청당하는 건 아니었다. 체포한 뒤 다시 석방해주고 자유의 삶을 한두 해쯤 누리게 한 다음 처형하는 일도 있었다. 아주 가끔은 오래전에 이미 죽은 줄로만 알았던 사람이 공개재판 때 홀연히 모습을 드러내 연루자 수백 명에 대한 증언을 하고 사라져버리기도 했다. 또 이번처럼 절대 다시 나타나지 않기도 했다. 하지만 위더스는 이미 비존재인이었다. 그는 존재하지 않고 과거에도 존재한 적이 없었다. 윈스턴은 단순히 빅 브라더의 연설 내용을 바꾸는 것만으로는 부족하다고 판단했다. 그보다는 원래 주제와 완전히 동떨어진 다른 대상을 끼워 넣는 편이 더 나았다.

연설 내용을 늘 사람들 입에 오르내리는 반역자와 사상범에 대한 비난으로 바꿀 수도 있지만 그건 너무 뻔한 방법이었다. 아니면 어느 전선에선가 승리를 거두었다는 승전보나 제9

차 3개년 계획을 초과 달성했다는 영웅적인 이야기를 만들어 낼 수도 있었다. 하지만 그러자면 기록이 너무 복잡하게 얽혀 버릴 것이다. 지금 필요한 것은 순수한 허구였다. 그때 최근 전투에서 영웅처럼 전사한 오길비 동지가 마치 짜놓기라도 한 듯 그의 머릿속에서 불현듯 떠올랐다. 빅 브라더는 종종 일일 명령 시간에 보잘것없는 하급 당원의 삶과 죽음을 찬양하면서 모두의 귀감으로 삼아야 한다고 말하곤 했다. 오늘 그 대상은 오길비 동지가 될 것이다. 실제로는 존재하지 않는 인물이지만 인쇄물 속 글 몇 줄과 위조 사진 몇 장만 있으면 그를 현실 속으로 불러낼 수 있었다.

잠깐 생각에 잠겨 있던 윈스턴이 곧 음성 기록기를 앞으로 당겨 빅 브라더의 말투를 흉내 내기 시작했다. 빅 브라더의 말투는 군대식에다 현학적이고, 질문을 던지고 나서 곧바로 대답하는 식이었기에(예를 들어 "여기에서 우리는 어떤 교훈을 얻을 수 있을까? 우리가 얻은 교훈은 역시 영사 기본 강령 가운데 하나인 이런저런 것이다"라는 식이었다) 흉내 내기 어렵지 않았다.

오길비 동지는 세 살 때부터 북과 기관단총과 헬리콥터 모형 이외에 다른 장난감은 거부했다. 여섯 살 때는 예외적으로 남들보다 한 해 일찍 첩보단에 가입했으며, 아홉 살 때는 부대를 대표했다. 열한 살 때는 불온한 성향을 보이는 삼촌의 대화를 엿들은 뒤 삼촌을 사상경찰에 밀고했고, 열일곱 살 때는 청년 성생활 반대 연맹의 지역구 조직을 결성했다. 그가 열아홉 살 때 설계한 수류탄은 평화부에 채택되어 단 한 번의 폭발로 유라시아 죄수 서른한 명을 사살했다. 하지만 그는 스물세 살의 나이로 임무를 수행하다가 목숨을 잃고 말았다. 기밀문서를 전달하기 위해 인도양 상공을 날고 있던 오길비 동지는 적군 제트기의 추적을 받았다. 그는 기관총을 둘러 몸을 무겁게 만든 뒤 기밀문서와 함께 헬리콥터에서 뛰어내려 깊은 바닷속으로 가라앉았다. 빅 브라더는 오길비 동지의 죽음이 몹시 의롭다고 평가했으며, 그의 순수하고 올곧은 삶에 대해 몇 마디 말을 덧붙였다. 그는 술과 담배를 거부했고 오락거리라곤 하루에 한 시간씩 빼먹지 않고 했던 신체 단련이 전부였다. 결혼하고 가정을 꾸리면 하루 스물네 시간의 임무를 수행할 수 없다는 생각에 금욕적인 생활을 맹세했다. 유일한 대화 주제는 영사 강령이었다. 또한 인생의 유일한 목표는 유라시아 적군을 물리치고 간첩과 파괴 공작원, 사상범, 반역자를 추적하는 것이었다.

윈스턴은 오길비 동지에게 특별 훈장을 줘야 할지 고민했다. 하지만 결국 그것만큼은 포기했는데, 훈장을 주려면 불필요한 대조 작업을 해야 했기 때문이다.

윈스턴은 다시 한 번 맞은편 칸막이를 흘끔 바라봤다. 이유는 모르겠지만 틸로천은 그와 같은 일을 하고 있는 것이 틀림

없었다. 마지막에 누구의 결과물이 선택될지는 알 수 없지만 윈스턴은 자신의 작업이 선택될 거라는 확신이 들었다. 한 시간 전만 해도 상상도 할 수 없었던 오길비 동지가 이제는 사실이 되었다. 그는 이처럼 죽은 사람은 만들어낼 수 있지만 산 사람은 그럴 수 없다고 생각하니 이상했다. 현재는 결코 존재할 수 없는 오길비 동지가 과거에는 존재하게 되었다. 조작 행위가 잊히고 나면 오길비 동지는 샤를마뉴 대제나 율리우스 카이사르처럼 진짜 존재했던 인물로 거듭날 것이다. 그 사실을 뒷받침하는 증거 또한 마찬가지일 것이다.

5장

지하 깊은 곳에 자리 잡은 식당에서 점심을 먹으려고 늘어선 줄이 천천히 앞으로 움직이고 있었다. 천장이 낮은 식당 안은 이미 사람들로 가득 차서 귀청이 떨어질 만큼 시끄러웠다. 배식대를 막고 있는 쇠창살 사이로 시큼하면서 금속성 냄새를 풍기는 스튜의 김이 피어올랐지만 빅토리 진의 냄새를 이기지는 못했다. 식당 한구석 벽에 작은 구멍을 뚫어 만들어놓은 술 판매대에서 빅토리 진 한 모금을 10센트에 팔고 있었다.

윈스턴의 등 뒤에서 누군가의 목소리가 들렸다.

조사국에서 일하는 친구 사임이었다. 하지만 '친구'는 정확한 표현이 아니었다. 이제 친구는 사라지고 동지만 남았다. 모두 같은 동지 중에서 다른 사람들보다 좀 더 자주 어울리는 동지가 있을 뿐이었다. 언어학자이자 신어 전문가인 사임은 제법 큰 규모의 전문팀에 속해 있었다. 신어사전 11쇄 편찬을 담당하는 곳이었다. 그는 윈스턴보다 몸집이 작고 머리카락이 검었다. 또 눈이 크고 튀어나와 있어 말을 할 때 슬픈 것처럼 보이기도 하고 비웃는 것처럼 보이기도 했다. 사임이 말했다.

"남은 면도날이 있는지 물어보려고 찾았어."

윈스턴은 약간 죄의식을 느끼면서 서둘러 대답했다.

"하나도 없는데! 나도 여기저기 찾아봤지만 이제는 면도날이 아예 사라져버린 것 같아."

누구나 면도날을 구하고 있었다. 사실 윈스턴은 사용하지 않은 면도날 두 개를 감춰두고 있었다. 지난 몇 달 동안 면도날은 모두 동이 나버렸다. 종종 당의 상점에 공급이 불가능한 생필품이 생기곤 했는데, 어떤 때는 단추였고 어떤 때는 털실이나 신발 끈이었다. 이번에는 면도날이었다. 그나마 남은 물건은 '자유 시장'에서 은밀하게 수소문해야 겨우 구할 수 있었다. 윈스턴은 거짓말로 둘러댔다.

"나도 6주 동안이나 면도날을 바꾸지 못했어."

늘어선 줄이 한 차례 앞으로 이동하다가 곧 멈췄다. 윈스턴은 다시 뒤돌아 사임을 바라봤다. 두 사람은 기름기가 제대로 닦이지 않은 채 배식대 끝에 쌓여 있던 금속 식판을 하나씩 집어 들었다. 사임이 물었다.

"어제 있었던 죄수들 교수형은 구경했어?"

윈스턴은 심드렁하게 대꾸했다.

"일하고 있었어. 교수형이야 영화에서도 볼 수 있을 테니까."

사임이 대답했다.

"영화하고는 전혀 다르지!"

비웃음 어린 사임의 눈이 윈스턴의 얼굴을 훑었다. 그의 눈이 '난 널 알아. 널 속속들이 알고 있어. 네가 왜 교수형을 보러 가지 않았는지 아주 잘 알고 있어'라고 말하는 듯했다. 사임은 악의적인 정통파 지식인에 속했다. 헬리콥터가 적의 마을을 급습한 일이나 사상범의 재판과 자백, 사랑부 감방에서 이루어진 처형 등을 듣기 불편할 만큼 만족스럽게 늘어놓곤 했다. 사임과 이야기를 나누려면 되도록 그의 관심을 이런 끔찍한 주제에서 신어 기술 같은 다른 쪽으로 돌려야 했다. 사임은 신어 기술에 일가견이 있고 관심도 많았다. 윈스턴은 자신을 감시하는 듯한 사임의 커다랗고 검은 눈동자를 피해 고개를 약간 옆으로 돌렸다. 사임이 기억을 떠올리면서 말했다.

"정말 훌륭했어. 죄수들의 발을 묶어놓은 점은 아쉬웠지. 발버둥치는 모습을 보고 싶었거든. 그래도 마지막에 시퍼렇게, 그러니까 아주 퍼렇게 변한 혀가 입 밖으로 쑥 나오더라고. 그런 사소한 것에 끌리는 법이지."

흰색 앞치마를 두른 요리사가 국자를 손에 들고 외쳤다.

"다음 동지!"

윈스턴과 사임은 배식대 쇠창살 밑으로 식판을 밀어 넣었다. 규정에 따라 정해진 점심 메뉴가 빠르게 식판에 채워졌다. 철제 그릇에 담긴 잿빛 스튜와 빵 한 덩어리, 치즈 한 조각, 우유가 들어 있지 않은 빅토리 커피, 사카린 한 숟가락이었다. 사임이 말했다.

"저기 텔레스크린 아래 식탁으로 가자고. 가는 길에 술도 한 잔씩 받지."

술은 손잡이가 없는 중국식 잔에 담겨 나왔다. 두 사람은 붐비는 식당을 가로질러 상판이 쇠로 된 식탁에 식판을 올려놓았다. 식탁 한쪽에 누군가 쏟아놓은 스튜가 마치 게워놓은 토사물처럼 더러워 보였다. 윈스턴은 술잔을 들고 잠깐 신경을 집중한 뒤 느글거리는 술을 꿀꺽 삼켰다. 고인 눈물 탓에 눈을 깜빡거리는데 갑작스러운 허기가 느껴졌다. 음식은 대체로 형편없었고 스튜에는 스펀지처럼 보이는 정육면체의 분홍색 건더기가 고기 대신 들어 있었다. 윈스턴은 숟가락으로 스튜를 떠먹기 시작했다. 두 사람은 스튜 그릇을 비울 때까지 아무 말도 하지 않았다. 윈스턴의 왼쪽 뒤편에 있는 식탁에서 오리가 꽥꽥거리는 것처럼 빠르고 쉴 새 없이 지껄이는 목소리가 식당의 소음을 뚫고 들려왔다. 윈스턴은 소음 때문에 목소리를 높였다.

"사전은 잘 되어가나?"

사임이 대답했다.

"생각보다 더디네. 그렇지만 정말 재미있어. 요즘 난 형용사 부분을 맡고 있다네."

신어 이야기가 나오자마자 사임의 얼굴이 밝아졌다. 사임은 스튜 그릇을 한쪽으로 밀어놓았다. 그는 섬세해 보이는 손으로 한쪽에는 빵 덩어리를, 다른 한쪽에는 치즈를 들었다. 그러고는 목소리를 높이지 않으려고 식탁 쪽으로 몸을 기울이며 말했다.

"11쇄가 최종본이야. 우리는 언어의 최종 형태를 만들고 있거든. 최종 형태를 갖추고 나면 다른 언어는 사용되지 않을 거야. 완성되면 자네 같은 사람들은 언어를 처음부터 다시 배워야 하지. 아마 자네는 우리의 주요 임무가 새로운 언어를 창조하는 거라고 생각할 거야. 하지만 절대 아니야! 우리가 하는 일은 언어를 파괴하는 거야. 우리는 매일 수십 개 또는 수백 개의 단어를 파괴하고 있어. 언어를 추린 다음 가장 기본적인 것만 남겨두는 작업이지. 11쇄에는 2050년 이전에 케케묵어 구식이 될 단어는 한 개도 들어 있지 않을 거야."

사임은 몇 번인가 게걸스럽게 빵을 베어 삼키고는 잘난 척하는 사람들 특유의 열정적인 태도로 이야기를 이어나갔다. 가무잡잡하고 야윈 그의 얼굴에 생기가 돌았다. 그의 눈은 조금 전의 비웃음이 사라지고 꿈꾸는 것처럼 변해 있었다.

"얼마나 멋진가, 단어 파괴 말이야. 물론 가장 낭비가 심한 부분은 동사와 형용사지만 명사 중에서도 없애야 할 게 수백 개가 넘어. 동의어뿐 아니라 반의어도 마찬가지야. 어떤 단어에 대한 반의어를 어떻게 정당화할 수 있겠나? 단어에는 이미 반대의 의미도 들어 있다고. 예를 들어 '좋은(good)'이라는 단어를 생각해봐. '좋은'이라는 단어가 있는데 '나쁜(bad)'이라는 단어가 무슨 필요가 있어? '좋지 않은(ungood)' 정도면 될 텐데 말이야. 게다가 '나쁜'보다는 '좋지 않은'이 더 정확한 반의어지. 마찬가지로 '좋은'을 강조하는 데 쓰이는 '뛰어난(excellent)'이나 '훌륭한(splendid)' 등과 같은 단어가 무슨 소용이겠어? 전부 모호하고 쓸데없는 것들이지. '더 좋은(plusgood)'으로도 충분하고, 그보다 더 강조하고 싶으면 '더욱더 좋은(doubleplus-good)'이라고도 쓸 수 있잖아. 물론 이미 사용하는 단어들이긴 하지만 신어를 최종적으로 완성하고 나면 나머지 단어들은 쓰이지 않을 거야. 그러니까 '좋다'와 '나쁘다'는 뜻을 가진 단어는 여섯 가지로 통합되고, 실제로는 결국 한 단어로 표현할 수 있지. 윈스턴, 정말 훌륭하지 않아? 물론 이건 원래 빅 브라더가 생각해낸 거였어."

사임이 갑자기 생각난 듯 마지막 문장을 덧붙였다.

빅 브라더라는 말에 윈스턴은 마지못해 얼굴에 열의를 드러내 보이려고 애썼다. 하지만 사임은 윈스턴의 열정이 부족하다는 것을 곧바로 알아차렸다. 그가 거의 울 것 같은 목소리로 말했다.

"윈스턴, 자네는 신어를 제대로 이해하지 못하고 있어. 자넨 신어를 적을 때도 구어로 생각하고 있지. 〈타임스〉에 실린 자네 기사를 가끔 봤어. 글은 훌륭했지만 번역체처럼 썼더군. 자네는 마음속으로 의미도 없고 쓸모도 없는 구어를 선호하고 있어. 단어를 파괴하는 게 얼마나 의미 있는 일인지 모르는 거지. 세계에서 해마다 단어 수가 줄어들고 있는 언어는 신어가 유일하다는 걸 알고 있나?"

물론 윈스턴도 알고 있었다. 하지만 그는 아무 말 없이 미소를 짓고 사임의 말에 동의하는 듯 보이기를 바랐다. 사임은 거무튀튀한 빵을 한 입 베어 물고 재빨리 씹은 다음 말을 이어나갔다.

"자네는 신어의 목적이 사고 폭을 좁히는 데 있다는 걸 모르겠나? 우리는 최종적으로 사상을 표현할 단어 자체를 없애서 말 그대로 사상범죄가 '불가능'해지게 할 거야. 모든 개념을 정확한 단어 하나로 표현하는 거지. 단어의 뜻도 엄격하게 제한되고 그것에 곁딸린 의미도 지워지고 잊히겠지. 11쇄에서 이미 그 수준에 근접했어. 하지만 실제 과정은 자네와 내가 죽고 나서도 오랫동안 진행될 거야. 매년 단어가 계속해서 줄어들 테지. 마찬가지로 사고의 폭도 좁아질 테고. 물론 지금도 사상범죄를 저질러야 할 이유나 구실은 없지. 그건 자제력과 현실 통제의 문제니까. 하지만 나중에는 그럴 필요조차 없을 걸. 언어가 완벽해질 때 혁명도 완성될 거야. 신어가 곧 영사이고 영사가 곧 신어지."

사임은 알 듯 말 듯한 만족스러운 표정을 지으며 다음 말을 덧붙였다.

"윈스턴, 2050년까지 우리가 지금 나누는 대화를 이해하는 사람이 단 한 명이라도 남아 있을 것 같은가?"

"글쎄, 예외는……."

윈스턴은 머뭇거리면서 입을 열었지만 말을 끝맺지 못했다.

'예외는 프롤 계급이지'라는 말이 혀끝에 맴돌고 있었다. 하지만 이런 언급이 정통적인 것인지 확신할 수 없어서 자제했다. 사임은 윈스턴이 하려던 말을 용케 알고 있었다. 그가 거리낌 없이 말했다.

"프롤 계급은 인간이라고 할 수 없어. 아마 2050년이 되기도 전에 구어에 대한 실질적인 지식은 모두 사라져버릴 거야. 과거의 모든 문학은 파괴될 거고. 초서나 셰익스피어, 밀턴, 바이런 같은 작가들도 신어로만 존재할 거야. 단순히 어느 정도 변화되는 게 아니라 그전과 정반대로 바뀌는 거지. 당의 문학도 바뀔 거야. 슬로건도 달라질 테고. '자유'라는 개념이 사라진 뒤에 '자유는 노예를 만들어내며'라는 슬로건이 어떻게 남아 있을 수 있겠어? 사람들의 사고 자체가 변화할 거야. 정확히는 우리가 지금 이해하고 있는 '사고' 자체가 사라지는 거지. 정통성이란 사고하지 않는 걸 뜻해. 미래에는 생각할 필요가 없어. 정통성은 무의식이 돼버릴 거야."

윈스턴은 속으로 '그날이 오기 전에 사임은 증발될 거야'라고 확신했다. 그는 지나치게 똑똑했다. 아주 분명하고 정확하게 자기 생각을 말할 수 있었다. 당은 이런 사람들을 좋아하지 않았다. 언젠가 사임은 사라져버릴 것이다. 그의 얼굴에 그렇게 적혀 있었다.

윈스턴은 빵과 치즈를 다 먹고 나서 몸을 의자에서 조금 옆으로 돌린 채 커피를 마시고 있었다. 윈스턴의 왼쪽 식탁에서 귀에 거슬리는 목소리로 떠들어대던 사람은 여전히 거리낌없이 주절대고 있었다. 그의 비서로 보이는 젊은 여자가 윈스턴과 등을 돌리고 앉아 이야기를 들으면서 매번 열렬히 맞장구를 치고 있었다.

"맞는 말씀이세요. 그 말씀에 동의해요."

앳되지만 조금은 바보 같은 여자의 목소리가 이따금 들려왔다. 그 반면 대화 상대의 목소리는 잠시도 끊어지지 않았다. 여자가 맞장구를 칠 때도 마찬가지였다. 윈스턴은 남자와 안면이 있긴 했지만 소설국에서 중요한 직위를 맡고 있다는 것 말고는 자세히 알지 못했다. 서른 살 정도 되어 보이는 남자는 목이 굵고 단단했으며 커다란 입을 쉴 새 없이 움직이고 있었다. 그는 머리를 약간 뒤로 젖히고 있었는데 앉아 있는 자리의 각도 때문인지 윈스턴에게는 그의 눈 대신 빛을 받아 반짝이는 안경알만 보였다. 그의 입에서 끊임없이 소리가 흘러나오고 있었지만 알아들을 수 있는 단어는 하나도 없어 윈스턴은 조금 오싹한 기분이 들었다. 윈스턴이 유일하게 알아들은 부분은 새된 소리로 외치다시피 내뱉은 "골드스타인의 완벽하고 영구한 제거"라는 구절뿐이었다. 어찌나 말이 빠른지 마치 인쇄된 활자들을 통째로 던지는 듯했다. 그 밖에는 꽥꽥거리는 소음으로밖에 들리지 않았다. 그가 무슨 말을 하고 있는지 정확하게 들리진 않았지만 그 내용은 의심의 여지가 없었다. 아마도 골드스타인에 대한 비난이거나 사상범죄 또는 파괴 행위를 좀 더 강력하게 처벌해야 한다는 주장일 것이다. 어쩌면 유라시아 군대의 잔학성을 비난하고 있을지도 몰랐다. 또 빅 브라더나 말라바 전선의 영웅을 칭송하고 있을 수도 있었다. 단어가 정확히 무엇이든 간에 그는 순수하게 정통적이고 영사를 따르는 단어를 쓰고 있음이 틀림없었다. 눈이 보이지 않는 얼굴과 위아래로 빠르게 움직이는 턱을 보고 있으니 그가 진짜 사람인지, 아니면 사람 모양의 인형인지 잘 구별되지 않았다. 그의 뇌가 아니라 목구멍이 말을 하는 것 같았다.

그의 말은 단어로 이루어져 있지만 진정한 의미에서 사람의 말이라곤 할 수 없었다. 마치 오리가 꽥꽥거리는 것처럼 무의식 상태에서 나오는 소음이나 마찬가지였다.

사임은 잠깐 아무 말 없이 숟가락 손잡이에 스튜 국물을 찍어 그림을 그리고 있었다. 주변의 소음 속에서도 옆 식탁에서 빠르게 꽥꽥거리는 목소리가 선명하게 잘 들렸다. 사임이 입을 열었다.

"신어에 이런 단어가 있어. 자네도 알고 있는지 모르겠지만 '오리말(duckspeak)'이라는 단어야. 오리처럼 꽥꽥거린다는 뜻인데 두 가지 상반된 의미를 지닌 흥미로운 단어지. 적에게 사용하면 비난이 되고 자신의 의견에 동의하는 사람에게 사용하면 칭찬이 되거든."

윈스턴은 다시 한 번 분명 사임은 증발될 것이라고 생각했다. 사임 역시 윈스턴을 경멸하고 어떤 때는 살짝 싫어하는 기색을 내비치기도 했다. 또 합당한 이유만 있다면 윈스턴을 사상범으로 고발할 수도 있는 인물이었다. 그런데도 윈스턴은 사임이 증발될 거라고 생각하자 약간 슬퍼졌다. 사임에게는 미묘한 단점이 있었다. 그는 절제와 무관심 그리고 자신의 목숨을 구해줄 우매함이 부족했다. 정통성이 부족하다곤 할 수 없었다. 그는 영사의 원칙을 믿고 빅 브라더를 숭배하고 승리에는 뛸 듯이 기뻐하고 이단자를 증오했다. 단순히 진심을 넘어 열의를 보였고, 일반 당원들이 접근하지 못하는 가장 최신 정보를 접했다. 하지만 그에게는 언제나 희미한 불명예가 따라다녔다. 사임은 말하지 않아야 하는 일까지 이야기했고 책을 너무 많이 읽었으며 화가와 음악가들이 드나드는 장소인 체스트넛트리 카페에 너무 자주 갔다. 어떤 성문법이나 불문법으로 정해져 있는 건 아니었지만 그곳은 왠지 불온하게 여겨지는 곳이었다. 당의 신뢰를 잃은 늙은 당원들이 숙청되기 전에 그곳에 모이곤 했다. 몇 년 전인가 몇십 년 전에 골드스타인이 그곳에서 목격되었다는 소문도 있었다. 사임의 운명을 점치는 것은 어렵지 않았다. 물론 사임이 윈스턴의 은밀한 사상과 본성을 알게 된다면 단 3초도 지나지 않아 윈스턴을 배신하고 사상경찰에 밀고할 것이다. 이런 점에서는 사임도 다른 사람과 마찬가지였다. 하지만 그에게는 대부분의 사람과 다른 점이 있었다. 열의만으로는 부족하다. 정통성은 무의식적인 것이기 때문이다.

사임이 고개를 들었다.

"저기 파슨스가 오는군."

사임의 말투에서는 어딘지 모르게 '저 멍청이 바보 파슨스'라는 의도가 느껴졌다. 식당을 가로질러 걸어오는 파슨스는 빅토리 맨션에 사는 윈스턴의 이웃이었다. 중간 정도 되는 키에 통통한 몸집의 파슨스는 머리가 금발이고 얼굴이 개구리처럼 생겼다. 아직 서른다섯 살밖에 되지 않았지만 목과 허리에는 두둑한 지방이 붙어 있었다. 마치 소년처럼 활달하게 움직여 살이 찐 아이 같은 인상을 풍겼다. 그래서 당원복을 입고 있을 때도 푸른색 반바지와 회색 셔츠를 입고 붉은 손수건을 목에 맨 첩보단 옷차림이 상상되었다. 또 그를 떠올릴 때면 언제나 바지의 무릎이 구겨지고 소매를 걷어 올려 통통한 팔이 드러난 모습이 그려졌다. 실제로 파슨스는 지역 행군이나 신체 활동 같은 구실만 생기면 반바지로 갈아입었다.

"어이, 동지들!"

파슨스가 두 사람을 보고 반갑게 알은 체를 하면서 식탁에 앉았다. 그 순간 강한 땀 냄새가 풍겼다. 그의 분홍빛 얼굴 전체에서 구슬땀이 흐르고 있었다. 파슨스는 놀랄 만큼 땀을 많이 흘렸다. 커뮤니티센터의 탁구 라켓 손잡이에 밴 땀을 보고 그가 언제 탁구를 쳤는지 짐작할 수 있을 정도였다. 손가락 사이에 볼펜을 끼운 사임은 긴 종이를 한 장 펼쳐놓고 그 위에 줄줄이 적힌 낱말을 검토하고 있었다.

파슨스가 윈스턴을 쿡 찌르면서 말했다.

"점심시간에도 일하는 것 좀 봐. 대단한걸, 안 그래? 자네, 뭘 보고 있는 거야? 분명 내겐 너무 어려운 것일 테지. 이봐, 스미스 동지. 자네를 찾고 있었어. 아마도 내게 기부금 주는 걸 잊은 것 같아서 말이야."

"무슨 기부금 말이야?"

윈스턴은 조건반사처럼 주섬주섬 돈을 찾으면서 물었다. 월급의 4분의 1을 자발적인 기부금으로 내야 하는데, 너무 많다 보니 일일이 기억하기가 어려웠다.

"증오 주간 기부금이지. 왜 집집마다 내는 것 있잖아? 내가 우리 구역 재무 담당이거든. 이번에 우리는 열성적으로 대대적인 전시를 준비하기로 했잖아. 이런 식이면 빅토리 맨션이 전체 시가 중 가장 커다란 깃발을 내보이지 못한다 해도 내 탓은 아니라고. 그나저나 2달러 낸다고 했지?"

윈스턴이 꼬깃꼬깃하고 더러운 지폐를 찾아 건네자 파슨스는 글씨에 서툰 사람들이 그러듯 꼼꼼한 손놀림으로 작은 공책에 메모를 적어넣었다. 파슨스가 말했다.

"그런데 스미스 동지, 우리 집 놈한테 어제 새총으로 맞았다면서? 내가 단단히 혼내줬네. 한 번만 더 그러면 새총을 빼앗겠다고 으름장을 놨거든."

윈스턴이 대답했다.

"처형장에 못 가서 화가 좀 난 것 같더라고."

"우리 집 녀석들이 날 닮아서 정신 상태가 똑바르다니까. 행동이 거칠긴 해도 정말 열성이지! 첩보단과 전쟁 말고는 다른 생각을 안 한다니까. 지난 토요일에 우리 막내딸이 대원들과 버크햄스테드 쪽으로 행군 갔을 때 무슨 일을 했는지 알아? 또 다른 여자애 둘과 행군에서 빠져나와 오후 내내 낯선 남자를 미행했대! 숲까지 두 시간이나 따라간 뒤 애머샴에 도착해서 그 사람을 순찰 대원에게 넘겼다는 거야."

윈스턴이 약간 놀라며 물었다.

"왜 그랬는데?"

파슨스는 의기양양하게 말을 이어나갔다.

"남자가 적의 간첩이라고 확신했던 거지. 예를 들어 낙하산으로 침투했다거나 뭐 그런 걸로 생각했더라고. 하지만 요점은 우리 딸이 그 남자를 주목하게 된 이유야. 그 애가 그러더라고, 남자가 난생처음 보는 우스꽝스러운 신발을 신고 있어서 그랬다고. 아마 외국인이었나 봐. 일곱 살짜리 꼬맹이치고는 꽤 똑똑하지, 안 그래?"

윈스턴이 다시 물었다.

"그래서 그 남자는 어떻게 됐어?"

파슨스는 총 겨누는 시늉을 하고 혀로 총소리를 흉내 냈다.

"아, 그건 물론 모르지. 하지만…… 그렇다고 해도 전혀 놀랄 일은 아니야."

사임이 종이에서 눈을 떼지 않은 채 말했다.

"잘됐네."

윈스턴도 의무감으로 동의했다.

"조금의 가능성도 남겨둘 순 없으니까."

파슨스가 말했다.

"내가 하고 싶은 말은 우리가 아직 전쟁 중이라는 거야."

마치 파슨스의 말을 확인이라도 시켜주듯 머리 위 텔레스 크린에서 나팔 소리가 울려 퍼졌다. 하지만 이번에는 승전보가 아니라 단순히 풍요부에서 알리는 공지 사항에 불과했다. 젊고 열의에 찬 목소리가 외쳤다.

"동지들! 주목, 동지들! 영광된 소식을 전합니다. 우리가 생산을 위한 전투에서 이겼습니다! 모든 분야의 소비재 생산량이 달성되었습니다. 그 덕분에 지난해보다 생활수준이 20퍼센트 이상 향상되었습니다. 오늘 아침, 오세아니아 전역에서 노동자들이 현명한 지도력으로 우리에게 새롭고 행복한 삶을 허락해준 빅 브라더에게 감사하는 마음을 외치면서 공장과 사무실에서 뛰쳐나가 현수막을 들고 기쁜 마음으로 즉흥적인 거리 행진을 벌였습니다. 이번에 달성한 생산량은 다음과 같습니다. 식량……."

'새롭고 행복한 삶'이라는 문구가 몇 번이나 되풀이되었다. 최근 풍요부에서 즐겨 사용하는 표현이었다. 나팔 소리에 주의를 집중했던 파슨스는 곧 지루함을 느꼈지만 학습을 통해 얻은 엄숙한 표정을 짓고 방송에 귀를 기울이고 있었다. 그는 수치를 이해하지 못했지만 만족스러운 결과를 나타낸다는 것쯤은 알고 있었다. 이내 파슨스가 크고 지저분한 담배 파이프

하나를 꺼냈다. 그 속에는 이미 타버린 담배가 반쯤 들어 있었다. 일주일에 배급받는 담배 양은 고작 100그램밖에 되지 않아 담배 파이프가 가득 차는 일은 거의 없었다. 윈스턴은 빅토리 담배를 땅과 수평이 되도록 조심스럽게 들어 피우고 있었다. 담배 배급일은 다음 날이었고, 그에게는 담배가 네 개비밖에 남아 있지 않았다. 한동안 윈스턴은 멀리서 들리는 잡음에 귀를 막고 텔레스크린에서 흘러나오는 소리에 집중했다. 아마도 일주일에 초콜릿 배급이 20그램으로 늘어난 것과 관련해 빅 브라더에게 감사를 표하는 집회가 열린 듯했다. 그의 기억에 따르면 초콜릿 배급이 20그램으로 줄어든다고 발표된 것은 바로 어제의 일이었다. 사람들이 단 스물네 시간 만에 모든 것을 잊는 게 가능할까? 그랬다. 사람들은 잊었다. 파슨스는 마치 멍청한 까마귀처럼 쉽게 잊었다. 바로 옆 식탁의 눈이 없는 생명체도 지난주 초콜릿 배급이 30그램이었다고 말하는 사람이 나타나면 그자를 추적해 증발시켜버리겠다고 분노할 만큼 광적이고 열정적으로 그 사실을 잊어버렸다. 사임은 그보다 약간 복잡한 이중사고가 필요했지만 역시 사실을 잊었다. 그렇다면 윈스턴 혼자 기억을 소유하고 있단 말인가?

텔레스크린 속 목소리는 계속해서 멋진 통계치를 읊어댔다. 지난해와 비교했을 때 올해는 식량과 의복, 주택, 가구, 식기, 연료, 선박, 헬리콥터, 책의 생산량이 늘어났다고 했다. 심지어 아이들도 더 많이 태어났다. 질병과 범죄, 정신병을 뺀 모든 게 늘어났다고 했다. 매년, 매분 사람을 비롯해 모든 것이 빠르게 증가한다는 소리였다. 사임이 그랬듯 윈스턴도 숟가락을 들고 식탁 위에 떨어진 회색빛 스튜 국물을 찍어 그림을 그리기 시작했다. 삶의 물질적인 면을 생각하자 짜증이 났다. 사는 것이 언제나 이랬던가? 스튜는 예전에도 맛이 이 모양이었던가? 윈스턴은 식당을 둘러봤다. 천장이 낮고 사람들로 붐비는 식당의 벽은 수많은 사람에게 부딪혀 때가 묻어 있었다. 찌그러진 철제 식탁과 의자는 너무 다닥다닥 붙어 있어 식사할 때 옆 사람과 팔꿈치가 부딪치기 일쑤였다. 숟가락은 휘었고 쟁반은 찌그러졌으며 흰색 컵들은 조악했다. 모든 식기가 기름기로 번들거리고 갈라진 틈마다 더러운 때가 끼어 있었다. 게다가 식당 안은 질 낮은 술과 커피, 쇳내 나는 스튜, 더러운 옷감 등의 냄새가 뒤섞여 꾀죄죄한 악취가 진동했다.

뱃속과 피부는 늘 아우성이었는데 마땅한 대접을 받지 못했기 때문인 듯했다. 사실 윈스턴에게 지금과 크게 다른 시절에 대한 기억은 없었다. 그의 기억이 닿는 한 언제나 먹을 것이 부족했고, 구멍 뚫리지 않은 양말과 속옷을 입은 적은 없었다. 가구는 늘 부서져서 망가지기 직전이었고, 집에는 연료가 부족했다. 지하철은 늘 만원이었고, 집은 다 허물어져 갔고, 빵은 검은색이었고, 마실 차는 모자랐고, 커피에서는 오줌

맛이 났고, 담배는 부족했다. 알코올을 합성해 만든 술 이외에 싸고 풍족한 것은 없었다. 물론 나이가 들수록 상태는 더 나빠졌다. 만약 사람의 심장이 불편함과 더러움, 부족함, 끝없이 계속되는 겨울, 형편없는 양말, 한 번도 작동한 적이 없는 엘리베이터, 차가운 물, 거친 비누, 조각조각 부서지는 담배, 끔찍한 맛이 나는 괴상한 음식 때문에 병들어 간다면 이 모든 게 자연의 법칙을 따르지 않고 있다는 신호가 아닐까? 왜 사람은 과거가 지금과 달랐다는 오래전의 기억도 없으면서 이런 것들을 참지 못하는 걸까?

윈스턴은 또 한 번 식당을 둘러봤다. 주위는 추한 얼굴의 사람들뿐이었다. 푸른색의 당원복이 아니라 화려한 옷을 입었다고 하더라도 추해 보일 것 같은 용모였다. 식당 한구석에 놓인 식탁에는 몸집이 왜소하고 딱정벌레를 닮아 이상야릇하게 생긴 남자가 홀로 앉아 커피를 마시고 있었다. 그는 의심스러운 눈초리로 이쪽저쪽을 흘끗거렸다. 주변을 둘러보지 않는다면 당이 이상적이라고 말하는 신체조건, 즉 금발에 생동감이 넘치고 햇볕에 건강하게 그을리고 명랑하며, 남자라면 키가 크고 근육질이고, 여자라면 허리는 잘록하고 가슴이 풍만한 체형이 실제로 존재할 뿐 아니라 대다수가 그럴 거라고 쉽게 믿었으리라.

하지만 윈스턴이 알기로 에어스트립 원에 살고 있는 대부분의 사람은 몸집이 작고 피부가 거무죽죽하고 인상이 나빴다. 신기하게도 정부 기관에는 딱정벌레처럼 생긴 사람들이 크게 늘고 있었다. 작고 땅딸막한 몸집에 나이를 얼마 먹지 않았는데도 퍼지기 시작한 몸매, 짧은 다리, 재빠르고 허둥대는 동작, 작은 눈에 속을 알 수 없는 퉁퉁한 얼굴……. 이런 체형의 사람이 당의 지배 속에서 가장 잘나가고 있는 부류인 듯했다.

또 한 번의 나팔 소리와 함께 풍요부의 발표가 끝나자 쨍그랑거리는 양철 소리 같은 음악이 흘러나오기 시작했다. 연신 읊어대던 통계자료를 듣고 막연하게 열의에 들뜬 파슨스가 입에서 파이프를 뗐다. 그는 고개를 끄덕이면서 말했다.

"올해 풍요부는 성과가 정말 좋았네. 그런데 스미스 동지, 면도날 좀 없지? 혹시라도 있으면 줄 수 있어?"

윈스턴이 대답했다.

"하나도 없어. 나도 6주째 면도날을 바꾸지 못하고 있네."

"그래…… 그냥 한번 물어본 거네."

윈스턴이 말했다.

"미안하네."

풍요부의 발표가 계속되는 동안 잠깐 조용하던 옆자리에서 꽥꽥거리는 목소리가 다시 시작되었다. 그전보다 더 시끄러워진 듯했다. 웬일인지 윈스턴은 갑자기 머리카락이 성글고 얼굴 주름마다 먼지가 낀 파슨스 부인이 생각났다. 두 해도 못

가서 아이들은 부인을 사상경찰에 고발하리라. 파슨스 부인은 증발될 것이다. 사임도 증발될 것이다. 하지만 파슨스는 절대 증발될 리 없었다. 옆자리의 꽥꽥거리는 눈 없는 인간도 절대 증발되지 않을 자였다. 청사의 얽히고설킨 복도를 민첩하게 헤매고 다니는 딱정벌레 같은 인간들도 증발되지 않을 것이다. 소설국의 검은 머리 여자 또한 증발될 리 없었다. 윈스턴은 누가 살아남고 누가 사라질지 본능적으로 알 수 있을 것 같았다. 하지만 생존의 조건이 뭔지 말하기는 쉽지 않았다.

어느 순간 윈스턴은 깜짝 놀라며 정신을 차렸다. 옆 식탁에 앉아 있던 여자가 반쯤 몸을 돌려 그를 바라봤다. 바로 검은 머리의 그 여자였다. 그녀는 곁눈질로 그를 바라봤는데 영문을 알 수 없을 정도로 강렬한 눈빛이었다. 하지만 윈스턴과 눈이 마주치자 곧바로 고개를 돌려버렸다.

윈스턴의 등줄기에서 식은땀이 흘렀다. 끔찍한 공포가 그를 덮쳤다. 아주 짧은 순간이었지만 짜증스럽고 불편한 기분이 가시지 않았다. 왜 여자는 그를 보고 있었을까? 왜 그를 주시하는 걸까? 불행하게도 윈스턴은 여자가 자신이 자리를 잡기 전부터 그곳에 앉아 있었는지, 아니면 그 뒤에 와서 앉았는지 기억하지 못했다. 하지만 어제 2분 증오 시간에는 분명한 이유도 없이 그의 바로 뒤에 앉아 있었다. 진짜 목적은 그의 말을 듣고 그가 충분히 큰 소리로 증오를 외치는지 감시하려는 것인 듯했다.

윈스턴의 머릿속에 예전부터 의심하고 있던 것들이 되살아났다. 여자는 사상경찰이 아니라 다른 사람을 무조건 감시하는 일반인 밀고자일지도 몰랐다. 이들이 가장 위험한 존재였다. 윈스턴은 여자가 자신을 얼마 동안 바라봤는지 알지 못했다. 하지만 적어도 5분은 넘게 보고 있었던 듯했다. 그는 표정을 완벽하게 관리하지 못했을 수도 있었다. 공공장소나 텔레스크린 앞에서 생각에 잠기는 건 매우 위험한 행위였다. 아주 사소한 것 하나에 흔적도 없이 사라질 수 있었다. 긴장해서 신체 부위 가운데 한 곳을 계속 움직이거나 무의식중에 걱정스러운 표정을 드러내거나 혼자 중얼거리거나 하는 것은 뭔가를 숨기려는 인상을 주는 수상한 행위에 속했다. 어떤 경우에는 부적절한 표정을 짓는 것만으로도(예를 들어 승전보가 전해지는 와중에 못 믿겠다는 표정을 짓는다면) 처벌을 받았다. 신어에는 이를 일컫는 단어까지 있었는데 '표정범죄'였다.

여자가 다시 윈스턴에게서 등을 돌렸다. 어쩌면 그를 감시한 게 아니라 이틀 동안 우연히 마주친 것일지도 몰랐다. 윈스턴은 담뱃불을 끄고 조심스럽게 담배를 식탁 끝부분에 내려놓았다. 종이에서 담뱃잎이 떨어지지 않게 잘 간수하면 오늘 작업을 마치고 나서 나머지 부분을 마저 피울 수 있었다. 옆 식탁에 앉은 사람이 진짜 사상경찰의 밀고자라면 윈스턴은 사흘 뒤 사랑부 감방으로 끌려갈지도 몰랐다. 하지만 어떤 일이 벌어져도 남은 담배를 버릴 수는 없었다. 사임은 보고 있던 종이를 접어 주머니에 집어넣었다. 파슨스가 다시 이야기를 시작했다. 그는 파이프를 입에 문 채 미소를 지으면서 말했다.

"내가 말했던가? 우리 집 두 놈이 시장에서 웬 노파의 치마에 불을 놓았대. 그 노파가 빅 브라더 포스터로 소시지를 싸가는 걸 보고 그랬다나. 몰래 숨어 있다가 성냥으로 불을 붙였다던데, 내 생각에 그 노파는 꽤 큰 화상을 입었을 거야. 진짜 못 말리겠지? 하지만 정말 똘똘하지 않아? 요즘 첩보단에서는 그처럼 철저하게 훈련시키더라고. 우리 때보다 나아. 얼마 전 애들이 뭘 받아왔는지 알아? 열쇠 구멍으로 엿들을 수 있는 나팔같이 생긴 도청기야! 딸아이가 어느 날 밤 집에 가져와서 거실 문에 대고 시험해봤는데 그냥 열쇠 구멍에 귀를 대고 들을 때보다 두 배는 더 잘 들린데. 물론 그냥 장난감이지만 그래도 아이디어는 훌륭하지, 안 그래?"

바로 그때 텔레스크린에서 찢어질 듯한 호루라기 소리가 울렸다. 각자의 일로 돌아가라는 알림이었다. 세 사람은 벌떡 일어나 엘리베이터로 몰려가는 인파에 합류했다. 그 바람에 윈스턴이 아껴놓은 담배에서 남은 담뱃잎이 떨어져 버렸다.

6장

윈스턴은 일기를 쓰고 있었다.

3년 전이었다. 어느 컴컴한 저녁, 큰 기차역 근처의 좁은 골목길
이었다. 여자는 어둡기 그지없는 가로등 밑의 문가에 서 있었다.
화장을 짙게 했지만 어려 보이는 얼굴의 여자였다. 가면을 쓴 것
처럼 하얗게 바른 분과 새빨간 입술에 눈길이 갔다. 당원은 절대
화장을 할 수 없었다. 길에는 아무도 없고 텔레스크린도 없었다.
여자는 2달러라고 했다. 나는……

더는 글을 쓰기가 어려웠다. 그는 눈을 질끈 감고 손가락으
로 눈꺼풀을 꾹꾹 누르면서 자꾸만 떠오르는 장면을 지우려

고 했다. 악다구니를 쓰면서 계속해서 욕을 퍼부어주고 싶은 충동을 이겨내기 어려웠다. 그게 아니라면 벽에 머리를 찧거나 탁자를 발로 차거나 잉크병을 창문 밖으로 던져버리고도 싶었다. 폭력을 사용하거나 고함을 질러서 고통스럽더라도 자신을 괴롭히는 기억을 지워버리고 싶었다.

윈스턴은 '최대의 적은 자신의 신경조직'이라고 생각했다. 내면의 긴장은 결국 언젠가 눈에 보이는 증상으로 나타나게 되어 있다. 그는 몇 주 전에 거리에서 만난 남자를 떠올렸다. 평범해 보이는 남자였다. 당원이었고, 서른다섯에서 마흔 살 사이로 보였다. 키가 크고 몸이 호리호리하고 손에는 서류 가방을 들고 있었다. 두 사람이 단 몇 미터를 사이에 두고 마주 봤을 때 갑자기 남자의 왼쪽 얼굴이 경련으로 일그러졌다. 그리고 두 사람이 서로 지나칠 때 또 한 번 그의 얼굴이 일그러졌다. 카메라 셔터가 움직일 때처럼 빠르고 갑작스러운 움직임이었다. 분명 습관적인 동작인 듯했다. 그 순간 윈스턴은 '불쌍한 인간, 당신은 이제 끝이군'이라는 생각을 했다. 무엇보다 두려운 것은 이런 행동이 무의식적이라는 사실이었다. 자신이 깨닫지 못하는 한 막을 수 있는 방법이 없었다.

윈스턴은 호흡을 가다듬고 글을 써 내려갔다.

나는 여자와 문 안으로 들어가 뜰을 가로질러 지하실에 있는

부엌으로 내려갔다. 벽에 침대가 붙어 있고 탁자에는 심지를 낮춘 등불이 놓여 있었다. 여자는…….

윈스턴은 이를 악물었다. 침이라도 뱉고 싶은 기분이었다. 지하실 부엌에서 여자를 보자마자 아내 캐서린에 대한 기억이 떠올랐다. 어쨌거나 그는 기혼자였다. 아내가 어디에서 죽었다는 소식은 듣지 못했으니 아마도 아직 기혼자가 맞을 것이다. 윈스턴이 숨을 들이마시자 후텁지근하고 답답한 냄새와 함께 벌레와 더러운 천에서 나는 냄새가 느껴졌다. 그 와중에 싸구려 향수 냄새도 났다. 여성 당원들은 향수를 쓸 엄두도 내지 못했기에 그것마저 매력적으로 느껴졌다. 향수는 프롤 계급만 사용했다. 윈스턴의 마음속에서 향수 냄새가 간통 행위와 복잡하게 얽혀들었다.

돈을 주고 여자를 사는 것은 거의 2년 만에 저지르는 탈선이었다. 물론 매춘은 금지되어 있었다. 하지만 마음만 먹으면 어길 수 있는 여러 규칙 가운데 하나일 뿐이었다. 위험하기는 했지만 죽을 만큼 잘못한 일은 아니었다. 그런 행위를 하다가 들키면 노동교화소에서 5년 동안 복역해야 했다. 다른 범죄를 추가로 저지르지만 않으면 그 이상의 처벌은 받지 않았다. 현장에서 발각되지만 않으면 괜찮았다. 빈민가는 몸을 파는 여자들로 넘쳐났다. 프롤 계급은 빅토리 진을 마실 수 없어서 빅토리 진 한 병에 몸을 파는 여자도 있었다. 게다가 당은 매춘을 무조건 억누를 수만은 없는 본능의 분출구로 생각해 암묵적으로 권장하기도 했다. 하층민 여성과 아무 의미 없이 은밀하게 맺는 관계는 크게 문제 삼지 않았다. 다만 당원 사이의 문란한 행위는 용서받을 수 없었다. 이는 대대적인 숙청에서 죄인들이 곧잘 자백하는 범죄 가운데 하나였다. 하지만 실제로 가능한 일이라고는 생각하기 어려웠다.

당의 목적은 남자와 여자의 애정 관계를 막는 것이 아니었다. 말로 표현된 적은 없지만 당의 진짜 목적은 성행위에서 얻을 수 있는 모든 쾌락을 없애버리는 것이었다. 성욕은 사랑만큼이나 반드시 경계해야 하는 적이었다. 결혼도 마찬가지였다. 당원 사이의 결혼은 담당 위원회의 승인을 얻어야 했다. 어떤 원칙에 따라 결혼이 승인되는지 분명하게 밝혀진 적은 없었다. 하지만 두 사람이 서로 육체적으로 끌리고 있다는 인상을 풍기면 결혼을 승인받을 수 없었다. 유일하게 인정된 결혼의 목적은 당에 봉사할 아이들을 낳는 것이었다. 성교는 혐오스러운 부차적 행위에 지나지 않았다. 비유하자면 관장을 하는 것과 비슷했다. 이 또한 분명하게 언급된 적은 없지만 어렸을 때부터 당원들의 머릿속에 우회적인 방법으로 깊이 새겨졌다. 심지어 남자와 여자 모두에게 철저한 금욕을 주장하는 청년 성생활 반대 연맹 같은 단체도 생겨났다. 아이들은 모두 인공수정(신어로는 '인공 주입artsem'이라고 한다)으로 태어나고 공공 보육시설에서 자라야 했다. 윈스턴은 이를 심각하게 여기지 않았지만 당의 전반적인 이념에 꼭 들어맞는다고 생각했다. 당은 인간의 성적 본능을 아예 없애버리거나 그러지 못하면 왜곡해 경멸의 대상으로 만들려고 했다. 그 이유는 알 수 없지만 한편으로는 당연한 것이었다. 당의 그런 노력은 적어도 여자들에게는 성공했다고 할 만했다.

윈스턴은 다시 캐서린을 생각했다. 두 사람이 별거에 들어간 것은 9년이나 10년 전, 아니 거의 11년째가 되어갔다. 이상하게도 평소에 윈스턴은 캐서린을 생각한 적이 거의 없었다. 가끔은 자신이 결혼했다는 사실마저 잊기도 했다. 두 사람은 열네 달 동안 함께 지냈다. 당은 이혼을 허락하지 않았지만 아이가 없다면 별거를 권유했다.

캐서린은 키가 크고 금발이며 당당하고 멋지게 행동하는 여자였다. 매부리코에 이목구비도 시원시원해서 머릿속이 텅 비었다는 사실을 알기 전까지는 고상함마저 풍긴다고 생각했다. 결혼 초기 윈스턴은 다른 사람들보다 더 가까이 있어서 그런지 몰라도 캐서린이 지금까지 만난 그 누구보다 멍청하고 저속하며 머리가 빈 사람이라는 결론을 내렸다. 캐서린의 머릿속에는 당의 슬로건 외에 다른 생각은 없었고, 당의 가르침이라면 덮어놓고 따랐다. 윈스턴은 마음속으로 캐서린에게

'인간 음원 재생기'라는 별명을 붙였다. 하지만 그 문제만 없었다면 그는 결혼 생활을 그럭저럭 버텨냈을 것이다. 두 사람 사이의 심각한 문제는 바로 성생활이었다.

윈스턴의 손이 닿기만 해도 캐서린의 몸은 움츠러들고 뻣뻣하게 굳어버렸다. 캐서린을 안으면 마치 목석을 안는 것 같은 기분이 들었다. 이상하게도 캐서린이 두 손으로 그를 껴안을 때조차 온 힘을 다해 그를 밀어내는 듯한 느낌이 들었다. 그녀의 근육이 굳어 있어 그런 느낌을 주는지도 모를 일이었다. 캐서린은 눈을 질끈 감고 누운 채 반항도 협조도 하지 않았다. 다만 하고 싶은 대로 하라는 듯 꼼짝 않고 누워 있었을 뿐이다. 윈스턴은 처음엔 몹시 당황했으며 그 뒤로 잠자리가 끔찍해졌다. 오히려 성생활을 하지 않았다면 캐서린과 같이 살 수 있었을 것이다. 더 기가 막힌 것은 캐서린이 이를 거부했다는 사실이다. 그녀는 반드시 아이를 낳아야 한다고 했다. 그래서 피치 못할 일이 생겼을 때를 빼곤 일주일에 한 번씩 꼭 행사를 치렀다. 심지어 당일 날 아침에는 밤에 할 일을 잊지 말라면서 알려주기까지 했다. 캐서린은 성행위를 두고 '아이 만들기'와 '당에 대한 우리의 의무'(그녀는 실제로 이 문구를 그대로 사용했다)라고 불렀다. 얼마 지나지 않아 윈스턴은 문제의 그날이 되면 두려움에 시달리기 시작했다. 다행히 아이는 생기지 않았고, 마침내 캐서린은 아이 갖기를 포기했다. 두 사람은 곧 헤어졌다.

윈스턴은 들릴 듯 말 듯하게 한숨을 쉬었다. 그러고는 다시 펜을 들고 글을 쓰기 시작했다.

여자는 침대에 몸을 던지더니 곧바로 다짜고짜 아주 음탕하고 끔찍하게 치마를 걷어 올렸다. 난⋯⋯.

윈스턴은 벌레와 싸구려 향수 냄새를 맡으면서 어두침침한 등불 옆에 홀로 서 있던 자신의 모습을 떠올렸다. 마음속에서 패배감과 분노가 치밀어오르면서 당의 최면술에 걸려 영원히 굳어버린 듯한 캐서린의 하얀 나체와 함께 뒤섞였다. 왜늘 이런 걸까? 왜 몇 년에 한 번씩 이렇게 추잡한 실랑이를 벌여야 하는 걸까? 하지만 진정한 연인과 나누는 사랑은 생각도할 수 없었다. 여성 당원들은 누구나 마찬가지였다. 순결이 곧당에 대한 충성심이라는 생각이 그들의 머릿속에 깊이 새겨져 있었다. 아주 어릴 때부터 반복해온 철저한 훈련과 다양한게임과 냉수욕 그리고 학교와 첩보단과 청년연맹에서 주입하는 온갖 잡스러운 내용과 강연, 행군, 노래, 슬로건, 군가 등이모두 동원되어 자연스러운 감정을 모조리 말려버렸기 때문이다. 그의 이성은 어딘가에 예외가 있을 거라고 속삭였지만 그의 마음은 이를 믿지 않았다. 여자들은 하나같이 완고했다. 당이 그렇게 만들었던 것이다. 윈스턴이 누군가에게 사랑받는 것보다 더 원하는 것은 평생 단 한 번만이라도 '덕목'이라고 주입된 벽을 허물어버리는 것이었다. 만족스럽게 이루어진 성행위는 반역이고 성욕은 사상범죄 가운데 하나였다. 만약 윈스턴이 캐서린을 일깨워 만족스러운 성행위를 즐겼다면 그녀가 비록 아내일지라도 여자를 유혹한 죄에 해당했다.

그래도 남은 이야기를 써야 했다. 윈스턴은 계속 일기를 적었다.

　나는 등불을 환하게 밝혔다. 밝은 빛 아래에서 본 여자의 모습은…….

주위가 어두워서 파라핀 등불의 희미한 불빛도 꽤 밝아 보였다. 윈스턴은 처음으로 여자를 제대로 볼 수 있었다. 그는 여자에게 한 걸음 다가갔지만 욕정과 공포에 휩싸여 그대로 멈춰 섰다. 이곳에 오려고 어떤 위험을 감수했는지는 고통스러울 정도로 잘 알고 있었다. 볼일을 마치고 밖으로 나가다가 순찰병에게 붙잡힐지도 모른다. 어쩌면 그들이 이미 문밖에서 윈스턴을 기다릴지도 모를 일이었다. 그렇다고 그가 이곳에서 하려던 일을 하지 않고 그냥 가버린다면……!

글을 계속 써야 했다. 무슨 일이 있었는지 쏟아내야 했다.

불빛 아래에서 본 여자는 노파였다. 덕지덕지 바른 화장은 너무 짙어 마분지로 만든 가면처럼 쪼개질 것 같았고 머리는 희끗희끗했다. 가장 소름 끼치는 것은 여자의 입이었다. 약간 벌어진 여자의 입속은 마치 동굴같이 캄캄한 암흑처럼 보였다. 여자에게는 이가 하나도 남아 있지 않았다.

윈스턴은 급하게 글씨를 휘갈겼다.

불빛에 비친 여자는 몹시 늙은 모습이었다. 적어도 쉰 살은 된 듯했다. 하지만 나는 평소와 똑같이 일을 치렀다.

윈스턴은 다시 손가락으로 눈꺼풀을 꾹꾹 눌렀다. 모두 써버렸지만 달라진 건 없었다. 이런 치료법은 효과가 없었다. 악을 쓰면서 욕을 퍼붓고 싶은 충동은 조금도 가시지 않았다.

7장

윈스턴은 이렇게 적었다.

희망이 있다면 프롤 계급에 있을 것이다.

희망이 있다면 분명 프롤 계급에 있을 것이다. 오세아니아 인구의 85퍼센트를 차지할 정도로 거대한 규모이면서 지금까지 멸시받아온 그들만이 그나마 당을 파괴할 힘을 만들어낼 수 있었기 때문이다. 당을 내부에서 전복시킬 수는 없었다. 당 내부에는 적이 있다고 하더라도 함께 뭉칠 수도, 서로 알아낼 수도 없었다. 물론 그 악명 높은 브라더후드가 실제로 존재할 가능성도 있었다. 하지만 그렇다고 해도 두세 명 이상이 모이는 건 불가능했다. 눈동자에 드리운 표정 하나, 미묘한 목소리 변화, 심지어 가끔 주고받는 속삭임까지 모두 반역을 뜻했다. 하지만 프롤 계급은 달랐다. 프롤 계급이 어떻게든 자신들의 힘을 깨닫는다면 모의조차 할 필요가 없었다. 그들은 떨치고 일어나 파리를 쫓는 말처럼 자기 자신을 흔들기만 하면 된다. 원한다면 당장 내일 아침에 당을 산산조각 낼 수도 있었다. 분명 언젠가는 벌어질 일이 아닌가? 하지만 아직은……!

원스턴은 언젠가 사람들로 북적거리는 길을 걷다가 겪은 일을 떠올렸다. 조금 떨어진 옆길에서 갑자기 수백 명쯤 되는 여자들의 목소리가 터져 나왔다. 커다란 종이 울리듯 절대 깨뜨릴 수 없는 분노와 절망이 섞인 깊고 웅장한 외침이 퍼지고 있었다. 그의 심장이 요동쳤다. 그는 생각했다. '드디어 시작이구나! 반란이 일어났어! 마침내 프롤 계급이 물꼬를 튼 거야!' 그곳에 도착한 원스턴은 마치 침몰하는 배에서 죽음을 앞둔 승객처럼 비탄에 잠긴 표정을 짓고 시장 좌판에 몰려 있는 여자들의 모습을 봤다. 하지만 다음 순간 그곳에 모인 여자들이 공통의 절망에 빠져 있는 게 아니라 저마다 실랑이를 벌이고 있을 뿐이라는 사실을 알았다. 아마도 늘어선 좌판대 하나에서 양은 냄비를 팔고 있었던 모양이다. 냄비는 보기에도 형편없고 조잡하기 짝이 없었지만 그나마도 구하기 어려운 물건이었다. 냄비가 언제 동이 날지 모르는 상황에서 용케 냄비를 얻어낸 여자들은 인파에 치이고 밀리면서 그곳을 빠져나가려고 애썼다. 열 명 남짓 되는 다른 여자들은 사람을 골라 물건을 팔았느니, 어딘가에 냄비를 숨겨놨느니 하며 주인에게 악다구니를 쓰고 있었다. 한쪽에서 또 다른 고함이 터져 나왔다. 몸매가 육중한 여자 둘이 냄비 하나를 붙잡고 상대편의 손아귀에서 서로 빼앗으려 싸우고 있었다. 그중 한 여자의 머리는 마구 헝클어져 있었다. 결국 두 여자의 몸싸움에 냄비 손잡이가 떨어져 나가버렸다. 윈스턴은 혐오감에 젖어 사람들을 바라봤다. 이처럼 수백 명만 소리를 질러도 무시무시한 힘이 느껴지는데 왜 이들은 중요한 문제에 대해서는 외치지 않는 걸까?

윈스턴은 계속해서 글을 써나갔다.

그들은 의식을 가질 때까지는 반란을 일으키지 않을 것이고, 반란을 일으킬 때까지는 의식을 가질 수 없을 것이다.

윈스턴은 '마치 당에서 만든 교본 같군' 하고 생각했다. 물론 당은 프롤 계급을 속박에서 해방시켰다고 주장했다. 혁명 전까지 그들은 끔찍한 자본주의의 억압 속에서 굶주리고 혹사당했다. 여자들은 탄광에서 강제노동에 시달렸고(사실 이들은 아직도 탄광에서 일하고 있다), 아이들은 여섯 살이 되면 공장으로 팔려갔다. 하지만 동시에 당은 프롤 계급에 대해서도 이중사고를 내세웠다. 그들은 선천적으로 열등하므로 몇 가지 간단한 규율에 따라 짐승처럼 복종해야 한다고 가르쳤다. 사실 프롤 계급에 대해서는 알려진 게 별로 없고 알아야 할 필요도 없었다. 그냥 방치해두면 아르헨티나 평원에서 방목하는 소 떼처럼 조상 대대로 내려온 자신들의 삶의 방식을 답습할 것이다. 프롤 계급은 빈민굴에서 태어나고 자랐다. 열두 살이 되면 노동을 시작하고, 잠깐 가장 아름답고 성욕이 넘치는 시기를 겪은 뒤 스무 살에 결혼했다. 서른 살에 중년이 되었고, 대부분 예순 살 정도에 죽었다. 고된 육체노동, 가정과 아이들에 대한 걱정, 이웃과의 다툼, 영화, 축구, 맥주 그리고 무엇보다 도박이 이들의 마음을 가득 채우고 있었다. 프롤 계급을 통제하는 일은 어렵지 않았다. 사상경찰 몇 사람이 이들과 함께 섞여 있다가 유언비어를 퍼뜨린 뒤 위험하다고 판단되는 인물들을 찾아내 제거했다. 하지만 이들에게 당의 사상을 가르치려고 시도한 적은 없었다. 프롤 계급이 강한 정치적 성향을 띠는 것은 바람직하지 않았다. 프롤 계급의 노동시간을 늘리고 배급을 줄여야 할 필요가 있을 때마다 원시적인 애국심을 호소하면 그만이었다. 물론 프롤 계급이 불만을 느끼는 일도 종종 있었지만 이들은 아무런 성과도 얻어내지 못했다. 이들에게는 사상이 없었으므로 불만이 있어도 늘 사소하고 하찮은 근심

거리에 그칠 뿐이었다. 대단하고 중요한 문제는 언제나 이들의 관심 밖에 있었다. 프롤 계급이 거주하는 집엔 대부분 텔레스크린이 없었고, 경찰이 이들에게 간섭하는 일도 드물었다. 런던은 도둑과 강도, 매춘부, 약장수, 온갖 사기꾼이 득실거리는 범죄 소굴이었다. 하지만 모두 프롤 계급 내에서 벌어지기에 중요하게 여기지 않았다. 도덕적인 문제와 관련해 이들은 오래전부터 전해지는 자체 관습을 따르도록 허용되었다. 당이 성에 적용하는 청교도적인 잣대도 이들에게는 요구하지 않았다. 난잡하게 성행위를 벌여도 처벌하지 않고 이혼도 허용했다. 만약 프롤 계급에 필요하거나 이들이 원한다면 종교도 허용했을 것이다. 프롤 계급은 의심할 가치조차 없는 대상이었다. 심지어 "프롤 계급과 짐승은 자유다"라는 당의 슬로건도 있을 정도였다.

윈스턴은 팔을 아래로 뻗어 정맥류성 궤양을 앓는 부위를 조심스럽게 긁었다. 또다시 근질거렸다. 혁명 이전의 삶을 알아낼 가능성은 없다는 생각이 다시 들었다. 윈스턴은 파슨스 부인에게 빌려온 어린이용 역사책을 서랍에서 꺼내 그중 한 단락을 일기장에 옮겨 적기 시작했다.

(내용은 이렇다.) 영광된 혁명 전의 런던은 지금 우리가 알고 있는 아름다운 도시가 아니었어요. 누구나 배를 곯았으며 변변한 신

발도, 집도 없는 가난한 사람들이 수십 만 명에 달했던 런던은 어둡고 더러우며 비참한 곳이었습니다. 책을 읽는 동지들처럼 나이가 어린 아이들이 하루 열두 시간씩 노동에 시달렸어요. 일이 느리면 잔인한 주인의 채찍이 날아왔고, 음식은 썩은 빵 조각과 물뿐이었어요. 끔찍한 가난 속에서도 웅장하고 아름다운 집들이 있었는데, 자그마치 서른 명이나 되는 하인의 시중을 받는 부자들이었어요. 이들을 자본가라고 합니다. 반대쪽의 그림처럼 자본가들은 사악한 얼굴에 뚱뚱하고 못생긴 모습이었어요. 그림 속에서 자본가가 걸친 길고 검은 코트는 프록코트, 난로 연통같이 생긴 망측하고 반짝거리는 모자는 중절모라고 합니다. 이것이 바로 자본가들의 유니폼입니다. 다른 사람들은 이 유니폼을 입을 수 없었어요. 당시는 자본가가 모든 것을 갖고 나머지 사람들은 모두 노예인 세상이었습니다. 자본가들은 모든 땅과 집, 공장, 돈을 소유했어요. 말을 듣지 않는 사람은 감옥에 집어넣거나 일자리를 빼앗아 굶겨 죽였지요. 보통 사람은 자본가에게 말할 때 절을 하고 모자를 벗은 다음 '나리'라고 불러야 했어요. 자본가들 가운데서도 가장 우두머리를 왕이라고 하는데…….

윈스턴은 다음 내용을 대충 짐작할 수 있었다. 레이스 소매가 달린 옷을 입은 주교, 흰 족제비 털로 만든 법복을 입은 법관, 죄인에게 채우는 칼과 차꼬, 감방에 있던 디딜방아, 아홉 가닥으로 갈라진 채찍, 도시를 다스리는 시장의 연회, 교황 발에 입을 맞추는 관행 등이 설명되어 있을 것이다. 또 초야권에 대한 언급도 있을지 몰랐다. 초야권이란 자본가들이 공장에서 일하는 여자들과 동침할 수 있는 권리였다.

어디까지가 거짓이고, 어디까지가 사실인지 알 수 있을까? 어쩌면 보통 사람들이 혁명 이전보다 더 나은 삶을 살고 있다는 말이 사실일지도 모른다. 그렇지 않다는 유일한 증거는 뼛속까지 사무치는 소리 없는 아우성과 지금의 삶이 참아내기 어렵고 다른 시대에는 달랐을지 모른다는 직감뿐이었다. 지금 자신이 살고 있는 삶의 진정한 특성은 잔인함과 불안정성이 아니라 부족함과 음산함, 무기력함이라는 생각이 윈스턴의 머리를 스쳐 지나갔다. 아무리 주위를 둘러봐도 지금의 삶은 텔레스크린에서 외치는 거짓은 물론이고 당이 달성하려는 이상적인 모습과도 전혀 닮아 있지 않았다. 당원들을 포함해 대부분의 사람은 고되고 지루한 일과 지하철에서 좌석 차지하기, 구멍 난 양말 기우기 등 중립적이고 비정치적인 일로 삶을 채워나갔다. 당이 만들어낸 이상은 끔찍하고 눈부시게 빛나는 거대한 강철과 콘크리트, 괴물 같은 기계, 무시무시한 무기로 이루어진 세상이었다. 또한 모두 똑같은 얼굴을 하고 똑같은 생각을 하고 똑같은 슬로건을 외치면서 완벽한 혼연일체를 향해 나아가는 3억 명의 전사와 광신자의 세상이었다.

하지만 현실의 세상은 배곯은 사람들이 구멍 난 신발을 신고 허물어져 가는 19세기 건물들 사이를 돌아다니며 양배추 냄새와 악취를 풍기는, 썩어가는 누추한 도시에 지나지 않았다. 바로 그의 눈앞에 런던의 모습이 펼쳐져 있는 듯했다. 수백만 개의 쓰레기통 같은 거대한 폐허인 런던의 모습이 주름진 얼굴에 성긴 머리를 하고 막힌 하수관을 절박하게 뚫고 있는 파슨스 부인의 모습과 겹쳤다.

윈스턴은 다시 손을 뻗어 발목을 긁었다. 텔레스크린에서는 사람들이 예전보다 더 많은 음식과 더 좋은 옷, 더 나은 집, 더 즐거운 여흥을 누리게 되었다는 사실을 증명하려고 밤낮으로 각종 통계를 읊어대는 통에 귀에 딱지가 앉을 지경이었다. 다시 말해 사람들이 50년 전에 비해 더 오래 살고, 더 적게 일하면서도 더 많이 벌고, 더 건강하고, 더 튼튼하고, 더 행복하고, 더 똑똑하고, 더 높은 교육수준을 누릴 수 있다는 뜻이다. 하지만 통계자료 가운데 어떤 것도 증거를 제시하거나 반론을 제기한 적은 없었다. 예를 들어 당은 현재 프롤 계급 가운데 40퍼센트가 글을 읽고 쓸 수 있다면서 혁명 전에는 15퍼센트에 지나지 않았다고 주장했다. 또 현재의 유아 사망률은 1천 명당 160명이지만 혁명 전에는 3백 명이었다고 했다. 그 밖에도 수많은 통계자료가 있었다. 이는 마치 미지수 두 개를 등식으로 만들어놓은 것과 같았다. 역사책에 적힌 단어 하나, 아무 의심

없이 받아들였던 지식까지 완벽한 허구일 가능성이 컸다. 어쩌면 초야권이나 자본가의 모습, 그들이 입었다는 옷이나 중절모 따위는 처음부터 없었을지도 모른다.

모든 것이 안개 속으로 희미하게 사라져버렸다. 과거는 지워졌고, 지워졌다는 사실마저 잊었다. 거짓은 진실이 되었다. 윈스턴은 일생에서 딱 한 번 날조 행위에 대해 구체적이고 확실한 증거를 잡은 적이 있었다. 그 사건 이후 모든 게 바뀌었다. 그는 그 증거를 손가락 사이에 끼우고 30초쯤 그대로 있었다. 아마도 1973년, 그러니까 캐서린과 별거에 들어갔을 즈음이다. 하지만 실제 사건은 그보다 7, 8년쯤 전에 일어났다.

이야기의 시작은 혁명 초기에 지도자들이 대대적인 숙청과 함께 한꺼번에 영원히 사라져버린 1960년대 중반으로 거슬러 올라간다. 1970년이 되자 빅 브라더를 빼곤 아무도 남지 않았다. 나머지는 모두 반역자나 반혁명가로 몰렸다. 골드스타인은 아무도 모르는 곳으로 숨어버렸고, 마지막 생존자들 가운데 몇몇은 모습을 감췄다. 하지만 대다수는 끔찍한 공개재판에서 죄를 자백한 뒤 처형당했다. 존스와 아론슨, 러더퍼드는 가장 마지막까지 살아남은 사람들에 속했다. 이들이 체포된 건 1965년의 일이었을 것이다. 다른 이들과 마찬가지로, 세 사람은 1년 정도 종적을 감춰 살았는지 죽었는지 알 수 없었다. 그러더니 갑자기 나타나 익숙한 방식으로 죄를 자백했다. 이들은 적과 내통했고(그 시절에도 적은 유라시아였다), 공금을 횡령했으며, 충직한 당원 여럿을 살해했다고 고백했다. 그뿐 아니라 혁명이 일어나기 훨씬 전부터 빅 브라더의 지도력을 약화시키려는 음모를 꾸몄고, 수만 명의 목숨을 빼앗은 파괴 행위를 자행했다고 밝혔다. 자백한 뒤 세 사람은 사면되고 당에 복권되었다. 이들이 당에서 얻은 자리는 꽤 중요한 듯했지만 실은 형편없는 한직이었다. 이들은 반역 행위를 저지른 이유와 다시는 잘못을 저지르지 않겠다는 맹세가 담긴 장문의 글을 〈타임스〉에 기고했다.

이들이 석방되고 얼마 지나지 않았을 때 윈스턴은 체스트넛트리 카페에서 이들 세 사람을 목격했다. 그는 공포 어린 호기심에 사로잡혀 세 사람을 곁눈질로 흘끔거렸다. 그들은 윈스턴보다 훨씬 나이가 많은 과거 시대의 유명 인사였고, 당의 영웅적 시절을 살았던 마지막 인물들이었다. 그들한테서는 희미하지만 지하투쟁과 내전의 매력이 남아 있었다. 정확한 사실과 날짜는 기억나지 않지만 빅 브라더를 알기 전부터 그들의 이름을 알고 있었던 것 같은 기분이 들었다. 하지만 그들은 범법자이자 적이었다. 결코 가까이해선 안 되는 이들이고 1, 2년 안에 분명히 사라져버릴 운명이었다. 사상경찰의 손바닥에 놓인 사람들 가운데 이런 운명을 피한 이는 아무도 없었다. 세 사람은 무덤에 묻힐 날을 받아놓은 산송장이나 다름없었다.

그들이 앉아 있는 탁자 근처에는 아무도 없었다. 가까이 앉는 것마저 현명하지 못한 행동이었다. 세 사람은 카페에서 가장 유명한 메뉴인 정향나무 향이 나는 술을 앞에 놓고 아무 말 없이 앉아 있었다. 그들 가운데 윈스턴에게 가장 깊은 인상을 남긴 사람은 한때 유명한 풍자만화가였던 러더퍼드였다. 그가 그린 잔인한 풍자만화는 혁명 이전부터 혁명이 끝날 때까지 여론을 들끓게 했다. 이후에도 이따금 〈타임스〉에서 그의 만화를 볼 수 있었지만 초기 작품을 단순히 모방한 데 지나지 않았다. 이상하리만큼 생동감도, 설득력도 없었다. 빈민굴과 배고픈 아이들, 시가전, 중절모를 쓴 자본가 등 과거의 주제를 답습할 뿐이었다. 그림 속에서 자본가들은 바리케이드에 올라서서도 중절모에 집착하며, 끝없이 과거로 돌아가려고 절망적으로 노력하고 있었다. 러더퍼드는 무시무시한 괴물 같은 모습이었다. 뻣뻣한 회색 머리에 얼굴은 주머니처럼 불룩하면서도 주름이 자글자글하고 입술은 툭 튀어나와 있었다. 젊었을 땐 아주 건장했을 것처럼 보였지만 지금 그의 몸은 여기저기 늘어지고 망가져 있었다. 마치 산사태가 일어나는 산처럼 허물어져 가는 듯했다.

15시, 한적한 시간이었다. 윈스턴은 어떻게 자신이 그 시각에 카페에 가게 되었는지 기억할 수 없었다. 카페 안은 거의 텅 비었고, 텔레스크린에서는 깡통을 두드리는 듯한 음악이 흘러나오고 있었다. 세 사람은 카페 한구석에 앉아서 조금도 움직이지 않고 아무 말도 하지 않았다. 주문도 하지 않았는데 웨이터가 새로운 진을 가져왔다. 바로 옆에 말이 놓인 체스보드가 있었지만 게임은 거들떠보지도 않았다. 다음 순간, 그러니까 30초나 흘렀을까…… 텔레스크린에 변화가 생겼다. 텔레스크린에서 흘러나오던 음악이 완전히 바뀌었다. 곡의 분위기 또한 전혀 달랐다. 뭐라고 설명하기 어려운 곡이었다. 독특하고, 깨지는 듯하고, 당나귀 울음소리 같기도 하고, 또 비웃는 소리처럼 들리기도 했다. 선정적인 곡이라는 생각도 들었다. 그 순간 음악에 맞춰 노랫소리가 울려 퍼졌다.

울창한 밤나무 아래
난 동지를 팔고 동지는 날 팔았지.
그들은 거기에 누웠고 여기에 우리도 누웠네.
울창한 밤나무 아래.

세 사람은 꼼짝도 하지 않았다. 하지만 윈스턴이 러더퍼드의 폐허 같은 얼굴을 다시 흘끗 바라봤을 때 그의 눈에 가득 고인 눈물이 보였다. 그제야 아론슨과 러더퍼드의 코가 깨져 있다는 사실을 깨달았다. 무엇 때문인지는 알 수 없지만 마음속에 서늘한 기운이 느껴졌다.

며칠 있다가 세 사람은 다시 체포당했다. 석방 뒤 또 다른 음모에 가담했다고 했다. 두 번째 공개재판에서 세 사람은 과거의 범죄를 다시 한 번 모조리 자백하고, 새로운 범죄 사실을 줄줄이 읊었다. 곧 사형이 집행되었다. 이들의 사건은 다음 세대에 대한 경계의 의미로 당 역사책에 기록되었다. 그로부터 약 5년 뒤인 1973년의 어느 날이었다. 윈스턴은 막 진공관을 빠져나온 서류 뭉치 하나를 풀었다. 그 안에 다른 곳에서 찢겨 나와 잘못 섞여 들어온 게 분명한 종이 쪼가리 한 장이 끼어 있었다. 윈스턴은 그 종이를 본 순간 매우 중요한 것임을 알아챘다. 그것은 〈타임스〉에서 찢긴 반쪽짜리 종이였다. 종이 맨 윗부분에 찍힌 날짜를 확인해보니 10년쯤 전에 발간된 것이었다. 거기에는 뉴욕에서 열린 당 행사에 참석한 대표들의 사진이 실려 있었다. 한가운데에 존스와 아론슨, 러더퍼드가 눈에 띄었다. 그들이 틀림없었다. 사진 밑에는 세 사람의 이름도 적혀 있었다.

두 번의 재판에서 세 사람이 유라시아에 있었다고 자백했던 바로 그날 찍은 사진이었다. 세 사람은 그날 캐나다에 있는 비밀 비행장에서 시베리아 어딘가로 날아가 유라시아의 군 장성들과 만나 중요한 국가 기밀을 폭로했다고 자백했다. 우연찮게도 그날이 성 요한 축제일이었기에 윈스턴은 똑똑하게 기억하고 있었다. 수많은 곳에 똑같은 기록이 적혀 있을 것이다. 따라서 결론은 하나다. 그들의 자백은 거짓이었다.

물론 전혀 몰랐던 사실은 아니었다. 그 당시에도 윈스턴은 세 사람이 또다시 범죄를 일으킨 탓에 숙청당했다곤 생각하지 않았다. 하지만 그의 손에 들려 있던 종이는 확실한 증거였다. 엉뚱한 지층에서 발견되어 지금까지의 지질학 이론을 몽땅 뒤엎어버릴 수 있는 화석 같은 증거물이었다. 제대로 세상에 공개되고 그 의미가 받아들여진다면 당을 공중분해할 수도 있다.

윈스턴은 곧바로 일을 계속했다. 사진을 보고 그 의미를 알아차린 순간 그는 다른 종이로 그 사진을 덮어버렸다. 텔레스크린이 있는 위치에서 봤을 때 종이를 거꾸로 펴 들고 있어서 다행이었다.

그는 무릎에 노트를 올려놓고 되도록 텔레스크린에서 멀리 떨어지려고 의자를 뒤로 밀었다. 얼굴을 무표정하게 유지하는 일은 어렵지 않았다. 조금만 노력하면 호흡도 통제할 수 있었다. 하지만 요동치는 심장의 고동 소리는 도저히 잠재울 방법이 없었고, 텔레스크린은 그것마저 집어낼 만큼 민감했다. 10분 정도 흐른 것 같았다. 그사이에 어떤 사고, 예를 들어 갑작스럽게 바람이 불어 숨겨놓은 종이가 드러나는 일이 벌어지지는 않을까 하는 공포가 그를 괴롭혔다. 윈스턴은 다시 사진을 확인해보지 못하고 다른 폐지와 함께 기억 구멍에 던져 넣었다. 1분도 안 돼 문제의 종이는 재가 되었으리라.

10년 전인가 11년 전의 일이었다. 지금이라면 아마도 사진을 보관했을 것이다. 지금은 사진뿐 아니라 그 사건도 단지 그의 기억 속에만 존재하고 있었다. 그런데 문제의 사진을 잠깐 손가락에 끼워봤다는 사실이 지금까지 영향을 미친다는 게 신기했다. 절대 존재해서는 안 되는 증거가 나타난다고 과거에 대한 당의 지배력이 조금이라도 약화될까? 윈스턴은 궁금했다.

재가 되어버린 사진이 다시 나타난다고 해도 지금은 어떤 증거도 되지 못할 것이다. 그가 사진을 발견했을 때 유라시아는 오세아니아의 적이 아니었다. 따라서 죽은 세 사람이 이스트아시아에 기밀을 빼돌렸다고 기록을 바꿨을 것이다. 그 이후에도 몇 번인가 변화가 있었다. 두 번이나 세 번, 아니 정확하게는 기억나지 않았다. 세 사람의 자백도 몇 번이고 수정되었을 것이고, 원래의 자백 내용과 날짜는 이제 중요하지 않을 것이다. 단순히 과거가 바뀐 게 아니다. 과거는 계속 바뀌었다. 악몽처럼 그를 괴롭히는 건 왜 이 거대한 사기 행위가 시작되었는지 이해할 수 없다는 점이었다. 과거를 날조하는 행위의 즉각적인 장점은 짐작이 갔지만 궁극적인 동기는 미스터리였다. 윈스턴은 다시 펜을 들고 글을 써나갔다.

'방법'은 알고 있다. '이유'는 모른다.

윈스턴은 이미 수없이 그랬던 것처럼 또 한 번 자신이 미쳐버린 게 아닐까 생각했다. 미치광이란 어쩌면 남과 다른 의견을 가진 소수의 사람을 가리키는 말일지도 모른다. 한때 지구가 태양 주위를 돈다는 믿음이 미친 생각으로 여겨졌듯 이제는 과거를 고칠 수 없다는 생각이 미친 소리로 들릴지도 모를 일이었다. 어쩌면 이런 믿음을 가진 사람이 윈스턴 혼자일 수도 있었다. 만약 그 혼자만 그렇게 믿는다면 자신은 미치광이가 맞을 것이다. 하지만 그가 두려워하는 점은 자신이 미치광이일지도 모른다는 게 아니라 그의 믿음이 틀릴 수 있다는 것이다.

윈스턴은 어린이용 역사책을 집어 들고 앞 장에 실린 빅 브라더의 초상화를 바라봤다. 최면을 거는 듯한 눈동자가 윈스턴의 눈을 응시하고 있었다. 마치 어떤 거대한 힘이 그를 압박해오는 것 같았다. 그 힘이 그의 두개골에 구멍을 뚫고, 뇌를 가격하고, 협박해서 신념을 포기하게 하고, 설득하고, 심지어 생각에 대한 증거까지 부정하도록 만들어버리는 듯했다. 마침내 2 더하기 2는 5라고 발표하고 그대로 믿으라고 압박하는 날이 올 것이다. 조만간 당이 이런 주장을 하게 될 거라는 사실은 불을 보듯 뻔했다. 당의 논리가 그러했다. 그들의 철학은 전술적으로 경험의 타당성뿐 아니라 외형적인 현실의 존재 자체마저 부정하는 것이었다. 이론을 위한 이론이 통념이었다. 또 윈스턴이 두려운 것은 생각이 다르다고 죽임을 당하는 게 아니라 어쩌면 당이 옳을지도 모른다는 것이었다. 2 더하기 2는 정말 4일까? 정말 중력은 작용하는 걸까? 과거는 진실로 일어난 일일까? 과거와 외형적인 세계가 생각으로만 존재한다면, 그리고 그 생각을 바꿀 수 있다면 그다음은 어떻게 되는 걸까?

아니, 안 돼! 갑자기 용기가 솟구쳤다. 불현듯 그의 머릿속에 뚜렷한 연관성도 없는 오브라이언의 얼굴이 떠올랐다. 그 어느 때보다 분명하게 오브라이언이 그의 편이라는 확신이 들었다. 윈스턴은 오브라이언을 위해, 그러니까 오브라이언에게 일기를 쓰고 있었다. 아무도 읽지 않을 테지만 그의 일기는 특정한 사람을 향해 끝없이 써나가는 독특한 편지 같은 것이다.

당은 윈스턴에게 눈으로 보고 귀로 들은 증거를 거부하라고 요구했다. 이것이 바로 당이 내리는 최종적인 그리고 가장 근본적인 명령이었다. 윈스턴은 자신이 맞서고 있는 당의 거대한 힘과 토론이라도 벌이면 쉽게 그를 반박해버릴 당의 지식층, 그가 이해하지 못할 미묘한 주장, 제대로 답을 말하지 못할 것 같은 자신의 모습에 마음이 무거웠다. 하지만 그가 옳다! 당이 틀리고 그가 옳다. 세상은 분명한 형체로 존재하고 세상의 법칙은 변하지 않는다. 돌멩이는 단단하고 물은 축축하고 물체는 지구의 중심을 향해 떨어진다. 윈스턴은 오브라이언에게 말하는 듯, 또 한편으로는 중요한 이치를 밝히고 있는 듯 일기를 써 내려갔다.

자유란 2 더하기 2는 4라고 말할 수 있는 것이다. 이런 자유가 허락된다면 나머지도 따라올 것이다.

8장

거리 아래쪽 어딘가에서 커피 원두를 볶는 냄새, 빅토리 커피가 아니라 진짜 커피 향이 풍겼다. 윈스턴은 자기도 모르게 가던 길을 멈춰 섰다. 아주 잠깐 절반쯤 잊고 있던 유년 시절의 기억이 되살아났다. 그 순간 문이 쾅 닫히는 소리가 들리더니 마치 소리가 뚝 끊기듯 커피 향도 사라져버렸다.

길을 따라 몇 킬로미터인가를 걷다 보니 정맥류성 궤양 부위가 욱신거렸다. 윈스턴은 지난 3주 동안 커뮤니티센터에서 열리는 저녁 모임을 두 번이나 거른 참이었다. 경솔한 행동이었다. 분명히 참석 여부가 빠짐없이 확인되고 있을 것이다. 원칙적으로 당원은 잠잘 때를 빼곤 여가 시간이 없었다. 일하거나 먹거나 자고 있지 않다면 집단 오락 활동에라도 참여하도록 되어 있었다. 무리를 이탈하는 행동, 예를 들어 혼자 산책을 즐기는 것마저도 위험할 수 있었다. 신어로는 '삶소유(own-life)'라고 불렀는데, 이는 개인주의와 괴상한 행동을 뜻했다. 하지만 4월의 따스한 공기가 저녁 시간에 청사를 나오는 그를 유혹하고 있었다. 하늘을 보니 올해 들어 가장 푸르른 색을 띠었다. 윈스턴은 지루하면서도 진절머리 나는 게임과 강연, 빅토리 진의 취기로 만들어낸 동지애로 때우는 유치하고 번잡스러운 저녁을 더는 참을 수가 없었다. 그는 충동적으로 버스 정류장으로 향하는 길에서 벗어나 미로 같은 런던의 뒷골목을 헤매기 시작했다. 처음에는 남쪽으로, 그다음에는 동쪽으로, 그다음에는 다시 북쪽으로…… 알 수 없는 거리를 헤매었고 방향 따위는 신경 쓰지 않았다.

그는 일기장에 "희망이 있다면 프롤 계급에 있을 것이다"라고 적은 글귀가 머릿속에서 계속 맴돌았다. 이것은 이상야릇하지만 진실이었고 또 명백하게 부조리한 말이었다. 윈스턴은 희미한 갈색을 띤 빈민가의 어느 곳을 걷고 있었다. 그곳은 한때 세인트판크라스 역이 있던 북동쪽이었다. 그는 어딘지 모르게 쥐구멍을 연상하게 하는 작은 이층집들이 길 쪽으로 찌그러진 문을 드러내고 있는 자갈길을 따라 걸었다. 자갈길 여기저기 웅덩이마다 더러운 물이 고여 있었다. 어두침침한 문 앞과 양쪽으로 뻗은 좁다란 골목길 밑은 놀랄 만큼 많은 사람으로 넘쳐났다. 새빨간 립스틱을 바른 한창때의 처녀들과 그들을 쫓아다니는 젊은이들, 10년 뒤 처녀들의 모습을 보여주는 뚱뚱한 몸집의 아주머니들, 다리를 질질 끌면서 걷는 구부정한 노인들, 누더기만 걸친 채 맨발로 물웅덩이에서 놀다가 어머니의 꾸지람에 흩어지는 아이들⋯⋯. 거리로 난 창문들 가운데 적어도 4분의 1이 깨지고 널빤지로 가려져 있다. 사람들은 대부분 윈스턴에게 눈길도 주지 않았다. 몇몇 사람만 호기심 어린 경계의 눈초리로 그를 지켜봤다. 무시무시하게 생긴 여자 둘이서 앞치마 위로 팔짱을 낀 채 문가에서 이야기를 나누고 있었다. 두 사람의 팔은 벽돌 같은 색깔을 띠었다. 윈스턴은 그들을 지나치면서 이야기를 잠깐 엿들을 수 있었다.

"그래, 내가 '뭐, 그거 잘됐네. 네가 나였더라도 똑같이 했을 걸'이라고 말했다니까. 또 '남 말 하기는 쉽지. 하지만 넌 똑같은 문제로 고민한 적도 없잖아'라고 말해줬지."

또 다른 여자가 대답했다.

"그래? 바로 그렇게 해야 해. 그러는 게 맞다니까."

두 사람의 거친 목소리가 갑자기 뚝 끊겼다. 그들은 옆을 지나가는 윈스턴을 적대적인 침묵 속에서 찬찬히 뜯어봤다. 아니, 정확하게 말하면 적대심은 아니었다. 다만 낯선 동물이 지나갈 때 나타나는 경계심으로 잠깐 경직되었을 뿐이다. 이런 거리에서 당원이 입는 푸른 작업복이 흔할 리 없었다. 사실 특별한 용무도 없이 나다니기에 좋은 장소는 아니었다. 만약 순찰병이 그를 본다면 "동지, 신분증 좀 보여주시오. 여기서 뭘 하고 있는 거요? 언제 직장에서 나왔소? 원래 이 길로 귀가하오?" 라면서 질문을 퍼부을지도 몰랐다. 언제나 같은 길로 집에 가라는 법은 없지만 사상경찰의 귀에 들어간다면 의심을 사기에 충분했다.

갑자기 거리 전체가 어수선해지고 사방에서 경고의 외침이 울렸다. 사람들이 토끼처럼 빠르게 집 안으로 숨어들었다. 바로 앞에 있는 문에서 젊은 여자가 앞치마가 휘날릴 만큼 서둘러 뛰쳐나오더니 물웅덩이에서 놀고 있던 어린아이를 데리고 재빨리 집 안으로 뛰어 들어갔다. 그와 동시에 옆 골목에서 쭈글쭈글하게 구겨진 검은 양복을 입은 남자 하나가 불쑥 나타나 흥분해서 하늘을 가리키며 윈스턴 쪽으로 뛰어왔다. 그가 외쳤다.

"스티머(steamer)요! 봐요, 저기! 머리 위에서 터질 거요! 빨리 숨어요!"

스티머란 이유는 모르지만 프롤 계급이 로켓에 붙인 별명이었다. 윈스턴은 재빨리 엎드렸다. 폭격에 대한 프롤 계급의 경고는 언제나 옳았기 때문이다. 로켓은 소리보다 더 빠르게 움직였지만 프롤 계급은 로켓을 미리 감지하는 본능 같은 게 있는 듯했다. 윈스턴이 두 팔로 머리를 감쌌다. 땅이 요동치는 듯한 괴성이 들리더니 가벼운 물체들이 그의 등으로 쏟아졌다. 자리에서 일어선 그는 가까이 있던 유리창의 깨진 조각들이 자신을 뒤덮고 있음을 알았다.

윈스턴은 다시 걷기 시작했다. 2백 미터쯤 앞에 폭격으로 허물어진 집들이 보였다. 하늘에는 검은 연기가 걸려 있고 그 아래로 횟가루 먼지가 구름처럼 피어오르고 있었다. 잔해 주위에는 벌써 사람들이 몰려들고 있었다. 앞쪽은 횟가루가 쌓여 작은 무더기를 이루고 있었고 그 가운데 시뻘건 줄이 하나 눈에 띄었다. 가까이 가서 보니 사람의 잘려나간 손목이었다. 피가 흐르는 절단면을 빼고 완전히 새하얗게 된 손은 횟가루 반죽처럼 보였다.

윈스턴은 잘린 손목을 도랑으로 차버린 다음 사람들을 피해 오른쪽 큰길가로 나갔다. 3, 4분 만에 그는 폭격을 받은 지역을 벗어났다. 그곳은 아무 일도 없었던 것처럼 거리의 삶으로 북적댔다. 시간은 거의 20시를 가리키고 있었다. 프롤 계급이 드나드는 술집(프롤 계급이 맥줏집이라고 부르는 장소였다)은 사람들로 미어터졌다. 쉴 새 없이 열고 닫히는 술집의 회전식 문틈으로 오줌과 톱밥 그리고 시큼한 맥주 냄새가 뒤섞여 풍겼다. 앞부분이 튀어나온 건물 모퉁이에 남자 셋이 옹기종기 모여 있었다. 그중 가운데 있는 남자가 신문을 펴들고 있었고, 나머지 둘은 그 남자의 어깨너머로 신문을 보고 있었다. 윈스턴은 가까이 가기도 전에 그들의 얼굴 표정을 볼 수 있었다. 그들의 몸에 난 주름 하나까지 신문에 집중하고 있는 것 같았다. 분명히 신문에 아주 중요한 기사가 실린 듯했다. 윈스턴이 그들을 지나쳐 몇 발짝을 걸어갔을까…… 갑자기 무리 가운데 두 사람 사이에 격렬한 싸움이 붙었다. 금방 주먹다짐이라도 할 것 같은 기세였다.

"젠장, 내 말 못 알아듣겠어? 열네 달 동안 7로 끝나는 숫자가 당첨된 적은 없었단 말이야!"

"아니야, 그때 있었어!"

"아니야, 없었어! 그러니까 내가 젠장 2년도 넘게 종이에다가 번호를 받아 적었다고! 시계처럼 정확하게 적었는데 7로 끝나는 숫자는 한 번도……."

"아니야, 7도 당첨된 적 있었다고! 난 그 젠장맞을 번호를 거의 외울 정도란 말이야. 4, 아니 7로 끝나는 숫자였어. 2월이야! 2월 둘째 주!"

"뭐가 2월이야! 내가 정확하게 적어놨는데. 다시 말하지만 7로 된 숫자는……."

또 다른 남자가 외쳤다.

"이젠 좀 그만해!"

그들은 복권에 대해 이야기하고 있었다. 윈스턴은 30미터쯤 걸어가다 뒤를 돌아봤다. 세 사람은 여전히 얼굴을 붉힌 채 핏대를 높이며 다투고 있었다. 일주일에 한 번씩 막대한 당첨금을 지급하는 복권은 프롤 계급의 주된 관심사였다. 복권이 유일한 생존 이유는 아니더라도 여기에 매달린 사람이 수백만 명도 넘었다. 복권은 그들을 기쁘게 하는 동시에 어리석게 하는 것이며 진통제이자 지적인 면을 부추기는 자극제였다. 겨우 글자를 읽고 쓸 줄 아는 사람들까지 복권과 관련된 복잡한 계산을 할 수 있다고 우기며 예전 기억을 더듬었다. 시스템이나 예측치, 부적 따위를 팔아 먹고사는 무리도 상당수였다. 윈스턴은 풍요부에서 관리하는 복권과 아무 관계도 없었지만 당첨금이 엄청나게 과장되었다는 사실은 알고 있었다(당원은 누구나 알고 있었다). 실제로 복권 당첨자에게 주어지는 건 푼돈에 지나지 않았고, 막대한 상금을 거머쥐었다는 당첨자들은 모두 허구의 인물이었다. 오세아니아에는 지역과 지역을 잇는 실제적인 통신 방법이 전혀 없었기에 이런 관리가 그다지 어렵지 않았다.

하지만 '희망이 있다면 프롤 계급에 있다'. 이 점을 잊어서는 안 된다. 이 말은 그럴듯한 말로만 들리지만 거리에 나와 그를 스쳐 지나가는 행인들을 보고 있으면 신념에 찬 행동이 된다. 그가 들어선 거리는 아래쪽을 향하고 있는 경사로였다. 왠지 예전에도 와본 적이 있었던 것 같았다. 멀지 않은 곳에 큰 도로가 있었다는 느낌이 들었다. 앞쪽 어딘가에서 희미한 외침이 들렸다. 급하게 꺾인 길을 따라가자 아래쪽 골목으로 내려가는 계단이 있었다. 골목에서는 노점상들이 시들어빠진 채소를 팔고 있었다. 그 순간 윈스턴은 이곳이 어딘지 기억해냈다. 작은 골목은 큰길로 이어지고 바로 다음 모퉁이를 돌아 걸어서 내려가면 채 5분도 안 돼 고물상이 하나 나온다. 윈스턴이 지금 일기장으로 쓰는 노트를 산 곳이다. 그 근처에 그가 펜대와 잉크를 샀던 작은 문구점도 있다.

윈스턴은 계단 꼭대기에서 잠깐 걸음을 멈췄다. 골목 맞은편에 있는 작고 허름한 맥줏집이 눈에 들어왔다. 마치 성에가 낀 것처럼 보이는 창문은 사실 먼지가 쌓인 것이었다. 잠시 뒤 하얀 수염이 새우 수염처럼 앞으로 삐죽 튀어나온 노인 하나가 회전문을 열고 술집으로 들어갔다. 몸이 굽기는 했지만 여전히 정정해 보였다. 윈스턴은 그 자리에 서서 족히 여든 살은 넘어 보이는 노인을 바라보다가 그가 혁명 당시에 이미 중년의 나이였을 거라는 사실을 떠올렸다. 노인은 사라져버린 자본주의 세계를 이어주는 몇 안 남은 사람들 가운데 하나였다. 당 내부에서 혁명 이전에 형성된 사상을 지닌 사람은 많지 않았다. 그 당시 사람들은 대부분 1950년대와 1960년대에 있었던 대규모 숙청에 휘말려 목숨을 잃었고, 살아남은 몇몇 이들도 공포에 질려 정신적으로 굴복한 지 오래였다. 금세기 초의 삶에 대해 믿을 만한 이야기를 해줄 수 있는 사람이 아직 살아 있다면 프롤 계급뿐일 것이다. 윈스턴은 불현듯 어젯밤 일기장에 옮겨 적은 어린이용 역사책의 한 구절이 떠오르자 광적인 충동에 사로잡혔다. 그는 술집으로 들어가 노인과 안면을 트고 나서 이렇게 묻고 싶었다.

"소년 시절을 어떻게 보냈는지 말씀해주십시오. 그때는 어땠습니까? 지금보다 좋았습니까? 아니면 지금보다 더 형편없었습니까?"

윈스턴은 두려운 마음이 들기 전에 서둘러 계단을 내려가 좁은 도로를 건넜다. 정말 미친 짓이었다. 물론 프롤 계급과 말을 섞지 말라거나 그들이 드나드는 술집에 가지 못하도록 금지하는 법이 있는 건 아니었다. 하지만 분명 예사롭게 볼 일도 아니었다. 순찰병이 나타나면 갑자기 현기증을 느껴 맥줏집에 들어갔다고 둘러댈 수는 있겠지만 그 말을 믿을 리가 없었다. 문을 밀어젖히자 시큼한 싸구려 맥주의 끔찍한 냄새가 얼굴에 훅 끼쳤다. 그가 술집에 들어서는 것과 동시에 술집 안을 떠들썩하게 메웠던 사람들의 소리가 절반으로 줄어들었다. 윈스턴은 등 뒤로 자신이 입은 푸른색 당원복을 주시하는 사람들의 시선을 느낄 수 있었다. 술집 한쪽 구석에 모여 있던 무리도 다트 게임을 멈추고 그를 바라보았다. 윈스턴이 뒤따라온 노인은 카운터 앞에서 몸집이 땅딸막하고 뚱뚱하며 팔뚝이 우락부락하고 매부리코인 바텐더와 실랑이를 벌이고 있었다. 그 주위로 모인 사람들이 손에 술잔을 들고 싸움을 구경하고 있었다. 노인이 어깨를 펴면서 외쳤다.

"내가 알아듣게 이야기했잖아? 이 엿 같은 낡은 술집에 파인트 컵이 없단 말이야?"

바텐더는 손가락 끝을 카운터에 대고 몸을 앞으로 숙이면서 물었다.

"대체 파인트가 뭐요?"

"이런 멍청이! 술집에서 일하면서 파인트를 모른다는 게 말이 돼? 파인트는 1쿼트의 반이고, 4쿼트는 1갤런이잖아! 이제 A, B, C도 가르쳐줄까?"

바텐더가 짧게 대답했다.

"그런 말은 들어본 적도 없어요. 1리터와 반 리터…… 우린 이렇게 팔고 있어요. 저기 바로 앞 선반에 술잔이 보이죠?"

노인은 고집스럽게 말했다.

"난 파인트가 좋아. 그냥 파인트 한 잔 주면 되잖아. 내가 젊었을 때는 그 젠장맞을 리터 같은 게 없었단 말이야."

그러자 바텐더가 다른 손님을 보면서 말했다.

"왜요? 그때는 사람들이 모두 나무 꼭대기에서 살았다고 그러지요?"

한차례 웃음이 터져 나왔고 윈스턴의 등장과 함께 긴장되었던 분위기가 한층 누그러지는 듯했다. 흰 수염이 까칠하게 돋아난 노인의 얼굴이 벌겋게 달아올랐다. 그는 중얼거리면서 돌아서다가 윈스턴과 부딪치고 말았다.

윈스턴이 부드럽게 노인의 팔을 잡으며 말했다.

"제가 한잔 사드릴까요?"

"당신은 신사구먼."

노인이 다시 어깨를 펴면서 대답했다. 윈스턴이 입은 당원복이 노인의 눈에는 보이지 않는 것 같았다. 노인은 바텐더를 향해 공격적으로 외쳤다.

"파인트로! 왈럽으로 1파인트 달라고!"

바텐더는 카운터 밑에 놓인 물통에서 맥주잔 두 개를 헹군 다음 갈색 맥주를 반 리터씩 따랐다. 맥주는 프롤 계급이 술집에서 유일하게 살 수 있는 술이었다. 빅토리 진은 원칙적으로는 마실 수 없었다. 물론 원한다면 쉽게 손에 넣을 수 있었지만. 옆에서는 본격적으로 다트 게임이 시작되었고 카운터에 앉은 사람들도 둥그렇게 모여 복권에 대해 떠들기 시작했다. 윈스턴의 존재는 잊힌 것 같았다. 창문 밑에 놓인 탁자는 남들에게 들리지 않게 대화를 나누기에 안성맞춤이었다. 이것은 더할 나위 없이 위험한 행동이었지만 윈스턴이 술집에 들어서면서부터 확인했듯 이곳에는 텔레스크린이 없었다. 술잔을 앞에 놓고 자리를 잡으면서 노인이 투덜거렸다.

"1파인트 잔에 주면 좋잖아⋯⋯. 반 리터는 부족해. 그 정도로는 어림없다고. 하지만 1리터는 너무 많아. 그렇게 마시면 오줌통이 신호를 보내거든. 비싼 건 말할 것도 없고."

윈스턴이 주의 깊게 물었다.

"당신이 젊었을 때와 지금은 많이 다르지요?"

노인의 푸른 눈동자가 달라진 거라도 찾는 것처럼 다트판에서 카운터로, 또 문으로 움직였다. 그가 드디어 말문을 뗐다.

"맥주 맛이 썼고 또 값도 정말 쌌지! 내가 어렸을 때는 왈럽이라는 순한 맥주가 1파인트에 4펜스밖에 안 했어. 물론 전쟁전 일이지만 말이야."

"무슨 전쟁 말인가요?"

"모두 다 말이지 뭐."

노인은 모호하게 대답한 뒤 술잔을 들고 어깨를 또 한 번 편뒤에 소리쳤다.

"자, 당신 건강을 위해!"

살집이라곤 없는 노인의 목에 드러난 목젖이 빠르게 위아래로 움직이더니 단숨에 맥주가 사라져버렸다. 윈스턴은 카운터로 가서 반 리터짜리 맥주 두 잔을 더 가져왔다. 노인은 1리터는 많다던 자신의 말을 완전히 잊은 듯 보였다. 윈스턴이 말문을 뗐다.

"당신은 저보다 나이가 훨씬 많아요. 제가 태어났을 때는 이미 어른이었단 말입니다. 그러니 혁명 전엔 어땠는지 기억하겠지요. 제 세대는 그 시대를 전혀 모릅니다. 책에서 읽은 게 다인데, 책에 적힌 내용이 사실이 아닐 수도 있으니까요. 당신 생각을 듣고 싶습니다. 책에는 혁명 전이 지금과 완전히 달랐다고 적혀 있어요. 끔찍한 압제와 불평등, 빈곤이 상상을 초월했다고 하더군요. 여기 런던에서도 태어나서 죽을 때까지 평생 마음껏 음식을 먹어보지 못했던 사람이 대부분이라고 합니다. 절반은 변변한 신발도 없이 살았다고 들었어요. 하루 열두 시간씩 노동했고, 아홉 살이면 학교를 그만두었고, 한 방에서 열 명씩 잤다고 합니다. 그런데 아주 소수의 사람들, 자본가라고 부르던 이들은 고작 몇천 명뿐이었지만 모두 부유한 데다 막강한 권력을 휘둘렀다고 해요. 가질 수 있는 건 모두 갖고 있었다는군요. 서른 명이나 되는 하인을 거느리고 아름다운 집에서 살면서 자동차와 사두마차를 타고 다니고 샴페인을 마시고 중절모를 썼으며……."

노인은 갑자기 얼굴이 환해지더니 이렇게 대답했다.

"중절모! 당신이 중절모를 말하다니 우습구먼. 나도 어제 같은 생각을 했지. 이유는 모르지만 그냥 그런 생각이 들었어. 오랫동안 못 보던 물건이지. 이제는 없어져버렸으니깐. 마지막으로 썼던 게 처형 장례식 때였는데. 그러니까 그게…… 언제였는지 정확한 날짜는 모르겠지만 50년도 넘은 일이야. 순전히 장례식 때문이었지."

윈스턴이 인내심을 보이며 말했다.

"중절모는 중요한 게 아니에요. 제 말의 요점은 변호사나 사제 등으로 구성된 자본가라는 사람들이 왕처럼 군림했다는 겁니다. 모든 게 그들을 위해 존재했죠. 당신처럼 일반 노동자들은 그들의 노예였어요. 사람들을 멋대로 부렸지요. 소처럼 배에 실어 캐나다로 보내기도 하고, 노동자의 딸들 가운데 아무나 골라 동침하고, 아홉 가닥으로 나뉜 채찍을 휘두르면서 명령을 내렸어요. 사람들은 자본가가 지나갈 때는 모자를 벗어 예의를 갖춰야 하고, 자본가들은 한 무리의 종들을 데리고 다니면서……."

노인의 얼굴이 또 한 번 밝아졌다.

"종이라고! 또 오랫동안 듣지 못했던 소리를 듣게 되는구먼. 종이라! 옛날 생각이 나는구먼. 그러니까, 보자…… 정말 오래전이야. 일요일 오후면 하이드파크에 가서 녀석들의 연설을 들었지. 거기엔 구세군도 있었고 가톨릭 신자, 유태인 할것 없이 온갖 인간이 모여 있었어. 그중 한 녀석이, 음…… 이름은 모르겠구먼. 여하튼 그 녀석이 연설을 끝장나게 잘했어. '그들이 모든 것을 앗아갔습니다!', '종입니다!', '부르주아 계급의 종!', '지배계급의 아첨꾼!'이라 외쳤지. 기생충이라고…… 그런 말도 했지. 욕심쟁이라고도 불렀지. 알겠지만 노동당을 두고 한 말이었어."

윈스턴은 노인이 엉뚱한 말을 하고 있다는 생각이 들어 이렇게 설명했다.

"제가 알고 싶은 건 말입니다, 그때보다 지금 더 많은 자유를 누리는 것 같으냐는 겁니다. 이제는 인간답게 대접받는다고 생각하나요? 그 시절에 부자들, 그러니까 상류계급……."

노인이 회상에 잠겨 중얼거렸다.

"의원들 말이구면."

"당신이 좋다면 의원들이라고 부르세요. 제가 묻고 싶은 건 가난하다는 이유만으로 부자들이 다른 사람들을 열등하게 여겼느냐는 겁니다. 그래서 자본가들을 '나리'라 부르고 지나갈 때는 모자를 벗어야 했나요?"

노인은 깊은 생각에 잠긴 듯 보였다. 그는 술을 4분의 1 정도 비우고 대답했다.

"그래, 모자에 손을 올려서 인사하는 걸 좋아했지. 뭐 일종의 존경 같은 거야. 난 그런 행동이 마음에 들진 않았지만 똑같이 행동하곤 했지. 그렇게 했어야 한다고 할까?"

"게다가 사람들, 그러니까 하인들을 시궁창에 처박는 일도 흔했다고 들었어요. 전 역사책에서 읽은 내용을 물어보고 있을 뿐입니다."

노인이 말했다.

"그래, 나도 한 번은 그런 적이 있었어. 그게 바로 어제 일 같다니까. 보트 경기가 열리는 날이면 사람들이 난폭해졌어. 섀프츠베리 거리에서 웬 젊은 녀석하고 부딪쳤어. 꽤 신사였지. 드레스셔츠에 까만 오버코트를 입고 갈지자로 걷고 있더라고. 나와 부딪친 건 우연이었는데도 '왜 앞을 안 보고 다니느냐?'고 묻더군. 난 '네가 이 젠장맞을 길의 주인이라도 되느냐?'면서 따졌어. 그랬더니 녀석이 '나를 만만하게 보면 네 모가지를 비틀어버리겠어'라고 하는 거야. 난 '당신은 취했어. 내가 당신을 꼼짝 못하게 하는 데 30분도 걸리지 않는다고 장담하지'라고 말했어. 그랬더니 이놈이 갑자기 내 가슴에 손을 올리고 날 확 밀어버렸다니까. 하마터면 버스 바퀴에 깔릴 뻔했지. 나도 그때는 혈기 왕성할 때라서 녀석을 잡아채려는데……."

윈스턴은 절망감에 사로잡혔다. 노인의 머릿속에는 쓸데없고 자질구레한 기억만 남아 있을 뿐이었다. 온종일 질문을 던져도 제대로 된 정보는 하나도 얻어내지 못할 것 같았다. 어쩌면 당의 역사책이 진실을 담고 있을지도 모를 일이다. 처음부터 끝까지 완벽한 진실일지도 모른다. 그가 노인에게 마지막으로 물었다.

"제 의도를 제대로 전달하지 못한 것 같군요. 제가 묻고 싶은 것은 이겁니다. 당신은 정말 오랜 세월을 살았어요. 혁명이 일어나기 전에 이미 인생의 절반을 살았죠. 그래서 1925년에는 이미 어른이었고요. 당신이 기억하는 바로는 1925년 이전의 삶이 지금보다 더 나았나요, 아니면 지금보다 더 나빴나요? 당신에게 선택권이 주어진다면 그때와 지금의 삶 가운데 어느 쪽을 택하고 싶습니까?"

노인은 생각에 잠긴 듯 다트판을 바라봤다. 그러고는 처음보다 더디게 남은 맥주를 비웠다. 맥주의 취기에 누그러진 듯 그는 관대하고 철학적인 분위기를 풍기면서 대답했다.

"당신이 듣고 싶은 말이 뭔지 알겠어. 당신은 내가 젊어지고 싶다고 말하길 바라는군. 나이가 많은 사람들 대부분은 젊어지고 싶다고 말하지. 젊었을 때는 건강하고 힘이 있으니까. 사람이 나만큼 늙으면 몸이 망가지지. 발은 쑤시고 오줌통은 엉망이야. 밤새 예닐곱 번은 화장실에 드나들어야 한단 말이지. 그런데 걱정거리가 없어져. 당신은 어떻게 생각할지 모르겠지만 여자 생각이 없어지는 것도 좋은 일이야. 여자 가까이에 가본 게 벌써 30년 전 일이지만 이젠 뭐 별로 동할 것도 없지."

윈스턴은 창틀에 등을 기댔다. 이야기를 계속해봐야 소용없을 게 뻔했다. 맥주나 더 사와야겠다 생각하는 순간 갑자기 노인이 벌떡 일어나더니 술집 한구석에 있는 지린내가 진동하는 소변기 쪽으로 발을 절뚝거리면서 급하게 걸어갔다. 아마도 반 리터 더 마신 맥주가 효과를 발휘하기 시작한 모양이었다. 윈스턴은 아주 잠깐 빈 맥주잔을 바라보다가 자신도 모르게 술집을 나와 거리로 들어섰다. 고작 20년 전 일이지만 그때의 생활이 지금보다 나았는지에 대한 간단하면서도 의미 없는 질문은 이제 곧 영원히 답을 구할 수 없는 미결의 문제가 되어버릴 것 같았다. 아니, 사실은 지금도 답을 얻을 수 없었다. 여기저기로 흩어진 구시대 생존자들은 과거와 지금을 비교할 수 있는 능력이 없었다. 그들은 동료와 싸웠던 일, 자전거펌프를 잃어버려 찾으러 다녔던 일, 오래전에 죽은 동생의 얼굴 표정, 70년 전 어느 바람 부는 날 아침에 봤던 먼지 섞인 회오리바람 따위처럼 오만가지 쓸데없는 일들을 기억했다. 하지만 의미 있는 사실은 모두 관심 밖이었다. 마치 작은 것만 보고 큰 것은 보지 못하는 개미 같았다. 사람들은 기억이 사라지고 기록이 날조될 때, 실제로 이런 일이 벌어지고 있을 때 인간의 삶이 예전보다 더 나아졌다는 당의 주장을 수용하는 것 말고는 다른 선택이 없었다. 이를 반박할 수 있는 그 어떤 잣대도 존재하지 않았고, 존재할 수도 없었기 때문이다.

갑자기 윈스턴의 머릿속에 있던 '생각의 기차'가 멈춰 섰다. 그가 걸음을 멈추고 고개를 들었다. 윈스턴이 서 있는 곳은 주거지 사이에 있는 좁은 도로였다. 우중충하고 비좁은 상점이 드문드문 보였다. 머리 바로 위쪽에는 한때 금박이 씌워져 있었을 것 같지만 지금은 빛이 바래버린 쇠로 만든 공 세 개가 매달려 있었다. 윈스턴은 자신이 어디에 서 있는지 깨달았다. 그랬다! 그는 일기장을 샀던 고물상 앞에 서 있었다.

　그 순간 짜릿한 공포가 온몸에 퍼져나갔다. 애초에 노트를 산 것 자체가 경솔한 행동이었고 다시는 이곳 근처에도 얼씬거리지 않겠노라 다짐했다. 하지만 생각이 그대로 흘러가도록 내버려두자 그의 걸음이 저절로 이곳을 향한 것이다. 처음 그가 일기를 쓰기 시작한 이유도 이런 무의식적인 자살 충동에서 자신을 보호하기 위해서였다. 동시에 그는 21시가 다 된 시각인데도 상점 문이 열려 있다는 사실을 깨달았다. 윈스턴은 거리에 서 있는 것보다는 안으로 들어가는 게 의심을 덜 받으리라고 생각하면서 문을 열고 들어섰다. 누군가 묻는다면 면도날을 사러 왔다고 그럴듯하게 둘러댈 작정이었다.

　상점 안에는 막 불을 붙인 석유램프가 탁하면서도 친근한 냄새를 풍기고 있었다. 예순 살쯤 된 상점 주인은 쇠약해 보이고 허리도 굽어 있었다. 코는 길고 인자해 보였고, 유순한 눈은 두꺼운 안경알 때문에 원래 모습과 약간 달라 보였다. 머리카락은 거의 백발에 가까웠지만 눈썹은 아직 검고 숱이 많았다. 안경을 쓴 모습과 점잖으면서도 조금 신경질적으로 보이는 움직임, 낡은 검은색 벨벳 재킷 때문에 마치 작가나 음악가처럼 보였다. 그의 목소리는 힘이 없지만 부드러웠고 억양은 대다수의 프롤 계급과 달랐다. 주인은 곧바로 말문을 열었다.

"길에 서 있는 당신을 봤습니다. 숙녀들이 쓰는 앨범 일기장을 사갔던 신사분이군요. 종이가 참 아름다웠어요. 옛날에는 크림색 종이라고 불렸죠. 아마 50년쯤 전에 만들어진 물건이었을 겁니다."

주인은 안경 위쪽으로 물끄러미 윈스턴을 바라봤다.

"뭐 필요한 게 있나요? 아니면 그냥 둘러보러 온 건가요?"

윈스턴은 모호하게 대답했다.

"그냥 지나가던 길이었어요. 딱히 필요한 건 없습니다."

주인은 손바닥을 펴 보이면서 미안하다는 듯이 대답했다.

"괜찮습니다, 손님 구미에 맞을 만한 물건이 없거든요. 손님도 보면 아시겠지만 가게에 남은 물건이 없어요. 손님과의 골동품 거래도 이제 마지막입니다. 찾는 사람도 없지만 남아 있는 물건도 없어요. 모두 어디 한 군데씩은 깨지고 망가진 가구와 도자기, 유리 제품이 전부죠. 청동으로 된 촛대는 최근 구경도 못 해봤답니다."

실제로 작은 상점 안을 불편할 정도로 가득 메우고 있는 물건들 가운데 쓸 만한 건 아무것도 보이지 않았다. 사방 벽에는 먼지를 뒤집어쓴 액자가 수없이 쟁여져 있어 바닥이 몹시 비좁았다. 창가에는 볼트와 너트가 담긴 쟁반, 다 닳아빠진 끌, 날이 망가진 주머니칼, 절대 작동할 것 같지 않은 녹슨 시계가 다른 자질구레한 잡동사니들과 함께 놓여 있었다. 그나마 한쪽 구석을 차지한 작은 탁자 위에 놓인 옻칠한 담뱃갑과 석영 브로치 같은 물건이 흥미를 끌고 있었다. 탁자로 다가가던 윈스턴은 램프 불 아래에서 부드럽게 빛나는 둥글고 매끈한 물건에 시선을 사로잡혔다. 그는 그 둥근 물건을 집어 들었다.

그것은 한쪽은 둥글고 다른 한쪽은 평평해 반구 모양에 가까운 묵직한 유리 덩어리였다. 색깔이 독특하고 질감은 물방울처럼 매끈했다. 유리 덩어리 한가운데는 분홍빛이 도는 나선형 물체가 들어 있었다. 장미꽃 같기도 하고 말미잘 같기도 한 그것은 유리 덩어리의 볼록한 면에서 보면 크게 확대되어 보였다.

윈스턴이 넋을 잃고 물었다.

"이게 뭐죠?"

노인이 대답했다.

"산호입니다. 아마 인도양에서 가져온 걸로 만들었을 겁니다. 보통 이렇게 유리 속에 넣어서 사용하죠. 적어도 100년은 됨 직한 물건이죠. 눈으로 봐서는 그보다 더 오래된 것일지도 모르죠."

윈스턴이 말했다.

"아름답군요."

노인이 그렇다는 듯이 동의했다.

"아름답죠. 하지만 요즘은 그런 말을 하는 사람이 별로 없어요.”

노인이 기침을 하면서 말을 이어나갔다.

“이 물건을 사고 싶으면 4달러만 주세요. 제가 기억하기로
예전에는 8파운드에 팔았어요. 8파운드는…… 음, 계산이 잘
안 되는데 어쨌거나 상당히 큰돈이죠. 하지만 요즘은 누가 골
동품에 관심을 보이나요? 사실 남은 물건도 별로 없고요.”

윈스턴은 곧바로 4달러를 내고 그 탐나는 물건을 호주머니
에 밀어 넣었다. 워낙 아름답기도 했지만 지금과는 전혀 다른
시대에 속해 있는 물건 같아서 더욱 마음에 들었다. 물방울처
럼 생긴 매끈한 유리는 윈스턴이 지금껏 봐왔던 그 어떤 물건
과도 달랐다. 아마도 문진으로 사용한 듯싶은데, 이제 아무런
쓸모도 없어져 버렸다는 점이 더욱 매력을 끌었다. 호주머니
에 넣기에는 꽤 묵직했지만 다행히 옷이 불룩해 보이지는 않았
다. 당원이 갖고 있기에는 이상할 뿐 아니라 의혹을 살 수도 있
는 물건이었다. 오래된 물건, 아름다운 물건은 언제나 막연한
의심의 대상이 되었다. 상점 주인은 4달러를 받은 뒤 눈에 띄
게 기분이 좋아 보였다. 윈스턴은 2달러나 3달러만 주었어도
물건을 팔았을 거라는 사실을 깨달았다. 노인이 말했다.

“손님은 위층 방에 있는 물건들을 보고 싶어 할 것 같군요.
별로 많지는 않아요. 고작 몇 가지뿐이죠. 램프를 들고 같이 올
라가 보실까요?”

노인은 불을 붙인 램프를 들고 허리를 굽힌 채 낡고 가파른 계단을 천천히 오르며 길을 안내했다. 좁은 복도를 지나서 들어간 방은 거리 쪽이 아니라 자갈이 깔린 뜰과 무수한 굴뚝을 향하고 있었다. 방 안은 마치 누군가가 살고 있었던 것처럼 가구가 들어차 있었다. 바닥에는 카펫이 깔려 있고, 벽에는 그림이 한두 점 걸려 있으며, 꾀죄죄하지만 푹신한 안락의자가 벽난로 바로 앞에 놓여 있었다. 벽난로 위에는 12시까지만 표시된 구식 유리시계가 똑딱거리고 있었다. 창문 밑에는 방의 4분의 1이 넘는 커다란 침대가 있었는데, 위에는 여전히 매트리스가 깔려 있었다. 노인이 조금 미안한 듯 말했다.

"아내가 죽기 전에 우리가 함께 지내던 방입니다. 가구를 하나씩 팔고 있어요. 저 아름다운 침대는 마호가니로 만든 거죠. 뭐 벌레가 좀 득실거리는 것만 빼면 아직 멋진 물건이죠. 벌레는 꽤나 성가셔요."

상점 주인은 램프를 높이 쳐들어 방 안 전체를 비췄다. 온화하고 희미한 불빛에 비친 공간이 묘하게 윈스턴의 마음을 끌었다. 위험을 기꺼이 받아들일 수만 있으면 일주일에 몇 달러씩 내고 이 방을 빌려서 사는 것도 좋겠다는 생각이 윈스턴의 머릿속을 스쳤다. 하지만 황당하고 말도 안 되는 생각이었기에 곧바로 단념했다. 이 방은 오래전 추억에 대한 향수 같은 걸 불러일으켰다. 이런 방에서 벽난로에 불을 피운 뒤 주전자를 얹어놓고 바로 옆에 놓인 안락의자에 앉아 그를 감시하는 눈도, 쫓는 목소리도 없이 오직 주전자 물이 끓는 소리와 시계가 친근하게 똑딱거리는 소리만 들으며 완벽한 고독과 안도감에 빠져 있는 기분을 정확하게 알 수 있을 것 같았다. 윈스턴은 자신도 모르게 중얼거렸다.

"텔레스크린이 없잖아!"

"아, 그런 건 가져본 적이 없어요. 너무 비쌉니다. 필요하다는 생각도 안 해봤어요. 저건 다리를 접었다 폈다 할 수 있는 탁자예요. 하지만 그렇게 사용하려면 경첩을 새로 달아야 하죠."

또 다른 쪽에는 작은 책장이 하나 있었는데, 윈스턴은 벌써 책장 쪽으로 다가가고 있었다. 책장 안에 들어 있는 거라곤 온통 쓰레기뿐이었다. 다른 곳에서와 마찬가지로 프롤 계급의 구역에서도 책이란 책은 몽땅 찾아내 파괴했다. 오세아니아 지역에서 1960년 이전에 인쇄된 책은 한 권도 남아 있지 않을 것이다. 노인은 여전히 램프를 손에 든 채로 침대 반대편, 그러니까 벽난로를 사이에 두고 다른 쪽 벽에 걸린 자단나무로 만든 액자 앞에 서 있었다. 상점 주인이 조심스럽게 말했다.

"손님께서 오래된 그림에도 관심이 있으시다면……."

윈스턴은 그림을 자세히 보려고 방을 가로질러 걸어갔다. 직사각형 창문이 달리고 앞에는 작은 탑이 있는 아치형 건물을 묘사한 판화였다. 건물 주변에는 철책이 둘러져 있고 뒤쪽에는 동상으로 보이는 물체가 있었다. 윈스턴은 그림을 한동안 물끄러미 바라봤다. 막연하게 낯이 익었지만 그 동상이 누구의 형상이었는지는 기억나지 않았다. 노인이 말했다.

"액자는 벽에 고정되어 있지만 손님이 원한다면 떼어내 드릴게요."

윈스턴이 마침내 입을 열었다.

"이 건물을 알고 있어요. 지금은 폐허가 되었죠. 정의궁 바깥쪽 도로 가운데 있던 건물이에요."

"맞습니다. 법원 밖에 있었는데 몇 년 전에 폭격당했죠. 한때는 교회였어요. 성 클레멘트 데인이라는 이름의 교회였죠."

그러고는 노인은 일부러 우스갯소리를 할 때처럼 겸연쩍게 웃으며 이렇게 덧붙였다.

"오렌지와 레몬, 성 클레멘트의 종이 말하네!"

윈스턴이 물었다.

"그게 뭔가요?"

"오! '오렌지와 레몬, 성 클레멘트의 종이 말하네!' 이건 제가 어릴 때 부르던 노래 가사입니다. 그다음은 잊어버렸지만 끝부분은 이렇게 끝나죠. '여기에 너의 침대를 밝힐 양초가 있고, 여기에 너의 목을 잘라버릴 도끼가 있네!' 일종의 춤곡입니다. 사람들이 서로 팔을 잡고 위로 들어 올리면 다른 사람들이 그 밑을 지나가요. 그리고 '너의 목을 잘라버릴 도끼가 있네!'라는 부분에서 팔을 내려 밑으로 지나가는 사람을 잡는 거죠. 노래 가사는 교회 이름으로만 지은 거예요. 런던에서 유명한 교회는 모조리 가사에 들어 있죠."

윈스턴은 성 클레멘트 교회가 몇 세기에 만들어진 것인지 막연하게 궁금해졌다. 런던의 건물들은 얼마나 오래되었는지 짐작하기가 어려웠다. 크고 인상적인 건물이 대충 새것처럼 보이면 무조건 혁명 이후, 그리고 그보다 오래된 것처럼 보이면 더 알기 어려운 시기인 중세 시대에 만들어졌다고 했다. 몇 세기에 걸친 자본주의 시대에는 가치 있는 것을 하나도 만들어내지 못했다고 했다. 책에서와 마찬가지로 건물에서도 역사를 배울 수 없었다. 동상이나 비문, 기념비, 거리 이름 등 과거를 조명할 수 있는 것은 모두 체계적으로 변형되었다. 윈스턴이 말했다.

"교회인 줄은 몰랐군요."

"실은 남아 있는 교회가 상당히 많습니다. 하지만 다른 용도로 쓰이고 있을 뿐이죠. 어쨌거나 노래 가사가 어떻게 되더라? 아, 이제 생각납니다.

오렌지와 레몬, 성 클레멘트의 종이 말하네!
넌 내게 3파딩의 빚이 있지.
성 마틴의 종이 말하네…….

그나마 여기까지만 기억나는군요. 파딩은 센트처럼 생긴 작은 구리 동전이었죠."

"성 마틴 교회는 어디에 있었나요?"

"성 마틴 교회요? 아직도 남아 있어요. 빅토리 광장의 그림 전시관 바로 옆에 있죠. 앞쪽에는 삼각형 모양의 뜰과 기둥이 있고, 높은 계단이 있어요."

윈스턴도 잘 알고 있는 장소였다. 그곳은 로켓 폭탄과 해상요새 모형, 적의 잔학성을 보여주는 밀랍 인형 등 다양한 선전용 게시물을 전시하는 박물관이었다. 노인이 설명을 덧붙였다.

"다들 광야의 성 마틴 교회라고 불렀죠. 그런데 근처에 광야가 있었는지는 기억나지 않네요."

윈스턴은 그림을 사지 않았다. 그건 유리 문진보다 더 엉뚱한 물건이었고, 액자를 떼어낸다 해도 집으로 가져가는 건 불가능했다. 그는 노인과 몇 분 정도 더 이야기를 나누다가 고물상 간판을 보고 짐작했던 것과는 달리 노인의 이름이 위크스가 아니라 채링턴이라는 것을 알았다. 예순세 살의 홀아비인 채링턴 씨는 이곳에서 서른 해를 살았다고 했다. 그동안 창문 위에 걸린 상점 이름을 고치려고 했지만 아직도 행동에 옮기지 못했다는 것이다. 대화를 나누는 동안 반쯤은 잊힌 노래 가사가 계속해서 윈스턴의 머릿속을 맴돌았다. "오렌지와 레몬, 성 클레멘트의 종이 말하네! 넌 내게 3파딩의 빚이 있지. 성 마틴의 종이 말하네……." 신기하게도 홀로 가사를 읊조리는 동안 런던 어딘가에 변형되거나 잊힌 채로 남아 있던 종소리가 들리는 것 같은 환상에 빠져들었다. 희미한 첨탑들이 하나둘 종소리를 퍼뜨리고 있는 듯했다. 하지만 그가 기억하기로 실제로 종소리를 들은 적은 한 번도 없었다.

윈스턴은 채링턴 씨를 방에 남겨두고 홀로 계단을 내려왔다. 그가 문을 나서기 전에 거리를 살피는 모습을 노인에게 보이지 않기 위해서였다. 그는 이미 적당한 시기에, 그러니까 한 달쯤 뒤에 다시 상점을 찾기로 마음먹었다. 커뮤니티센터의 모임을 빠지는 것보다는 아마도 그편이 덜 위험할 것이다. 일기장을 산 이후에 이 고물상이 믿을 만한 곳인지 알아보지도 않고 다시 찾은 것은 바보짓이었다. 하지만……!

윈스턴은 '그래, 다시 와보자'라고 생각했다. 아름다운 잡동사니들을 더 많이 사고 싶었다. 성 클레멘트 데인의 판화도 사고 싶었다. 액자를 떼어낸 뒤 당원복 재킷 속에 숨겨 집으로 가져가면 될 것 같았다. 채링턴 씨의 기억 속에서 더 많은 시구도 끄집어내고 싶었다. 상점 위층의 방을 빌리겠다는 미친 계획이 또 한 번 그의 머릿속을 스쳤다. 아주 잠깐이었지만 신이 난 윈스턴은 방심해서 창밖을 내다보지도 않고 거리로 나왔다. 심지어 즉흥적으로 만들어낸 가락에 맞춰 노래를 흥얼거리기까지 했다.

"오렌지와 레몬, 성 클레멘트의 종이 말하네! 넌 내게 3파딩의 빚이 있지. 성 마틴……."

갑자기 그는 심장이 얼어붙고 오줌을 지릴 것만 같았다. 10미터도 채 떨어지지 않은 가까운 거리에 푸른 당원복을 입은 누군가가 다가오고 있었다. 소설국에 근무하는 검은 머리 여자였다. 날이 어둑어둑해졌지만 여자를 알아보기는 어렵지 않았다. 여자는 윈스턴의 얼굴을 똑바로 쳐다보다가 전혀 알지 못한 사람이라는 듯 서둘러 가버렸다.

윈스턴은 완전히 얼어붙어 몇 초 동안 꼼짝하지 못했다. 그는 오른쪽으로 방향을 틀고 잘못된 방향인 줄도 모른 채 한참을 걸었다. 어쨌거나 한 가지 의문점이 풀렸다. 여자는 분명히 윈스턴을 감시하고 있었다. 당원들이 사는 거주지에서 몇 킬로미터나 떨어진 이 뒷골목을 우연히 같은 시각에 걷고 있을 가능성은 없었다. 여자는 윈스턴을 미행하고 있었음이 분명했다. 여자가 사상경찰이건, 주제넘은 일반인 밀고자건 상관없었다. 아마 여자는 그가 술집에 들어가는 것도 봤으리라.

윈스턴은 겨우 걸음을 뗐다. 걸음을 옮길 때마다 호주머니에 들어 있는 유리 덩어리가 그의 허벅지를 때렸다. 진심은 아니었지만 유리 덩어리를 꺼내 던져버릴까 하는 생각도 들었다. 설상가상으로 배까지 살살 아파왔다. 이윽고 당장 화장실에 가지 않으면 죽을 것 같은 복통이 한동안 계속되었다. 하지만 프롤 계급 구역에는 공중화장실이 없었다. 다행히 곧 격렬한 고통은 지나가고 묵직한 통증만 남았다.

길은 막다른 골목으로 이어졌다. 윈스턴은 걸음을 멈추고 막연히 무엇을 할지 잠깐 생각했다. 결국 그는 방향을 틀어 왔던 길을 되돌아가기 시작했다. 그러다가 검은 머리 여자가 스쳐 지나간 것은 겨우 30분 전이었고, 달려가면 따라잡을 수도 있겠다는 생각이 퍼뜩 들었다. 어쩌면 여자를 쫓아가다가 한적한 곳을 지나갈 때 자갈로 여자의 두개골을 박살 낼 수도 있을 것 같았다. 호주머니 속에 들어 있는 유리 덩어리만으로도 충분할 것이다. 하지만 그는 곧 단념했다. 그만큼 몸을 움직일 수 있을 것 같지가 않았다. 뛸 수도 없고 여자를 때릴 수도 없을 것 같았다. 게다가 여자는 아직 젊고 튼튼해 스스로 보호할 수 있을 것이다. 한편으로는 당장 커뮤니티센터로 달려가 문을 닫을 때까지 버티고 앉아 있어볼까 하는 생각도 들었다. 그렇게 하면 반쪽짜리지만 알리바이를 만들 수 있을 테니 말이다. 하지만 그 또한 할 수 없었다. 죽을 만큼 피곤해서 집으로 돌아가 조용히 앉아 쉬고 싶은 생각뿐이었다.

윈스턴이 집에 돌아온 것은 22시가 넘은 시각이었다. 전력 통제 시스템은 23시 30분이면 끊길 것이다. 그는 부엌에서 찻잔 가득 빅토리 진을 따라 마셨다. 그다음에는 구석에 숨어 있는 탁자 앞에 앉아 서랍에서 일기장을 꺼냈다. 하지만 곧바로 일기장을 펴지는 않았다. 텔레스크린에서는 어떤 여자가 쇳소리로 애국적인 노래를 내지르고 있었다. 윈스턴은 일기장의 대리석 무늬 표지를 빤히 바라보면서 노랫소리를 떨쳐내려 했지만 부질없는 짓이었다.

사람들이 체포되는 시간은 언제나 밤이었다. 단 한 번의 예외도 없었다. 체포당하기 전에 자살하는 게 옳았고, 실제로 그런 사람들도 있었다. 행방불명된 사람들 중 대부분은 사실 자살한 이들이었다. 하지만 총기나 효과가 빠른 확실한 독을 손에 넣을 수 없는 세계에서 자살을 실행에 옮기려면 상당한 용기가 필요했다. 윈스턴은 고통과 공포에 대한 생물학적 무익함, 그러니까 정작 특별한 힘이 필요할 때는 언제나 무력하게 굳어버리고 마는 신체의 배반을 생각했다. 그가 충분히 빠르게 행동했다면 검은 머리 여자의 입을 막을 수도 있었다. 하지만 바로 그 극도의 위험성 때문에 윈스턴은 행동할 힘을 잃어버리고 말았다. 위기의 순간에 진짜 적은 외부에 있는 게 아니라 언제나 내부에 있다는 생각이 들었다. 바로 자신의 몸뚱이 말이다. 집에 돌아와서도 빅토리 진을 들이켰지만 뱃속의 무지근한 고통 탓에 생각을 이어나가기가 어려웠다. 영웅적인 상황에서건 비극적인 상황에서건 마찬가지일 것이다. 전장에서, 고문실에서, 침몰하는 배 안에서도 사람들은 진정으로 싸워야 하는 문제를 잊어버리곤 한다. 자신의 몸뚱이가 부풀어 올라 우주를 채워버리기 때문이다. 공포에 질리거나 고통으로 비명을 지르지 않을 때도 삶은 매 순간 배고픔과 추위와 불면증과 복통과 치통에 맞서 싸우고 있다.

윈스턴은 일기장을 폈다. 뭔가를 적어야만 했다. 텔레스크린 속 여자는 다른 노래를 부르고 있었다. 여자의 목소리가 삐죽삐죽한 유리 조각처럼 윈스턴의 뇌에 박히는 것 같았다. 그는 오브라이언을 떠올려보려고 했다. 어쨌거나 그는 윈스턴이 일기를 쓰는 목적 또는 대상이었다. 하지만 오브라이언 대신 사상경찰에 체포된 다음을 생각하기 시작했다. 차라리 즉결 처형된다면 문제가 없었다. 죽는 것은 당연했다. 그런데 죽기 전에 반드시 자백의 과정을 거쳐야 했다(아무도 말한 적이 없지만 누구나 알고 있는 사실이었다). 바닥에 꿇어앉아 자비를 베풀어달라고 비명을 지르고, 뼈가 으스러지고, 이가 바스러지고, 머리카락이 피로 엉겨 붙을 것이다.

어차피 결과가 달라지지 않는다면 왜 굳이 고통을 견뎌야 할까? 인생에서 며칠 또는 몇 주의 시간을 잘라낼 수는 없을까? 수색을 벗어날 수 있는 사람도 없었고 자백을 견뎌낼 수 있는 사람도 없었다. 일단 사상범이라는 낙인이 찍히면 죽을 날을 받아놓은 것과 같았다. 아무것도 바꿀 수 없는데도 굳이 미래의 시간에 정해진 공포를 겪어야 하는 걸까?

오브라이언의 모습이 예전보다 더 선명하게 떠올랐다. 그가 윈스턴에게 이렇게 말했다.

"우리는 어둡지 않은 곳에서 만날 거요."

윈스턴은 그 말의 뜻을 알고 있었다. 아니, 알 수 있을 것 같았다. 어둡지 않은 곳이란 지금까지 한 번도 본 적은 없지만 예지에 따라 신비롭게 공유할 수 있는 상상 속의 미래를 뜻했다. 텔레스크린의 목소리가 윈스턴의 귀를 괴롭히는 탓에 더는 생각을 계속할 수 없었다. 그는 담배를 입에 물었다. 그 순간 담뱃잎이 절반쯤 혓바닥으로 쏟아졌다. 쓴맛이 났지만 다시 뱉어낼 수 없었다. 머릿속에서 오브라이언의 얼굴이 빅 브라더의 얼굴로 바뀌었다. 며칠 전처럼 윈스턴은 호주머니에서 동전을 꺼내 들여다봤다. 빅 브라더의 얼굴은 마치 보호해줄 것처럼 엄숙하고 평온하게 윈스턴을 올려다보고 있었다. 하지만 그 검은 수염 밑에는 어떤 미소가 감춰져 있을까? 당의 슬로건이 우울한 종소리처럼 머릿속에서 떠올랐다.

전쟁은 곧 평화이고
자유는 노예를 만들어내며
무지는 힘이 된다.

제 2 부

1장

윈스턴이 사무실 칸막이를 벗어나 화장실로 향한 것은 오전이 절반쯤 지났을 때였다.

환하게 불 켜진 긴 복도 끝에서 누군가 그에게 다가오고 있었다. 검은 머리 여자였다. 고물상 밖에서 그녀와 마주친 지 나흘만이었다. 가까이서 보니 그녀는 오른팔에 붕대를 감아 목에 걸고 있었다. 붕대 색깔이 당원복과 같아서 멀리서는 분간할 수 없었다. 아마 소설 줄거리를 삽입하는 거대한 소설 제작기가 돌아갈 때 손을 다친 모양이었다. 소설국에서는 흔히 있는 일이었다.

둘 사이의 거리가 4미터쯤 남았을 때 여자가 휘청하더니 거의 얼굴을 땅에 박을 정도로 넘어지고 말았다. 여자는 날카로운 비명을 질렀다. 다친 팔 위로 넘어진 게 분명했다. 윈스턴도 걸음을 멈췄다. 여자는 일어나서 무릎을 꿇고 앉아 있었는데 얼굴이 창백해 보였으며 입술도 그 어느 때보다 붉은색을 띠고 있었다. 그녀가 윈스턴을 뚫어져라 바라봤다. 고통스럽다기보다 두려운 표정이었다.

윈스턴의 마음속에 알 수 없는 감정이 일었다. 눈앞에 있는 사람은 그를 죽이려 하는 적이었다. 하지만 한편으로는 골절상을 입고 고통에 빠진 인간이었다. 윈스턴의 몸은 여자를 도우려고 본능적으로 앞을 향하고 있었다. 붕대를 감은 팔 위로 넘어지는 그녀를 본 순간 윈스턴은 마치 자신이 고통을 당하는 듯한 기분이 들었다. 그가 물었다.

"다쳤나요?"

"아무것도 아니에요. 팔 때문인데 곧 괜찮아질 거예요."

여자의 목소리는 떨리는 것 같았다. 얼굴은 아예 하얗게 질려 있었다.

"어디가 부러졌나요?"

"아니요, 조금만 있으면 괜찮을 거예요."

여자가 반대편 팔을 내밀자 윈스턴은 그녀를 부축해 일으켰다. 그녀의 얼굴에 혈색이 돌면서 훨씬 나아 보였다. 그녀는 짧고 빠르게 말했다.

"아무것도 아니에요. 그냥 손목을 삐끗했을 뿐이죠. 고마워요, 동지!"

검은 머리 여자는 아무 일도 없었다는 듯 앞서 가던 방향으로 걸어갔다. 30초도 안 되는 짧은 시간에 일어난 일이었다. 감정을 얼굴에 드러내지 않는 습관이 이제는 거의 본능이 되어버렸고, 두 사람은 텔레스크린 바로 앞에 서 있었다. 하지만 손을 잡아 일으키는 동안 여자가 뭔가를 그의 손안에 떨어뜨렸고, 윈스턴은 2, 3초쯤 놀라움을 숨기기가 어려웠다. 그것은 분명 의도한 행동이었다. 여자가 준 물건은 작고 납작했다. 화장실 문을 지나면서 그는 그것을 주머니에 집어넣고 손가락 끝으로 만져봤다. 네모난 모양으로 접힌 쪽지였다.

윈스턴은 소변기 앞에 선 채로 다른 손가락까지 동원해 쪽지를 펼쳤다. 무언가 내용이 적혀 있는 게 분명했다. 좌변기가 있는 칸막이로 들어가 쪽지를 읽고 싶다는 유혹이 잠깐 들었다. 하지만 어처구니없을 만큼 어리석은 행동이라는 것을 알고 있었다. 좌변기 칸막이 안에서도 텔레스크린의 감시는 계속 이루어졌다.

사무실로 돌아와 자리에 앉은 윈스턴은 그 쪽지를 책상에 놓인 서류 뭉치 위에 아무렇지 않게 올려놓은 다음 안경을 쓰고 음성 기록기를 잡아당겼다. 윈스턴은 생각했다. '5분이면 돼! 5분이면 충분할 거야!' 심장이 무서울 만큼 두근거렸다. 다행히 하고 있던 일은 긴 숫자 표를 고치는 단순한 작업이어서 주의력이 그다지 필요하지 않았다.

쪽지에 적힌 내용이 무엇이건 간에 정치적인 의미가 있을 것이다. 그는 두 가지 가능성을 생각했다. 하나는 윈스턴이 두려워하던 대로 여자가 사상경찰일 가능성이었다. 사상경찰이 왜 이런 식으로 경고하는지 알 수 없지만 아마도 나름의 이유가 있을 것이다. 쪽지에 적힌 내용은 위협이거나 소환, 자살 명령일 것이다. 어쩌면 함정일지도 모른다. 하지만 아무리 억누르려 해도 얼토당토않은 또 하나의 가능성이 그의 머릿속에서 자꾸만 떠올랐다. 그 가능성이란 사상경찰이 아니라 지하조직 같은 곳에서 보낸 메시지일지도 모른다는 것이었다. 어쩌면 브라더후드가 실제로 존재할지도 모른다! 그리고 여자는 브라더후드의 일원일지도 모를 일이다! 물론 말도 안 되는 생각이지만 쪽지가 그의 손에 들어온 순간 곧바로 그런 생각이 들었다. 더 합리적인 첫 번째 가능성에 생각이 미친 것은 오히려 몇 분이 지난 뒤였다. 윈스턴의 이성은 그에게 쪽지가 아마도 죽음을 뜻할 것이라고 알려주었지만 그의 마음은 이를 믿지 않았다. 말도 안 되는 희망이 꿈틀거리고 가슴이 두근거렸다. 그는 음성 기록기에 대고 숫자를 읽어 내려가면서 목소리가 떨리지 않게 하려고 애써야 했다.

윈스턴이 작업을 마친 종이를 진공관에 밀어 넣었다. 8분 정도가 흘렀다. 그는 코 위에 걸친 안경을 고쳐 쓰고 한숨을 쉬고 나서 그다음 일거리를 끌어당겼다. 그 위에 아까 받은 쪽지가 놓여 있었다. 그는 쪽지를 잘 폈다. 거기에는 손으로 서툴게 쓴 커다란 글씨가 적혀 있었다.

당신을 사랑해요.

윈스턴은 완전히 몸이 굳어 쪽지를 기억 구멍에 던져 태워버리는 것조차 잊고 말았다. 종이에 지나친 관심을 보이는 게 얼마나 위험한지 알고 있었지만 다시 한 번 읽었다. 정말 그 글자가 맞는지 확인하기 위해서였다.

오전 내내 윈스턴은 일을 제대로 할 수 없었다. 잡무가 끊임없이 이어져 일에 집중하기도 쉽지 않았지만 텔레스크린 앞에서 마음의 동요를 감추는 건 더욱 어려웠다. 뱃속에서 불이 나는 듯했다. 덥고 붐비고 소란스러운 식당에서 점심을 먹는 것은 고역이었다. 그는 점심시간만이라도 혼자 있고 싶었지만 불행하게도 멍청한 파슨스가 쇳내 나는 스튜마저 무력하게 만드는 땀 냄새를 풍기면서 증오 주간 준비에 대해 일장 연설을 늘어놓았다. 특히 파슨스는 딸아이의 첩보단이 행사를 앞두고 2미터에 이르는 빅 브라더 두상을 만들고 있다는 이야기에 열을 올렸다. 짜증스럽게도 주위 소음 탓에 파슨스의 말소리가 잘 들리지 않아 몇 번이나 그에게 되묻는 바람에 그 얼빠진 소리를 여러 차례 들어야 했다. 윈스턴은 검은 머리 여자를 딱 한 번 볼 수 있었다. 그녀는 멀리 떨어진 반대쪽 식탁에서 또 다른 여성 당원 둘과 앉아 있었다. 여자는 윈스턴을 보지 못한 듯했고, 윈스턴도 그녀가 있는 쪽을 다시 쳐다보지 않았다.

오후 시간은 그럭저럭 견딜 만했다. 점심시간 직후에 몇 시간이나 매달려야 하는 민감하고 복잡한 일거리가 떨어지는 바람에 다른 일은 모두 미뤄놓아야 했다. 의혹에 휩싸인 고위 핵심 당원을 옭아매려고 2년 전에 발표된 보고서들을 모두 조작하는 일이었다. 윈스턴은 특히 이런 부류의 일을 잘해냈다. 그는 두 시간 남짓 일에 집중하면서 여자 생각을 떨쳐낼 수 있었다. 하지만 일을 끝내자마자 검은 머리 여자가 생각났고, 혼자 있고 싶어서 참을 수가 없었다. 조용하고 차분하게 이 새로운 상황을 생각해볼 시간이 필요했다. 하지만 그날 밤은 커뮤니티센터 모임이 있는 날이라 식당에서 맛없는 저녁을 허겁지겁 먹어치우곤 서둘러 센터로 향했다. 그는 '토론회'라는 엄숙하고 바보스러운 모임에 참석한 뒤 탁구를 두 게임 치고 빅토리 진을 두 잔 들이켰다. 그다음에는 30분 동안 '체스와 영사의 관계'라는 강의를 들었다. 그는 너무나 지루해서 정신을 차리지 못할 정도였지만 커뮤니티센터를 뛰쳐나가고 싶은 충동은 단 한 번도 느끼지 않았다. "당신을 사랑해요"라는 문장을 보는 순간 살아야겠다는 욕망이 솟구치고, 자질구레하게 위험을 감수하는 행동이 갑자기 어리석게 느껴졌다. 그는 23시가 다 되어서야 집으로 돌아와 잠자리에 들었다. 침대에 누운 윈스턴은 소리만 내지 않으면 텔레스크린의 감시를 걱정하지 않아도 되는 암흑 속에서 생각을 계속했다.

반드시 해결해야 하는 물리적인 문제가 있었다. 어떻게 여자에게 접근해 밀회를 약속하느냐 하는 것이었다. 그녀가 함정을 파놓았을지도 모른다는 생각은 더 이상 들지 않았다. 쪽지를 건네주면서 눈에 띄게 불안해 보이는 그녀의 모습에서 알 수 있었다. 분명히 그녀는 공포에 질렸을 테고 그건 당연한 일이었다. 그녀의 구애를 거절하고 싶다는 생각은 들지 않았다. 고작 닷새 전만 해도 돌덩이로 여자의 두개골을 박살 내고 싶다는 생각을 하고 있었다는 건 중요하지 않았다. 윈스턴은 꿈에서 봤던 그녀의 싱싱한 알몸을 떠올렸다. 그녀 또한 다른 사람들과 마찬가지로 멍청하기 그지없고, 머릿속은 거짓과 증오로 가득 차 있고, 배꼽 아래는 얼음처럼 차가울 것이다. 하지만 그녀를 잃거나 그녀의 희고 싱싱한 육체를 놓칠지도 모른다는 생각만으로 마음이 초조해졌다! 무엇보다 빨리 만나지 않으면 그녀를 잃을지도 모른다는 생각이 들어 두려웠다. 하지만 그녀와 접촉하기란 마치 체크메이트(체스에서 킹이 붙잡히는 것으로, 완전히 패한 상태를 말한다—옮긴이) 상황에서 체스 말을 움직이는 것만큼이나 물리적으로 어려운 일이었다. 어느 방향을 선택하건 텔레스크린과 마주할 것이다. 사실 윈스턴은 쪽지를 읽자마자 여자와 대화를 나눌 수 있는 모든 방법을 궁리했다. 이제 생각할 시간이 있으므로 탁자 위에 늘어놓은 물건을 고르듯 미리 궁리해둔 방법을 하나씩 점검했다.

먼저 오늘 아침처럼 우연을 가장한 만남을 시도하는 건 불가능했다. 여자가 기록국에 근무한다면 비교적 간단한 일이었을 것이다. 그러나 윈스턴은 소설국 위치를 어렴풋하게 짐작하고 있을 뿐이고, 소설국 쪽으로 갈 만한 그럴듯한 구실도 없었다. 그녀가 어디에 살고 있는지, 언제 청사를 나서는지 알고 있다면 집으로 가는 길 어딘가에서 만남을 시도해볼 수도 있을 것이다. 하지만 집까지 쫓아가는 건 안전하지 않았다. 이는 청사 밖을 어슬렁거린다는 것인데, 남의 눈에 띄기 쉬웠다. 편지를 우편으로 보내는 방법은 무조건 제외했다. 배달 과정에서 모든 편지가 검열된다는 것은 공공연하게 알려진 사실이었다. 실제로 편지를 쓰는 사람은 거의 없었다. 꼭 전달할 내용이 있을 때는 상점에서 다양한 문구가 적힌 엽서들 가운데 가장 적당한 것을 사서 보냈다. 그렇지만 윈스턴은 그녀의 주소는커녕 이름도 몰랐다. 결국 가장 안전한 장소는 식당밖에 없었다. 그녀가 텔레스크린에서 그나마 멀리 떨어진 식당 한가운데에 혼자 앉아 있고 주위의 시끄러운 대화 소리가 30초라도 계속

된다면 몇 마디 정도는 나눌 수 있을 것이다.

그 이후 일주일 동안 그의 생활은 마치 연속으로 꿈을 꾸고 있는 것 같았다. 다음 날 여자가 식당에 모습을 드러낸 것은 오후 업무 시간을 알리는 호루라기 소리가 울린 뒤 윈스턴이 식당을 떠나려고 할 즈음이었다. 아마도 근무시간이 뒤로 밀린 듯했다. 두 사람은 서로 눈길도 주지 않고 지나쳤다. 그다음 날은 그녀가 점심시간에 맞춰 식당에 나타났다. 하지만 다른 여자 동료 셋과 함께였고 일행은 텔레스크린 바로 밑에 자리를 잡았다. 그 뒤로 사흘 동안은 그녀를 전혀 볼 수 없었다. 공포에 사로잡힌 윈스턴은 마음과 몸이 예민할 대로 예민해졌다. 마치 자신의 동작과 소리, 접촉, 말하고 듣는 단어 하나까지 일일이 감시당하는 것 같아 고통스러웠다. 윈스턴은 꿈속에서도 그녀의 모습을 지울 수 없었다. 며칠 동안 일기장에도 손을 대지 않았다. 그나마 10분 정도씩은 자신을 잊고 일에 몰두할 수 있었다. 그녀에게 무슨 일이 일어났는지 짐작조차 할 수 없었다. 어쩌면 증발되었거나 오세아니아 변방으로 이송되었을지도 모른다. 어쩌면 자살했을 수도 있다. 그 가운데 가장 최악이면서 가능성이 높은 건 그녀가 갑자기 마음을 바꿔 그를 피하기로 결심했을지도 모른다는 것이었다.

다음 날 드디어 여자가 다시 나타났다. 팔에 감고 있던 붕대를 풀고 대신 반창고를 붙이고 있었다. 윈스턴은 여자를 보고 몹시 안도한 나머지 몇 초 동안 그녀를 똑바로 쳐다보고 말았다. 그다음 날은 그녀에게 말을 거는 데 거의 성공할 뻔했다. 윈스턴이 식당에 들어갔을 때 그녀는 벽에서 멀찌감치 떨어진 식탁에 혼자 앉아 있었다. 시간이 일러 식당 안은 아직 꽉 차지 않은 상태였다. 윈스턴은 배식대 앞에 줄을 서서 자기 차례를 기다렸다. 거의 윈스턴 차례에 다다랐을 때 앞에 서 있던 누군가가 사카린을 받지 못했다고 불평을 터뜨리는 바람에 2분 정도 늦어졌다. 하지만 그가 쟁반을 들고 여자가 앉아 있는 식탁으로 향할 때까지도 그녀는 혼자였다. 그는 아무렇지도 않은 듯 그녀 쪽으로 걸어가면서 그녀가 앉은 자리 뒤쪽을 둘러보는 척했다. 드디어 그녀의 모습이 3미터 안으로 들어왔다. 2초 정도면 갈 수 있는 거리였다. 그런데 갑자기 등 뒤에서 그를 부르는 목소리가 들렸다.

"스미스!"

윈스턴은 못 들은 척했다. 그러자 "스미스!"라는 외침이 더 크게 들려왔다. 이제 더는 모르는 척할 수가 없었다. 목소리의 주인공은 금발에 멍청해 보이는 청년인 윌셔였다. 윈스턴과는 잘 알지도 못하는 사이였지만 윌셔는 웃는 얼굴로 자신이 앉아 있는 식탁의 빈자리를 가리키면서 앉으라고 했다. 거절은 위험했다. 아는 사람이 부르는데도 혼자서 식사하는 여자 옆에 앉을 수는 없었다. 그건 너무 눈에 띄는 행동이었다. 윈스턴은 다정하게 웃으며 자리에 앉았다. 금발의 멍청한 얼굴이 그를 보고 환하게 미소 지었다. 윈스턴은 그 얼굴 한가운데를 곡괭이로 부숴버리는 환상을 떠올렸다. 몇 분 뒤 그녀가 앉아 있는 식탁은 다른 사람들로 채워졌다.

하지만 여자는 자신에게 다가오는 윈스턴을 보고 눈치를 챘을 것이다. 다음 날 그는 평소보다 일찍 식당에 도착했다. 그녀는 전날과 다름없이 같은 자리에 혼자 앉아 있었다. 배식대 앞에서 줄을 선 윈스턴 바로 앞에는 민첩한 딱정벌레같이 생긴 조그만 남자가 서 있었다. 그는 얼굴이 넓적하고 눈에는 의심이 많아 보였다. 윈스턴이 쟁반을 들고 배식대에서 돌아서자 여자의 식탁 쪽으로 똑바로 걸어가고 있는 조그만 남자의 모습이 보였다. 윈스턴의 희망이 또다시 무너졌다. 그런데 그 식탁에서 조금 더 떨어진 곳의 빈자리가 보였다. 왠지 그 조그만 남자가 자리가 넉넉한 그곳으로 가고 있을 거라는 느낌이 들었다. 윈스턴은 조마조마한 마음으로 남자 뒤를 따랐다. 여자와 단둘이 앉지 못하면 소용이 없었다. 그 순간 무언가 와장창 깨지는 소리가 들렸다. 앞서 가던 조그만 남자가 바닥에 큰대자로 넘어지는 바람에 손에 들고 있던 쟁반이 하늘로 붕 떠오르더니 수프와 커피가 쏟아져 내렸다. 남자는 벌떡 일어나 윈스턴을 악의에 찬 눈으로 노려봤다. 윈스턴이 발을 걸어 넘어뜨렸다고 생각하는 게 분명했다. 어쨌거나 잘된 일이었다. 5초 뒤 그는 두근대는 가슴으로 그녀가 있는 식탁에 앉아 있었다.

원스턴은 여자를 바라보지 않았다. 그저 쟁반을 내려놓고 서둘러 음식을 먹기 시작했다. 누군가가 오기 전에 먼저 말을 붙여야 했지만 그는 두려움에 사로잡혀 있었다. 그녀가 처음 원스턴에게 접근한 뒤로 일주일이 지났다. 어쩌면 그녀의 마음이 변했을지도 모른다. 아니, 틀림없이 변했을 것이다! 남녀 사이의 밀회가 성공할 리 없었다. 현실 세계에서는 일어날 가능성이 없는 일이었다. 귀에 털이 수북하고 시를 좋아하는 앰플포스가 쟁반을 들고 빈자리를 찾는 모습을 보지 못했다면 원스턴은 그녀에게 아예 말을 걸지 못했을지도 모른다. 앰플포스는 원스턴에게 막연한 호감을 느끼고 있어 그를 본다면 분명 옆자리에 앉으려고 할 것이다. 그러니 원스턴이 행동할 수 있는 시간은 고작 1분 정도였다. 원스턴과 여자는 동요하지 않고 음식을 먹었다. 두 사람이 먹는 음식은 강낭콩이 들어간 묽은 스튜였는데 스튜라기보다는 수프에 가까웠다. 원스턴이 중얼거리는 듯 낮은 목소리로 먼저 말문을 열었다. 둘다 고개를 숙인 채 계속해서 스튜를 입속에 밀어 넣고 있었지만 그 사이사이에 낮고 감정 없는 목소리로 필요한 말을 주고받았다.

"몇 시에 끝납니까?"

"18시 30분에요."

"어디서 만날까요?

"빅토리 광장 기념비 옆에서요."

"텔레스크린이 너무 많습니다."

"사람들이 많아서 괜찮아요."

"신호는?"

"필요 없어요. 제가 행인들에게 둘러싸일 때까지 다가오지 마세요. 쳐다보지 말고 그냥 가까이에만 있어요."

"몇 시에?"

"19시에요."

"좋습니다."

앰플포스는 윈스턴을 보지 못하고 다른 식탁에 자리를 잡았다. 둘은 더 이상 이야기를 나누지 않았다. 우연히 맞은편에 앉아 식사하게 된 사람들처럼 서로 쳐다보지도 않았다. 여자는 서둘러 식사를 마치고 자리를 떴지만 윈스턴은 그대로 남아 담배를 피웠다.

윈스턴은 약속 시간이 되기 전에 빅토리 광장에 도착했다. 그는 세로로 홈이 새겨진 기둥 주변을 어슬렁거렸다. 그 기둥은 에어스트립 원 전투에서 유라시아 편대(몇 년 전만 해도 이스트 아시아 편대)를 쫓아 보낸 뒤 그들이 사라진 남쪽 하늘을 바라보는 빅 브라더 동상을 떠받치고 있었다. 그 바로 앞 도로에는 올리버 크롬웰로 보이는 자가 말을 탄 동상이 있었다. 5분이

지났지만 여자의 모습은 보이지 않았다. 그는 또 한 번 끔찍한 두려움에 휩싸였다. 그녀는 오지 않는다, 그녀의 마음이 변한 것이다! 윈스턴은 천천히 광장 북쪽으로 걸음을 옮기다가 종이 있던 시절에 "넌 내게 3파딩의 빚이 있지"라는 종소리를 울렸을 성 마틴 교회를 발견하고 조금이나마 울적한 기분을 달랬다. 다음 순간 윈스턴은 기념비 옆에 서 있는 여자를 발견했다. 그녀는 기둥을 따라 나선형으로 붙어 있는 포스터를 읽거나 읽는 척하고 있었다. 아직 사람들이 많지 않아 그녀에게 다가가는 것은 위험했다. 기념비의 박공마다 텔레스크린이 설치되어 있었다. 갑자기 사람들의 고함과 함께 왼쪽 어딘가에서 점점 가까워지고 있는 묵직한 차량의 엔진 소리가 들렸다. 주변에 있던 사람들이 하나같이 광장을 가로질렀고, 그녀도 기념비를 떠받친 사자상을 돌아 재빨리 사람들 틈에 끼어들었다. 윈스턴도 그들을 따랐다. 그는 사람들을 따라 뛰면서 주변의 외침을 듣고 유라시아 포로들을 수송하는 차량이 지나가고 있다는 사실을 알았다.

광장 남쪽에는 이미 상당한 인파가 몰려 있었다. 평소의 윈스턴이라면 사람들에게 떠밀려 무리의 바깥쪽을 맴돌았을 테지만 이번에는 군중 사이를 밀치고 헤집으면서 중심부까지 나아갔다. 그는 앞에 서 있는 검은 머리 여자에게 팔을 뻗으면 바로 닿을 수 있을 만큼 가까이 다가갔다. 하지만 육중한 프롤 계급의 남자와 그의 아내로 보이는 역시 커다란 덩치의 여자가 마치 절대 뚫을 수 없는 인간 기둥처럼 윈스턴 앞을 가로막고 있었다. 윈스턴은 몸을 옆으로 돌려 온 힘을 다해 두 사람 사이로 어깨를 밀어 넣었다. 잠깐이었지만 그의 창자가 한 쌍의 근육질 엉덩이 사이에 끼어 터져버릴 것만 같았다. 그는 땀을 흘리며 두 사람 사이를 겨우 빠져나올 수 있었다. 드디어 윈스턴은 여자 옆에 섰고, 둘은 어깨를 나란히 하고 앞쪽에 시선을 고정했다.

기관총으로 무장한 채 경직된 얼굴로 모퉁이마다 지켜 선 감시병들의 경계 속에서 트럭의 긴 행렬이 느릿느릿 거리를 지나고 있었다. 트럭 안에는 허름한 초록색 군복을 입은 왜소한 동양인들이 다리를 쪼그리고 비좁게 앉아 있었다. 슬퍼 보이는 몽골계 얼굴들은 멍한 표정으로 트럭 밖을 바라봤다. 트럭이 덜컹댈 때마다 금속이 철컹거리는 소리가 들렸는데, 포로들의 발목에 채운 족쇄 때문이었다. 슬픈 얼굴들이 가득 실려 있는 트럭들이 연이어 지나갔다. 윈스턴은 포로들을 이따금 바라볼 뿐이었다. 여자의 어깨와 오른쪽 팔꿈치 아래가 그의 몸에 밀착되어 있었다. 그녀의 뺨은 온기를 느낄 수 있을 만큼 가까웠다. 식당에서와 마찬가지로 그녀가 대화를 이끌었다. 검은 머리 여자는 입술을 거의 움직이지 않으면서 그전과 똑같이 감정 없는 목소리로 말을 시작했다. 거의 중얼거리

다시피 했기에 사람들의 고함과 트럭의 덜컹거리는 소음에 목소리가 쉽게 묻혀버렸다.

"제 말 들려요?"

"예."

"일요일 오후에 나올 수 있나요?"

"예."

"잘 들어요. 꼭 기억해야 해요. 패딩턴 역으로 가서……."

윈스턴은 마치 군인처럼 정확한 여자의 설명을 들으면서 속으로 놀랐다. 열차로 30분 정도 걸리는 곳이었다. 길을 따라 2킬로미터쯤 가다가 위쪽이 떨어져 나간 문을 지나 들판을 가로지르라고 했다. 그리고 풀이 무성한 좁은 길을 따라 걷다가 덤불 사이를 지나면 이끼가 낀 죽은 나무가 보일 거라고 했다. 마치 그녀의 머릿속에 지도가 들어 있는 듯했다. 여자가 마지막으로 확인했다.

"기억할 수 있나요?"

"예."

"왼쪽으로 돌아서 오른쪽으로 돌고, 또 왼쪽으로 돌면 위쪽이 떨어져 나간 문이 있을 거예요."

"예, 몇 시가 좋을까요?"

"15시요. 기다려야 할지도 몰라요. 전 다른 길로 가거든요. 다 기억할 수 있나요?"

"예."

"그럼 빨리 다른 곳으로 가세요."

그녀가 말하지 않아도 알고 있었다. 하지만 한동안은 인파 탓에 도저히 움직일 수가 없었다. 트럭들은 여전히 앞을 지나가고 있었고, 사람들은 지칠 줄 모르고 그 광경을 구경하고 있었다. 처음에는 야유가 터져 나오기도 했지만 그것은 사람들 사이에 끼어 있던 당원들이 내는 소리였다. 야유 소리는 곧 멎었다. 대부분의 사람이 느끼는 감정은 단순한 호기심이었다. 유라시아에서 왔건, 이스트아시아에서 왔건 외국인은 낯선 동물과 비슷했다. 사람들은 포로를 빼곤 외국인을 거의 본 적이 없었다. 또 이들이 앞으로 어떻게 될지도 알지 못했다. 몇몇은 전범으로 밝혀져 교수형에 처해지고, 아마도 나머지는 증발되어 노동교화소로 향할 것이다. 둥그런 몽골계 얼굴들에 이어 수염이 덥수룩하고 완전히 기력이 빠져버린 듯한 유럽계 얼굴들이 지나갔다. 광대뼈가 드러난 야윈 얼굴들이 윈스턴을 바라봤다. 개중에는 가끔 알 수 없는 맹렬한 표정을 짓는 자들도 있었다. 수송 행렬이 거의 막바지에 이르렀다. 마지막 트럭에는 머리가 허옇게 센 노인이 묶여 있는 듯 손목을 엇갈린 채로 꼿꼿이 서 있었다. 이제는 윈스턴과 여자가 헤어져야 할 시간이었다. 미처 군중 사이를 빠져나가지 못했을 때 그녀가 윈스턴의 손을 찾아서 꼭 쥐었다.

채 10초도 되지 않았지만 마치 두 사람이 오랫동안 손을 잡고 있었던 것 같은 착각이 들었다. 윈스턴은 짧은 시간 동안 여자의 손을 세세하게 알아냈다. 긴 손가락과 날카로운 손톱, 노동으로 굳은살이 박인 손바닥 그리고 그 위의 부드러운 손목을 만졌다. 그저 잠깐 만졌을 뿐인데도 오랫동안 눈으로 봐 온 것처럼 느껴졌다. 불현듯 그녀의 눈동자 색깔을 모른다는 데 생각이 미쳤다. 아마 갈색이겠지만 머리카락이 검은색인데 눈동자가 푸른색인 사람도 있었다. 고개를 돌려 그녀를 바라보는 건 상상도 할 수 없을 만큼 멍청한 짓이었다. 두 사람은 주위 사람들에게 둘러싸여 보이지 않게 손을 꼭 잡고 태연하게 앞을 바라봤다. 여자의 눈동자 대신 백발이 성성한 노인의 슬픈 시선이 윈스턴을 바라보고 있었다.

2장

윈스턴은 그늘과 햇빛으로 얼룩진 길을 골랐다. 그러고는 벌어진 나뭇가지 사이로 황금빛이 쏟아져 들어오는 곳을 따라 발걸음을 옮겼다. 길 왼쪽에는 나무 아래에 블루벨 꽃이 안개처럼 피어 있었다. 공기가 피부에 입을 맞추는 것처럼 느껴졌다. 5월 2일이었다. 숲 속 어딘가 깊숙한 곳에서 산비둘기 우는 소리가 들렸다.

윈스턴은 약속 장소에 조금 일찍 도착했다. 오는 길은 그다지 어렵지 않았고, 그녀도 와본 적이 있었을 거라고 생각하자 평소와 달리 낯선 길이 두렵지 않았다. 아마도 이곳은 그녀가 찾아놓은 안전한 장소일 것이다. 교외 지역이라고 해서 런던 도심지보다 더 안전하지는 않았다. 물론 텔레스크린은 없지만 목소리를 찾아내 누구인지 인식하는 마이크가 숨겨져 있을 위험이 높았다. 게다가 남의 눈에 띄지 않고 여행하기란 쉽지 않은 일이었다. 100킬로미터 이내의 거리를 여행할 때는 여행 증명서가 없어도 되지만 역 근처를 돌아다니는 순찰병을 만날지도 몰랐다. 이들은 당원을 발견하면 서류를 검사하고 곤란한 질문을 던졌다. 다행히 순찰병은 보이지 않았다. 역에서 내려 길을 걸어오는 동안 몇 번이나 주의 깊게 뒤를 돌아봤지만 미행하는 사람도 없었다. 열차는 여름 같은 날씨 덕분에 휴가 분위기에 젖은 프롤 계급으로 가득했다. 나무 좌석으로 된 열차 칸에는 이가 하나도 남지 않은 할머니부터 태어난지 한 달밖에 되지 않은 갓난아이까지 교외에 살고 있는 친척을 만나 오후를 즐기러 가는 수많은 가족으로 붐볐다. 어떤 사람은 윈스턴에게 암시장에 버터를 사러 가는 길이라고 거리낌 없이 털어놓았다.

길이 약간 넓어지더니 곧 여자가 말해준 덤불 사이로 소들이 밟아 만들어놓은 길이 나타났다. 윈스턴은 시계가 없었지만 15시가 넘지 않았다는 건 알 수 있었다. 발밑에 블루벨 꽃이 흐드러지게 피어 있다. 윈스턴은 시간을 때우려고 무릎을 꿇고 꽃을 꺾기 시작했지만 한편으로는 꽃다발을 만들어 여자에게 주고 싶다는 생각을 막연하게 했다. 그는 커다란 꽃다발을 만들어 은은한 향기를 맡고 있었다. 바로 그때 등 뒤에서 소리가 들렸다. 윈스턴은 바짝 긴장했다. 분명 나뭇가지를 밟는 소리였다. 그는 계속해서 블루벨 꽃을 꺾었다. 그게 최선이었기 때문이다. 검은 머리 여자일 수도 있고, 그를 미행한 누군가일 수도 있었다. 주위를 둘러보면 죄를 인정하는 꼴밖에 되지 않았다. 그는 꽃을 꺾고 또 꺾었다. 누군가의 손이 가볍게 그의 어깨를 잡았다.

윈스턴은 고개를 들었다. 바로 그 여자였다. 그녀는 고개를 젓고 있었는데, 아무 말도 하지 말라는 경고가 분명했다. 곧 그녀가 재빨리 덤불을 헤치고 숲으로 향하는 좁은 길을 따라 앞장섰다. 물이 괸 웅덩이를 습관처럼 피하는 걸로 미루어 봤을 때 예전에도 와본 적이 있는 듯했다. 그는 손에 꽃다발을 꼭 쥔 채 그녀를 따라갔다. 무엇보다 먼저 안도감이 느껴졌다. 하지만 바로 앞에서 엉덩이 곡선이 드러날 만큼 자줏빛 휘장을 허리에 꼭 묶은 채로 하늘하늘 움직이는 강한 여자의 몸을 보고 있자니 열등감이 맹렬하게 그를 짓눌렀다. 당장이라도 그녀가 돌아서서 그의 모습을 자세히 보고 뒷걸음칠 것만 같았다. 달콤한 공기와 초록색 잎사귀가 그를 부끄럽게 했다. 5월의 햇살을 받으며 역에서 여기까지 걸어오는 동안에도 피부 땀구멍마다 런던의 더러운 먼지가 잔뜩 끼어 있는 것처럼 느껴져 스스로 실내에서만 살아가는 더럽고 창백한 생명체라는 기분을 지울 수가 없었다. 문득 지금까지 그녀가 환한 대낮에 열린 공간에서 자신을 본 적이 한 번도 없다는 생각이 들었다. 두 사람은 그녀가 전에 말했던 죽은 나무에 이르렀다. 그녀는 그 나무를 뛰어넘어 덤불 속으로 들어갔다. 공간이 있을 것이라고는 상상하기 힘든 곳이었다. 윈스턴은 그녀를 뒤따라갔다. 그러자 자연이 만들어놓은 작은 공터가 보였다. 바닥에는 짧은 잔디가 자라 있었고, 주위는 키 큰 나무들로 완전히 막혀 있었다. 그녀가 걸음을 멈추고 돌아서더니 말했다.

"여기예요."

윈스턴은 몇 걸음 떨어진 곳에서 여자를 바라봤다. 하지만 가까이 다가갈 엄두가 나지 않았다. 그녀가 말을 이었다.

"길에서는 아무 말도 하고 싶지 않았어요. 마이크가 숨겨져 있을지도 모르거든요. 정말로 그럴 것 같진 않지만 가능성이 아예 없지는 않으니까요. 그 돼지 같은 놈들이 우리 목소리를 알아낼 기회야 얼마든지 있어요. 하지만 여기는 괜찮아요."

윈스턴은 여전히 그녀에게 다가갈 용기를 내지 못하고 있었다. 그는 멍하게 그녀의 말을 되받아 물었다.

"여기는 괜찮다고요?"

"예, 저기 나무들을 보세요."

모두 작은 물푸레나무였다. 베고 나서 다시 싹을 틔워 자라난 것들이라 사람 손목보다 두꺼운 가지는 찾을 수 없었다.

"마이크를 숨길 만큼 큰 나무가 없어요. 그리고 예전에도 와본 장소예요."

두 사람은 대화를 나누고 있을 뿐이었다. 윈스턴이 겨우 여자에게 가까이 다가갔다. 그녀는 윈스턴 바로 앞에 아주 꼿꼿하게 서서 조금 익살맞은 표정과 미소를 띠고 있었다. 왜 그가이처럼 느리게 행동하는지 모르겠다는 얼굴이었다. 블루벨꽃이 바닥으로 흩어졌다. 꽃이 알아서 바닥에 떨어진 것만 같았다. 윈스턴이 그녀의 손을 잡고 말했다.

"지금까지 당신 눈동자 색깔을 모르고 있었다면 믿겠어요?"

여자의 눈동자는 갈색이었다. 그는 검은 속눈썹과 그보다약간 밝은 색깔의 눈동자를 바라보면서 말을 이었다.

"이제 내 모습을 제대로 봤을 텐데, 그래도 여전히 나랑 만나고 싶어요?"

"예, 그럼요."

"난 서른아홉 살이에요. 어쩌지 못하는 아내가 있고 정맥류성 궤양을 앓고 있어요. 의치도 다섯 개나 되죠."

그녀가 말했다.

"상관없어요."

다음 순간 누가 먼저 행동했는지 모르겠지만 여자는 윈스턴의 팔에 안겨 있었다. 처음에는 도저히 믿을 수 없다는 것말고는 다른 기분을 느낄 수 없었다. 젊은 육체가 그의 품에안겨 있었고 풍성한 검은색 머리카락이 그의 얼굴에 닿아 있었다. 이것은 현실이었다! 그녀는 얼굴을 위로 쳐들었고, 윈스턴은 그녀의 붉은 입술에 입을 맞췄다. 그녀가 그의 목을 양팔로 감싸 안고 "내 사랑, 소중한 사람, 사랑하는 사람"이라고 중얼거렸다. 윈스턴은 여자를 바닥에 눕혔고 그녀는 아무런 저항도 하지 않았다. 그는 원하는 대로 할 수 있었지만 단순히 접촉하고 있다는 것 이상의 육체적인 느낌은 들지 않았다. 눈앞에서 벌어지는 일이 기쁘기는 했지만 욕정이 느껴지지 않았다. 아직은 너무 일렀고 여자가 지나치게 젊고 예쁘다는 것에 덜컥 겁이 났다. 윈스턴은 너무 오랫동안 여자 없이 사는 데 익숙해 있었다. 그는 그 이유를 알 수 없었다. 그녀는 몸을 일으키고 머리에서 블루벨 꽃을 떼어내더니 윈스턴 옆에 몸을 기대고 그의 허리에 팔을 둘렀다.

"신경 쓰지 말아요, 내 사랑. 서두를 것 없어요. 오후 내내 함께 있을 테니까요. 여긴 숨기에 정말 좋은 곳 아니에요? 단체 행군을 하다 길을 잃었을 때 우연히 발견했어요. 누군가 가까이 다가온다면 100미터 밖에서부터 그 소리를 들을 수 있어요."

윈스턴이 물었다.

"이름이 뭐예요?"

"줄리아예요. 당신 이름은 알고 있어요. 윈스턴…… 윈스턴 스미스죠?"

"내 이름을 어떻게 알아냈죠?"

"아마 뭔가를 알아내는 데는 내가 당신보다 나을 거예요. 쪽지를 받기 전에 날 어떻게 생각했는지 말해줄래요?"

그녀에게 거짓말을 하고 싶은 생각은 조금도 들지 않았다. 최악을 이야기하면서 시작되는 구애가 없으리란 법도 없었다.

"난 당신 모습만 봐도 싫었어요. 당신을 강간한 다음 죽여버리고 싶었죠. 두 주 전에는 돌멩이로 머리를 부숴버려야겠다고 심각하게 고민했어요. 솔직히 말하면 사상경찰과 관련 있다고 생각했거든요."

여자는 유쾌하게 웃었다. 분명 자신이 겉모습을 훌륭하게 속였다는 사실을 좋아하는 듯했다.

"사상경찰이라니! 진심으로 그렇게 생각했던 건 아니죠?"

"그게, 뭐 꼭 정확한 건 아니지만 당신의 평소 모습은…… 젊고 싱싱하고 건강한 것도 그렇고. 알겠지만…… 난 생각하기를 아마도……."

"내가 훌륭한 당원이라고 생각했겠죠. 말과 행동 모두 정통적이라고요. 깃발, 행진, 슬로건, 게임, 행군…… 모든 면에서 그렇죠. 당신을 사상범으로 고발해 처형시킬 기회를 노리고 있을 거라 생각했군요."

"예, 그런 거죠. 대부분의 젊은 여성이 그렇잖아요. 잘 알겠지만……."

"이 망할 것 때문에 그렇죠."

여자는 자줏빛 청년 성생활 반대 연맹의 휘장을 풀어 나뭇가지에 걸었다. 그러고는 허리를 만지다 문득 생각난 듯 당원복 주머니를 뒤져 작은 초콜릿 하나를 꺼냈다. 그녀는 초콜릿을 반으로 쪼개 윈스턴에게 한 조각을 건넸다. 냄새 덕분에 받기 전부터 아주 귀한 물건이라는 걸 알 수 있었다. 그녀가 준 초콜릿은 검고 반짝반짝 윤이 났으며 은박지로 싸여 있었다. 보통의 초콜릿은 거무튀튀한 갈색이고 쉽게 부서지고 쓰레기 소각장에서 뿜어져 나오는 매연 같은 맛이 났다. 하지만 이 초콜릿의 향기는 뭐라고 꼭 집어 말할 수는 없지만 강렬하고 혼란스러운 과거의 기억을 일깨워 주었다. 그가 물었다.

"이걸 어디서 구했죠?"

그녀는 무심하게 대답했다.

"암시장에서요. 사실 난 그런 여자예요. 보세요, 난 게임에 뛰어나죠. 첩보단 부대장이기도 해요. 일주일에 사흘 밤은 청년 성생활 반대 연맹에서 자원봉사를 하고 있어요. 그 몹쓸 것들을 붙이겠다고 런던 거리를 몇 시간이고 돌아다니죠. 행진할 때 깃발 끝을 잡는 것도 언제나 나예요. 늘 유쾌한 듯 보이고 거리낌이라곤 전혀 없어요. 언제나 군중에 섞여 고함을 지르죠. 내가 그래요, 그게 몸을 지키는 유일한 방법이니까요."

윈스턴의 혀에서 초콜릿 조각이 녹아내렸다. 맛이 훌륭했다. 기억은 여전히 그의 의식 언저리를 맴돌고 있었다. 아주 강렬하지만 마치 곁눈질로 본 물건처럼 분명한 모양으로 형상화되지는 않았다. 윈스턴은 그 기억을 풀어내고 싶지만 그럴 수 없다는 생각을 하면서 한쪽으로 밀어내 버렸다. 그가 말했다.

"당신은 정말 젊어요. 나보다 열 살이나 열다섯 살 정도 어린 것 같군요. 나 같은 남자한테 무슨 매력을 느낀 거죠?"

"당신 얼굴에 스친 표정 때문이에요. 그래서 기회를 노렸죠. 난 당에 속하지 않은 사람을 쉽게 알아낼 수 있어요. 당신을 보자마자 그들에게 맞서고 있다는 걸 알았어요."

그들이란 당, 그중에서도 핵심 당원을 뜻했다. 여자는 말하는 내내 그들에게 공공연한 조롱과 증오를 드러냈다. 윈스턴은 지금 그 어느 곳보다 안전한 장소에 있다는 사실을 알고 있으면서도 불안한 마음이 들었다. 그는 그녀의 거친 언어에 몹시 놀랐다. 당원은 욕을 해서는 안 됐다. 당연히 그도 한 번도 큰 소리로 욕을 한 적이 없었다. 하지만 줄리아는 뒷골목 낙서에서나 볼 수 있는 욕설을 섞지 않고서는 당, 그중에서도 특히 핵심 당원들을 언급할 수 없는 듯했다. 그래도 윈스턴은 그런 행동이 싫지 않았다. 당에 대한 여자의 반발심이 만들어낸 것일 뿐이며, 썩은 건초 냄새를 맡은 말이 재채기를 하듯 자연스럽고 건강한 행동이라고 여겼다. 두 사람은 공터를 나와 군데군데 그늘이 진 길을 다시 돌아다녔다. 둘이 함께 걸을 만큼 넓은 길이 나타나면 서로 허리에 팔을 두르고 걸었다. 그는 휘장이 사라진 여자의 허리가 얼마나 부드러운지를 깨달았다. 속삭이는 것보다 목소리를 더 높이지는 않았다. 줄리아는 공터 밖에서는 소리를 내지 않는 편이 좋다고 말했다. 그녀가 윈스턴을 멈춰 세웠다.

"트인 곳으로는 가지 마세요. 누군가의 눈에 띌 수도 있어요. 계속 나뭇가지 뒤에 있으면 괜찮을 거예요."

그들은 개암나무 그늘에 서 있었다. 수많은 잎사귀 사이로 비쳐드는 햇살이 아직 얼굴에 따갑게 느껴졌다. 윈스턴은 들판 너머를 바라봤다. 야릇한 호기심이 들면서 이윽고 자신이 어디에 있는지 천천히 깨달았다. 그의 눈에 들어오는 경치를 보고 알 수 있었다. 오래되고 황폐한 목장, 그곳을 가로질러 나 있는 샛길, 여기저기 보이는 두더지 구멍……. 맞은편의 부서진 울타리 위에는 느릅나무 가지들이 미풍에 흔들리고, 그녀의 머리카락처럼 풍성한 잎들이 희미하게 뒤엉켜 있었다. 보이지 않지만 분명 가까운 곳 어딘가에 황어가 헤엄치는 푸른 웅덩이와 시냇물이 있을 텐데……

"가까운 데 시냇물이 있지 않나요?"

"맞아요, 저쪽에 있어요. 정확하게 말하면 들판이 끝나는 곳인데 물고기도 있어요. 꽤 큰 놈들이에요. 버드나무 아래 웅덩이에 가면 꼬리를 살랑거리며 헤엄치는 물고기가 보여요."

윈스턴이 중얼거렸다.

"황금의 나라구나……. 거의 비슷해."

"황금의 나라요?"

"아무것도 아니에요. 언젠가 꿈속에서 본 적이 있는 풍경이에요."

줄리아가 속삭였다.

"보세요."

개똥지빠귀 한 마리가 5미터쯤 떨어진 나뭇가지에 앉아 있었다. 나뭇가지 높이는 두 사람의 얼굴 정도였는데 새는 그들을 보지 못한 듯했다. 새는 햇빛 속에, 그들은 그늘 속에 있었다. 개똥지빠귀가 날개를 펼쳤다가 조심스럽게 접어 원래 모습으로 돌아오더니 태양을 향해 예의라도 갖추듯 잠깐 고개를 숙였다. 이윽고 새는 노래를 쏟아내기 시작했다. 조용한 오후를 뒤흔들 만큼 큰 소리였다. 윈스턴과 줄리아는 서로 끌어안고 황홀한 기분으로 새의 노래를 들었다. 계속되는 새소리는 놀랍도록 다양해서 단 한 번도 반복되는 부분이 없었다. 마치 새가 자신의 장기를 뽐내고 있는 것 같았다. 가끔 몇 초간 노래를 멈추고 날개를 폈다 접은 뒤 얼룩진 가슴을 부풀렸다가 다시 노래를 시작하곤 했다. 윈스턴은 막연한 경이로움에 젖어 새를 바라봤다. 저 새는 누구를 위해, 또 무엇을 위해 노래를 부르는 걸까? 윈스턴은 가까이에 마이크가 숨겨져 있는지 궁금했다. 그와 줄리아는 작게 속삭였기에 마이크가 그들의 목소리를 잡아낼 수 없겠지만 새소리는 잡아냈을 것이다. 어쩌면 마이크 반대편에서 딱정벌레같이 생긴 조그만 남자가 열심히 귀를 기울이고 있을지도 모를 일이었다. 어쨌거나 홍수처럼 쏟아지는 새소리는 조금씩 그의 마음속에서 모든 상념을 몰아냈다. 마치 뜨거운 액체가 그에게 쏟아지고 잎사귀 사이로 비쳐드는 햇살과 섞이는 듯했다. 윈스턴은 생각을 멈추고 느낌에만 집중했다. 그의 팔 안에서 줄리아의 허리가 부드럽고 따뜻하게 느껴졌다. 윈스턴이 그녀를 끌어당기자 두 사람은 가슴을 맞대고 서로 마주했다. 줄리아의 몸이 그의 몸 안으로 녹아드는 것 같았다. 그의 손이 닿는 곳마다 그녀의 몸이 물처럼 움직였다. 두 사람의 입술이 닿았다. 아까 나눴던 강렬한 입맞춤과는 사뭇 달랐다. 두 사람은 얼굴을 떼고 난 다음에야 깊은 숨을 몰아쉬었다. 새가 겁을 먹었는지 날개를 퍼덕이면서 날아가 버렸다.

윈스턴은 줄리아의 귀에 입술을 가져다 대고 속삭였다.

"지금이에요."

줄리아도 속삭였다.

"여긴 안 돼요. 아까 그 은신처로 가요. 거기가 좀 더 안전해요."

둘은 가끔 나뭇가지가 부러지는 소리를 내면서 아까의 공터로 돌아갔다. 어린 나뭇가지로 둘러싸인 그곳에 도착하자 줄리아가 몸을 돌려 윈스턴을 바라봤다. 두 사람의 호흡이 가빠졌지만 입가에는 미소가 맴돌았다. 그를 바라보던 줄리아는 당원복 지퍼에 손을 가져다 댔다. 그랬다! 그가 꿈속에서 봤던 모습과 똑같았다. 그녀는 꿈속에서만큼이나 재빨리 옷을 벗어던졌다. 온 문명이 다 사라져버리는 듯한 거대한 몸짓이었다. 그녀의 몸이 햇살 속에서 하얗게 빛났다. 윈스턴은 그녀의 몸에서 잠시 눈을 뗐다. 그 대신 하얗고 주근깨가 박힌 얼굴과 대담한 미소에 눈을 고정했다. 그는 줄리아 앞에 무릎을 꿇고 손을 잡았다.

"예전에도 이런 일이 있었나요?"

"물론이에요. 수백 번…… 아니 수십 번은 될걸요."

"당원들과?"

"예, 언제나 당원들이었죠."

"핵심 당원도?"

"그 돼지 같은 놈들과는 아니에요, 절대로. 하지만 기회가 있을 때 그 절반만 허락했어도 상당한 숫자였을 거예요. 그놈들은 겉으로 보는 것처럼 경건하지 않아요."

윈스턴의 가슴이 세차게 뛰었다. 줄리아가 수십 번을 경험해봤다고 말했지만 그는 수백 번, 아니 수천 번이기를 바랐다. 당의 부패를 암시하는 것은 그게 무엇이건 간에 언제나 그에게 격렬한 희망을 불어넣어 주었다. 어쩌면 당이 내부에서부터 썩고 있을지도 모를 일이었다. 당의 완강함과 자기부정은 단순히 부정한 것을 숨기기 위한 엉터리 속임수일지도 모른다. 만약 그들에게 나병과 매독을 퍼뜨릴 수 있었다면 그 일에 기꺼이 동참했으리라! 윈스턴은 줄리아를 끌어당겨 무릎을 꿇고 얼굴을 마주 봤다.

"들어봐요. 당신이 더 많은 남자와 관계를 맺을수록 난 당신을 더 사랑할 거요. 날 이해하나요?"

"물론이에요. 완벽하게 이해해요."

"난 순결과 선을 증오해요! 어떤 미덕도 남아 있지 않으면 좋겠어요. 모두가 뼛속까지 썩길 원해요."

"그렇다면 그건 바로 나로군요, 내 사랑. 나는 뼛속까지 썩었으니까요."

"당신은 이런 걸 좋아하나요? 그러니까 날 말하는 게 아니라 이런 행위 자체를 좋아하나요?"

"예, 아주 많이 좋아해요."

윈스턴이 무엇보다 듣고 싶었던 대답이었다. 한 사람의 사랑이 아니라 동물적인 본능, 무분별한 욕망 같은 것이 당을 조각조각 부숴버릴 수 있는 힘이었다. 윈스턴은 줄리아를 잔디 위 블루벨 꽃 사이에 눕혔다. 이번에는 아무런 어려움도 없었다. 유쾌하게 위아래로 움직이던 그들의 가슴은 곧 정상적인 속도로 바뀌었다. 두 사람은 기분 좋은 무력감을 느끼며 서로 떨어졌다. 햇볕이 아까보다 더 뜨겁게 느껴졌다. 두 사람에게 졸음이 몰려왔다. 그는 한쪽에 치워놓았던 당원복에 손을 뻗어 그녀의 몸 위에 덮어주었다. 그와 동시에 둘은 단잠에 빠져들었다.

먼저 잠이 깬 윈스턴은 자리에서 일어나 앉았다. 그러고는 손을 베개 삼아 평화롭게 잠든 줄리아의 주근깨 박힌 얼굴을 바라봤다. 입술을 빼면 아름답다고 할 수 없는 얼굴이었다. 가까이서 보니 눈가에 주름이 한두 개 보였다. 짧고 검은 머리카락은 유난히 굵고 부드러웠다. 갑자기 그녀의 이름만 들었을 뿐 성도 모르고, 살고 있는 곳도 모른다는 생각이 들었다. 줄리아의 젊고 건강한 몸을 보고 있자 동정심과 보호 본능이 일었다. 하지만 개똥지빠귀가 노래할 때 개암나무 아래에서 느꼈던 맹목적인 애정은 다시 느낄 수 없었다. 그는 당원복을 한쪽으로 치우고 부드럽고 하얀 그녀의 알몸을 찬찬히 바라봤다. 예전에는 남자가 여자의 몸을 볼 때 욕정 말고 다른 감정은 느끼지 못할 거라고 생각했다. 하지만 윈스턴이 느끼는 감정에 순수한 사랑이나 욕정 따위는 없었다. 모든 것에 두려움과 증오가 따라왔기에 어떤 감정도 순수하지 못했다. 두 사람의 결합은 전투였으며 승리의 정점이었다. 그것은 당에 대한 일격이며 정치적인 행동이었다.

3장

줄리아가 말했다.

"여긴 한 번 더 와도 될 거예요. 대체로 은신처는 두 번 사용해도 안전하거든요. 물론 한두 달 안에는 안 돼요."

잠에서 깨자마자 줄리아의 행동은 달라져 있었다. 재빠르고 사무적으로 변해버린 그녀는 옷을 입고 허리에 자줏빛 휘장을 두른 다음 사소한 것들을 챙겨 집으로 돌아갈 채비를 마쳤다. 그녀에겐 이런 일이 당연한 듯 보였다. 그녀는 윈스턴에겐 없는 실용적인 명민함을 지녔고, 수많은 행군을 통해 런던 교외 지역을 속속들이 꿰뚫고 있었다. 그녀가 알려준 길은 올 때와는 전혀 달랐는데 심지어 기차역마저 달랐다. 줄리아는 아주 중요한 원칙을 발표하듯 말했다.

"원래 왔던 길로 집에 돌아가면 안 돼요."

줄리아가 먼저 출발하고 윈스턴은 30분쯤 지나서 출발하기로 했다. 그녀는 나흘 뒤 일을 마치고 저녁에 만날 장소를 알려주었다. 사람들로 붐비고 시끄러운 시장이 있는 빈민가 거리 가운데 하나였다. 그녀는 구두끈이나 바느질실을 찾는 척하면서 노점상 주변에 있겠다고 했다. 윈스턴이 가까이 왔을때 주위가 안전하다고 생각되면 줄리아는 코를 풀어 신호하기로 했다. 그렇지 않다면 자신을 못 본 체 지나치라고 했다. 운이 좋으면 행인들 사이에서 25분 정도 이야기를 나누고 다음 만남을 약속할 수 있을 것이다. 알려준 것을 윈스턴이 모두 외우자 그녀가 말했다.

"이젠 가봐야겠어요. 19시 30분까지 돌아가야 하거든요. 청년 성생활 반대 연맹에서 두 시간 동안 전단지를 나눠줘야 해요. 끔찍하죠? 내 옷 좀 털어줄래요? 머리에 검불은 없나요, 확실해요? 그럼 잘 가요, 내 사랑. 안녕!"

줄리아는 그의 품 안으로 몸을 날려 난폭할 정도로 입을 맞추더니 곧 어린 나무들 사이를 빠져나가 아주 작은 소리조차 내지 않으면서 숲속으로 사라졌다. 그때까지도 윈스턴은 여자의 성과 사는 곳을 듣지 못했다. 하지만 달라지는 건 없었다. 밖에서 만나거나 편지를 교환하는 것은 상상할 수도 없는 일이었다.

그 이후 두 사람은 숲속 공터에 다시 가지 못했다. 5월 한 달 동안 두 사람이 사랑을 나누는 데 성공한 건 단 한 번뿐이었다. 줄리아가 알고 있는 또 다른 은신처에서였다. 그곳은 30년 전 원자폭탄 공격으로 황폐하게 변해버린 지역에 있는 부서진 교회의 종루였다. 훌륭한 밀회 장소였지만 가는 길이 아주 위험했다. 그 밖에는 거리에서 잠깐 만난 게 전부였다. 매번 다른 장소에서 만났고 시간도 30분을 넘긴 적이 없었다. 거리에서 만날 때는 특정한 방식에 따라 대화를 나눴다. 두 사람은 인파에 섞여 있다가 나란히 서 있지도, 얼굴을 바라보지도 않으면서 등대 불빛이 비쳤다가 사라지듯 시간 간격을 두고 이상한 방식으로 대화해나갔다. 근처에 텔레스크린이 있거나 당원복을 입은 누군가가 다가오면 갑자기 입을 다물었다가 몇 분이 지난 뒤 중간부터 다시 이야기를 이어나갔다. 그 와중에 미리 정해놓은 장소에 도착하면 이야기를 갑작스럽게 중단하고 헤어졌다가 다음 날 만나서 다짜고짜 이야기를 이어나갔다. 줄리아는 이런 대화에 꽤 익숙한 듯했고 이를 '분할 대화'라고 불렀다. 게다가 입술을 움직이지 않으면서도 놀랍도록 능숙하게 말할 수 있었다. 그들은 거의 한 달에 걸쳐 저녁에만 이런 만남을 이어오다가 한 번은 서로 입을 맞출 수 있었다. 두 사람이 아무 말 없이 뒷골목을 걷고 있을 때(줄리아는 큰 도로를 벗어나면 절대 그에게 말을 걸지 않았다) 귀청이 떨어질 듯 요란한 소리가 땅을 뒤흔들더니 곧 주위가 캄캄해졌다. 얼마 뒤 정신을 차린 윈스턴은 여기저기 멍이 든 채로 거리에 누워 있는 자신을 발견했다. 그는 겁에 질렸다. 로켓 폭탄이 아주 가까운 곳에 떨어진 게 분명했다. 그 순간 바로 몇 센티미터 옆에서 밀랍처럼 창백한 얼굴로 그를 보고 있는 줄리아의 모습이 눈에 들어왔다. 심지어 입술마저 하얗게 질려 있었다. 마치 죽은 사람 같았다! 윈스턴은 그녀를 끌어안고 키스했다. 따뜻한 줄리아의 얼굴은 그녀가 살아 있다는 사실을 알려주었다. 두 사람의 입술 사이에서 가루 같은 게 느껴졌다. 둘 다 횟가루를 두껍게 뒤집어쓰고 있었다.

　약속 장소에 도착해서도 순찰병이 있거나 헬리콥터가 공중에서 감시하고 있을 때는 눈 한 번 마주치지 못하고 서로 지나쳐야 했다. 설사 위험하지 않다고 하더라도 서로 시간을 내기조차 쉽지 않았다. 윈스턴은 일주일에 60시간을 일했고, 줄리아는 그보다 더 오래 일했다. 일하는 강도에 따라 쉬는 날이 달라졌기에 겹치는 휴일이 많지 않았다. 게다가 줄리아는 저녁 내내 여유 있는 날이 거의 없었다. 강연과 시위 참가, 청년 성생활 반대 연맹을 위한 문구 작성, 증오 주간 깃발 준비, 절약운동을 위한 수집 활동 등을 하는 데 놀랄 만큼 많은 시간을 쏟았기 때문이다. 그녀는 작은 규칙을 지키면 큰 규칙을 어길 수 있으므로 그만큼 가치 있는 위장술이라고 말했다. 줄리아는 윈스턴에게도 저녁 시간을 활용해 열성적인 당원들이 자발적으로 참여하는 시간제 무기 제조 봉사 활동에 참여하라고 설득했다. 그래서 윈스턴은 일주일에 한 번은 텔레스크린의 음악과 망치 소리 때문에 어수선하며 어두컴컴하고 외풍까지 센 작업장에서 폭탄 뇌관으로 보이는 작은 금속을 나사로 조립하는 지루한 작업을 하면서 네 시간씩 보내야 했다.

두 사람은 교회 종루에서 다시 만나 분할 대화의 빠진 부분을 메울 수 있었다. 무더운 오후였다. 종루에 있는 작고 네모난 방 안은 후텁지근하고 비둘기 똥 냄새가 진동했다. 둘은 가까이 오는 사람이 없는지 좁은 틈으로 번갈아 망을 보면서 먼지가 수북하고 나뭇조각이 지저분하게 흩어진 마룻바닥에 앉아 몇 시간 동안 이야기를 나눴다.

줄리아는 스물여섯 살이었다. 그녀는 젊은 여자 서른 명과 함께 호스텔에서 살고 있었으며(그녀는 말하는 중간에 "언제나 여자들의 고약한 냄새에서 벗어나질 못해요! 난 정말 여자가 싫어요!"라고 외쳤다) 윈스턴이 추측했던 대로 소설국에서 소설 제작기를 맡고 있었다. 그녀는 강력하면서도 까다로운 전기모터를 다루는 일이 마음에 든다고 했다. 자신이 그렇게 영리한 편은 아니지만 손으로 하는 일을 좋아해 기계를 능숙하게 조작할 수 있다고 설명했다. 줄리아는 계획위원회에서 일반적인 지시를 내리는 것부터 교정 부대의 마지막 손질 작업까지 소설을 구성하는 과정을 전부 세세하게 알고 있었다. 하지만 최종 결과물에는 관심이 없었다. 그녀는 "책을 별로 읽고 싶지 않다"고 말했다. 그녀에게는 책도 잼이나 구두끈처럼 생필품에 지나지 않았다.

줄리아는 1960년대 초 이전에 대한 기억이 하나도 없었다. 혁명 전 시절을 종종 이야기해주던 유일한 사람은 할아버지뿐이었는데, 그녀가 여덟 살 때 어디론가 사라져버렸다. 학창 시절 그녀는 하키 팀 주장이었고 체조 부문에서도 두 해 연속 트로피를 받았다. 청년 성생활 반대 연맹에서 활동하기 전에는 첩보단 분대장과 청년연맹 지부장을 맡았다. 줄리아는 언제나 뛰어난 능력을 보였다. 한번은 프롤 계급을 위해 값싼 포르노물을 생산하는 소설국 산하 포르노과에 뽑힌 적도 있었다(그녀의 평판이 훌륭하다는 증거였다). 줄리아는 포르노과 당원들이 자기들 부서를 '쓰레기과'로 부른다고 했다. 그녀는 그곳에서 일 년 동안 《엉덩이 때리기》나 《여학교에서 보낸 하룻밤》 같은 제목의 소책자를 밀봉하는 일을 했다. 프롤 계급의 젊은 이들은 이런 책들을 불온서적처럼 몰래 사곤 했다. 윈스턴이 호기심을 보이며 물었다.

"어떤 책들인데요?"

"오, 정말 쓰레기 같은 책들이죠. 너무 지루해요. 구성이 여섯 가지밖에 없어서 서로 조금씩 섞어가며 만들죠. 난 소설 제작기만 맡고 있어서 교정은 해본 적이 없어요. 문학적인 능력이 별로 없거든요. 아마 앞으로도 그런 일은 못 할 거예요."

윈스턴은 포르노과에서 일하는 사람이 책임자 한 명을 빼곤 모두 여자라는 말을 듣고 적잖이 놀랐다. 남자가 여자보다 성적 본능을 통제하기 어려워 음란물을 다루면서 타락할 위험이 크기 때문이라고 했다. 줄리아가 이렇게 덧붙였다.

"결혼한 여자도 좋아하지 않아요. 여자는 반드시 순결해야 한다고 생각하거든요. 나도 그렇지 않은데 말이죠."

줄리아가 처음 연애를 경험한 것은 열여섯 살 때로, 상대였던 예순 살의 당원은 나중에 체포를 피하려고 자살했다고 했다. 그녀는 이렇게 말했다.

"잘된 일이죠. 그러지 않았으면 자백할 때 내 이름을 말했을 테니까요."

그 뒤로 줄리아는 여러 남자와 관계를 맺었다. 그녀가 생각하는 인생은 단순했다. 인간은 누구나 즐거운 시간을 원하는데 '그들', 그러니까 당이 그것을 막으려고 한다는 것이다. 그래서 되도록 규칙을 많이 깨뜨려야 한다고 했다. 또 사람들이 잡히지 않으려고 애쓰듯이 '그들'이 쾌락을 빼앗으려고 애쓰는 것도 당연하다고 생각했다. 줄리아는 당을 증오하고 욕설을 퍼부었다. 하지만 당의 모든 면을 비판하지는 않았다. 당이 그녀의 삶을 간섭한다고 비난할 뿐 당의 교리 등에는 전혀 관심이 없었다. 윈스턴은 그녀가 일상적인 신어 말고는 다른 신어를 쓰지 않는다는 사실을 알 수 있었다. 브라더후드에 대해서는 들어보지도 못했고, 그 존재를 믿으려 하지도 않았다. 당에 대한 조직적인 혁명은 실패할 수밖에 없으므로 멍청한 행동이라고 판단했다. 그녀에게 현명한 행동이란 당의 규칙을 어기면서도 살아남는 것이었다. 윈스턴은 혁명 이후에 자라난 젊은 세대들 가운데 줄리아처럼 아무것도 모른 채 당은 하늘과 같아서 바꿀 수 없는 대상으로 인정하고, 개를 피해 도망다니는 토끼처럼 반항을 포기한 채 피해 다니는 이들이 얼마나 많을지 생각해봤다.

두 사람은 결혼 가능성 따위는 이야기하지 않았다. 생각할 가치도 없는 아득히 먼 일이었기 때문이다. 윈스턴의 아내인 캐서린을 떼어낸다 하더라도 그 어떤 위원회도 두 사람의 결혼을 허가하지 않을 것이다. 결혼은 아무 쓸모 없는 몽상에 지나지 않았다. 줄리아가 물었다.

"당신 아내는 어떤 사람이죠?"

"아내는…… 혹시 신어로 '좋은 사고적(goodthinkful)'이라는 단어를 알고 있나요? 반드시 정통을 따르고 절대 나쁜 생각을 할 수 없다는 뜻인데……."

"아니요, 단어는 모르지만 어떤 사람인지 충분히 알겠네요."

윈스턴은 결혼 생활을 이야기하기 시작했다. 하지만 놀랍

게도 줄리아는 이미 대충 알고 있는 듯했다. 그의 손만 닿으면
캐서린의 몸이 어떻게 굳어졌는지, 심지어 캐서린이 윈스턴
을 안고 있을 때마저도 어떻게 온 힘을 다해 그를 밀어내는 듯
느껴졌는지를 자신이 직접 겪은 것처럼 그에게 설명했다. 줄
리아와 캐서린 이야기를 나누는 일은 별로 어렵지 않았다. 캐
서린과 보낸 결혼 생활은 고통스러운 게 아니라 불쾌한 기억
이었을 뿐이다. 그가 말했다.

"한 가지만 없었다면 그런대로 견딜 수 있었을 거요."

윈스턴은 줄리아에게 캐서린이 매주 같은 날 밤에 강요하
던 딱딱한 작은 의식을 설명했다.

"그 여자는 그걸 싫어했어요. 하지만 절대 멈추려 들지 않았
죠. 그녀가 그걸 뭐라고 불렀는지 당신은 상상도 못 할 거요."

줄리아는 조금도 망설이지 않고 말했다.

"당에 대한 의무요."

"어떻게 알았죠?"

"나도 학교에 다닌걸요. 열여섯 살이 되면 한 달에 한 번 성에
대한 토론을 해요. 청소년 활동 가운데 하나죠. 당은 몇 년에 걸
쳐 그렇게 세뇌시켜요. 단언하건대 많은 여자에게 효과가 있죠.
하지만 입 밖으로 말하지는 않죠. 그들은 위선자니까요."

줄리아가 이 문제를 확대해 해석하기 시작했다. 그녀에게
는 모든 문제가 결국 성욕과 연관되어 있었고 여기에 상당히

예리하게 반응했다. 윈스턴과 달리 줄리아는 성적 순결을 강조하는 당의 의도에 숨겨진 의미를 알고 있었다. 단순히 성적 본능이 당이 통제할 수 없는 나름의 세계를 구축하기에 성욕을 파괴하는 것이 아니다. 성적 박탈은 과도한 흥분 상태를 불러오는데, 이 힘이 바로 전쟁 의지와 지도자 숭배로 바뀔 수 있기 때문이다. 그녀는 이렇게 설명했다.

"사랑을 나누면서 에너지를 쓰고 나면 행복감에 젖어 아무것에도 신경 쓰지 않게 되죠. 그들은 그런 상태를 참을 수 없는 거예요. 우리가 언제나 터지기 직전의 에너지를 갖고 있길 바라죠. 행군과 응원을 하고 깃발을 날리는 건 모두 성적인 에너지가 비뚤어져서 나타나는 거예요. 마음속으로 행복하다면 왜 빅 브라더나 3개년 계획, 2분 증오 따위의 썩어빠진 일들에 힘을 쏟겠어요?"

윈스턴은 줄리아 말에 일리가 있다고 생각했다. 순결과 정치적 정통성 사이에는 직접적이면서도 밀접한 연관성이 있었다. 강력한 본능을 눌러 추진력으로 사용하지 않는다면 어떻게 당에 필요한 공포와 증오, 광적인 맹신을 유지할 수 있을까? 성적 충동은 위험 대상이고, 당은 이를 이용하려 했다. 부모의 본능에서도 마찬가지 꼼수를 부렸다. 가족제도를 없앨 수는 없었다. 당은 부모에게 전통적인 방식으로 아이를 사랑하도록 권장했다. 하지만 아이는 부모에게 등을 돌리고, 그들을 감시하고, 그들의 일탈을 보고하도록 체계적으로 교육받았다. 아이들은 사상경찰이 확대된 존재로 당이 만들어낸 장치나 다름없었다. 모든 사람이 자신을 가장 잘 아는 밀고자들에게 둘러싸여 밤낮으로 감시를 받고 있는 셈이었다.

갑자기 윈스턴의 마음이 캐서린에게 향했다. 만약 캐서린이 그의 비정통적인 관점을 모를 정도로 둔하지 않았다면 분명 그를 사상경찰에 밀고했을 것이다. 윈스턴이 아내를 떠올린 진짜 이유는 이마에 땀방울이 맺힐 정도로 찌는 듯이 더운 오후 때문이었다. 그는 11년 전 어느 무더운 여름 오후에 일어났던, 아니 일어날 뻔했던 일을 줄리아에게 이야기하기 시작했다.

두 사람이 결혼한 지 4개월쯤 지났을 무렵이다. 부부는 켄트 지방 어딘가에서 행군하다가 길을 잃었다. 일행보다 고작 몇 분밖에 뒤처지지 않았는데도 길을 잘못 들어서는 바람에 오래된 석회암 채석장 끝에 이르고 말았다. 그곳은 10미터에서 20미터쯤 되는 절벽으로 바닥에는 자갈이 깔려 있었다. 주위를 둘러봐도 길을 물어볼 만한 사람이 눈에 띄지 않았다. 길을 잃었다는 것을 깨달은 캐서린은 몹시 불안해했다. 그녀에게는 함께 행군하던 떠들썩한 일행과 잠깐 떨어져 있다는 사실마저 죄악이나 마찬가지였다. 그래서 당장 왔던 길을 되돌아가 다른 방향을 찾아보려 했다. 하지만 그 순간 윈스턴은 바

로 아래 절벽 틈에서 수북하게 자란 부처꽃을 봤다. 분명 같은
뿌리에서 자랐지만 한쪽은 자홍색, 또 다른 한쪽은 붉은 벽돌
색을 띠고 있었다. 윈스턴은 캐서린을 불렀다.

"캐서린, 여기 꽃 좀 봐! 바닥 가까이에 피어 있는 꽃 말이
야. 한 뿌리인데도 꽃 색깔이 다르네, 보여?"

캐서린은 이미 그곳을 벗어나려고 몸을 돌린 뒤였지만 초
조해하면서 절벽으로 돌아왔다. 그러고는 윈스턴이 가리키는
곳을 보려고 절벽 아래로 몸을 굽혔다. 그는 캐서린의 바로 뒤
에 서서 넘어지지 않게 허리를 잡아주었다. 바로 그 순간 그곳
에 두 사람만 있을 뿐이라는 생각이 윈스턴의 머리를 스쳤다.
사람은 눈을 씻고 봐도 없었고, 나뭇잎은 움직임을 멈췄으며,
새도 잠든 듯했다. 마이크가 숨겨져 있을 가능성도 거의 없었
고, 만약 있다 하더라도 소리를 잡아내는 것 말고는 아무것도
할 수 없었다. 뜨겁고 나른한 오후였다. 태양은 머리 위에서
이글거리고 땀이 얼굴을 덮었다. 그다음 그의 머릿속에 스친
생각은……. 줄리아가 물었다.

"왜 아내를 밀어버리지 않았어요? 나 같으면 그랬을 텐데."

"그래요, 내 사랑. 당신이라면 그랬을 거요. 지금의 나였다면
분명 그렇게 했을 테죠. 그러고 싶었지만…… 확실히는 모르
겠어요."

"그때 밀어버리지 않은 걸 후회하나요?"

"그래요. 어쨌든 그때 그러지 못한 걸 후회해요."

두 사람은 먼지 쌓인 마룻바닥에 나란히 앉아 있었다. 윈스턴이 줄리아를 가까이 끌어당기자 그녀가 그의 어깨에 머리를 기댔다. 그녀의 머리에서 나는 향기 덕분에 비둘기 똥 냄새가 느껴지지 않았다. 그는 '줄리아는 정말 젊어'라고 생각했다. 그녀는 아직 인생에 대한 기대가 있었고, 불편한 사람을 절벽에서 밀어버린다고 해서 해결되는 건 아무것도 없다는 사실을 이해하지 못했다. 그가 말했다.

"하지만 그래도 달라지는 건 없었을 거요."

"그런데 왜 그때 그러지 못한 걸 후회하는 거죠?"

"부정적인 생각보단 긍정적인 게 낫기 때문이죠. 그게 다예요."

동의할 수 없다는 줄리아의 몸짓이 그의 어깨에 느껴졌다. 윈스턴이 이런 말을 할 때마다 줄리아는 반대했다. 개인은 늘 패배한다는 자연의 법칙을 받아들이고 싶지 않았기 때문이다. 그녀는 자신이 언젠가는 사상경찰에 체포되어 죽음을 맞을 운명이라고 생각했다. 하지만 마음 한구석에는 자신이 선택한 이 비밀스러운 세계를 어느 정도는 만들어갈 수 있다는 믿음이 있었다. 이때 필요한 것은 운과 교묘함 그리고 대담함뿐이었다. 줄리아는 행복 같은 것은 없고, 승리는 두 사람이 죽고 나서 오랜 시간이 흐른 뒤에나 찾아올 것이며, 당에 전쟁을 선언한 순간 자신은 이미 죽은 시체나 다름없다고 생각하는 편이 낫다는 것을 이해하지 못했다. 윈스턴이 말했다.

"우리는 죽은 목숨이에요."

그러자 줄리아가 맞받아쳤다.

"아직은 죽지 않았어요."

"육체적으로는 그렇죠. 6개월, 1년…… 어쩌면 5년 뒤에도 어떻게 될지 모르죠. 나는 죽음이 두려워요. 당신은 젊으니까 나보다 더 두렵겠죠. 물론 우리는 되도록 오래 죽음을 미뤄야 해요. 하지만 별로 달라지는 건 없어요. 인간이 인간으로 남아 있다면 살고 죽는 건 결국 같은 거니까요."

"말도 안 되는 소리 하지 말아요! 나와 시체 가운데 누구와 자고 싶어요? 삶을 즐기고 싶지 않나요? 이게 나예요. 이게 내 손이고 내 다리예요. 난 실제로 건재하고 살아 있어요! 만져봐요. 이게 좋지 않단 말이에요?"

줄리아가 몸을 돌려 윈스턴을 끌어안았다. 당원복 속으로 풍만하면서도 단단한 그녀의 젖가슴이 느껴졌다. 싱그러운 그녀의 몸이 그에게 젊음과 활력을 불어넣어 주는 듯했다. 윈스턴이 말했다.

"좋아요."

"그럼 죽음에 대한 이야기는 그만해요. 들어봐요, 내 사랑. 다음 약속을 정해야죠. 지난번에 만났던 숲속 장소에 다시 가도 될 것 같아요. 한동안 안 갔으니까요. 하지만 이번에는 다른 길로 가야 해요. 내가 벌써 다 생각해놨어요. 기차를 타고……보세요, 약도를 그려볼게요."

줄리아는 능숙하게 바닥의 먼지를 모아 네모나게 만든 뒤 비둘기 둥지에서 빼낸 나뭇가지로 지도를 그리기 시작했다.

4장

윈스턴은 채링턴 씨의 상점 위층에 있는 초라하고 작은 방을 둘러봤다. 창가에는 커다란 침대가 자리 잡고 있었다. 침대 위에는 담요와 베갯잇을 씌우지 않은 둥그런 베개가 놓여 있었다. 벽난로 위에는 숫자가 12까지밖에 없는 구식 시계가 째깍거리고 있었다. 한쪽 구석에는 접이식 탁자가 놓여 있었다. 탁자 위에는 윈스턴이 지난번 상점에 들렀을 때 사둔 유리 문진이 어슴푸레한 가운데 부드럽게 반짝이고 있었다.

벽난로 받침대에는 찌그러진 석유난로와 소스 냄비, 컵 두 개가 놓여 있었다. 모두 채링턴 씨가 가져다준 것이었다. 윈스턴은 석유난로에 불을 붙인 뒤 그 위에 냄비를 올려놓고 물을 끓였다. 그는 빅토리 커피 한 봉지와 사카린 조각을 가져왔다.

시곗바늘이 7시 20분, 즉 19시 20분을 가리키고 있었다. 줄리아는 19시 30분에 오기로 되어 있었다.

'바보 같은 짓이야. 어리석은 짓이고.' 그의 마음속 목소리가 속삭였다. 이것은 자살 행위나 마찬가지로 어리석은 짓이었다. 당원들이 저지르는 다양한 범죄 가운데 가장 잡히기 쉬운 행동이었다. 이런 생각이 접이식 탁자 위에 비치는 유리 문진의 모양처럼 그의 머릿속에 떠올랐다. 그가 예상한 대로 채링턴 씨는 스스럼없이 방을 빌려주었다. 오히려 윈스턴이 건넬 몇 달러를 반기는 기색이었다. 윈스턴이 밀회를 위해 방이 필요하다고 밝혔지만 충격받거나 불쾌한 기색을 보이지도 않았다. 다만 모호한 곳을 바라보면서 일반적인 이야기를 늘어놓았는데, 그 분위기가 미묘해서 마치 반쯤은 투명 인간이 된 듯한 인상을 풍겼다. 그는 사생활이 아주 중요하다면서 누구나 가끔은 혼자만의 공간을 원하고, 그런 곳을 얻었을 때 다른 사람은 그 사실을 보호해주는 게 상식적인 예의라고 했다. 채링턴 씨는 아예 자리를 비워주면서 집으로 들어오는 문은 두 개이고, 그중 하나는 뒷골목으로 이어진다는 설명을 덧붙였다.

창문 밑에서 누군가의 노랫소리가 들렸다. 윈스턴은 모슬린 커튼 뒤에 몸을 숨긴 채 밖을 살짝 내다봤다. 6월의 태양이 하늘 높이 걸려 있고 햇살이 가득한 창 아래 뜰에는 노르만 건축 양식 기둥처럼 우람한 몸집의 여자가 앞치마를 두르고 적

갈색 팔뚝을 휘두르며 빨래통과 빨랫줄 사이를 오가면서 아기 기저귀로 보이는 네모난 천을 널고 있었다. 여자는 입에 빨래집게를 물고 있지 않을 때는 억센 콘트랄토(여자 목소리 가운데 가장 낮은 음역의 소리—옮긴이) 노래를 흥얼거렸다.

허황된 망상이었구나.
4월의 꽃잎처럼 사라졌지.
표정과 말과 꿈을 흩뜨려 놓고
내 마음을 훔쳐갔구나!

지난 몇 주 동안 런던에서 유행하던 가락이었다. 음악국의 한 부서에서 프롤 계급을 위해 만들어낸 비슷비슷한 수많은 노래 가운데 하나였다. 그런 노래는 사람이 아니라 '작시기'라는 기계로 만들었다. 하지만 여자는 끔찍한 쓰레기 같은 곡조를 유쾌한 노래로 탈바꿈시킬 만큼 노래 실력이 좋았다. 윈스턴은 여자의 노랫소리와 바닥에 깔린 널따란 돌 위로 신발이 끌리는 소리, 아이들이 거리에서 떠드는 소리, 멀리서 들려오는 자동차 소리를 들을 수 있었다. 하지만 방 안은 이상하리만치 조용했다. 물론 텔레스크린이 없어서 그렇기도 했다.

'어리석은 짓이야, 정말 바보 같고 어리석은 짓이야!' 윈스턴은 다시 생각했다. 몇 주 이상 들키지 않고 이곳을 드나든다는 건 상상도 할 수 없는 일이었다. 그렇지만 가까운 실내에 은신처를 꾸릴 수 있다는 유혹은 두 사람에게 너무나 강했다. 교회 종루에서 밀회를 가진 뒤 둘은 전혀 만날 수가 없었다. 증오 주간 탓에 일이 크게 늘어났다. 아직 기간이 한 달이나 남았지만 워낙 준비할 게 많고 복잡해서 모든 사람이 잔업을 해야 했다. 드디어 두 사람이 같은 날 오후에 시간을 낼 수 있는 날이 왔다. 둘은 숲속 공터에 다시 가기로 약속했다. 바로 전날, 도로에서 잠깐 만났을 때 언제나 그랬듯 윈스턴은 인파에 밀려 줄리아를 제대로 보지도 못했다. 하지만 잠깐 훔쳐본 그녀의 얼굴은 평소보다 더 창백해 보였다. 그녀는 안전하다고 판단하자마자 중얼거렸다.

"다 끝났어요. 내 말은, 내일 말이에요."

"뭐가요?"

"내일 오후요. 난 못 가요."

"왜 못 가죠?"

"뭐, 늘 같은 이유죠. 이번엔 일찍 시작됐어요."

윈스턴은 그 순간 화가 불같이 치밀어올랐다. 줄리아를 알게 된 뒤 한 달 동안 그녀에 대한 욕구는 완전히 바뀌어버렸다. 사실 처음에는 욕정을 거의 느끼지 못했다. 처음 두 사람이 사랑을 나눴을 때는 순전히 의지에 따른 행동이었을 뿐이다. 하지만 두 번째부터는 달라졌다. 줄리아의 머리카락에서 나는 향기와 입에서 느껴지는 맛, 피부의 감촉이 그의 내면은 물론이고 그를 둘러싼 공기 속으로 들어와 버린 듯했다. 윈스턴에게 줄리아는 육체적으로 없어선 안 될 존재가 되었다. 그저 원하는 대상이 아니라 마치 그녀에 대한 권리가 있는 것처럼 느꼈다. 그런데 줄리아한테서 밀회 장소에 오지 못한다는 말을 듣자 그녀에게 속은 듯한 기분이 들었다. 하지만 인파에 떠밀려 두 사람의 몸이 밀착되고 우연히 손이 닿았을 때 줄리아가 그의 손가락 끝을 꽉 쥐었다. 단순한 욕정이 아니라 애정을 표현하는 행동처럼 느껴졌다. 그 순간 남자와 여자가 함께 살다 보면 이런 실망은 일반적이고 흔히 일어나는 것이라는 생각이 들었다. 예전에는 한 번도 느껴보지 못한 깊은 애정이 그를 사로잡았다. 윈스턴은 두 사람이 10년쯤 결혼 생활을 한 부부이기를 바랐다. 지금처럼 함께 거리를 걸으면서 남들 눈을 피하거나 두려워할 필요 없이 사소한 이야기를 나누고 자질구레한 생필품을 살 수 있으면 좋겠다는 생각이 들었다. 무엇보다 만날 때마다 사랑을 나눠야 한다는 부담감 없이 함께 있을 장소를 원했다. 그날 당장은 아니었지만 다음 날 문득 채링턴 씨의 방을 빌려야겠다는 생각이 떠올랐다. 윈스턴의 제안을 들은 줄리아는 예상과 달리 흔쾌하게 동의했다. 마치 두 사람은 일부러 무덤을 향해 한 발짝씩 나아가고 있는 것 같았다. 윈스턴은 침대 가장자리에 걸터앉아 또 한 번 사랑부 감방을 생각했다. 미리 정해진 공포가 무의식중에 가까워지고 있다는 것이 이상하게 느껴졌다. 숫자 99 다음에는 100이 오듯이 정해진 죽음의 전조가 있다. 죽음을 피할 수는 없지만 미룰 수는 있었다. 마찬가지로 어떤 때는 의식적이고 자발적인 행위로 실제 죽음이 발생할 때까지의 기간을 앞당길 수도 있었다.

급하게 계단을 올라오는 발소리가 들리면서 줄리아가 왈칵 방으로 들어섰다. 그녀는 거친 갈색 캔버스로 만든 공구 가방을 들고 있었다. 청사를 오갈 때 드는 가방이었다. 윈스턴이 줄리아를 안으려고 앞으로 다가갔지만 그녀는 공구 가방을 들고 있어서인지 재빨리 몸을 피했다. 줄리아가 말했다.

"잠깐만요, 내가 가져온 걸 보여줄게요. 또 맛없는 빅토리 커피 가져왔지요? 그럴 줄 알았어요. 그런 건 버려요, 이제 필요 없으니까. 이것 좀 봐요."

줄리아는 무릎을 꿇고 가방을 열어 맨 위에 있던 스패너와 드라이버 같은 연장을 꺼내놓았다. 그 밑에 종이로 깔끔하게 싼 꾸러미들이 보였다. 그녀가 윈스턴에게 건네준 첫 번째 포장 속에는 낯설지만 막연하게 친숙한 것이 들어 있었다. 그것은 무겁고 마치 모래 같아서 만질 때마다 모양이 달라졌다. 그가 물었다.

"이거 설탕인가요?"

"진짜 설탕이에요. 사카린이 아니라 설탕이라고요. 빵도 있어요. 우리가 매일 먹는 그딴 빵이 아니라 진짜 흰 빵이에요. 잼이 든 작은 병도 있고요. 깡통에는 우유가 들어 있어요…….

하지만 가장 자랑하고 싶은 건 이거예요! 보세요! 꽁꽁 싸매야 했어요, 왜냐하면…….”

왜 꽁꽁 싸매야 했는지 설명할 필요는 없었다. 향기가 이미 방 안을 가득 채우고 있었기 때문이다. 아주 어린 시절에 맡아본 적이 있듯이 풍부하고 뜨거운 향기였다. 지금도 가끔 우연찮게 맡을 수 있는데, 거리에서 문이 쾅 닫히기 전에 열려진 틈으로 흘러나오거나 붐비는 도로에서 신비롭게 퍼져 나와 잠깐 코끝을 스쳤다가 사라지곤 했다. 윈스턴이 중얼거렸다.

“커피군, 진짜 커피군요.”

줄리아가 말했다.

“핵심 당원이 먹는 커피죠. 1킬로그램짜리예요.”

“이런 걸 다 어디서 얻었죠?”

“핵심 당원들 물건이에요. 그 돼지들은 뭐든지 갖고 있어요. 못 가진 건 아무것도 없다고요. 하지만 웨이터나 하인들이 몰래 훔쳐내곤 해요. 그리고 봐요, 홍차도 있어요.”

윈스턴이 줄리아 옆에 쭈그리고 앉아 봉투 한쪽을 뜯었다.

“진짜 홍차군요. 블랙베리 잎이 아니에요.”

그녀는 막연하게 말했다.

“요즘 홍차가 많아졌어요. 인도나 뭐 그런 곳을 점령했대요. 들어봐요, 내 사랑. 침대 맞은편으로 가서 3분 정도 등을 돌리고 앉아줄래요? 창문 쪽으로 가까이 가지는 말아요. 내가 말할 때까지 돌아보지 말고요."

윈스턴은 멍하니 모슬린 커튼 너머로 밖을 바라봤다. 아래쪽 뜰에서는 적갈색 팔뚝의 여자가 아직도 빨래통과 빨랫줄 사이를 오가고 있었다. 여자는 입에서 빨래집게를 두 개 떼어내면서 풍부한 감정을 실어 노래했다.

시간이 모든 걸 해결해준다고 말하지.
언제나 절대 잊을 수 없다고 말하지.
하지만 미소와 눈물은 몇 해를 지나도
내 가슴을 아프게 하네!

여자는 시시껄렁한 노래를 모두 외우고 있는 듯했다. 목소리가 달콤한 여름 공기에 실려 허공으로 울려 퍼지고 아름다운 선율은 행복하면서도 애처롭게 들려왔다. 6월의 저녁이 끝없이 이어지고 빨랫감이 떨어지지 않는다면 여자는 천년만년 만족스럽게 빨래를 널면서 시시껄렁한 유행가를 흥얼거릴 수 있을 것 같았다. 윈스턴은 혼자 노래 부르는 당원을 본 적이 없다는 흥미로운 사실에 생각이 미쳤다. 혼잣말을 중얼거리는 것이 비정통적으로 보이는 것처럼 노래도 위험하고 이상한 행동이었다. 당원들은 아마 굶어 죽기 직전이 돼서야 노래할 일이 생겼다고 생각할지도 모를 일이다. 줄리아가 말했다.

"이제는 돌아봐도 돼요."

뒤를 돌아본 윈스턴은 한동안 줄리아를 알아볼 수 없었다. 완전히 벌거벗고 있을 줄 알았지만 그녀는 알몸이 아니었다. 그보다 더 놀라운 변화가 있었다. 그녀가 얼굴에 화장을 한 것이다.

줄리아는 프롤 계급 구역에 있는 상점에 몰래 들어가 화장품 세트를 하나도 빠짐없이 사온 것 같았다. 그녀는 입술을 빨갛게 칠하고 볼에는 연지를 찍고 코에는 파우더를 바르고 있었다. 눈에도 돋보이게 하는 뭔가를 발랐다. 능숙하게 화장한 것은 아니지만 화장에 대해서는 윈스턴의 잣대 또한 그다지 높지 않았다. 그는 화장한 여성 당원을 본 적도, 상상한 적도 없었다. 줄리아의 얼굴은 깜짝 놀랄 만큼 아름다워 보였다. 얼굴에 색을 약간 더했을 뿐인데도 훨씬 더 예쁠 뿐 아니라 아주 여성스러워 보였다. 짧은 머리와 남자 같은 당원복 덕분에 효과가 배가되는 듯했다. 그녀를 품에 안자 인공적인 바이올렛 향이 콧속으로 흘러 들어왔다. 어두컴컴한 지하실 부엌에서 관계를 맺었던 매춘부와 굴속 같던 그 여자의 입이 떠올랐다. 그 매춘부가 뿌렸던 것과 똑같은 향수였다. 하지만 이 순간에는 문제 될 게 아무것도 없었다. 그가 말했다.

"향수도 뿌렸군요!"

"맞아요, 내 사랑. 향수도 뿌렸어요. 다음에는 뭘 할지 알아요? 진짜 여자 옷을 구해 이 망할 놈의 바지 대신 입을 거예요. 실크 스타킹과 하이힐도 신을 거예요! 이 방에서 난 당신의 동지가 아니라 여자가 될 거라고요."

두 사람은 옷을 벗어던지고 커다란 마호가니 침대로 올라갔다. 윈스턴이 줄리아 앞에서 완전히 알몸을 보인 것은 이번이 처음이었다. 지금까지는 종아리에 하지 정맥류가 도드라지고 발목은 얼룩덜룩하게 변해버린 창백하고 볼품없는 자신의 몸이 너무도 부끄러웠다. 침대 위에는 시트도 없었지만 담요가 다 닳아서 보드라웠다. 두 사람은 침대가 큰 데다 푹신해서 깜짝 놀랐다. 줄리아가 말했다.

"벌레는 많지만 뭐 어때요?"

이제는 프롤 계급의 집이 아니면 더블베드를 구경조차 할 수 없었다. 윈스턴은 어린 시절 더블베드에서 자본 적이 있지만 줄리아는 전혀 기억이 없다고 했다.

둘은 한동안 기분 좋게 잠들어 있었다. 윈스턴이 잠에서 깼을 때 시곗바늘은 거의 9시를 가리키고 있었다. 줄리아가 그의 팔을 베고 잠들어 있었기에 윈스턴은 움직이지 않고 가만히 누워 여자를 바라봤다. 그녀의 얼굴 화장 대부분이 그의 얼굴과 베갯잇에 묻어 번져버렸지만 아직 뺨에 남아 있는 연지

덕분에 여전히 아름다워 보였다. 석양의 노란빛이 침대 발치를 지나 물이 끓고 있는 냄비가 놓인 석유난로를 비추고 있었다. 뜰에서 들려오던 여자의 노랫소리는 멈췄지만 그 대신 거리에서 뛰어노는 아이들의 희미한 외침이 들려왔다. 윈스턴은 문득 궁금해졌다. 사라진 과거 속에서는 시원한 여름날 저녁에 남자와 여자가 스스로 원해서 사랑을 나눈 뒤 옷을 벗은 채로 자신들이 원하는 이야기를 하고, 일어나고 싶지 않아 가로이 누워 밖에서 들리는 평화로운 소리를 듣는 게 평범한 일이었을까? 이런 일이 평범했던 시절은 한 번도 없었던 걸까? 그때 줄리아가 눈을 비비며 일어나 팔꿈치를 괴고 석유난로를 바라보더니 말했다.

"물이 반은 졸아버렸을 거예요. 일어나서 커피를 탈게요. 한 시간쯤 여유가 있는 것 같아요. 당신 집에서는 언제 정전이 되나요?"

"23시 30분이오."

"호스텔은 23시에 불이 나가요. 하지만 그것보다 일찍 나서야 해요. 왜냐하면…… 야! 나가, 이 더러운 짐승!"

줄리아가 갑자기 침대에서 몸을 꿈틀대더니 마치 사내아이처럼 바닥에 있던 신발을 집어 들어 방 한구석으로 던졌다. 그날 아침의 2분 증오 시간에 골드스타인을 향해 사전을 던졌을 때와 똑같은 모습이었다. 윈스턴이 놀라서 물었다.

"뭐죠?"

"쥐예요. 널빤지 사이로 그놈의 짐승이 코를 쓱 내밀지 뭐예요. 저기 구멍이 있어요. 나 때문에 꽤 놀랐을 거예요."

그가 중얼거렸다.

"쥐요? 방 안에 쥐가 있다니!"

줄리아가 침대에 누우면서 무심하게 말했다.

"쥐는 어디나 있어요. 호스텔 부엌에도 있는걸요. 런던에는 쥐로 넘쳐나는 지역도 있어요. 쥐가 아이들을 무는 걸 알아요? 정말 아이들을 물어요. 거리에서 여자들이 아이들을 잠깐도 혼자 놔둘 수가 없대요. 쥐 가운데 무지막지하게 크고 갈색인 놈들이 그런다고 하더라고요. 그 더러운 짐승은 언제나……."

윈스턴이 눈을 질끈 감고 외쳤다.

"그만!"

"이런! 얼굴이 하얗게 질렸어요. 왜 그래요? 어디 아픈가요?"

"난 세상에서 쥐가 제일 싫어요!"

줄리아가 팔로 윈스턴을 꼭 끌어안았다. 마치 자신의 체온으로 그를 안심시키려는 듯했다. 윈스턴은 한동안 눈을 뜨지 않았다. 살면서 때때로 겪었던 악몽이 되살아나는 기분을 느낄 때가 있었다. 언제나 똑같은 꿈이었다. 캄캄한 어둠 속에 서 있었는데, 반대편에는 절대 참을 수도 없고 대면할 수도 없는 무시무시한 뭔가가 있었다. 악몽 속에서 느끼는 가장 강력한 감정은 언제나 자기 자신에 대한 기만이었다. 어둠 속 벽 뒤에 어떤 존재가 있는지 알고 있었기 때문이다. 뇌의 한 조각을 떼어내는 것처럼 죽을 만큼 노력한다면 그 벽이 열릴 때까지 기다릴 수도 있을 것이다. 하지만 윈스턴은 언제나 그 무시무시한 존재를 알아내지 못하고 잠에서 깨어났다. 그런데 불현듯 쥐에 대한 줄리아의 설명과 윈스턴의 악몽이 연결되어 있는 것 같아 그녀를 말린 것이다. 그가 말했다.

"미안해요, 아무것도 아니에요. 난 쥐가 정말 싫어요. 그게 다예요."

"걱정 말아요, 내 사랑. 그 더러운 짐승은 다신 여기 올 수 없을 거예요. 나가기 전에 구멍을 천 조각으로 막아놓을게요. 다음에 여기 올 때는 석회를 가져와서 완전히 메워버릴 거고요."

이미 악몽의 두려움은 반쯤 사라져버렸다. 윈스턴은 조금 창피해져서 침대 머리맡에 기대어 앉았다. 냄비에서 피어오르는 냄새가 너무 강렬하고 특별해서 거리의 행인들이 이상하게 생각할까 봐 창문을 닫아야 했다. 몇 년 동안 사카린만 맛봤던 윈스턴은 설탕을 넣어 비단 같은 질감의 맛이 나는 커피가 더없이 훌륭하게 느껴졌다. 줄리아는 한 손은 주머니에 넣고, 다른 한 손에는 빵 조각과 잼을 들고 방을 구경했다. 그녀는 무심하게 책장을 들여다보기도 하고, 접이식 탁자를 수리하는 방법을 알려주기도 하고, 안락의자가 푹신한지 앉아 보기도 하고, 열두 시간으로 되어 있는 어색한 구식 시계를 재미있다는 듯이 쳐다보기도 하면서 방 안을 어슬렁거렸다. 그러다가 유리 문진을 밝은 불빛에 비춰보려는 듯 침대로 가져왔다. 그녀한테서 유리 문진을 받아든 윈스턴은 언제나처럼 부드러운 빗방울 같은 모양에 매료되었다. 그녀가 물었다.

"이게 뭐라고 생각해요?"

"아무것도 아닌 것 같군요…….. 내 생각엔 사용하라고 만든 물건이 아닌 것 같아요. 그래서 좋아요. 그들이 잊고 바꾸지 않은 역사의 일부분이죠. 이것을 읽을 줄 아는 사람들에게는 100년 전부터 전해 내려온 메시지겠군요."

줄리아가 맞은편 벽에 걸려 있는 판화를 턱으로 가리켰다.

"저기 저 그림 말이에요, 저것도 100년 전 것일까요?"

"그 이상이죠. 200년은 됐을걸요. 하지만 정확히는 몰라요. 요즘은 무엇이건 연도를 알 수 없게 돼버렸으니까요."

그녀는 그림을 보려고 벽 쪽으로 걸어갔다.

"여기서 그 못된 쥐가 코를 내밀었어요."

줄리아가 그림 바로 아래 널빤지를 발로 걸어찼다.

"여긴 어디죠? 예전에 본 적이 있어요."

"교회예요. 아니, 교회로 사용된 적이 있는 곳이죠. 이름은 성 클레멘트 데인이에요."

채링턴 씨가 가르쳐준 노래 한 구절이 머릿속에 떠오른 윈스턴은 반쯤 향수에 젖어 노래를 불렀다.

"오렌지와 레몬, 성 클레멘트의 종이 말하네!"

놀랍게도 줄리아가 그 뒤를 이어 노래했다.

넌 내게 3파딩의 빚이 있지. 성 마틴의 종이 말하네.

언제 빚을 갚을 셈이지? 올드 베일리의 종이 말하네…….

"그다음은 기억나지 않아요. 하지만 마지막은 기억해요. '여기에 너의 침대를 밝힐 양초가 있고, 여기에 너의 목을 잘라버릴 도끼가 있네!'"

마치 반으로 나뉜 암호문 같았다. 하지만 '올드 베일리의 종' 다음에 또 다른 한 줄짜리 가사가 있을 것이다. 어쩌면 채링턴 씨가 기억해낼지도 모를 일이었다. 윈스턴이 물었다.

"누구한테 노래를 배웠죠?"

"우리 할아버지요. 어렸을 때 이 노래를 불러주곤 했는데, 내가 여덟 살 때 증발됐어요. 그러니까 사라져버렸죠. 그런데 레몬이 뭔지 모르겠어요."

그러고선 줄리아는 전혀 상관없는 말을 덧붙였다.

"오렌지는 본 적이 있어요. 껍질이 두껍고 노란색의 둥근 과일이더군요."

윈스턴이 말했다.

"난 레몬을 기억해요. 1950년대에는 꽤 흔한 과일이었어요. 맛이 시어 냄새만 맡아도 침이 고였죠."

줄리아가 말했다.

"아마도 그림 뒤에 벌레가 득실거릴 거예요. 언젠가 한번 떼어내 깨끗이 닦아야겠어요. 이제 슬슬 나가봐야죠. 먼저 화장부터 지워야겠어요. 귀찮아라! 당신 얼굴에 묻은 립스틱도 지워줄게요."

윈스턴은 몇 분 동안 일어나지 않고 그대로 누워 있었다. 방이 점점 어두워졌다. 그는 불빛이 비치는 쪽으로 몸을 돌리고 유리 문진을 가만히 들여다봤다. 산호 조각뿐 아니라 유리 내부도 놀랄 만큼 신기했다. 속이 아주 깊고 공기처럼 투명했다. 유리 표면은 둥그런 하늘처럼 생겼는데, 그 작은 세계를 공기층이 완벽하게 감싸고 있었다. 어쩌면 그 속의 세계로 들어갈 수도 있을 듯했다. 곧이어 마호가니 침대와 접이식 탁자, 벽시계, 판화, 심지어 유리 문진까지 함께 문진 속 세계로 들어가버린 듯한 기분이 들었다. 유리 문진은 지금 그가 앉아 있는 방이고, 그 가운데에 고정된 산호는 줄리아와 그의 삶이었다.

5장

사임이 사라졌다. 어느 날 아침부터 그가 직장에 모습을 드러내지 않았다. 생각이 없는 몇몇 사람들은 그가 사라졌다는 사실을 입에 올리기도 했다. 사흘째 되던 날, 윈스턴은 기록국 현관으로 가서 게시물을 확인했다. 게시물들 가운데는 사임이 속해 있던 체스 위원회 명단이 인쇄된 것도 있었다. 게시물은 예전과 다름없고 달라진 건 아무것도 없는 듯했다. 하지만 한 사람 이름이 빠져 있었다. 그것으로 충분했다. 사임은 존재하지 않게 되었으며 존재한 적도 없게 되었다.

찌는 듯이 더운 날씨였다. 창문도 없는 미로 같은 청사에는 냉방 시설이 있어 정상 온도를 유지했다. 하지만 바깥의 도로는 발바닥이 데일 것처럼 뜨겁고, 통근 시간의 지하철은 끔찍하기가 이를 데 없었다. 증오 주간 준비가 한창이어서 청사의 모든 직원은 초과근무를 하고 있었다. 행진, 회합, 군대 사열, 강연, 밀랍 작업, 전시물, 영화 상영, 텔레스크린 프로그램 제작 등을 준비해야 했다. 관람석을 설치하고, 모형을 만들고, 슬로건을 짓고, 노래를 작곡하고, 소문을 퍼뜨리고, 사진도 조작해야 했다. 줄리아가 속해 있는 소설국의 부서는 소설을 제작하고 잔인한 인쇄물 시리즈를 만드느라 정신없는 날들을 보내고 있었다. 윈스턴은 일상 업무뿐 아니라 이미 발행된 〈타임스〉를 찾아 수정하고, 연설에 인용할 기삿거리를 꾸며내는 작업에도 매일 오랜 시간을 들여야 했다. 밤이 늦으면 쏟아져 나오는 소란스러운 프롤 계급 때문에 도시는 이상야릇하고 열정적인 분위기에 휩싸여 있었다. 로켓 폭탄은 예전보다 더 자주 터지고, 가끔은 먼 곳에서 거대한 폭발이 일어나곤 했다. 하지만 정확하게 무슨 일인지 아는 사람은 없고 말도 안 되는 소문만 마구 떠돌았다.

증오 주간 주제곡(〈증오 노래〉라는 이름으로 불렸다)이 이미 새롭게 작곡되어 텔레스크린에서 끊임없이 흘러나오고 있었다. 이 노래의 야만적이고 시끄러운 리듬은 정확하게 말하면 불규칙적인 북소리에 가까웠다. 수백 명이 이 노래에 맞춰 발을 구르고 포효하면 상당히 위협적으로 들렸다. 여기에 매료된 프롤 계급 덕분에 한밤중 거리에는 이 새로운 노래와 함께 아직 인기가 식지 않은 〈그것은 허황된 망상〉이라는 노래가 경쟁하듯 울려 퍼졌다. 파슨스의 아이들은 밤낮으로 빗과 휴지 두루마리를 흔들며 이 노래를 불러댔다. 저녁이 되면 윈스턴은 정신 없이 바빴다. 파슨스가 조직한 자원봉사 부대는 증오 주간을 위해 거리 꾸미는 일을 맡았다. 깃발을 깁고, 포스터를 색칠하고, 지붕에 깃발을 세우고, 장식을 위해 도로를 가로지르는 줄을 연결하는 위험한 일도 하고 있었다. 파슨스는 400미터나 되는 경축 깃발을 내건 건물은 빅토리 맨션밖에 없을 거라며 우쭐댔다. 그는 원래 그의 성격대로 종달새처럼 행복해했다. 저녁이 되면 더운 날씨와 육체노동을 핑계로 반바지를 입고 셔츠를 풀어헤친 파슨스가 동에 번쩍 서에 번쩍 나타나곤 했다. 그는 밀고 당기고 톱질하고 망치질하고 뭔가를 만들며 모든 사람을 즐겁게 해주었다. 동지들을 격려하는 그의 몸에서는 시큼한 땀 냄새가 흘러나왔다.

런던 곳곳에 갑자기 새로운 포스터가 나붙었다. 설명은 없고 무시무시한 유라시아 병사의 모습이 그려져 있을 뿐이었다. 그 병사는 3, 4미터쯤 되는 키에 무표정한 얼굴로 커다란 군화를 신고 허리춤에 기관총을 차고 있었다. 게다가 다른 부분을 작게 그려서 한층 더 커 보이는 총구는 어느 각도에서 보더라도 보는 사람을 겨누고 있는 것처럼 느껴졌다. 벽마다 빈 곳에는 모조리 이 새로운 포스터를 붙여놓았는데 심지어 빅 브라더 포스터보다 더 많은 듯했다. 평소에는 전쟁에 무관심한 프롤 계급도 광적인 애국심에 빠져들곤 했다. 또 전반적인 분위기에 동화되기라도 한 듯 로켓 폭탄 때문에 사망한 사람이 그 어느 때보다 많았다. 스테프니 극장에 모인 군중 사이에 폭탄이 떨어져 수백 명이 폐허 속에 묻혀버린 사건도 일어났다. 주변에 사는 사람들이 모두 장례식에 참석해 몇 시간 동안이나 긴 행렬을 이루었는데, 이는 결국 적에 대한 규탄 집회로 바뀌었다. 또 한번은 놀이터로 사용되던 공터에 폭탄이 떨어져 어린아이 수십 명이 형체도 없이 사라져버린 사건도 있었다. 곧바로 성난 사람들의 시위가 이어졌다. 골드스타인의 초상화를 불태우고, 유라시아군 포스터 수백 장을 찢고 불태웠으며, 상점을 약탈했다. 그 와중에 간첩들이 무전으로 로켓을 떨어뜨릴 장소를 전송한다는 소문이 나돌았고, 외국과 연이 닿아 있던 노부부의 집에 화재가 발생해 부부가 질식사했다는 이야기도 들렸다.

채링턴 씨의 상점 위층 방에 도착한 줄리아와 윈스턴은 더위를 식히려고 열어놓은 창문 아래 침대에서 옷을 벗고 나란히 누워 있었다. 지난번 이후로 쥐는 보이지 않았지만 더운 날씨 탓에 벌레가 몇 배는 늘어난 듯했다. 하지만 문제 될 것은 없었다. 더럽건 깨끗하건 마호가니 침대는 두 사람의 낙원이었다. 방에 들어오자마자 두 사람은 암시장에서 사온 후추를 주위에 뿌리고 나서 땀을 뻘뻘 흘리며 사랑을 나눈 뒤 잠들었다. 하지만 벌레 떼의 대대적인 공격에 잠을 깨고 말았다.

네 번, 다섯 번, 여섯 번, 아니 일곱 번…… 두 사람은 6월 한 달 동안 일곱 번의 밀회를 즐겼다. 윈스턴은 늘 빅토리 진을 마시던 버릇을 고쳤다. 술을 마실 필요가 아예 없어져 버린 듯했다. 몸에 살이 오르고 정맥류성 궤양이 잦아들어 발목에도 갈색 반점만 남았다. 이른 아침이면 찾아오던 발작적 기침도 그쳤다. 견뎌내기 어렵던 삶의 흐름도 참을 수 있었다. 텔레스크린에 대고 인상을 쓰거나 고래고래 욕을 퍼붓고 싶던 충동도 사라졌다. 이제 두 사람은 집이나 마찬가지인 안전한 은신처를 얻었다. 가끔 만나서 한 번에 한두 시간을 같이 보내는 데 지나지 않았지만 별 문제가 되지는 않았다. 중요한 건 고물상 위층 방이 계속 남아 있어야 한다는 것이었다. 윈스턴은 그곳에 방이 있고 아무도 침범하지 않았다는 생각만으로도 그 방 안에 있는 것 같은 기분을 느끼곤 했다. 방은 멸종된 동물이 어슬렁거리는 과거 세계의 일부분 같았고, 채링턴 씨 또한 멸종된 동물처럼 느껴졌다. 윈스턴은 위층으로 올라가기 전 언제나 몇 분간 채링턴 씨와 이야기를 나눴다. 노인은 외출을 거의 하지 않는 것 같았다. 찾아오는 사람도 없는 듯했다. 그는 비좁고 어두운 상점과 그보다 더 좁은 부엌 사이를 왔다 갔다 하는 유령 같은 존재였다. 부엌에 놓인 갖가지 물건 가운데는 커다란 나팔이 달린 놀랄 만큼 낡은 구식 축음기도 있었다. 노인은 이야기 상대가 생겨 기쁜 것 같았다. 굽은 어깨에 벨벳으로 된 재킷을 걸친 노인이 긴 코에 두꺼운 안경을 쓰고 쓸모없는 물건들 사이를 돌아다니는 모습을 보고 있으면 상점 주인이라기보다 수집가 같은 인상을 받았다. 그는 빛바랜 열정의 분위기를 풍기면서 손가락으로 중국 병마개나 부서진 담뱃갑 뚜껑, 오래전에 죽은 어린아이의 머리카락이 담긴 합금 목걸이 팬던트 같은 이런저런 잡동사니를 어루만졌다. 절대 윈스턴에게 사라고 권하지 않았고, 다만 그것들이 좋은 듯했다. 채링턴 씨의 이야기를 듣고 있으면 아주 오래된 오르골을 듣고 있는 것 같았다. 채링턴 씨는 기억 속에서 잊고 있던 리듬의 또 다른 소절을 끄집어냈다. 거기에는 스물네 마리의 개똥지빠귀, 하얀색 뿔이 난 암소, 가련한 수컷 울새의 죽음 등이 등장했다. 노인은 새로운 소절을 이야기할 때마다 애원하는 듯한 미소와 함께 "손님이 좋아할 것 같았어요"라고 말했다. 하지만 단 몇 줄밖에 기억하지 못했다.

윈스턴과 줄리아는 두 사람의 밀회가 오래갈 리 없다는 것을 알고 있었다. 아니, 더 정확하게 말하면 두 사람의 마음속에서 이 사실이 지워진 적이 없었다. 둘이 함께 침대에 누워 있을 때면 갑자기 죽음이 바로 눈앞에 와 있는 것처럼 생각될 때도 있었다. 그럴 때면 두 사람은 더욱 욕정을 탐하면서 서로 매달렸다. 마치 시계가 5분 뒤를 알리기 전에 작은 쾌락이라도 얻으려 하는 불쌍한 영혼 같았다. 하지만 두 사람이 안전하고 영원히 관계를 지속할 수 있다는 환상에 빠질 때도 있었다. 상점 위층의 방에 있을 때는 둘에게 어떤 위험도 닥치지 않을 것만 같았다. 방까지 가는 길은 어렵고 위험했지만 방 안은 두 사람만의 성역이었다. 윈스턴은 유리 문진의 한가운데를 들여다보면서 일단 그 속에서는 시간을 멈추게 할 수도 있을 것 같은 착각에 빠지곤 했다. 둘은 탈출에 대한 몽상에 빠지는 일이 많았다. 계속 운이 좋다면 남은 인생을 이렇게 살아가거나 캐서린이 죽는다면 두 사람이 어떻게든 결혼할 수도 있을 듯했다. 아니면 둘이 함께 자살할 수도 있고, 둘 다 모습과 신분을 감춘 뒤 프롤 계급의 억양을 배우고 공장에 일자리를 얻어 남몰래 빈민가에서 살아가는 일도 가능할 것 같았다. 둘 다 이것이 말도 안 되는 생각이라는 것도 알고 있었다. 현실에서 빠져나갈 방법은 없었다. 그나마 유일하게 실행할 수 있는 계획은 함께 자살하는 것인데, 실제 행동으로 옮길 생각은 없었다. 공기가 있는 한 다음 호흡을 이어가는 허파처럼 매일, 매주 미래가 없는 현재를 이어나가는 것은 어쩔 수 없는 본능인 듯했다.

가끔은 당에 대항하는 반란에 가담하자는 이야기도 해봤지만 어디서부터 시작해야 할지 알 수가 없었다. 브라더후드가 실제로 존재한다고 해도 합류할 수 있는 방법을 찾기는 쉽지 않았다. 윈스턴은 줄리아에게 자신과 오브라이언 사이에 존재했던, 아니 존재한 듯했던 이상야릇한 친밀감을 설명했다. 그리고 그에게 다가가 자신이 당의 적이며 그의 도움이 필요하다고 말하고 싶은 충동을 느낀다고 털어놓았다. 이상하게도 그녀는 윈스턴의 충동을 불가능하다거나 무모하다고 생각하지 않았다. 얼굴을 보고 사람을 판단해왔던 줄리아는 윈스턴과 오브라이언이 눈길을 교환했다는 사실만으로 그를 당연히 믿을 만한 존재라고 생각했다. 게다가 그녀는 대부분 또는 거의 대부분의 사람이 은밀히 당을 증오하고 있고, 안전하다고 생각하면 누구나 규칙을 깨뜨릴 거라고 확신했다. 하지만 광범위하고 조직적인 반대 세력이 존재한다거나 존재할 수 있다는 생각에는 반대했다. 줄리아는 골드스타인이나 지하조직에 대한 소문은 당이 스스로 만든 거짓말들 가운데 하나라면서 모두가 그저 믿는 척하고 있을 뿐이라고 했다. 그녀는 당궐기 대회나 자발적인 시위에 수없이 참여해 누군지 알지도 못하는 사람을 처형하라고 외치고, 조금도 믿어본 적이 없는 범죄를 처벌하라고 고래고래 소리쳤다. 청소년연맹 시절부터 공개재판이 열리면 재판정을 아침부터 저녁까지 에워싸고 있는 연맹 회원들 가운데 하나로 자리를 차지하고 앉았다. 그러고는 시간 간격을 두고 규칙적으로 "반역자를 처형하라!"라고 외치곤 했다. 또 2분 증오에서는 누구보다도 큰 목소리로 골드스타인에게 욕을 퍼부었다. 하지만 골드스타인이 누구인지 전혀 알지 못하고 어떤 주장을 하는지도 모른다고 했다. 줄리아는 혁명 이후에 성장한 세대였고, 1950년대와 1960년대의 이론 전쟁을 기억하기에는 너무 어렸다. 그래서 독립적인 정치 행동은 상상할 수도 없었다. 당은 절대로 무너뜨릴 수 없는 존재라고 생각했다. 당이 언제나 존재할 것이고 언제나 같은 모습일 거라고 믿었다. 당에 대항할 수 있는 방법은 은밀히 당의 규칙을 따르지 않거나 누군가를 살해하고 뭔가를 폭파시키는 고립된 폭력 행위밖에 없다는 거였다.

어떤 면에서 줄리아는 윈스턴보다 훨씬 담대하고 당의 선전에도 무감각했다. 언젠가 윈스턴이 유라시아 전쟁에 대해 말을 꺼내자 그녀는 전쟁은 일어난 적이 없다고 대답해 그를 놀라게 했다. 런던에 떨어지는 폭탄은 아마 사람들의 공포를 조장하려고 오세아니아 정부에서 발사하는 자작극일 거라고 설명했다. 윈스턴은 이런 생각을 한 번도 해본 적이 없었다. 심지어 2분 증오 시간에는 웃음이 터져 나오지 않도록 참아야 한다는 그녀를 보면서 그는 부러움마저 느꼈다. 당의 가르침에 대해서도 그녀는 자신의 삶과 연관이 있을 때만 의심했다. 때론 당에서 만든 공식적인 신화를 기꺼이 받아들이기도 했는데, 진실 여부는 그녀에게 중요하지 않았기 때문이다. 예를 들어 줄리아는 학교에서 배운 대로 당이 비행기를 만들어냈다고 믿었다(윈스턴이 기억하기로는 그가 학교에 다닐 때 당은 헬리콥터를 만들어 냈다고 주장했다. 10년쯤 뒤 그녀가 학교에 다닐 때는 비행기를 만들었다고 주장했다. 아마도 한 세대 뒤에는 증기기관을 만들어냈다고 우길 것이다). 윈스턴은 줄리아에게 비행기를 만든 건 그가 태어나기도 전이었고, 혁명이 일어나기 훨씬 전이었다고 말해주었지만 그녀는 전혀 관심이 없었다. 누가 비행기를 발명했건 무슨 상관이냐는 식이었다. 놀랍게도 줄리아는 4년 전에 오세아니아가 유라시아와 동맹 관계였고, 이스트아시아와는 전쟁 중이었다는 사실도 기억하지 못했다. 그녀는 전쟁 자체를 속임수라고 생각했다. 하지만 적국의 이름이 바뀌었다는 사실은 전혀 모르고 있었다. 줄리아는 모호하게 대답했다.

"지금까지 유라시아와 전쟁하고 있는 줄 알았어요."

윈스턴은 약간 소름이 끼쳤다. 비행기의 발명은 그가 태어나기도 전의 일이었다. 그런데 적국이 바뀐 건 고작 4년 전이었고, 줄리아가 성인이 되고 난 이후의 일이었다. 두 사람은 15분은 족히 논쟁을 벌였다. 결국 윈스턴은 그녀가 희미하게나마 유라시아가 아닌 이스트아시아가 적국이었다는 사실을 기억해내도록 하는 데 성공했다. 하지만 여전히 줄리아는 개의치 않았다. 그녀는 짜증을 내면서 말했다.

"누가 신경이나 쓰나요? 망할 전쟁이 하나 끝나면 또 하나가 시작되고, 몽땅 거짓말인 걸 누구나 알고 있는걸요."

윈스턴은 종종 기록국에서 자신이 하고 있는 **뻔뻔한** 날조 행위를 설명했다. 줄리아는 조금도 놀랍지 않은 듯했다. 거짓이 진실로 탈바꿈한다고 해서 자신의 발밑에 있던 심연이 열린다고는 생각하지 않았다. 윈스턴은 존스와 아론슨, 러더퍼드 이야기와 자신이 손가락 사이에 잠깐 끼우고 있던 종이쪽지에 대해 이야기했다. 줄리아는 여기서도 아무런 인상을 받지 못했다. 처음에는 이야기의 맥락조차 제대로 짚어내지 못했다. 그녀가 물었다.

"그들이 당신 친구였나요?"

"아니, 난 그들을 잘 몰라요. 핵심 당원들이었죠. 게다가 나보다 훨씬 나이가 많아요. 오래전 혁명 이전 시대의 사람들이죠. 그저 얼굴만 알고 있을 뿐이에요."

"그런데 왜 신경을 쓰는 거죠? 어차피 매일 사람들이 죽어나가잖아요, 안 그래요?"

윈스턴은 그녀를 이해시키려고 애썼다.

"이건 달라요. 누군가 죽는 것과는 다른 일이라고요. 과거, 그러니까 당장 어제 일부터도 지워지고 있어요. 만약 어딘가에 과거가 살아남아 있다 하더라도 아무런 단어도 붙여놓지 않은 단단한 물체 안에 봉인되어 있을 뿐이죠. 마치 저기 저 유리 덩어리처럼 말이죠. 우리는 이미 혁명과 혁명 이전의 시대를 잊었어요. 기록이란 기록은 모조리 파괴되거나 날조되었고, 책은 다시 쓰였고, 사진은 다시 인쇄되었으며, 모든 동상과 거리와 건물에는 다른 이름이 붙여졌어요. 날짜도 모두 바뀌었죠. 지금도 매일, 매분 똑같은 작업이 되풀이되고 있어요. 역사가 끊어졌어요. 당이 언제나 옳다고 하는 현재만이 끊임없이 계속될 뿐이죠. 물론 과거가 날조되었어도 증명하지 못하는 건 알아요. 나도 날조 행위에 동참하고 있지만 그것을 증명할 수 없죠. 모든 게 끝나고 나면 증거는 아무것도 남지 않아요. 유일한 증거는 내 마음속에 있을 뿐인데 어떤 사람이 내 기억을 알아주겠어요? 난 평생 단 한 번 분명한 증거를 손에 쥐었던 거죠. 그것도 사건이 일어나고 몇 년이 지난 다음에요."

"그게 무슨 소용인 거죠?"

"아무 소용도 없었어요, 몇 분 뒤 버렸으니까. 하지만 오늘 똑같은 일이 일어난다면 증거를 보관할 거요."

줄리아가 말했다.

"나 같으면 그러지 않겠어요. 위험을 받아들일 각오는 되어 있지만 그만한 가치가 있는 일이어야 해요. 그냥 오래전 신문일 뿐인데 위험을 감수할 수는 없어요. 증거가 있다 한들 뭘 할 수 있겠어요?"

"별로 할 수 있는 게 없죠. 아마 그럴 거요. 하지만 그건 증거예요. 사람들에게 보여줄 수만 있다면 당에 대한 의심을 심을 수 있을 테죠. 우리 세대에 무엇을 바꿀 수 있다곤 생각하지 않아요. 하지만 작은 저항의 불씨가 생겨난다면 곧 사람들이 모이기 시작할 거고 세력도 불어날 거요. 몇 마디 말이라도 남길 수 있다면 다음 세대는 우리가 떠나고 나서 행동할 수 있 겠죠."

"난 다음 세대에는 관심 없어요, 내 사랑. 우리한테만 관심 있을 뿐이에요."

윈스턴이 말했다.

"당신은 허리 아래만 반역자야."

그녀는 이 말이 재치 있다고 생각했는지 밝게 웃으면서 그를 끌어안았다.

줄리아는 당의 사상이 만들어낸 영향 따위에는 조금도 관심이 없었다. 윈스턴이 영사나 이중사고, 과거에 대한 날조 행위, 객관적인 현실 부정, 신어 사용 등의 이야기를 꺼내면 지루해하고 혼란스러워했다. 그러고는 한 번도 생각해본 적 없는 문제라고 받아쳤다. 누구나 쓰레기 같은 문젯거리라는 걸 알고 있는데 왜 굳이 신경 쓰냐는 식이었다. 줄리아는 환호해야 할 때와 야유를 보내야 할 때를 알고 있고, 그것으로 충분하다고 했다. 윈스턴이 고집스럽게 이런 주제들을 이야기하면 그녀는 잠들어 버리는 습관이 있었다. 줄리아는 언제 어떤 자세로든 잠을 잘 수 있는 부류의 사람이었다. 윈스턴은 그녀와 대화를 나누는 동안 정통성의 의미를 알지 못하면서 정통적으로 보이는 일이 얼마나 쉬운지를 깨달았다. 어떻게 보면 당의 세계관은 그것을 이해할 능력이 없는 사람들에게 가장 성공적으로 받아들여진 듯했다. 그들은 자신에게 요구되는 일의 심각성을 완전히 이해하지 못했고, 지금 벌어지고 있는 사건에도 관심이 별로 없었다. 그렇기에 악랄한 현실 파괴도 받아들일 수 있었다. 그들은 이해하지 못한 덕분에 정상적인 상태를 유지할 수 있었다. 그들은 무엇이든 삼켜버렸으며 무엇을 삼켜도 탈이 나지 않았다. 곡식 낟알이 소화되지 않은 채로 새의 몸을 빠져나오듯 그들도 아무런 찌꺼기를 남기지 않았기 때문이다.

6장

드디어 도착했다. 기다리던 메시지가 윈스턴에게 전달되었다. 그는 평생 이 순간을 기다려온 것처럼 보였다.

윈스턴이 청사의 긴 복도를 걷고 있을 때였다. 자신보다 덩치 큰 사람이 따라오고 있다는 사실을 알아챈 것은 줄리아가 그의 손에 쪽지를 밀어 넣은 바로 그 지점에 다다랐을 때였다. 누군지는 모르지만 그 사람은 지금부터 말을 하겠다는 신호로 작게 헛기침을 했다. 윈스턴이 걸음을 멈추고 돌아봤다. 오브라이언이었다.

드디어 두 사람이 얼굴을 마주 본 순간 윈스턴은 달아나고 싶은 충동을 느꼈다. 윈스턴의 심장이 거세게 뛰었다. 하지만 오브라이언은 전과 다름없는 동작으로 앞으로 다가와 윈스턴의 팔에 다정스럽게 손을 올려놓았다. 결국 두 사람은 나란히 걷게 되었다. 오브라이언은 대부분의 핵심 당원과는 다른 정중한 태도로 말을 시작했다.

"자네와 이야기를 나누고 싶었네. 자네가 〈타임스〉에 적은 신어 기사를 읽은 적이 있네. 자네는 신어에 학문적 관심이 있는 것 같은데, 내 말이 맞는가?"

윈스턴은 어느 정도 냉정을 되찾고 대답했다.

"그렇지 않습니다. 아마추어에 불과할 뿐 제 분야도 아닙니다. 언어 구조와 관련된 일은 해본 적도 없고요."

"하지만 정말 잘 썼더군. 나 혼자만의 생각이 아니네. 최근에 전문가인 자네 친구와 이야기를 나눴네. 이름은 잘 기억나지 않지만."

윈스턴의 마음에 고통스러운 동요가 일었다. 분명 사임을 말하는 것이었다. 하지만 사임은 단순히 죽은 게 아니라 완전히 사라져버렸다. 이제 사임이란 사람은 없었다. 그를 일컫는 것은 죽음으로 이어질 수도 있는 위험한 행동이었다. 오브라이언의 말은 분명 어떤 신호이자 암호였다. 작은 사상범죄를 공유해서 윈스턴을 공범으로 끌어들이려는 듯했다. 두 사람은 복도를 따라 천천히 걸었다. 하지만 이내 오브라이언이 걸음을 멈췄다. 그는 왜 그런지 알 수는 없지만 친근감을 안겨주는 태도로 코에 걸린 안경을 고쳐 쓰더니 말을 이어나갔다.

"내가 진짜로 하려는 말은 자네 기사에서 이미 구식이 되어 버린 단어를 두 개 찾았다는 걸세. 하지만 아주 최근에 없어진 단어지. 자네는 신어사전 10쇄를 본 적이 있는가?"

윈스턴이 말했다.

"아니요, 10쇄는 아직 출판되지 않은 걸로 알고 있습니다. 기록국에서는 아직 9쇄를 쓰고 있습니다."

"10쇄는 몇 달이 지나야 나올 걸세. 하지만 견본이 몇 권 유통되고 있지. 나도 한 권 갖고 있는데 자네도 흥미로워할 것 같네. 그렇지 않나?"

"예, 그렇습니다."

윈스턴은 그의 의도를 곧바로 알아차리고 대답했다.

"새로운 개선 사항들은 아주 독창적이네. 특히 동사 수가 줄었네. 자네가 바로 이 부분에 관심이 있을 것 같군. 어디 보자, 사람을 시켜 사전을 보내줄까? 하지만 난 뭐든지 잘 잊어 버리니 아무래도 자네가 편한 시간에 우리 집으로 오면 좋을 것 같군. 보자, 우리 집 주소를 알려주겠네."

두 사람은 텔레스크린 바로 앞에 서 있었다. 오브라이언은 조금 정신이 없는 듯 주머니를 더듬더니 가죽 표지의 작은 수첩 하나와 금색 만년필을 꺼냈다. 텔레스크린 바로 앞에서 그는 기계 맞은편에 있는 사람도 읽을 수 있을 만한 자세로 주소를 휘갈겨 쓰더니 종이를 찢어 윈스턴에게 건네주면서 말했다.

"난 저녁때는 대부분 집에 있네. 내가 없으면 하인이 사전을 줄 걸세."

오브라이언은 윈스턴에게 쪽지를 남기고 사라졌다. 이번에 받은 쪽지는 감출 필요가 없었다. 하지만 윈스턴은 적힌 내용을 꼼꼼하게 외운 뒤 다른 종이들과 함께 기억 구멍에 던져넣었다.

오브라이언과 이야기를 나눈 시간은 기껏해야 1, 2분 남짓이었다. 이번 일의 의미는 단 한 가지였다. 분명 오브라이언은 일부러 윈스턴에게 자신의 주소를 알려주려 했던 것이다. 직접 알려주지 않으면 주소를 알아낼 수 있는 방법이 없었기 때문이다. '날 만나고 싶으면 여기로 오게.' 이것이 바로 오브라이언이 그에게 하고 있는 말이었다. 아마 사전 어딘가에 메시지가 숨겨져 있을지도 모를 일이었다. 한 가지는 분명했다. 윈스턴이 꿈꿔온 음모가 실제로 존재하고 이제 그는 그 언저리에 다다랐다.

윈스턴은 곧 오브라이언의 부름에 응할 생각이었다. 내일이 될 수도 있고, 어쩌면 조금 시간을 끌다가 찾아갈지도 몰랐다. 윈스턴은 그때가 언제일지 확신이 서지 않았다. 지금부터 벌어질 사건은 몇 년 전부터 진행된 과정의 결과물이었다. 첫 번째는 어쩔 수 없이 하게 된 비밀스러운 생각이었고, 두 번째는 일기를 쓰는 것이었다. 윈스턴은 생각을 글로 옮겼고, 이번에는 글을 행동으로 옮길 차례였다. 마지막 종착역은 사랑부가 될 것이다. 그는 이미 그것을 받아들였다. 결과는 시작에 포함되어 있었다. 하지만 무서웠다. 아니 정확하게 말하면 죽음의 전조를 느꼈으며, 삶을 단축하는 일이라는 느낌이 들었다. 오브라이언과 이야기를 나누면서 그의 말을 이해하는 동안 윈스턴은 섬뜩한 전율에 사로잡혔다. 무덤 속에 이미 발을 담근 듯한 기분이 들었다. 무덤이 언제나 그곳에서 자신을 기다리고 있었다는 사실을 알고 있었다고 해도 공포가 줄어들지는 않았다.

7장

윈스턴은 눈에 눈물이 가득 고인 채로 잠에서 깨어났다. 줄리아가 잠결에 그에게 다가와 무슨 말인가를 중얼거렸다. "무슨 일이에요?"라고 묻는 듯했다.

"꿈을 꿨는데……."

윈스턴은 말을 끝까지 마치지 못했다. 꿈이 너무 복잡해서 말로 옮길 수가 없었다. 꿈을 꾸고 잠에서 깬 뒤에는 꿈과 연관된 기억이 그의 마음속을 헤집고 다녔다.

윈스턴은 꿈에서 완전히 벗어나지 못한 채 눈을 질끈 감고 누워 있었다. 그의 삶이 비가 내린 뒤의 여름밤 풍경처럼 눈앞에 크고 넓고 생생하게 펼쳐졌다. 꿈은 유리 문진 속에서 펼쳐졌다. 유리 표면은 둥그런 하늘이었고, 끝이 보이지 않을 정도로 아득하게 먼 하늘엔 밝고 부드러운 빛이 가득했다. 꿈을 이해하려면 어머니의 손짓과 30년 뒤 영화 속에서 봤던 여인의 손짓, 헬리콥터가 두 모자를 갈기갈기 찢어버리기 바로 전에 여인이 아들을 총탄에서 보호하려고 애쓰던 장면을 이해해야 했다. 사실 꿈은 어머니의 손짓으로 이루어져 있었다.

"지금 이 순간까지 내가 어머니를 죽였다고 생각해왔어요."

줄리아가 잠결에 물었다.

"왜 그렇게 생각했죠?"

"어머니를 죽인 건 아니에요. 직접 죽인 건 아니죠."

꿈속에서 윈스턴은 어머니의 마지막 모습을 기억해냈다. 잠에서 깬 다음에는 그 뒤로 이어진 사건들을 떠올렸다. 그가 몇 년 동안이나 의식 밖으로 밀어놓은 기억이었다. 정확한 날짜는 기억나지 않았다. 아마도 윈스턴이 열 살이나 열두 살 때쯤이었을 것이다.

아버지는 이미 사라져버린 뒤였다. 얼마나 더 일찍 사라졌는지는 기억할 수 없었다. 그보다는 소란스럽고 불안하던 당시 상황을 더 또렷하게 기억했다. 주기적인 공습으로 사람들의 표정엔 공포가 가득했고, 많은 사람이 지하철역으로 대피하곤 했다. 거리 여기저기가 폐허로 변하고, 길모퉁이에는 알 수 없는 성명서가 나붙었으며, 같은 색 셔츠를 입은 젊은이들이 모여들고, 빵 가게 앞에는 길게 줄이 늘어섰으며, 멀리서 이따금 기관총 소리가 들리곤 했다. 하지만 무엇보다 늘 배가 고팠다. 윈스턴은 다른 사내아이들과 마찬가지로 쓰레기 더미를 뒤져 양배추 줄기와 감자 껍질을 찾으면서 긴 오후를 보냈다. 가끔은 상해버린 빵을 주워 썩은 부분을 떼어내고 먹거나 트럭이 소 사료를 싣고 지나가다가 딜컹거릴 때 깻묵 조각이 떨어지기를 기다려 줍기도 했다.

아버지가 사라졌을 때 어머니는 놀라거나 슬퍼하지 않았다. 하지만 완전히 넋이 나가 다른 사람으로 변해버린 것 같았다. 윈스턴이 보기에 어머니는 어떤 일이 일어나리라 믿고 그 일을 기다리고 있는 듯했다. 어머니는 행동이 아주 느리긴 했지만 화가의 그림 모델처럼 필요 없는 동작이라곤 조금도 없이 해야 할 일을 모두 해냈다. 식사를 준비하고 설거지하고 바느질하고 잠자리를 정리하고 바닥을 청소하고 벽난로에 쌓인 먼지를 치웠다. 어머니의 커다란 몸은 자연스럽게 정지된 듯 보였다. 어머니는 몇 시간이나 침대에서 꼼짝도 하지 않고 앉아 두세 살 된 여동생에게 젖을 물리곤 했다. 말라서 원숭이처럼 보였던 여동생은 작고 병약하고 아무 소리도 내지 못했다. 이따금 어머니는 아무 말 없이 오랫동안 윈스턴을 안아주었다. 그는 어리고 이기적이었지만 어머니의 행동이 곧 일어날 일과 관련이 있다고 생각했다.

윈스턴은 가족과 살았던 어둡고 냄새나는 방을 기억하고

있었다. 방의 반 이상을 하얀 침대보가 덮인 침대가 차지하고 있었다. 벽난로 받침대 위에는 가스풍로와 음식을 보관하는 찬장이 있었다. 바깥 층계참에는 흙으로 만든 갈색 수채통이 있었는데 다른 집들과 공동으로 사용했다. 그는 가스풍로 위에 냄비를 올려놓고 허리를 굽혀 무언가를 휘젓던 어머니의 우아한 모습을 아직 기억했다. 무엇보다 잊지 못하는 것은 계속되는 배고픔과 식사 때마다 벌어지던 추악한 악다구니였다. 윈스턴은 먹을 게 모자랄 때마다 어머니를 들들 볶으며 소리치고 화를 내거나(그는 막 갈라지기 시작했고 가끔은 이상하게 윙윙거렸던 자신의 목소리를 기억하고 있었다) 자기 몫보다 더 먹으려고 억지로 울음을 짜내기도 했다. 그러면 어머니는 그에게 더 많은 음식을 덜어주었다. 어머니는 '사내아이'라면 당연히 많이 먹어야 한다고 생각했다. 하지만 그는 어머니가 음식을 더 주어도 언제나 좀 더 달라고 졸랐다. 식사 때마다 어머니는 그에게 혼자만 생각하지 말고 아픈 여동생도 생각해 음식을 나눠 먹어야 한다고 다독였지만 소용없었다. 윈스턴은 어머니가 음식을 더 주지 않으면 화를 내면서 소리치고 냄비나 어머니 손에 있는 국자를 빼앗으려 했고, 여동생 접시에 담긴 음식도 가로채려 했다. 어머니와 여동생이 굶주린다는 걸 알고 있었지만 어쩔 수가 없었다. 윈스턴은 자신에게 그만큼의 권리가 있다고 느꼈다. 배에서 나는 꼬르륵 소리가 그의 행동을 정당화해

주는 것 같았다. 식사 시간이 아니더라도 어머니의 눈을 피해 찬장에 보관해둔 음식을 계속 훔쳐 먹었다.

하루는 초콜릿 배급이 있는 날이었다. 몇 주, 아니 몇 달 만에 이루어진 배급이었다. 윈스턴은 그 작고 소중했던 초콜릿 조각을 생생하게 기억하고 있었다. 세 식구 몫으로 배급받은 초콜릿은 2온스(약 57그램에 해당한다—옮긴이)였고, 당연히 세 조각으로 나눠야 했다(그때까지는 무게 단위로 온스를 사용했다). 하지만 윈스턴의 마음속에 마치 다른 사람이 들어 있는 것처럼 그는 자기가 초콜릿을 모두 먹어야 한다고 고집을 부렸다. 어머니가 너무 욕심내지 말라고 타일렀지만 그는 듣지 않았고 결국 긴 잔소리와 말싸움이 시작되었다. 두 사람 사이에 고함치고 징징거리고 눈물을 흘리고 불만을 쏟아내고 달래는 소동이 벌어졌다. 아기 원숭이를 꼭 닮은 작은 여동생은 두 손으로 어머니를 꼭 붙잡은 채 크고 슬픈 눈으로 어머니 어깨너머의 오빠를 바라보고 있었다. 결국 어머니는 초콜릿의 4분의 3을 윈스턴에게 주고 그 나머지를 여동생에게 주었다. 여동생은 초콜릿이 뭔지 모르는 듯 4분의 1밖에 되지 않는 조각을 받아 들고 멍하니 보고만 있었다. 윈스턴은 잠깐 여동생을 바라보다가 곧 그 애의 손에서 초콜릿 조각을 낚아채 문으로 뛰었다. 어머니가 소리쳤다.

"윈스턴, 윈스턴! 돌아와! 동생한테 초콜릿을 돌려줘!"

윈스턴은 멈췄지만 돌아가지 않았다. 어머니는 긴장한 채 그의 얼굴을 바라봤다. 그때까지도 그는 초콜릿에만 관심이 있을 뿐 무슨 일이 벌어질지 알지 못했다. 여동생은 뭔가를 빼앗겼다는 사실을 깨닫고 칭얼대기 시작했다. 어머니가 팔로 여동생을 안고 젖을 물렸다. 그 몸짓에서 여동생이 죽어가고 있다는 걸 알 수 있었다. 윈스턴은 고개를 돌리고 점점 끈적끈적해지는 초콜릿을 손에 든 채 계단을 내려갔다.

윈스턴은 그날 이후 어머니를 보지 못했다. 초콜릿을 게걸스럽게 먹어치운 그는 조금 부끄러운 기분이 들어 몇 시간 동안 거리를 헤매다가 배가 고파진 다음에야 집으로 돌아갔다. 그가 집에 왔을 때 어머니는 사라지고 없었다. 이런 일은 그 당시에 흔히 있었다. 어머니와 여동생을 빼곤 아무것도 사라지지 않았다. 옷도 그대로이고, 심지어 어머니 외투도 그대로 있었다. 지금도 그는 어머니가 죽었는지 살았는지 알지 못했다. 아마 어머니는 노동교화소로 보내졌으리라. 여동생은 윈스턴과 마찬가지로 전쟁으로 늘어난 고아원으로 보내졌거나(당은 교화원이라고 불렀다) 어머니와 함께 노동교화소로 보내졌으리라. 어쩌면 어딘가에 버려져 죽었을지도 모른다.

윈스턴은 잠에서 깼지만 꿈은 생생하게 기억에 남았다. 특히 딸을 보호하려는 듯이 감싸 안던 어머니의 손짓과 그 의미를 또렷하게 알 수 있었다. 그의 마음은 두 달 전에 꿨던 또 다른 꿈으로 향했다. 꾀죄죄한 흰색 침대보가 덮인 침대 위에서 어머니가 여동생을 안고 앉아 있던 꿈이었다. 윈스턴의 발밑에서 침몰하는 배 안에 앉아 있던 어머니는 점점 더 아래로 빠져들면서 검은 바닷물 속에서 그를 올려다보고 있었다.

윈스턴은 줄리아에게 어머니가 사라진 이야기를 들려주었다. 그녀는 눈을 감은 채로 몸을 돌려 더 편한 자세로 누우면서 말했다.

"당신도 그때는 작은 돼지 새끼였나 봐요."

줄리아가 무심하게 덧붙였다.

"아이들은 다 그렇죠."

"그래요. 하지만 이야기의 진짜 핵심은……."

윈스턴은 줄리아의 숨소리를 듣고 그녀가 다시 잠에 빠져들었다는 걸 알았다. 그는 어머니 이야기를 더 하고 싶었다. 윈스턴이 기억하는 한 어머니는 뛰어나거나 지적인 여성은 아니었다. 하지만 자신이 세운 기준을 지켰기에 고귀함이랄까 순결함 같은 것을 지니고 있었다. 어머니는 독립적으로 생각하고 외부의 뜻에 따르지 않았다. 쓸모없는 행동이라 해서 아무런 의미가 없다고 생각하지도 않았다. 사랑하는 사람에게는 아까울 게 없다고 생각해 끊임없이 사랑을 주었다. 윈스턴이 마지막 초콜릿 조각을 낚아챘을 때 어머니는 동생을 품 안에 꼭 끌어안았다. 물론 소용없는 일이었다. 그 행위는 아무것도 바꾸지 못했고, 초콜릿을 만들어내지도 못했다. 동생이나 어머니 자신의 죽음을 막을 수도 없었다. 하지만 어머니에게는 그렇게 하는 것이 당연했다. 배를 타고 피난하던 여인이 총알 앞에서 종잇장이나 다름없는 팔로 아들을 감싸 안았던 것과 마찬가지였다. 당이 저지르는 가장 몹쓸 행동은 단순한 충동이나 감정은 아무 쓸모가 없다고 설득하면서 물질에 대한 사람들의 권한을 모두 빼앗는 것이다. 당의 손아귀에 들어가면 느끼거나 느끼지 않는 것, 행동하거나 자제하는 것은 아무런 차이가 없다. 무슨 일을 하건 당신은 사라질 것이고, 당신과 당신의 행동도 다시는 듣지 못하게 된다. 당신은 역사의 흐름 속에서 완전히 사라질 것이다. 두 세대 전만 해도 역사를 바꾸려고 하지 않았기에 이는 그다지 중요한 일이 아니었다. 사람들은 의문을 품지 않고 개인적으로 중요하게 생각하는 것을 좇았다. 개인적인 관계가 중요했고 아무 의미 없는 행동이나 포옹, 눈물, 죽어가는 사람에게 들려주는 이야기 등이 나름의 가치를 지녔다. 프롤 계급은 여전히 그렇게 살고 있다는 생각이 문득 윈스턴의 머리를 스쳤다. 그들은 당이나 나라, 이념이 아닌 자신들에게 충실했다. 윈스턴은 난생처음 프롤 계급을 경멸하지 않았다. 그들이야말로 언젠가 세상을 바꿀 수 있는, 아직 깨어나지 않은 힘이었다. 프롤 계급은 여전히 인간이었다. 그들은 마음이 굳어버리지 않았다. 그들은 윈스턴이 의식적으로 다시 배워야 할 기본 감정을 유지하고 있었다. 아무런 관계도 없는 듯했지만 윈스턴은 몇 주 전 거리에서 절단된 손목을 보고 도랑으로 차 넣었던 자신을 기억해냈다. 그가 큰 소리로 말했다.

"프롤 계급이야말로 인간이야. 우리는 인간이 아니야."

잠에서 깬 줄리아가 물었다.

"왜 아니에요?"

그는 잠시 생각한 뒤 말을 이었다.

"우리한테 가장 좋은 행동은 너무 늦기 전에 여길 빠져나가 다시는 만나지 않는 거라고 생각해본 적 없어요?"

"맞아요, 내 사랑. 몇 번이나 생각해봤어요. 하지만 그러지 않을 거예요. 어차피 마찬가지니까요."

윈스턴이 말했다.

"우리는 운이 좋아요. 하지만 오래가진 않을 거요. 당신은 젊어요. 보통 사람처럼 보이고 순수하죠. 나 같은 사람과 거리를 두면 적어도 50년은 더 살 수 있을 거요."

"아니에요, 나도 이미 다 생각해봤어요. 난 계속할 거예요. 너무 속상해하지 말아요. 난 살아남는 데 능숙하니까요."

"우리는 아마 여섯 달, 어쩌면 1년쯤 함께할 수 있을 거요. 그건 장담할 수 없죠. 하지만 마침내는 헤어질 거요. 완전히 혼자가 되었을 때를 생각해봤어요? 우리가 잡히면 서로를 위해 해

줄 게 정말 아무것도 없어요. 내가 자백하면 그들이 당신을 총
살할 거고, 자백하지 않아도 당신을 총살할 거요. 내가 할 수
있는 건 아무것도 없어요. 내가 말을 하건 안 하건 기껏해야 당
신의 삶을 5분 정도 늘릴 수 있을 테죠. 서로 죽었는지 살았는
지도 모를 거요. 아무런 힘도 없을 거요. 중요한 점은 서로를
배신하지 않아야 한다는 거지만 그런다고 해서 조금도 달라질
건 없어요."

줄리아가 말했다.

"자백이라면 무조건 해야죠. 그건 맞아요, 누구나 자백하는
걸요. 고문을 받으니까 어쩔 수 없어요."

"난 자백을 말하는 게 아니에요. 자백은 배신이 아니에요.
당신의 말과 행동은 중요하지 않아요. 감정이 중요하죠. 그들
이 당신의 사랑을 멈추게 한다면 그게 배신이죠."

그녀는 곰곰이 생각하다가 드디어 입을 열었다.

"그런 일은 없을 거예요. 그들이 할 수 없는 유일한 일이겠
죠. 그들이 당신에게 무슨 말이든, 정말 무슨 말이든 하게 하
겠지만 당신을 믿게 할 수는 없을 거예요. 당신 마음속으로 들
어갈 수는 없으니까요."

윈스턴이 조금이나마 희망을 품고 말했다.

"그래요, 그건 맞아요. 우리 마음속으로 들어올 수는 없죠.
인간으로 남아 있는 게 가치 있다고 느낀다면 아무런 결과도

얻지 못한다 해도 그들을 이기는 거죠."

　윈스턴은 절대 잠들지 않는 귀를 가진 텔레스크린을 떠올렸다. 그들의 감시는 밤낮으로 계속되었다. 하지만 정신을 똑바로 차린다면 그들을 따돌릴 수도 있을 것이다. 아무리 그들이 영리하다고 한들 인간의 생각까지 알아내는 비결이 있을리 없었다. 물론 그들의 손아귀에 들어가면 상황이 조금은 달라질 것이다. 사랑부에서 벌어지는 일을 정확하게 알기는 어렵지만 대강 짐작할 수는 있었다. 고문과 약물 주입, 신경 반응을 측정하는 정밀한 기계, 수면 방해, 독방, 심문 등으로 고통을 주면 사실을 숨기기 어려울 것이다. 그들은 심문으로 사실을 알아내고 고문으로 압박할 것이다. 그렇지만 단순히 살아남는 게 아니라 인간으로 살고 싶은 것이 목적이라면 궁극적으로 어떤 차이를 만들 수 있을까? 그들이 감정까지 바꿀 수는 없을 것이다. 같은 의미로 인간은 아무리 원해도 자신을 바꿀 수 없다. 그들은 모든 행동과 말, 생각을 아주 세밀한 부분까지 파헤칠 수 있을 것이다. 하지만 우리 자신도 알 수 없는 인간의 마음속까지는 공략할 수 없다.

8장

그들은 해냈다. 드디어 움직였다!

그들이 서 있는 긴 방에는 은은한 불빛이 밝혀져 있었다. 텔레스크린은 소리를 낮게 줄여놓아 웅얼거리는 정도로만 들렸고, 군청색의 카펫은 호화로워서 벨벳을 밟고 있는 듯한 느낌이 들었다. 오브라이언은 방 한쪽 끝에 놓인 탁자 앞에 앉아 있었다. 탁자에는 초록색 갓이 달린 램프와 종이 더미가 있었다. 하인이 줄리아와 윈스턴을 안내해 오브라이언에게 데려갔을 때 윈스턴은 고개도 들지 못했다.

윈스턴은 가슴이 세차게 뛰고 있었다. 그는 '우리가 해냈다. 우리가 드디어 움직였다!'라는 생각 말고는 아무것도 생각할 수 없었다. 이곳을 찾아온 건 경솔한 행동이었다. 게다가 다른 길로 와서 오브라이언의 집 앞에서 만나기는 했지만 둘이 함께 온 것은 더욱 어리석은 짓이었다. 하지만 윈스턴은 이곳에 오기까지 마음을 굳게 먹어야 했다. 핵심 당원의 집 안을 살펴보는 것은 말할 것도 없고 그들의 거주 지역에 들어오는 것도 아주 드문 일이었다. 전체적인 분위기는 주눅이 들 만큼 으리으리했다. 집들이 자리 잡은 구역은 풍족하면서도 널찍했다. 좋은 음식과 은은한 냄새, 조용하면서도 빠르게 오르내리는 엘리베이터가 낯설었다. 흰색 겉옷을 맞춰 입은 하인들은 바쁘게 움직이고 있었다. 윈스턴은 훌륭한 핑곗거리를 만들어 이곳까지 왔지만 한 걸음씩 걸을 때마다 검은 제복을 입은 경비원이 길모퉁이에서 나타나 신분증을 요구한 뒤 내쫓을 것 같아 조마조마했다. 하지만 오브라이언의 하인은 아무 말 없이 두 사람을 맞아들였다. 몸집이 작고 머리카락이 검으며 흰옷을 입은 하인은 얼굴에 아무런 표정도 드러내지 않았다. 그가 안내한 복도 바닥엔 부드러운 카펫이 깔려 있고 벽은 크림색 벽지와 흰색 웨인스코팅(실내 벽 아래쪽에 사각 틀의 장식 패널을 덧대는 것—옮긴이)으로 장식되어 눈에 띄게 깨끗했다. 그래서 더욱 기가 죽었다. 윈스턴은 지금까지 사람의 손때가 묻지 않은 벽을 본 적이 없었다.

오브라이언은 손가락 사이에 끼운 종이 한 장을 심각하게 들여다보고 있었다. 고개를 숙이고 있어 코에 주름이 잡힌 그의 얼굴은 단호하면서도 이지적으로 보였다. 그는 20초 정도 아무런 움직임도 보이지 않았다. 그러더니 곧 음성 기록기를 앞으로 당겨 청사에서 사용하는 혼합된 용어로 메시지를 읊기 시작했다.

"항목 1 쉼표 5 쉼표 7 전면 승인 마침 6번 항목에 포함된 제안은 매우 불합리한 사상범죄로 취소 마침 기계 총비용 추정 전 건설 진행 중단 마침 메시지 완료."

오브라이언이 천천히 의자에서 일어나 소리 없이 카펫을 가로질러 두 사람에게 다가왔다. 신어를 말할 때 풍기던 사무적인 분위기는 조금 가신 듯했지만 그의 표정은 방해를 받아 불편한지 평소보다 음울해 보였다. 조금 전부터 시작된 윈스턴의 두려움은 당황스러운 기분까지 겹쳐 최고조에 달했다. 아마도 멍청한 실수를 저지른 것 같았다. 대체 어떤 근거로 오브라이언을 정치적 공모자로 생각했던 걸까? 단 한 번의 눈 마주침과 모호한 언급뿐이었다. 그 밖의 모든 것은 윈스턴의 꿈에서부터 시작된 은밀한 상상에 지나지 않았다. 사전을 빌리러 왔다는 변명을 둘러댈 수도 없었다. 그것만으로는 줄리아가 왜 여기에 있는지를 설명할 수 없었기 때문이다. 텔레스크린 앞을 지나치던 오브라이언이 문득 생각난 것처럼 벽에 있는 스위치를 눌렀다. 찰칵하는 소리가 나더니 텔레스크린의 목소리가 멎었다.

놀란 줄리아가 작게 감탄하는 소리를 냈고, 당황해서 정신이 없던 윈스턴도 너무 놀라 입을 열었다.

"텔레스크린을 끌 수 있군요!"

오브라이언이 대답했다.

"물론이지. 우린 특권이 있으니까."

이제 오브라이언은 두 사람 맞은편에 서 있었다. 그의 단단해 보이는 풍채가 두 사람을 압도하는 듯했고 표정만 봐서는 속마음을 전혀 짐작할 수 없어 보였다. 그는 엄숙한 태도로 윈스턴이 먼저 말하기를 기다렸다. 하지만 대체 무엇을 이야기한단 말인가? 오브라이언은 몹시 바쁜 사람처럼 왜 자신을 방해했는지 묻는 듯했다. 아무도 입을 열지 않았다. 텔레스크린이 꺼진 방 안은 쥐 죽은 듯 조용했다. 단지 몇 초가 흘렀을 뿐이지만 침묵이 버거웠다. 윈스턴은 오브라이언의 눈을 계속 바라보는 게 힘겨웠다. 마침내 경직돼 있던 오브라이언의 얼굴이 미소 짓기 전의 얼굴로 바뀌었다. 그는 특유의 행동으로 안경을 고쳐 쓰고 물었다.

"내가 먼저 말할까, 아니면 자네가?"

윈스턴이 곧바로 대답했다.

"제가 먼저 말하겠습니다. 텔레스크린은 정말 꺼진 건가요?"

"물론 완전히 꺼졌지. 여긴 우리밖에 없네."

"우리가 여기에 온 이유는……."

윈스턴은 처음으로 자신이 이곳에 온 이유가 얼마나 모호한지 깨닫고 망설였다. 오브라이언이 어떤 도움을 줄 수 있을지 전혀 알지 못했기에 왜 이곳에 왔는지 설명하기가 쉽지 않았다. 윈스턴은 자신의 설명이 부족하고 가식적으로 들리리라 생각하면서도 말을 계속했다.

"우리는 어떤 음모가 있다고 믿습니다. 당에 맞서는 비밀 조직이 있다고 생각하죠. 당신이 그들의 일원이라고 생각합니다. 우리도 함께하고 싶습니다. 우리는 당의 적이에요. 영사의 원칙을 믿지 않는 사상범죄자들입니다. 게다가 불륜도 저지르고 있어요. 제가 이 말을 하는 이유는 우리 운명을 당신 손에 맡기고 싶기 때문입니다. 당신이 우리에게 다른 방법으로 죗값을 치르라고 한다면 우리는 각오가 되어 있습니다."

윈스턴은 문이 열리는 기척을 느껴 말을 멈추고 옆을 돌아봤다. 몸집이 작고 얼굴이 노란 하인이 노크도 없이 들어와 있었다. 그의 손에는 와인 디캔터와 잔이 담긴 쟁반이 들려 있었다. 오브라이언이 무표정하게 말했다.

"마틴은 우리 편이네. 마틴, 마실 걸 이쪽으로 가져오게. 여기 원형 탁자 위에 올려놓게. 의자는 충분한가? 모두 앉아서 함께 이야기하면 되겠군. 마틴, 자네도 의자를 가져오게. 이건 비즈니스니까. 앞으로 10분 동안 자네는 하인이 아니네."

몸집이 작은 하인이 자리에 앉았다. 그는 불편해 보이진 않앉지만 여전히 하인 같은 분위기를 풍겼다. 그저 약간의 특권을 누리고 있는 듯한 모습이었다. 윈스턴은 그를 곁눈질로 살펴봤다. 그는 평생 한 가지 역할만 해왔으며 잠시라도 자신의 역할을 그만두면 위험하다고 느끼는 것 같았다. 오브라이언이 디캔터를 목까지 들어 올려 유리잔에 검붉은 액체를 채웠다. 그 모습을 보고 있던 윈스턴은 오래전 전구로 이루어진 커다란 병이 위아래로 움직이면서 유리잔에 액체를 채우던 광고판을 희미하게 기억해냈다. 액체는 위에서 보면 거의 검은색이지만 디캔터 안에서는 루비처럼 빛났다. 시큼하면서도 달짝지근한 향기가 느껴졌다. 윈스턴은 잔을 집어 들고 흥미롭게 향기를 맡는 줄리아를 바라봤다. 오브라이언이 희미하게 미소 지으면서 말했다.

"와인이라는 거네. 책에서 읽어본 적이 있겠지. 외부 당원들은 구하기 어려운 것이네."

그는 다시 엄해진 얼굴로 잔을 들어 올렸다.

"뭔가 몸에 좋은 걸 마시면서 시작해야 할 것 같았네. 이매뉴얼 골드스타인을 위해!"

윈스턴은 열의에 차서 잔을 들었다. 와인은 책에서 읽고 상상만 해본 대상이었다. 유리 문진이나 채링턴 씨가 반쯤밖에 기억하지 못하는 노래처럼 사라져버린 낭만적인 과거이자 윈스턴이 남몰래 동경하는 옛 시절의 물건이었다. 그는 와인이

흑딸기 잼처럼 아주 달콤하고 마시면 곧바로 취하는 술일 거라고 짐작했다. 하지만 실제로 마셔본 와인은 실망스러웠다. 몇 년 동안 진만 마셔온 그가 와인 맛을 알 수 있을 리 없었다. 윈스턴은 빈 잔을 내려놓으면서 물었다.

"골드스타인이라는 사람이 진짜 있습니까?"

"물론이지, 그런 사람이 있네. 살아 있지, 어디 있는지는 모르지만."

"그렇다면 음모나 조직은요? 그런 게 실제로 존재하나요? 사상경찰이 지어낸 이야기가 아닌가요?"

"아니, 실제로 존재하네. 브라더후드라고 부르지. 자네는 앞으로도 브라더후드가 존재하고 자신이 그곳의 일원이라는 것 외에는 더 알지 못할 걸세. 그것에 대해서는 나중에 이야기하겠네."

오브라이언이 손목시계를 바라봤다.

"핵심 당원도 텔레스크린을 30분 넘게 꺼두는 건 현명하지 못한 행동이지. 두 사람이 여기에 함께 오지 말아야 했어. 나갈 때는 따로 가도록 하게. 동지가 먼저 가는 게 좋겠군."

오브라이언이 줄리아에게 고개를 끄덕이면서 계속 말했다.

"우리에겐 20분쯤 시간이 있네. 단도직입적으로 물을 테니 이해하게. 자네는 무슨 일이든 할 각오가 되어 있는가?"

윈스턴이 대답했다.

"할 수 있는 건 뭐든지 할 겁니다."

오브라이언은 의자를 약간 돌려 윈스턴을 바라봤다. 그는 줄리아를 거의 무시하다시피 했는데, 아마도 윈스턴이 그녀를 대변한다고 생각하는 것 같았다. 잠깐 오브라이언이 눈을 감았다가 떴다. 그는 마치 교리문답처럼 이미 답을 알고 있는 의례적인 질문을 하는 듯 낮고 무미건조한 목소리로 말을 이어나갔다.

"자네 목숨도 바칠 각오가 되어 있는가?"

"예."

"살인을 할 생각도 있는가?"

"예."

"수백 명의 무고한 사람을 희생시키는 사보타주도 저지를 수 있는가?"

"예."

"외국에 나라를 팔아먹을 수도 있는가?"

"예."

"속이고, 날조하고, 협박하고, 아이들을 물들이고, 중독성 있는 마약을 유통시키고, 매춘을 조장하고, 성병을 퍼뜨리는 등 당의 권력을 혼란시키고 약화시킬 수 있는 일이라면 뭐든지 할 수 있는가?"

"예."

"예를 들어 우리 목적에 들어맞는다면 어린아이 얼굴에 황산을 끼얹을 수도 있는가?"

"예."

"자네 신분을 버리고 웨이터나 부두 노동자로 살아갈 수도 있는가?"

"예."

"자살할 것을 명령하고 자살 시기를 지시한다면 그대로 따를 수도 있는가?"

"예."

"두 사람이 서로 헤어져 다시는 만나지 않을 각오도 되어 있는가?"

갑자기 줄리아가 외쳤다.

"그건 아니에요!"

윈스턴은 아주 오랫동안 대답하지 않은 것 같은 기분이 들었다. 한순간 말할 능력도 빼앗겨 버린 듯했다. 혀는 움직이고 있지만 소리가 나오지 않았다. 한 음절 한 음절을 겨우 발음할 뿐이었다. 말을 하는 순간까지 자신이 어떤 대답을 하려는지도 알 수 없었다. 겨우 그가 한 대답은 "아니요"라는 것이었다. 오브라이언이 말했다.

"잘 대답해주었네. 우리는 다 알아야 하지."

그는 줄리아 쪽으로 몸을 돌리고 조금 전보다 더 감정을 담아 이야기했다.

"동지는 윈스턴이 살아남는다면 전혀 다른 사람이 될 수도 있다는 걸 이해하는가? 어쩌면 그에게 새로운 신분을 주어야 할지도 모르지. 얼굴과 동작, 손 모양, 머리 색깔, 심지어 목소리도 바꿔야 하네. 동지도 마찬가지지. 우리 쪽 외과 의사는 사람을 알아보기 어려울 정도로 바꿔놓기도 하네. 가끔은 필요한 일이니까. 팔다리 가운데 하나를 절단할 때도 있네."

윈스턴은 몽골족 같은 마틴의 얼굴을 또 한 번 훔쳐봤다. 얼굴에서 흉터는 찾아볼 수 없었다. 줄리아의 얼굴이 아까보다 더 창백해져서 주근깨가 도드라져 보였다. 하지만 대담하게 오브라이언을 마주하고 있었다. 그녀가 뭔가 동의하는 듯한 말을 중얼거렸다.

"좋아, 그럼 됐군."

탁자 위에 은색 담뱃갑이 놓여 있었다. 오브라이언은 무심히 다른 사람들에게 담뱃갑을 밀어주고 자신도 한 개비 뽑아 들었다. 이윽고 그는 자리에서 일어나 천천히 앞으로 걸었다가 다시 뒤로 돌아 걸었다. 걷고 싶어서가 아니라 생각하고 싶어서인 듯했다. 담배는 훌륭했다. 두껍고 속이 꽉 차 있을 뿐 아니라 담배를 싸고 있는 종이에서 낯선 부드러움이 느껴졌다. 오브라이언이 다시 손목시계를 들여다보더니 말했다.

"마틴, 자네는 주방으로 가보는 게 좋겠군. 15분 뒤에 텔레스크린을 켜겠네. 이 동지들의 얼굴을 잘 기억해두게. 자네는 이들의 얼굴을 또 보게 될 테니까. 나는 아닐 수도 있겠지만."

조그만 남자는 현관에서 맞았을 때와 똑같은 얼굴로 검은 눈을 빛내며 두 사람을 바라봤다. 그의 태도에는 친밀감이라곤 없었다. 그들의 외모를 관심 있게 바라봤지만 사람 자체에는 어떤 관심도 보이지 않았고 감정도 없는 듯했다. 윈스턴은 성형수술로 만든 인공적인 얼굴이라 표정을 짓기가 어려울 거라고 생각했다. 마틴은 어떤 말이나 인사도 하지 않은 채 조용히 문을 닫고 밖으로 나갔다. 오브라이언은 검은 당원복 주머니에 한 손을 집어넣고 다른 한 손으로는 담배를 든 채 계속 방 안을 걸어 다녔다.

"이해하겠지만 자네들은 어둠 속에서 싸워야 하네. 언제나 어둠 속에 있을 걸세. 이유도 모른 채 명령을 받고 거기에 복종해야 하네. 나중에 내가 책을 보내주겠네. 그 책을 읽고 나면 우리가 살고 있는 사회의 진짜 본질을 배우고, 그것을 바탕으로 사회를 파괴하려는 우리 전략을 알게 될 걸세. 책을 읽고 난 다음 자네들은 명실상부한 브라더후드가 될 것이네. 그렇지만 전반적인 우리의 투쟁 목표와 즉각적인 임무 사이의 연결고리는 찾을 수 없을 걸세. 브라더후드가 존재한다는 사실은 이야기해줄 수 있지만 그 수가 얼마인지는 말해줄 수 없네. 자네들이 개인적으로 알아보더라도 열 명 남짓밖에 밝히지

267

못할 걸세. 접선할 사람은 서너 명일 거고, 그것도 매번 바뀔 걸세. 이번이 첫 번째 접선이고 앞으로 같은 방식으로 진행될 것이네. 나는 자네들에게 모든 명령을 내리고 대화가 필요하면 마틴을 거쳐 연락하겠네. 자네들이 잡히면 자백하겠지. 그건 피할 수 없네. 하지만 자신의 활동 외에는 아는 게 없어 자백할 것도 없을 걸세. 별로 중요하지 않은 동지들 이름을 발설하는 게 고작일 테지. 아마 나조차도 밀고하지 못할 거네. 그때 이미 난 죽어 있거나 다른 얼굴의 딴사람이 되어 있을 테니까."

오브라이언은 계속해서 부드러운 카펫 위를 오갔다. 그는 몸집이 매우 컸지만 동작은 놀랄 만큼 우아했다. 심지어 주머니에 손을 넣거나 담배를 다루는 동작마저 우아해 보였다. 강해 보이기도 하지만 그보다는 신뢰감이 넘치고 약간의 유머가 섞인 이해심이 엿보였다. 그가 얼마나 진지한지는 알 수 없었지만 광적인 사람들한테서 나타나는 맹목적인 모습과는 거리가 멀어 보였다. 그가 살인이나 자살, 성병, 사지 절단, 얼굴 성형 등을 이야기할 때는 마치 가벼운 농담 같은 분위기마저 풍겼다. '이건 어쩔 수 없는 일이야. 우리가 굴복하지 말고 해야 하는 일이야. 하지만 인생이 다시 살 만해지면 하지 않아도 되는 일이지.' 그의 목소리는 이렇게 말하는 듯했다. 오브라이언에 대한 윈스턴의 감정은 경탄을 넘어 거의 숭배에 가까워지고 있었다. 오브라이언의 강한 어깨와 아주 못생겼지만 지적이고 무뚝뚝한 얼굴을 보면서 그가 실패하리라는 생각은 들지 않았다. 그가 대적할 수 없는 전술이나 예견하지 못하는 위험은 없을 듯했다. 줄리아 또한 깊은 인상을 받은 것 같았다. 그녀는 담배를 한 대 물고 열심히 그의 말을 듣고 있었다. 오브라이언이 이야기를 계속했다.

"자네들은 브라더후드의 존재에 대한 소문을 들었을 걸세. 나름대로 그림을 그렸겠지. 아마도 거대한 지하조직이 지하실에서 은밀히 만나고, 벽에 메시지를 적고, 암호나 특별한 동작으로 서로 알아볼 거라고 생각했겠지. 하지만 그런 건 존재하지 않네. 브라더후드 동지들은 서로 알아볼 수 있는 방법이 전혀 없고, 겨우 몇 명만 서로 알고 있을 뿐이네. 골드스타인이 사상경찰에게 잡힌다고 해도 브라더후드 동지들의 명단을 건네줄 수도, 또 그럴 만한 정보를 줄 수도 없네. 그런 명단 자체가 없으니까 말이야. 브라더후드는 조직이라고 할 수 없으니 완전히 소탕할 수는 없네. 우리는 절대 파괴될 수 없다는 정신 하나로 함께하고 있지. 자네들을 지탱해줄 수 있는 것도 바로 이 정신뿐이네. 동지애도, 격려도 없지. 자네들이 체포되더라도 아무런 도움을 받을 수 없고, 자네들도 다른 동지들을 도울 수 없네. 기껏해야 누군가의 입을 막아야 할 때 감방안으로 면도날을 넣어주는 게 전부지. 결과도 희망도 없이 사는 데 익숙해져야 하네. 자네들은 한동안 활동하다가 체포되고, 자백하고, 죽게 될 걸세. 그게 자네들이 기대할 수 있는 유일한 결과네. 우리가 살아 있는 동안 눈에 띄는 변화가 일어날 가능성은 없네. 우리는 이미 죽은 목숨이지. 진정한 삶은 미래에 있고, 한 줌의 재와 백골이 된 다음에야 미래에 합류할 걸세. 그 미래가 얼마나 남았는지도 모르고. 천년이 지나야 할 수도 있지. 현재로서는 온전한 지역을 조금씩 넓혀가는 것 말고는 모든 것이 불가능하네. 함께 행동할 수도 없고 개인과 개인으로, 세대와 세대로 지식을 전해줄 뿐이지. 사상경찰의 눈앞에서는 다른 방법이 없네."

오브라이언은 말을 멈추더니 세 번째로 손목시계를 들여다봤다. 그가 줄리아에게 말했다.

"동지, 이제 떠날 시간이네. 잠깐, 디캔터가 아직 반이나 차 있군."

오브라이언이 잔을 채워주고 자신의 잔에도 와인을 가득 따랐다. 그는 여전히 약간의 유머를 잃지 않으면서 말했다.

"이번에는 뭘 위해 건배하면 좋겠나? 사상경찰의 혼란을 위해? 아니면 빅 브라더의 죽음을 위해? 인류를 위해? 미래를 위해?"

윈스턴이 대답했다.

"과거를 위해서요."

오브라이언은 슬픈 표정으로 동의했다.

"과거가 더 중요하지."

세 사람은 잔을 비웠다. 줄리아가 먼저 출발하려고 자리에서 일어났다. 오브라이언은 캐비닛 위에서 작은 상자를 내려 납작하고 하얀 알약을 하나 꺼내 줄리아에게 건네주면서 혀 위에 올려놓으라고 했다. 엘리베이터 안내원이 눈치가 빠르니 와인 냄새를 없애야 한다고 했다. 줄리아가 문을 열고 나가자마자 오브라이언은 그녀의 존재를 잊은 듯했다. 그는 두어 걸음 걷다가 곧 발을 멈추고 물었다.

"세부 사항을 결정해야겠네. 자네들에게 은신처가 있을 것 같은데?"

윈스턴은 채링턴 씨 상점 위층에 있는 방을 설명했다. 그러자 오브라이언이 말했다.

"한동안은 괜찮을 걸세. 나중에 다른 곳을 알아봐 주겠네. 은신처는 자주 바꾸는 게 중요하니까. 내가 말한 그 책(윈스턴에게는 그가 '그 책'이라는 말을 강조하는 것처럼 보였다), 그러니까 알겠지만 골드스타인의 책도 되도록 빨리 보내주겠네. 하지만 구하는 데 시간이 좀 걸릴 걸세. 짐작하겠지만 책이 귀한 편이네. 사상경찰이 이 잡듯이 찾아내 없애버리는 통에 만들자마자 사라지다시피 하고 있으니까 말이야. 그래도 달라지는 건 없네. 그 책은 파괴할 수 없을 테니까. 마지막 책이 사라진다고 해도 우린 마지막 한 단어까지 다시 만들어낼 걸세. 자네는 일

271

터에 가방을 들고 다니나?"

"예, 규칙이죠."

"어떻게 생긴 건가?"

"검고 낡았습니다. 끈이 두 개 달렸고요."

"검은색에 끈 두 개, 낡은 가방이라……. 좋아, 정확한 날짜는 말할 수 없지만 가까운 날에 아침에 처리할 일을 알리는 메시지를 받을 때 오자가 하나 있을 걸세. 그러면 다시 보내달라고 요청한 뒤 다음 날 아침에는 가방 없이 출근하게. 거리에서 누군가 자네 팔을 잡으면서 가방을 떨어뜨렸다고 알려줄 걸세. 그 가방 안에 골드스타인의 책이 들어 있을 걸세. 책은 14일 뒤에 돌려줘야 하네."

잠깐 침묵이 흐르고 나서 오브라이언이 말했다.

"2분 정도 시간이 남았군. 우리는 만나게 될 걸세. 그러니까 우리는……."

윈스턴이 그를 바라보면서 주저하며 대답했다.

"우리는 어둡지 않은 곳에서 만날 거란 말인가요?"

오브라이언은 조금도 놀란 기색 없이 고개를 끄덕였다. 마치 윈스턴의 꿈에 대해 알고 있는 듯 "우리는 어둡지 않은 곳에서 만날 걸세"라고 읊조렸다.

"떠나기 전에 하고 싶은 말은 없는가? 메시지나 질문 같은?"

윈스턴은 잠시 고민했다. 하지만 더 이상 묻고 싶은 것은 없었다. 거창한 일반론을 지껄이고 싶은 충동은 들지 않았다. 오브라이언이나 브라더후드와 전혀 관계가 없는 이야기를 하고 싶었다. 어머니가 사라지기 바로 전의 어두운 침실 광경이나 채링턴 씨 상점 위층의 작은 방, 유리 문진, 판화 같은 이야기 말이다. 그는 뜻하지 않게 저절로 노래에 대해 묻고 있었다.

"'오렌지와 레몬, 성 클레멘트의 종이 말하네!'라고 시작하는 노래를 들은 적이 있습니까?"

오브라이언은 고개를 끄덕였다. 그는 약간 엄숙한 표정으로 노래를 끝까지 읊었다.

오렌지와 레몬, 성 클레멘트의 종이 말하네!
넌 내게 3파딩의 빚이 있지. 성 마틴의 종이 말하네.
언제 빚을 갚을 셈이지? 올드 베일리의 종이 말하네.
부자가 되면 갚겠어. 쇼어디치의 종이 말하네.

윈스턴이 말했다.

"노래를 끝까지 알고 있군요!"

"그렇지, 끝까지 알고 있네. 자, 이제 떠날 시간이네. 자네도 알약을 먹는 게 좋겠군."

자리에서 일어서는 윈스턴에게 오브라이언이 손을 내밀었다. 그가 힘을 너무 주는 바람에 윈스턴은 손이 부서질 듯 고통스러웠다. 문을 나오면서 돌아보니 이미 오브라이언은 윈스턴을 마음에서 지우기 시작한 듯했다. 그는 텔레스크린을 조종하는 스위치에 손을 댄 채 그대로 있었다. 그 뒤로 초록색 갓이 달린 램프와 음성 기록기, 서류로 가득한 철망 바구니가 보였다. 사건은 종료되었다. 30초 뒤면 오브라이언은 방해받기 전으로 돌아가 당을 대표해 중요한 일을 계속하고 있으리라는 생각이 윈스턴의 머리를 스쳤다.

9장

윈스턴은 피곤해서 몸이 녹아내리는 듯했다. 몸이 젤리 같아졌다는 말이 정확할 것이다. 저절로 머릿속에 떠오른 생각이었다. 몸이 젤리처럼 약해졌을 뿐 아니라 투명해지기까지 한 것 같았다. 손을 들어 햇빛이 자신의 피부를 통과하는지 확인해보고 싶었다. 일이 너무 많아 피와 혈청이 몽땅 빠져나가고 약한 신경조직과 뼈, 피부만 남은 듯했다. 그 대신 모든 감각은 지나치게 예민해졌다. 당원복이 어깨를 짓누르는 듯하고, 도로는 발을 따갑게 고문하고, 손을 쥐었다 펴기만 해도 뼈마디가 시큰거렸다.

그는 지난 닷새 동안 아흔 시간 넘게 일했다. 청사에서 일하는 모두가 마찬가지였다. 하지만 이제 모든 일이 끝났다. 적어도 다음 날 아침까지는 할 일이 없고 당의 지침도 없었다. 은 신처에서 여섯 시간을 보낸 뒤 집에서 아홉 시간을 잘 수 있으 리라. 윈스턴은 따뜻한 오후의 햇살을 받으면서 채링턴 씨의 상점으로 향하는 지저분한 거리를 느리게 걷고 있었다. 순찰 병에게 검문을 당하지 않을까 조심했지만 이성적으로 생각했 을 때 누군가 그를 가로막을 위험은 거의 없었다. 걸음을 옮길 때마다 무거운 가방이 무릎에 부딪히는 바람에 다리가 욱신 거렸다. 가방 안에 '그 책'이 들어 있었다. 지난 엿새 동안 갖고 있었지만 읽어보기는커녕 제대로 구경한 적도 없었다.

증오 주간은 행진, 연설, 고함, 합창, 깃발, 포스터, 영화, 밀 랍 인형, 둥둥거리는 북소리, 째지는 나팔 소리, 행진하는 발 소리, 탱크 바퀴 소리, 비행기 편대가 내는 엔진 소리, 총이 발 사되는 소리의 연속이었다. 이렇게 엿새를 보내고 나자 사람 들의 흥분은 극에 달했고, 유라시아에 대한 적개심은 행사 마 지막 날 교수형에 처하기로 되어 있는 2천 명의 유라시아 전 쟁 포로가 나타나면 맨손으로 찢어 죽일 수도 있을 만큼 끓어 올랐다. 그런데 바로 그 순간 오세아니아는 더 이상 유라시아 와 전쟁을 하지 않기로 했다는 발표가 있었다. 오세아니아의 적은 이제 이스트아시아이고 유라시아는 동맹국이라는 것이 었다.

물론 이런 갑작스러운 변화에 대해 어떤 설명도 없었다. 적은 유라시아가 아니라 이스트아시아라는 사실이 갑작스럽게 여기저기에 알려졌을 뿐이다. 윈스턴은 런던 중앙에 있는 광장에서 시위에 참가하고 있었다. 그때가 밤이었는데 사람들의 새하얀 얼굴과 자줏빛 깃발이 조명에 번득이고 있었다. 광장에 모인 사람들은 수천 명이 넘었고, 그중에는 첩보단 단복을 입은 학생 천 명도 끼어 있었다. 자줏빛 휘장이 드리워진 연단 위에서는 핵심 당원 하나가 군중 앞에서 열변을 토하고 있었다. 깡마른 그 남자는 작은 몸집에 어울리지 않게 팔이 길고 이마는 넓게 벗어져 머리카락이 몇 가닥밖에 남지 않았는데, 마치 증오심으로 얼굴이 일그러진 럼펠스틸트스킨(독일 그림 형제의 동화에 나오는 난쟁이 요정―옮긴이)처럼 보였다. 그는 한 손은 마이크 목을 움켜쥐고, 팔목과 팔꿈치에 뼈가 앙상하게 드러난 또 다른 손은 머리 위로 올려 허공을 향해 위협적으로 흔들고 있었다. 확성기를 통해 울리는 그의 금속성 목소리는 적의 잔학성과 대량 학살, 추방, 약탈, 강간, 포로 고문, 시민에 대한 폭탄 공격, 허위 선전, 부당한 침략, 조약 파기 등에 대해 울분을 토하고 있었다. 그의 연설을 듣고 있으면 처음에는 확신을, 그다음에는 광기를 느낄 수밖에 없었다. 군중의 분노가 몇 번이나 끓어오르고 수천 명이 통제 불능의 짐승 같은 고함을 내지르는 바람에 확성기에서 울려 퍼지는 연사의 목소리가 몇 번이나 파묻히기도 했다. 가장 야만적인 함성은 학생들한테서 터져 나왔다. 연설을 시작한 지 20분 정도 지났을 때 갑자기 전령이 급하게 연단에 올라 연사에게 쪽지 하나를 건네주었다. 그의 목소리나 태도에는 아무 변화가 없었다. 연설 내용도 똑같았다. 다만 적의 이름이 달라졌을 뿐이다. 군중 사이에서 아무런 말도 없는 가운데 이런 사실이 퍼져나갔다. 오세아니아가 이스트아시아와 전쟁 중이다! 다음 순간 엄청난 동요가 일었다. 광장을 장식한 깃발과 포스터는 모두 틀렸다! 그중 절반 이상은 잘못된 얼굴이다! 이것은 사보타주다! 골드스타인의 간첩들이 한 짓이다! 여기저기에서 성난 군중이 벽에 붙은 포스터를 떼어내고 깃발을 갈기갈기 찢어 발로 짓밟았다. 첩보단원들이 재빨리 지붕 꼭대기로 올라가 굴뚝에 매달려 있는 현수막을 잘라버렸다. 단 2, 3분 만에 모든 상황이 정리되었다. 연사는 조금 전과 다름없이 마이크 목을 붙잡고 어깨를 구부정하게 앞으로 숙인 채 다른 한 손으로 허공을 가르면서 연설을 계속해나갔다. 1분도 채 지나지 않아 군중은 다시 분노하기 시작했다. 증오는 조금 전과 다름없이 이어졌다. 다만 그 대상이 바뀌었을 뿐이다.

윈스턴이 그때 일을 되돌아봤을 때 인상적이었던 점은 연사가 조금도 머뭇거리지 않고 문장 하나 바꾸지 않은 채 한 줄씩 연설을 이어나갔다는 것이다. 하지만 윈스턴은 다른 일 때문에 여기에 신경 쓸 여력이 없었다. 포스터가 찢겨나가 한창 혼란스러울 때였다. 그때 얼굴을 알지 못하는 남자가 그의 어깨를 톡톡 치면서 말을 걸었다.

"죄송합니다. 가방을 떨어뜨리신 것 같아요."

윈스턴은 아무 말 없이 멍하니 가방을 받았다. 며칠이 지나야 가방을 열어볼 수 있다는 걸 알고 있었다. 집회가 끝났을 때 시계는 거의 23시를 가리키고 있었지만 그는 진실부로 향했다. 진실부 모든 직원이 마찬가지였다. 텔레스크린에서 전원 복귀를 명령했지만 사실 그럴 필요도 없는 일이었다.

오세아니아는 이스트아시아와 전쟁 중이었다. 오세아니아는 늘 이스트아시아와 전쟁을 벌여왔다. 지난 5년 동안 발행된 정치 문서 대부분이 쓸모없게 되어버렸다. 모든 보고서와 기록, 신문, 책, 전단지, 영화, 음반, 사진을 빛의 속도로 수정해야 했다. 따로 지시는 없었지만 각 부서의 수장들은 일주일 안에 유라시아와 전쟁 중이었고, 이스트아시아와는 동맹국이었다는 기록이 하나도 남아 있지 않게 해야 했다. 업무 자체도 지나치게 많았지만 제대로 이름을 부를 수도 없어서 진행은 더욱 더디기만 했다. 기록국의 모든 직원은 하루 스물네 시간 가운데 두세 시간만 눈을 붙여가면서 열여덟 시간씩 일했다. 사무실 바닥에는 지하실에서 꺼내온 매트리스를 깔아놓고 식사는 식당 직원들이 바퀴 달린 수레로 가져다준 샌드위치와 빅토리 커피로 때웠다. 윈스턴은 잠에서 깰 때마다 책상에 쌓여 있는 일을 모두 처리하려고 애썼다. 잘 떠지지도 않는 아픈 눈을 비비며 책상으로 돌아오면 그때마다 눈 더미처럼 쌓여 있다 못해 음성 기록기를 절반 이상 가려버리고 바닥까지 떨어져 있는 종이 뭉치들을 발견하곤 했다. 그래서 윈스턴이 가장 먼저 하는 일은 일단 종이 뭉치를 치워 일할 수 있는 공간을 마련하는 것이었다. 가장 힘들었던 건 단순히 기계적인 일이 아니라는 점이었다. 그저 이름만 바꾸면 되는 일도 많았지만 조금이라도 자세한 보고서는 세심한 주의와 상상력이 요구되었다. 세상의 한쪽 끝에서 일어난 전쟁을 다른 중요한 지역의 전쟁으로 바꿀 때는 지리적인 지식도 필요했다.

사흘째가 되자 참을 수 없을 정도로 눈이 아프고 몇 분마다 한 번씩 안경을 닦아내야 겨우 앞이 보였다. 마치 거부할 수는 있지만 정신적으로 해내겠다고 버티는, 육체적인 목표를 달성하려고 무척 애를 쓰고 있는 듯한 기분이 들었다. 그는 조작 행위를 하고 있다는 사실을 기억하는 것만으로도 버거워 자신이 음성 기록기에 대고 중얼거렸던 단어 하나, 펜으로 끄적거렸던 글자 하나까지 교묘한 거짓이라는 데는 신경 쓸 겨를이 없었다. 기록국의 다른 직원들과 마찬가지로 완벽하게 날조 행위를 마치려고 힘썼을 뿐이다. 엿새째 되는 날 아침, 종이 뭉치가 전달되는 속도가 느려졌다. 30분 동안 단 한 뭉치의 종이가 전송되더니 그다음에는 아무것도 전달되지 않았다. 부서의 모든 일이 동시에 끝났다. 기록국 전체에 조심스러운 안도의 한숨이 퍼졌다. 절대 언급해서는 안 되는 거대한 작업을 마친 것이다. 이제 유라시아와 전쟁이 있었다는 사실을 증명할 문서 기록은 어디에서도 찾아볼 수 없었다. 12시 00분, 청사의 모든 직원에게 생각지도 못하게 내일 아침까지 자유 시간이 주어진다는 소식이 전해졌다. 윈스턴은 일할 때는 다리 사이에 끼워두고 잘 때는 머리 밑에 깔고 잤던 '그 책'이 담긴 가방을 들고 집으로 돌아왔다. 그러고는 면도를 한 다음 꾸벅꾸벅 졸면서 목욕을 했다. 물은 겨우 차가움을 면한 정도였지만 그래도 몰려오는 졸음을 참을 수 없었다.

윈스턴은 채링턴 씨 상점 위층으로 나 있는 계단을 올라갔다. 그의 관절에서는 우두둑거리는 소리가 났다. 피곤하긴 하지만 이제 졸리지는 않았다. 그는 창문을 연 다음 더럽고 꾀죄죄한 석유난로에 불을 붙이고 냄비에 커피 물을 올렸다. 줄리아도 곧 도착할 것이다. 그동안 '그 책'을 읽을 시간이 있었다. 윈스턴은 더러운 안락의자에 앉아 가방을 열었다.

검은색의 두툼한 책은 어설픈 솜씨로 제본되어 있었다. 표지에서는 지은이 이름도, 제목도 찾아볼 수 없었다. 인쇄 상태도 약간 고르지 못했다. 많은 사람의 손을 거친 듯 책장의 가장자리가 닳아서 곧 떨어져 나갈 듯했다. 첫 장에 다음과 같은 글이 적혀 있었다.

과두적 집단주의 이론과 실행

이매뉴얼 골드스타인 지음

윈스턴은 책을 읽어나갔다.

1장
무지는 힘이다

인간의 역사가 시작된 이래 아마도 신석기시대 말 이후부터 이 세상의 인간은 상·중·하 세 부류로 나뉘었다. 이들은 또 여러 세부 계급으로 나뉘었고, 수많은 다른 이름으로 불렸다. 그리고 그들의 수와 서로에 대한 태도는 세대를 거듭하면서 달라졌다. 하지만 사회의 본질적인 구조는 바뀌지 않았다. 늘 평형상태로 되돌아오는 자이로스코프(항공기나 선박 등의 평형상태를 측정하는 데 사용하는 장치—옮긴이)처럼 거대한 변동과 겉보기에는 되돌릴 수 없는 변화가 일어난 이후 한쪽으로 기울어졌던 사회는 곧 같은 형태로 재현되었다.

이들 세 집단의 목표는 전혀 다르다…….

윈스턴은 좀 더 편하고 안정된 자세로 글을 음미하려고 잠깐 읽기를 멈췄다. 그는 완전히 혼자였다. 텔레스크린도 없고 열쇠 구멍으로 엿듣는 귀도 없었다. 어깨너머로 뒤를 흘끗거리거나 손으로 책을 가리지 않아도 되었다. 달콤한 여름 공기가 그의 뺨을 간질였다. 어디선가 멀리서 아이들이 외치는 소리가 희미하게 들려왔다. 하지만 방 안에서는 시계 소리를 빼면 아무 소리도 들리지 않았다. 그는 안락의자에 더 깊숙이 몸을 맡기고 벽난로 받침대에 발을 올려놓았다. 축복이자 영원의 순간이었다. 결국에는 한 글자도 빼놓지 않고 책을 다 읽을 사람들이 흔히 그러듯 윈스턴은 갑자기 책의 다른 곳을 펼쳤다. 3장이었다. 그는 그곳을 읽기 시작했다.

3장
전쟁은 평화다

세상이 세 개의 초강대국으로 분열될 수 있고 실제 분열될 가능성이 있다는 사실은 20세기 중반부터 예견된 일이었다. 러시아가 유럽을 흡수하고 대영제국은 미국에 복속되었다. 그 결과 3대 강대국 가운데 유라시아와 오세아니아가 존재하게 되었다. 세 번째 강대국인 이스트아시아는 10년 동안 혼란스러운 전쟁을 거듭한 다음에야 존재감을 드러내게 되었다. 이 3대 강대국의 국경은 일부 지역에서는 자의적이고, 일부 지역에서는 전투 상황에 따라 변동된다. 하지만 일반적으로는 지리적인 경계를 따라 결정된다.

유라시아는 포르투갈에서 베링 해협까지 유럽과 아시아 대륙 전체로 이루어져 있다. 오세아니아는 아메리카 대륙과 영국, 오스트레일리아를 비롯한 대서양의 섬들 그리고 아프리카 남부 지역을 차지했다. 앞의 두 강대국보다 규모가 작고 서쪽 국경이 확실하지 않은 이스트아시아는 중국과 그 남부 지역, 일본 열도가 주요 지역이고 만주와 몽골, 티베트가 유동적으로 포함된다.

지난 25년 동안 초강대국들은 이런저런 동맹을 맺으면서 계속 전쟁을 벌였다. 하지만 전쟁은 20세기 초반처럼 절박하지도 않았고 상대방을 전멸시키려고 하지도 않았다. 서로를 완전히 파괴할 수 없는, 목표가 한정된 전투이며 싸움의 실제적인 원인도 없었다. 이념적인 차이로 분열된 것도 아니었다. 그렇다고 전쟁의 행위나 전쟁에 대한 주된 태도가 덜 잔인해지거나 더 신사적이 된 건 아니었다. 정반대로 모든 국가에서 전쟁에 대한 집착이 계속되고 일반화되었다. 그 때문에 강간, 약탈, 아이 학살, 전 인구의 노예화, 팽형(죄인을 삶아 죽이는 형벌—옮긴이)이나 생매장 같은 전쟁 포로에 대한 보복 행위가 일반적인 것으로 여겨지기 시작했다. 심지어 적이 아니라 같은 편에서 저지를 때는 칭송을 받기도 했다. 하지만 실제적인 측면에서 봤을 때 현재의 전쟁은 고도의 훈련을 받은 소수의 병사들만 전투를 치르기에 상대적으로 사상자가 적다. 전투가 벌어진다 하더라도 일반인들은 위치를 대략 짐작할 수밖에 없는 모호한 국경이나 해상 경로의 전략적 위치를 지키고 있는 해상요새 근처에서 벌어진다. 문명의 중심 지역에서 전쟁은 지속적인 소비재 부족이나 이따금 사상자 몇십 명을 발생시키는 로켓 이상의 의미를 갖지 않는다. 실제로 전쟁의 성격은 변했다. 더 정확하게는 전쟁을 일으키는 원인의 우선순위가 변했다. 20세기 초에는 대대적인 전쟁이 발발하는 동기 가운데 일부에 지나지 않았던 것이 이제는 가장 큰 이유가 되어버렸고, 민감하게 인식되면서 그에 따라 행동하게 되었다.

현대전의 본질을 이해하려면 먼저 몇 년에 한 번씩 동맹 관계가 바뀌기는 하지만 결국 변하는 것은 없기에 결정적인 승리가 불가능하다는 점을 깨달아야 한다. 세 초강대국 가운데 두 나라가 힘을 합친다고 하더라도 나머지 한 나라를 완전히 정복할 수는 없다. 서로 힘이 비슷하고, 자연적인 방어 체계를 깨뜨리기가 아주 어렵기 때문이다. 유라시아는 광활한 대륙의 보호를 받고, 오세아니아는 넓은 대서양과 태평양의 보호를 받는다. 이스트아시아는 거주민의 다산성과 근면성이 힘이다. 둘째로 실질적인 면에서 전쟁을 벌일 이유가 없다는 것을 들 수 있다. 자급자족 형태의 경제가 확립되면서 생산과 소비가 서로 균형을 이루었다. 따라서 과거의 전쟁처럼 다른 시장을 확보하려고 애써야 할 이유가 사라졌다. 한편 원자재를 확보하기 위한 경쟁은 이제 더는 죽고 사는 문제가 아니다. 초강대국들은 모두 광대한 영토를 얻었고, 각자의 국경 안에서 원하는 것을 전부 얻었다. 경제적인 측면에서 전쟁의 목적을 찾는다면 그나마 노동력 확보일 것이다. 초강대국들 사이의 경계에서 그 어느 쪽에도 확정적으로 소유되지 않은 지역은 탕헤르와 브라자빌, 다윈, 홍콩으로 연결되는 사각형 지대다. 여기에는 세계 인구의 5분의 1이 포함된다. 인구밀도가 조밀한 이 사각형 지대와 북쪽에 있는 빙원 지대를 얻으려고 초강대국 세 곳은 계속해서 전쟁을 벌이고 있다. 하지만 실질적으로는 그 어떤 나라도 이 분쟁 지대를 완전히 통제한 적이 없다. 분쟁 지역 가운데 일부에 대한 소유권이 계속 바뀌고 있는데, 이는 갑작스러운 동맹의 결과일 뿐이다. 그 때문에 동맹 관계는 끊임없이 변화하고 있다.

분쟁 지역에는 중요한 광물이 매장되어 있다. 또 그중 일부 지역에는 한랭 지역에서는 합성하는 데 상대적으로 비용이 많이 드는 고무와 같은 식물 자원이 자란다. 하지만 무엇보다 이곳의 무궁무진한 자원은 값싼 노동력이다. 적도의 아프리카, 중동 국가, 남인도나 인도네시아 군도를 통제하는 초강대국은 싼 임금을 받으면서도 성실하게 일하는 수천만 명의 노동력을 활용하게 된다. 이곳 지역 주민들은 어느새 노예와 같은 처지로 전락하고, 이 국가에서 저 국가 소유로 끊임없이 옮겨지면서 대대적인 군비 생산과 영토 확장, 노동력 확보를 위해 석탄이나 석유처럼 소모되고 끝없는 반복 경쟁의 희생자가 된다. 전쟁이 분쟁 지역을 벗어난 적이 없다는 사실에 주목해야 한다. 유라시아 국경은 콩고 분지와 지중해 북부 해안 사이를 왔다 갔다 하고, 인도양과 태평양의 섬들은 오세아니아와 이스트아시아가 서로 빼앗았다 빼앗겼다 하고 있다. 몽골에서는 유라시아와 이스트아시아 사이의 경계가 확실하게 결정된 적이 없다. 사람도 살지 않고 완전히 정복되지 않은 극지방에서도 초강대국들은 계속해서 소유권을 주장한다. 하지만 세 강대국이 대체로 힘의 균형을 유지하고 있기에 각 국가의 중심 영역은 지금까지 공격받은 적이 없다. 게다가 적도 부근에서 착취되는 노동력은 세계 경제에 쓸모 있는 자원이 아니다. 그곳에서 생산된 것은 모조리 전쟁을 위해 쓰이며, 전쟁을 일으키는 목적은 언제나 다음 전쟁을 일으키는 데 유리한 위치를 미리 잡으려는 것이기에 세계의 부에 전혀 보탬이 되지 못한다. 노예나 마찬가지인 그들의 노동력은 지속적인 전쟁을 가속화할 수 있다. 그들이 존재하지 않는다고 해도 세계 사회의 구조나 이를 통해 유지되는 과정이 본질적으로 달라지지는 않을 것이다.

근대전의 주요 목표는 삶의 전반적인 질을 향상시키지 않으면서 공산품을 완전히 소모하는 것이다(핵심 당원의 수뇌부는 이중사고의 원칙에 따라 이를 인정하는 동시에 인정하지 않는다). 19세기 말부터 산업사회에서는 잠재적으로 잉여 소비재 처리 문제가 나타나기 시작했다. 현재는 식량이 풍족한 사람들이 소수에 지나지 않으므로 이런 문제는 분명 급박하지 않게 되어버렸고, 인공적인 파괴 절차가 이루어지지 않더라도 긴급한 문제로 떠오를 가능성은 없다.

오늘날 세계는 1914년보다 더 헐벗고 굶주리고 황폐해졌다. 그 당시 사람들이 예측했던 미래와는 더욱 거리가 있다. 20세기 초 대부분의 지식인은 미래를 예측하면서 믿기지 않을 정도로 부유하고, 여유 있고, 질서 있고, 효율적일 거라고 주장했다. 그때 생각했던 미래는 유리와 철강, 눈처럼 하얀 콘크리트로 빛나는 세계였다. 과학과 기술이 놀라운 속도로 발전하고 앞으로도 계속해서 발전하는 것이 당연하다고 여겼다. 그러나 실제로는 그렇지 못했다. 이는 끊임없는 전쟁과 혁명이 만들어낸 빈곤 탓이기도 하고, 과학과 기술의 진보가 실험적인 사고 습관에 의존하는 바람에 엄격한 사회 속에서는 생존하지 못한 탓이기도 했다. 오늘날의 세계는 50년 전보다 더 원시적으로 퇴보했다. 낙후된 분야 가운데 발전한 것도 있고 다양한 기계, 특히 전쟁이나 경찰의 방첩 활동과 관련해서는 발전한 부분도 있었다. 하지만 전반적인 실험과 창조는 중단되었고, 1950년대 원자폭탄으로 말미암은 전쟁의 피해는 아직도 복구하지 못했다. 게다가 기계의 잠재적인 위험이 여전히 존재한다. 처음 기계가 세상에 모습을 드러냈을 때 이성적인 사람들은 누구나 인간의 단조로운 노동을 기계가 대체할 것이므로 계급의 불평등은 상당 부분 사라지리라 확신했다. 만약 기계를 이런 용도로 사용했더라면 몇 세대 이내에 기아나 노동 착취, 오염, 문맹, 질병을 뿌리 뽑을 수 있었을 것이다. 사실 이런 목적에 따라 기계를 사용하지 않았을 때도 자율적인 과정에 따라 분배할 수밖에 없는 재화를 생산하면서 19세기 말부터 20세기 초까지 50년 동안은 전반적인 인간의 삶이 크게 향상되었다.

하지만 전반적인 부의 증가는 분명 파괴의 위험을 안고 있다. 실제로 어떤 면에서는 파괴가 이루어졌다. 누구나 적게 일하고, 풍족하게 먹고, 욕실과 냉장고가 있는 집에서 살고, 자동차와 비행기까지 소유하고 있는 세계라면 불평등이라는 가장 중요한 사회구조는 이미 사라졌어야 했다. 부가 일반화되면 차별은 없어져야 한다. 의심할 바 없이 부는 개별적인 소유와 사치의 측면에서 고르게 나뉘고, 힘은 일부 특권계급에만 남아 있게 된다. 하지만 이런 사회는 오랫동안 안정적인 상태로 유지하기 어렵다. 누구나 차별 없이 여가와 안정을 누리게 되면 빈곤에 허덕이던 대중이 글을 배우고 스스로 생각할 수 있게 된다. 그러면 대중은 곧 소수의 특권층이 실제로는 사회에 이바지하는 바가 없음을 깨닫고 이들을 쓸어버리려고 한다. 장기적으로 계급사회는 빈곤과 무지를 기반으로 할 때만 가능하다. 20세기 초에 몇몇 지식인들이 농경사회로 회귀하기를 꿈꿨지만 이는 실질적인 해결책이 되지 못한다. 이런 주장은 전 세계에서 이미 본능처럼 되어버린 기계화 경향과 부딪친다. 게다가 산업화에서 뒤떨어진 국가는 군사력이 약화되어 결국 더 발전한 경쟁국의 직접적 또는 간접적인 지배를 받을 수밖에 없다.

그렇다고 재화의 생산을 제한해 대중을 빈곤 속에 옭아매는 것도 만족스러운 해결책은 아니다. 이런 방법은 대략 1920년부터 1940년까지 자본주의의 마지막 단계에서 광범위하게 사용되었다. 많은 국가의 경제가 정체되었고 토지 경작이 중단되었으며 자본 시설이 늘어나지 못했다. 또 대부분의 사람이 일을 하지 못했기에 이들 가운데 절반 이상은 정부 보조금으로 연명했다. 게다가 이 또한 군사력 약화로 이어졌고, 그로 말미암은 빈곤은 분명 원치 않은 것이어서 이에 대한 반대 현상이 나타났다. 문제는 세계의 실질적인 부를 늘리지 않으면서 산업사회의 바퀴를 계속 돌리는 것이었다. 재화는 분명 생산되어야 하지만 굳이 분배할 필요는 없었다. 이를 달성하는 유일한 방법은 지속적인 전쟁뿐이었다.

전쟁의 기본 행위는 파괴다. 생명뿐 아니라 인간의 노동력으로 만든 생산물을 파괴하는 일도 포함된다. 전쟁은 평화로운 시기라면 대중을 너무 편하게 해줄 뿐 아니라 지혜롭게 해주는 데 쓰일 수 있는 재화를 조각내거나 대기로 날려버리거나 심연으로 가라앉히는 방법이다. 전쟁에서 무기가 실제로 파괴되지 않을 때도 무기 공장은 소비될 물건을 만들지 않으면서 노동력을 소모하는 역할을 한다. 예를 들어 해상요새는 수백 척의 화물선을 만드는 데 필요한 노동력이 요구된다. 궁극적으로 해상요새는 누구에게도 물질적인 혜택을 주지 않은 채 고철 덩어리가 될 것이고, 또 다른 해상요새를 만들려면 막대한 노동력이 다시 소모될 것이다.

원칙적으로 전쟁은 사람들의 기본 욕구를 만족시키고 난 뒤 남는 물자를 소모하기 위해 계획된다. 실제로 대중의 욕구는 언제나 과소평가되게 마련이고, 그 결과 생필품을 반도 못 미치게 공급하는 만성적인 부족 상태가 된다. 하지만 이 또한 장점으로 인식되기에 고의적으로 특혜 계급마저 견디기 어려운 수준으로 압박하는 정책을 펼친다. 전반적인 부족은 일부 특권층의 중요성을 배가시켜 계급 사이의 차이를 강조할 수 있기 때문이다. 20세기 초와 비교하면 핵심 당원 또한 검소하고 근면한 삶을 살고 있다. 그런데도 이들은 외부 당원과 달리 어느 정도 호화로움을 누린다. 여기에는 시설이 좋고 넓은 집, 질이 좋은 옷, 기름진 음식, 술, 담배, 하인 두어 명, 자동차, 헬리콥터 등이 포함된다. 외부 당원들은 최하위 계급인 '프롤 계급'과 비교하면 역시 비슷한 특권을 누린다. 사회 분위기는 마치 포위된 도시처럼 말고기 한 덩이가 있고 없음으로 빈부가 갈라진다. 아울러 전쟁의 위험 속에서 생존하려면 일부 특권층에게 모든 권력을 실어주는 것이 자연스럽고 피할 수 없는 조건이라고 여기게끔 한다.

뒤에서 설명하겠지만 전쟁은 필요한 파괴를 얻어낸다. 하지만 무엇보다 심리적으로 받아들일 수 있는 방법으로 이를 달성하게 한다. 원칙적으로 사원이나 피라미드를 건설하고, 구멍을 팠다가 메우고, 많은 재화를 생산한 뒤 불 질러 없애는 데 노동력을 소비하는 편이 훨씬 쉬운 방법이다.

하지만 이는 계급사회의 경제적 기반을 제공할 뿐 감정적 기반은 제공하지 못한다. 중요한 것은 대중의 사기가 아니다. 성실하게 일하는 한 그들의 태도는 중요하지 않다. 문제는 당의 사기다. 당의 가장 하급 인원이라도 역량을 갖추고 부지런하고 자신의 분야에 해박해야 하지만 공포와 증오, 아첨, 승리에 빠져 맹목적이고 무지한 광신도가 될 필요도 있다. 다시 말해 전시 상황에 알맞은 정신 상태를 지녀야 한다는 것이다. 실제 전쟁 여부는 중요하지 않다. 게다가 완벽한 승리는 불가능하므로 전쟁 상황이 좋고 나쁘고는 의미가 없다. 필요한 것은 전쟁 상태가 유지되어야 한다는 점이다. 당이 당원들에게 요구하는 지적인 능력의 분리는 전쟁 분위기 속에서 더 쉽게 달성할 수 있으며, 이제는 거의 보편적인 현상이 되었다. 당원의 지위가 높을수록 지적인 능력의 분리는 더욱 도드라진다. 전쟁의 과대망상과 증오가 가장 강한 부류는 핵심 당원이다. 정치를 하는 사람으로서 능력을 발휘하려면 전쟁과 관련된 어느 부분이 진실이고 어느 부분이 거짓인지를 알아야 한다. 전쟁 자체가 거짓은 아닌지, 발표된 내용과 다른 목적으로 전쟁이 일어나고 진행되는 건 아닌지 알아야 한다. 하지만 이런 지식은 이중사고 기술로 쉽게 중화되어버린다. 결국 핵심 당원들은 전쟁이 실제이며, 오세아니아가 명실상부한 세계의 주인이 되면 전쟁이 승리로 끝난다는 신화적인 믿음을 절대 의심하지 않는다.

핵심 당원들은 모두 미래의 정복에 대해 신념을 품고 있다. 또 점진적으로 영토를 확장하거나 압도적으로 힘을 보유하거나 아니면 대적할 수 없는 신무기를 개발해 승리를 거머쥘 수 있다고 믿는다. 신무기에 대한 연구는 끊임없이 계속되고 있다. 이는 인간의 창의력과 탐구심을 발휘할 수 있는 몇 안 되는 방법 가운데 하나가 되었다. 현재 오세아니아에서 전통적인 의미의 과학은 아예 사라져버렸다. 신어에는 '과학'이라는 말이 없다. 경험적 사고 방식은 예전엔 과학적 성과를 달성하는 방법이었지만 이제는 영사의 근본 원칙에 위배되는 대상이다. 심지어 기술적 진보마저도 그 결과물이 어떤 방법으로든 인간의 자유를 축소시킬 때만 사용된다. 세계의 모든 유용한 기술은 정체하거나 퇴보하고 있다. 기계가 책을 쓰고 인쇄하는 시대지만 지금도 말을 사용해 땅을 경작한다. 하지만 주요 부분, 그러니까 전쟁과 경찰의 방첩 활동 등에서는 경험적 접근이 오히려 격려를 받거나 적어도 인정된다. 당의 두 가지 목적은 지구의 표면 전체를 정복하는 것과 독립적인 사고의 가능성을 정복하는 것이다. 따라서 당이 해결하려는 문제는 두 가지다. 하나는 사람이 의지와 상관없이 어떤 생각을 하고 있는지 알아내는 것이고, 또 하나는 미리 경고하지 않고 몇 초 이내에 수백만 명을 죽이는 것이다. 과학적 연구가 계속되는 한 이는 주요 연구 주제가 될 것이다. 현대 과학은 심리학과 심문을 혼합해 얼굴 표정이나 행동, 목소리 등 일반적인 상세 사항을 연구하고 약물, 충격요법, 최면, 고문 등의 효과를 실험한다. 또는 화학과 물리학, 생물학을 혼합해 생명을 빼앗는 방법에만 집중한다. 전문가들은 평화부의 거대한 실험실이나 브라질 우림 지대와 남극 외딴섬에 숨겨놓은 실험실에서 정신없이 연구에 몰두하고 있다. 이들 가운데 몇몇은 미래 전쟁의 실행을 계획하고, 다른 몇몇은 거대한 규모의 로켓이나 폭발물, 침투가 불가능한 방어 재질을 개발하고 있다. 그 밖에도 치명적인 새로운 가스를 개발하고, 대륙의 모든 식물을 말라 죽게 할 수 있는 용액을 대량생산하고, 모든 항체에 대한 면역을 갖고 있는 병원균을 연구하고, 바닷속을 항해하는 잠수함처럼 땅속을 다니는 차량이나 배처럼 활주로 없이 다닐 수 있는 비행기 등을 연구하고 있다. 심지어 수천 킬로미터 상공에 렌즈를 매달아 태양 빛을 모으거나 지구 내부의 열을 자극해 인공적으로 지진이나 해일을 일으키는 방법을 연구하기도 한다.

하지만 이들 프로젝트 가운데 실현 단계에 있는 것은 하나도 없으며, 초강대국 가운데 어느 나라도 앞서지 못하고 있다. 더 놀랍게도 원자폭탄의 경우에는 이 세 초강대국이 모두 연구 수준보다 훨씬 강력한 무기를 손에 넣었다. 당은 늘 그랬듯이 자신들이 발명했다고 하지만 원자폭탄은 이미 1940년대에 그 모습을 드러냈고, 10년 뒤에는 대대적으로 사용되었다. 그 당시 수백 기의 원자폭탄이 공업 지역, 그중에서도 특히 러시아와 서유럽, 북아메리

카 지역을 주로 공격했다. 그로 말미암아 각국의 지배계급은 원자
폭탄이 조금이라도 더 사용되면 사회, 즉 자신들의 정권이 멸망할
것이라 확신하게 되었다. 따라서 공식적으로 협정을 맺거나 그
러리라는 암시는 없었지만 폭탄은 더 이상 투하되지 않았다. 세
초강대국은 원자폭탄을 계속 생산해 저마다 믿고 있는 결정적인
순간을 위해 비축하고 있다. 한편 전쟁의 기술 수준은 지난 30년
에서 40년 동안 거의 그대로 머물러 있었다. 헬리콥터가 예전보
다 더 많이 사용되고, 폭격기는 주로 자체적인 추진력으로 움직
이고, 취약했던 전함은 절대 가라앉지 않는 해상요새로 대체되었
다. 하지만 그 밖에는 거의 발전된 것이 없다. 탱크와 잠수함, 어
뢰, 기관총, 심지어 소총과 수류탄도 여전히 사용된다. 신문이나
텔레스크린에서 살상에 대한 소식이 끊임없이 전해지지만 과거
수백, 수천, 아니 수백만 명이 몇 주에 걸쳐 목숨을 잃었던 초기의
전쟁 양상은 절대 되풀이되지 않는다.

초강대국 가운데 어느 나라도 심각한 패배의 위험이 있는 전술
을 사용하지 않으려 한다. 대대적인 작전을 수행할 때는 동맹군
을 기습 공격할 때뿐이다. 세 나라가 모두 따르고 있는 또는 따르
는 척하고 있는 전략은 모두 같다. 그 계획이란 전투와 협상, 배반
을 거쳐 적국의 기지를 하나 이상 완전히 포위하는 것이다. 그다
음에는 적국과 우호조약을 맺고 의혹이 가실 때까지 평화 상태를
유지한다. 이 기간에 원자탄이 탑재된 로켓을 모든 전략적 요충

지에 집결시킨 뒤 동시에 발사해 보복이 불가능할 정도로 적국을 파괴한다. 그다음에는 또 다른 초강대국과 평화협정을 맺고 다시 공격을 준비한다. 이 전략은 말할 필요도 없이 망상에 지나지 않으며, 실현할 수 없는 것이다. 게다가 적도와 극지방의 분쟁 지역 이외에서 전투가 발생한 적은 한 번도 없었다. 이는 강대국 사이의 일부 국경 지역이 자의적이라는 사실을 잘 설명해준다. 예를 들어 유라시아는 유럽의 일부분인 영국 열도를 쉽게 정복할 수 있다. 그 반면 오세아니아는 국경을 라인 강이나 비스툴라 지방까지 확장할 수 있다. 하지만 이는 한 번도 공식화한 적은 없어도 모든 나라가 따랐던 문화적 정통성을 침해하는 것이다. 만약 오세아니아가 과거 프랑스와 독일로 알려진 지역을 정복하려면 물리적으로 어려운 일이지만 거주민을 전부 몰살하거나 아니면 기술이 발달한 1억 명의 사람을 오세아니아 수준으로 동화시켜야 한다. 세 나라가 모두 마찬가지 상황이다. 사회조직을 유지하려면 죄수나 외국인 노동자처럼 제한된 수준 이상으로는 외국인과 접촉하지 못하도록 해야 한다. 공식적인 동맹국에도 언제나 의혹의 시선을 보낼 수밖에 없다. 오세아니아의 시민들은 전쟁 포로를 빼곤 유라시아나 이스트아시아 시민을 볼 수 없으며, 외국어를 배우는 것도 금지되어 있다. 만일 외국인과 접촉한다면 그들도 자신과 똑같은 인간이고 지금까지 들어온 이야기가 대부분 거짓말임을 알게 되기 때문이다. 그들이 지금까지 살아온 폐쇄된 세계가 열리고 충만한 의욕의 바탕이 되었던 공포와 증오, 자기 합리화는 증발될 것이다. 따라서 페르시아, 이집트, 자바, 실론 등의 지역에서는 통치자가 몇 번이나 바뀌어도 그 어떤 것도 허용되지 않고 그저 폭탄만 넘나들 뿐이다.

이런 상황에서 한 번도 제대로 언급되지 않았지만 암묵적으로 이해되고 자행되는 사실이 하나 있다. 초강대국 세 나라의 삶의 조건이 거의 같다는 것이다. 오세아니아에서 가장 우세를 떨치는 철학은 '영사'다. 유라시아의 철학은 '신볼셰비즘'이고, 이스트아시아의 철학은 중국어로는 '죽음 숭배(death-worship)'지만 '자체 소멸(obliteration of the self)'이라는 단어로 더 적절하게 표현할 수 있다. 오세아니아 시민은 다른 두 철학 영역을 절대 알아서는 안 되며, 이를 도덕과 통념에 대한 야만적인 공격이라고 배운다. 실제로 이 세 철학은 거의 구분할 수 없으며, 이들이 지지하는 사회 또한 별다른 차이가 없다. 세 나라 모두 같은 피라미드 구조이면서 신성화되다시피 한 지도자를 숭배하고, 계속되는 전쟁으로 같은 수준의 경제를 유지한다. 결국 초강대국들은 서로 정복할 수 없으며, 정복한다고 하더라도 얻을 게 없다. 정반대로 옥수수 알갱이들처럼 서로 받쳐주면서 전쟁을 계속해야 한다. 언제나 그렇듯 초강대국들의 지배계급은 모두 자신들의 행동을 알고 있기도 하고 모르고 있기도 하다. 하지만 전쟁이 뚜렷한 승리 없이 영원히 계속되어야 한다는 것은 알고 있다. 한편 정복당할 위험이 없다는 사실은 영사와 다른 두 철학의 체계적 특징인 현실 부정을 가능하게 한다. 여기에서 지속적인 전쟁으로 전쟁의 성격이 바뀌었다는 사실을 다시 한 번 확인할 필요가 있다. 과거에는 전쟁이 곧 종료될 것이고, 승리와 패배가 분명하다고 정의되었다. 그뿐 아니라 전쟁은 인간 사회가 물리적인 현실과 접촉하게 하는 방법이었다. 어느 시대나 지배자들은 추종자들에게 잘못된 세계관을 강요했지만 군사적인 효율성에 해를 끼칠 수 있는 망상을 심어줄수는 없었다. 패배는 독립성의 상실이나 바람직하지 못한 결과를의미하기에 패배에 대한 경계가 상당했다. 물리적인 사실은 무시할 수 없었다. 철학이나 종교, 윤리, 정책에서 2 더하기 2는 5가될 수 있을지 몰라도 총이나 비행기를 설계할 때 2 더하기 2는 4가 되어야 한다. 비효율적인 나라는 곧 정복당했고, 효율성을 위한 노력은 환상과 어긋나게 되었다. 더욱이 효율성을 위해서는과거에서 배울 필요가 있었다. 즉 과거에 일어난 일을 정확하게알아야 했다. 물론 신문과 역사책은 언제나 조작할 수 있고 편견이 있을 수 있다. 하지만 오늘날과 같은 날조 행위는 불가능했다. 전쟁은 온전한 정신을 위한 확실한 방어기제였고, 지배계급이 관여하는 한 가장 중요한 방어기제였다. 전쟁은 이길 수도, 질 수도있었지만 지배계급은 여기에 완전히 무책임할 수는 없었다.

하지만 전쟁이 문자 그대로 계속되자 이제는 더 이상 위험하지않게 되었다. 전쟁이 계속되면 군사적인 필수품 따위는 없어진다. 기술 진보는 멈춰버리고, 대부분의 명백한 사실이 부인되거나 무시된다. 앞에서 설명했듯이 과학적이라고 할 수 있는 연구는 모두 전쟁을 목적으로 이루어지지만 이는 한낱 몽상이나 다름 없다. 효율성, 심지어 군사적인 효율성마저 더는 필요 없게 된다. 오세아니아에서는 사상경찰 말고는 효율적인 것은 아무것도 없다. 초강대국의 정복이 불가능해진 뒤 각 나라는 실제적으로 독립된 세계가 되었다. 그리고 각각의 세계 안에서는 거의 모든 생각에 대한 왜곡이 가능해졌다. 현실은 일상의 욕구, 즉 먹고 마시고, 집과 옷을 얻고, 독약을 먹지 않고, 건물 꼭대기에서 뛰어내리지 않으려는 욕구 등을 통해서만 압력을 행사할 수 있다. 살고 죽는 문제 그리고 육체적 쾌락과 고통에는 분명 경계가 있지만 그것이 전부다. 외부 세계를 비롯해 과거와도 단절된 오세아니아 시민들은 우주 공간 속의 인간처럼 어느 방향이 위이고 아래인지 구분하지 못한다. 이들 지역의 지배자는 파라오나 카이사르보다 더 절대적이다. 이들에게는 추종자들이 대량으로 굶어 죽지 않게 막아야 하고 경쟁국과 같은 수준의 군사력을 유지해야 하는 의무가 있다. 하지만 일단 최소한의 수준이 만족되면 원하는 대로 현실을 왜곡할 수 있다.

따라서 전쟁은 과거의 전쟁 기준으로 판단해보면 단순한 속임수에 지나지 않는다. 마치 서로에게 해를 끼칠 수 없는 방향으로 뿔이 나 있는 반추동물들 사이의 싸움과 비슷하다. 그러나 비현실적인 전쟁이 무의미한 것은 아니다. 전쟁은 남은 소비재를 고갈시키고 계급사회가 요구하는 정신적 분위기를 보존한다. 앞으로 살펴보겠지만 전쟁은 이제 국내 문제다. 과거에 모든 국가의 지배계급은 공동의 이익을 이해하고 전쟁의 파괴력을 제한할 때도 싸움을 계속했다. 또 승자는 언제나 패자를 약탈했다. 하지만 현재 지배계급은 서로 싸우지 않는다. 다만 종속자들을 대상으로 전쟁을 일으킬 뿐이며, 그 목적도 영역의 정복과 방어가 아니라 사회구조 유지다. 따라서 '전쟁'이라는 단어는 잘못되었다. 더 이상 지속적인 전쟁은 없다는 게 더 정확한 표현일 것이다. 신석기 시대부터 20세기 초까지 전쟁이 인간에게 가했던 압력은 사라지고 이제 다른 것으로 대체되었다. 초강대국들이 서로 싸우는 대신 영속적인 평화에 동의하고 각자의 영역을 침범하지 않기로 했다고 해도 결과는 마찬가지였을 것이다. 그럴 경우에도 각 나라는 외부 위험에서 벗어난 자체적인 세계이기 때문이다. 영원한 평화는 영원한 전쟁과 같다. 이것이 바로 당의 슬로건인 '전쟁은 곧 평화다'라는 구절의 속뜻이지만 대부분의 당원은 제대로 이해하지 못하고 있다.

윈스턴은 잠깐 읽기를 멈췄다. 멀리 어딘가에서 폭탄이 터지는 소리가 요란하게 들렸다. 텔레스크린이 없는 방에 혼자 앉아 금지된 책을 읽고 있다는 축복의 기분이 아직 가시지 않았다. 고독감과 안전함은 피곤한 몸, 푹신한 의자, 창문으로 불어와 그의 뺨을 어루만지는 희미한 산들바람과 뒤섞여 그를 무장해제시켰다. 윈스턴은 책에 완전히 빠져버렸다. 더 정확하게 말하면 책에서 안정을 얻었다고 할 수 있었다. 별 새로울 게 없는 내용이지만 매력이 있었다. 갈래갈래 나뉘어 있던 그의 생각을 정리할 수 있었다면 그가 충분히 썼을 법한 내용이었다. 책은 그의 생각과 비슷하면서도 훨씬 강력하고 체계적이고 대담했다. 그는 가장 좋은 책이란 이미 알고 있는 것을 말해주는 책이라고 생각했다. 윈스턴이 다시 1장을 펴들었을 때 계단을 올라오는 줄리아의 발소리가 들렸다. 그는 자리에서 일어나 그녀를 맞았다. 줄리아가 갈색 공구 가방을 바닥에 떨어뜨리고 그의 품으로 달려들었다. 일주일 만의 밀회였다.

"'그 책'을 받았어요."

포옹을 풀면서 윈스턴이 말했다.

"아, 그래요? 잘됐네요."

그녀는 별 감흥 없이 대답한 뒤 커피 물을 올리려고 곧장 석유난로 옆에 무릎을 꿇었다.

침대에서 30분 넘게 시간을 보낸 다음에야 윈스턴이 다시 책 이야기를 꺼냈다. 저녁 공기가 서늘해서 이불을 턱까지 끌어올려야 했다. 창문 아래에서 낯익은 노랫소리와 바닥에 끌리는 신발 소리가 들렸다. 윈스턴이 이곳에 처음 와서 봤던 적

갈색 팔뚝의 여자는 뜰을 떠나지 않는 것 같았다. 낮에는 항상 빨래통과 빨랫줄 사이를 오가면서 빨래집게를 입에 물기도 하고 유행가를 흥얼거리기도 했다. 줄리아는 자리에 누워 벌써 잠이 든 듯했다. 윈스턴은 바닥에 놓아둔 책을 집어 들고 침대 헤드 보드에 몸을 기댔다. 그가 말했다.

"책을 읽어야 해요. 당신도 마찬가지죠. 모든 브라더후드가 이 책을 읽어야 해요."

그녀가 눈을 감은 채 대답했다.

"읽어요. 큰 소리로 읽어요. 그게 최선이에요. 그러면서 설명해주면 되잖아요."

시곗바늘이 6시를 가리키고 있었다. 18시를 의미했다. 두 사람은 앞으로 서너 시간 동안 더 함께할 수 있을 것이다. 윈스턴은 무릎에 책을 올려놓고 읽기 시작했다.

1장
무지는 힘이다

인간의 역사가 시작된 이래 아마도 신석기시대 말 이후부터 이 세상의 인간은 상·중·하 세 부류로 나뉘었다. 이들은 또 여러 세부 계급으로 나뉘었고, 수많은 다른 이름으로 불렸다. 그리고 그들의 수와 서로에 대한 태도는 세대를 거듭하면서 달라졌다. 하지만 사회의 본질적인 구조는 바뀌지 않았다. 늘 평형상태로 되돌아오는 자이로스코프처럼 거대한 변동과 겉보기에는 되돌릴 수 없는 변화가 일어난 이후 한쪽으로 기울어졌던 사회는 곧 같은 형태로 재현되었다.

윈스턴이 물었다.

"줄리아, 자요?"

"아니요, 내 사랑. 듣고 있어요. 계속해요. 놀랍네요."

그는 계속 읽었다.

이들 세 집단의 목표는 전혀 다르다. 상류계급은 지위를 유지하는 것이 목표다. 그리고 중간계급은 상류계급과 자리를 바꾸는 것이다. 하류계급은 특성상 매일의 일상 이외에 다른 것을 의식할 여력이 없지만 여기에서 벗어나 목표를 세울 때는 모든 구분을 없애고 누구나 평등한 세상을 만들려고 한다. 역사시대 전반에 걸쳐 이런 경계 안에서 투쟁이 계속 되풀이되었다. 상류계급은 오랜 기간 권력을 유지하는 것처럼 보이지만 자신들에 대한 신념과 효율적인 지배 능력 가운데 하나 또는 전부를 잃어버리는 시점을 맞게 된다. 이들은 자유와 정의를 위해 싸우는 척하면서 하류계급을 끌어들인 중간계급에 전복된다. 중간계급은 목적을 이루면 하류계급을 원래의 노예 신분으로 돌려보내고, 자신들이 상류계급이 된다. 그리고 예전의 두 계급 가운데 하나나 둘 모두에서 분리된 새로운 중간계급이 만들어져 투쟁은 처음부터 다시 시작된다. 세 부류 가운데 하류계급만이 유일하게 잠깐이라도 자신들의 목적을 이룬 적이 없다. 역사시대를 통틀어 물질적인 개선이 없었다고 한다면 이는 과장일 것이다. 심지어 쇠락의 시기인 지금도 대부분의 사람이 몇 세기 전보다 물질적으로 풍요롭다. 하지만 부의 증가와 온화한 태도, 혁신이나 혁명 등으로도 인간의 평등은 조금도 개선되지 않았다. 하류계급의 시각에서 보면 어떤 역사적 변화도 지배자의 이름이 바뀌는 것보다 더 큰 의미를 지닌 적이 없다.

19세기 말까지 관찰자에게 이런 형태의 반복은 분명해 보였다. 그 이후 일부 학파가 역사란 순환의 반복이며 인간의 역사에서 평등은 이루어질 수 없다고 주장했다. 물론 이런 이론은 언제나 추종자가 따르지만 주장하는 방법 면에서 주목할 만한 변화가 있었다. 과거에는 특히 상류계급이 계급사회의 필요성을 주장했다. 왕과 귀족, 사제, 법률가 그리고 여기에 기생하는 사람들이 이이론을 설파했으며, 다른 계급은 죽음 뒤의 세계에서 보상받을 것이라고 믿었다. 중간계급은 권력을 위해 투쟁할 때는 항상 자유, 정의, 동질감이라는 용어를 사용했다. 그러나 인류애라는 개념은 아직까지도 지배적인 위치를 얻지 못했고 곧 얻어낼 가능성이 있는 사람들에게 공격받기 시작했다. 과거에는 중간계급이 평등이라는 깃발 아래 혁명을 일으켰고, 과거의 지배층을 전복시키자마자 새로운 지배 세력으로 군림했다. 그로써 새로운 중간계급은 미리 자신들의 압제를 선언한 것이나 다름없었다. 19세기 초에 출연한 사회주의는 고대의 노예 반란으로 연결되는 마지막 고리이고, 과거의 유토피아에서 상당한 영향을 받았다. 하지만 1900년 이후 나타난 다양한 사회주의 이론은 시간이 갈수록 자유와 평등을 수립하겠다는 목표를 공공연하게 포기했다. 20세기 중반에 나타난 오세아니아의 '영사', 유라시아의 '신볼셰비즘', 이스트아시아의 '죽음 숭배'는 속박과 불평등을 영원히 지속하겠다는 목표를 의도적으로 지니고 있었다. 물론 이런 새로운 운동은 모두 과거의 이론들에서 생겨난 것으로 과거의 이념을 향해 허울 좋은 찬사를 퍼붓는다. 그렇지만 사실은 인류의 발전을 막고 역사를 특정 시기에 머물게 하려고 이런 이론들을 주장하는 것이다. 예전에는 상류계급이 중간계급에 전복되고, 중간계급이 상류계급이 되었다. 하지만 지금은 새로운 상류계급이 의도적으로 전략을 펼쳐 자신들의 지위를 영원히 유지할 수 있게 되었다.

이 새로운 원리는 역사적 지식이 축적되고 역사의식이 성장하면서 발생했다. 이는 19세기 이전에는 거의 존재하지 않았던 의식이다. 역사의 반복적인 움직임은 이제 이해할 수 있거나 적어도 그렇게 보인다. 만약 이런 움직임을 이해할 수 있다면 변경할 수도 있다. 그러나 20세기 초반부터 깔려 있는 원칙은 인간의 평등을 기술적으로 달성할 수 있다는 것이다. 사람은 저마다 다른 재능이 있으며 개인에 맞게 특화시켜야 한다. 하지만 계급을 구분하거나 부의 차이를 크게 할 필요는 없어졌다. 예전에는 계급의 구분을 피할 수 없을뿐더러 바람직하다고 여겼다. 불평등은 문명의 대가였다. 하지만 기계가 발전하면서 상황이 달라졌다. 사람들이 저마다 다른 일을 한다고 해서 사회적·경제적 수준이 다를 필요는 없다. 따라서 권력을 잡은 새로운 집단의 시각에서 보면 인간의 평등은 이제 추구해야 할 이상이 아니라 쓰러뜨려야 할 위협이었다. 원시적인 시절에는 정당하고 평화로운 사회가 실제로 불가능했기에 그런 사회가 오리라고 쉽게 믿었다. 사람들이 모두 형제애를 느끼면서 법도, 잔인한 노동도 없이 함께 살아간다는 지상낙원에 대한 생각은 수천 년 동안 인간의 상상력을 자극했다. 역사가 변화할 때마다 혜택을 얻은 집단도 이런 생각에 사로잡혀 있었다. 프랑스와 영국, 미국 혁명의 상속자들은 부분적으로나마 인간의 권리, 언론의 자유, 법 앞에서 만인의 평등과 같은 가치를 믿었다. 또 이들의 행동은 이런 가치의 영향을 받기도 했다. 그러나 1940년대가 되자 모든 정치적 이론은 권위주의로 바뀌었다. 지상낙원은 그것을 실현할 수 있게 된 순간 신뢰를 잃었고, 모든 새로운 정치 이론은 어떤 이름을 붙이든 간에 계급과 통제 사회로 돌아갔다. 게다가 1930년 전후의 암울한 전망으로 말미암아 수백 년 동안 중단되었던 관행이 다시 저질러지기 시작했다. 재판 없이 사람들을 가두고, 전쟁 포로를 노예로 만들고, 죄수를 공개적으로 처형하고, 자백을 받아내려 사람들을 고문하고, 인질을 이용하고, 많은 사람을 강제로 추방하기도 했다. 이런 행위는 거리낌 없이 자행될 뿐 아니라 교양적이고 진보적이라는 사람들에게 받아들여 옹호되기에 이르렀다.

전 세계가 10여 년에 걸쳐 전쟁과 내전, 혁명, 반혁명 등으로 몸살을 앓은 뒤에야 영사와 함께 그와 경쟁적인 운동이 완전한 정치 이론으로 떠올랐다. 한동안 이들 이론은 20세기 초에 나타난 전체주의의 다양한 체제 탓에 주목받지 못했다. 하지만 전 세계를 휩쓴 혼돈 속에서 세계가 어떤 윤곽으로 드러날지는 오래전부터 뻔한 일이었고, 누가 이 새로운 세계의 주인이 될지도 분명했다. 새로운 귀족층은 관리, 과학자, 기술자, 노동운동가, 광고 전문가, 사회학자, 교사, 언론인, 전문 정치인으로 이루어졌다. 원래는 임금을 받는 중간층이나 상위 노동계급이었던 이들은 독점 산업과 정부의 중앙집권화가 만들어낸 불모지에서 함께 세력을 모았다. 과거 시대의 비슷한 부류에 비해 덜 탐욕스럽고, 덜 사치스러웠지만 순수한 권력을 향한 욕망은 더 컸다. 이들은 무엇보다 자신들이 하고 있는 일을 정확하게 파악하고, 반대 세력을 누르려는 의지도 높았다. 이 마지막 차이점이 중요했다. 오늘날의 압제와 비교하면 과거에는 열의가 낮고 효율적이지 못했다. 지배층은 늘 어느 정도는 자유주의적인 사상에 물들어 있었고 여기저기에서 허점을 드러냈다. 이들은 뚜렷한 행동만 고려할 뿐 종속계급의 생각에는 관심이 없었다. 현대의 기준에서 보면 중세의 가톨릭교회마저도 관대한 편이었다. 그 이유는 정부나 권력자들이 시민들을 지속적으로 감시할 능력이 없어서였다. 하지만 인쇄술의 발달은 여론몰이를 손쉽게 하고, 영화와 라디오는 이런 과정을 더욱 발전시켰다. 텔레비전의 발명과 더불어 신호를 전송하고 수신할 수 있게 한 기술적 진보는 사생활을 사라지게 했다. 다른 통신 채널이 모두 가로막힌 상태에서 모든 시민, 적어도 감시할 만한 가치가 있는 시민들은 스물네 시간 경찰의 감시 아래 놓이게 되었고 공식적인 선전의 대상자가 되었다. 국가의 뜻에 완벽하게 복종할 뿐 아니라 모든 종속자가 동일한 의견을 지니도록 억압할 수 있는 가능성이 처음으로 생겨난 것이다.

1950년대와 1960년대 혁명 이후 사회는 언제나처럼 상·중·하 계급으로 재편되었다. 이 새로운 상류계급은 예전과는 달리 본능에 따라 행동하지 않았을 뿐 아니라 자신들의 지위를 유지하는 데 필요한 것을 알고 있었다. 과두정치를 하는 데 유일하게 안전한 기반은 집단주의였다. 부와 권력은 함께 소유할 때 방어하기가 쉽다. 20세기 중반에 실시되었던 이른바 '사유재산 폐지'는 실제로 소수의 사람들에게 부를 더 집중시켰다. 하지만 차이점이 있는데, 새로운 소유주가 개인의 집합이 아니라 하나의 집단이라는 것이다. 당원은 개인적으로 사소한 소지품 말고는 아무것도 소유할 수 없다. 오세아니아에서는 당이 집단적으로 모든 것을 통제하고 모든 생산물을 적절하게 처리하기 때문에 실제로 모든 것을 소유하고 있다. 혁명 이후 몇 년 동안 모든 과정이 공영화되어서 당은 거의 아무런 반대 없이 독보적인 위치를 얻을 수 있었다. 자본가계급이 모든 것을 몰수당한 뒤에는 언제나 사회주의가 뒤따르게 마련이다. 공장, 광산, 땅, 집, 교통수단 등 모든 게 몰수되었다. 이들은 더 이상 사유재산이 아니라 공동재산이었다. 초기 사회주의 운동에서 시작된 영사는 용어와 말투까지 그대로 이어받았고, 사회주의 프로그램의 중요한 부분을 실행했다. 그 결과 예전부터 예측하고 의도해온 경제적 불평등이 영원히 자리 잡게 되었다.

하지만 계급사회가 영원히 지속될 때 나타나는 문제점은 단순히 여기에서 그치지 않는다. 지배계급이 권력을 잃는 경우는 다음 네 가지다. 외부 세력에 정복당하거나, 비효율적인 통치로 민중 혁명이 발생하거나, 강력하고 불만족스러운 중간계급의 출현을 받아들이거나, 통치에 필요한 신뢰와 의지를 스스로 잃어버릴 때다. 이들 가운데 하나만 원인이 되는 것은 아니며, 네 가지가 어느 정도 얽혀서 나타난다. 이 네 가지를 모두 완벽하게 막는다면 지배계급은 영원히 정권을 유지할 수 있다. 궁극적인 결정 요소는 지배계급의 정신적 태도다.

20세기 중반 이후 첫 번째 위험은 사실상 사라졌다. 세 초강대국은 서로 정복할 수 없는 상태로 세계를 나눠 가졌다. 인구 감소가 서서히 일어난다면 정복도 가능하겠지만 전폭적인 권력을 가진 정부가 쉽게 막을 수 있는 일이다. 두 번째 위험 또한 이론에 지나지 않는다. 대중은 절대 스스로 혁명을 시작하지 않는다. 단순히 탄압받는다고 해서 혁명을 시작하는 것도 아니다. 비교 기준이 없는 한 자신들이 탄압받는다는 사실도 알지 못하곤 한다. 과거와 같은 경제 위기의 재현은 전혀 필요 없게 되었고, 발생하도록 놔두지도 않는다. 하지만 불만을 알릴 다른 방법이 없기에 큰 규모의 혼란이 정치적 결과 없이 일어날 수도 있고, 실제로도 일어났다. 기계 기술의 개발과 함께 우리 사회 속에 잠재된 과잉생산 문제는 지속적인 전쟁으로 해결할 수 있다(3장 참조). 또 전쟁은 대중의 사기를 필요한 수준으로 유지하는 데 유용하다. 따라서 현재 지배계급의 관점에서 보면 능력은 있지만 부족한 일자리와 권력에 목마른 사람들이 새로운 그룹을 만드는 것 그리고 자유주의와 회의주의가 성장하는 것이 실제적인 위험이다. 말하자면 문제는 교육이다. 지배계급과 그 바로 밑에 존재하는 거대한 실행 계급의 의식을 지속적으로 형성해가는 것이 중요하다. 대중의 의식에 대한 영향력은 부정적인 방식으로만 작용되어야 한다.

이런 배경을 놓고 보면 아무것도 모르는 사람이라도 오세아니아 사회의 전반적인 조직을 추측할 수 있을 것이다. 피라미드의 정점에는 빅 브라더가 있다. 빅 브라더는 절대 쓰러뜨릴 수 없는 권력자다. 성공, 성취, 승리, 과학적 발견, 지식, 지혜, 행복, 미덕은 모두 그의 지도력과 영감의 직접적인 결과물이다. 어느 누구도 빅 브라더를 본 적은 없다. 벽에 붙은 포스터 속 얼굴과 텔레스크린 속 목소리가 전부다. 그는 절대 죽지 않는다고 확신해도 당연한 일이다. 그가 언제 태어났는지도 확실히 모른다. 빅 브라더는 당이 세계에 자신을 드러내려고 선택한 허상이다. 그의 역할은 조직이 아니라 개인에게 향하기 쉬운 사랑과 공포, 존경, 감동 등을 한 곳으로 집중시키는 것이다. 빅 브라더 아래에는 핵심 당원이 있다. 이들은 600만 명으로 오세아니아 인구의 2퍼센트에 약간 못 미치는 수준이다. 핵심 당원 아래는 외부 당원이다. 핵심 당원이 당의 수뇌부라면 이들은 당의 수족이다. 그 아래는 '프롤 계급'으로 전체 인구의 85퍼센트에 해당하는 우매한 거주민들이다. 앞에서 설명한 분류에 따라 설명하면 프롤 계급이 바로 하류계급이다. 이 정복자와 저 정복자에게 복속되었던 적도 근처의 노예와 같은 사람들로, 이들은 사회구조 속에서 영속되거나 필요한 존재가 될 수 없다.

원칙적으로 이 세 부류의 지위는 세습될 수 없다. 이론적으로 핵심 당원의 자식이라 해서 무조건 핵심 당원이 될 수는 없다. 당의 지위는 열여섯 살 때 치르는 시험에 따라 결정된다. 여기에는 인종차별도, 지역적 특례도 없다. 유태인, 흑인, 남아메리카인, 순수 인디언 혈통 등을 가리지 않고 누구나 당의 최고위급에 오를 수 있다. 또 지역 행정가는 해당 지역 거주민 가운데서 골라 임명한다. 오세아니아 어느 지역에서도 멀리 떨어진 수도의 지배를 받는 식민지라는 인식은 찾아볼 수 없다. 오세아니아에는 수도가 없으며, 이름뿐인 지도자를 어디서 만날 수 있는지 아무도 모른다. 영어가 주요 언어이고 신어가 공식 언어라는 사실을 빼면 중앙집권적인 특성은 하나도 없다. 각 지역 지도자는 혈연이 아니라 공통 교리에 따라 결속되어 있다. 현재 사회는 철저하게 계급화되어 있다. 그래서 언뜻 보기에는 세습제도로 유지되고 있는 듯한 인상을 풍긴다. 서로 다른 계급 사이의 이동은 자본주의 시대와 산업화 이전의 시대보다 크게 줄어들었다. 당 내부에서 핵심 당원과 외부 당원 사이에는 어느 정도 이동이 있지만 변변치 못한 핵심 당원을 배척하고 야심 있는 외부 당원의 승진을 허용하는 정도에 지나지 않는다. 프롤레타리아들은 사실상 당에 들어오지 못하게 되어 있다. 이들 가운데 재능 있는 사람은 불만의 씨앗이 될 수 있기에 사상경찰이 적발해 제거한다. 하지만 이런 상황이 꼭 계속되어야 하는 건 아니고 원칙적인 것도 아니다. 구어로 설명하자면 당은 계급이 아니다. 당의 목적은 자손에게 지위를 세습하는 것이 아니다. 만약 최상위 계급에서 가장 능력 있는 인재를 보유할 수 없다면 한 세대를 프롤 계급에서 채용하는 것도 서슴지 않을 것이다. 민감했던 시기에는 당이 세습 체계가 아니라는 사실 덕분에 반대 세력을 상당 부분 무력화할 수 있었다.

이른바 '특권계급'을 상대로 오랫동안 투쟁했던 구시절의 사회주의는 세습이 아니라면 영구적이 아니라고 여겼다. 이들은 과두 체제의 영속성이 물리적일 필요가 없다는 것을 알지 못했다. 세습 체제였던 귀족 사회는 늘 단명했지만 가톨릭교회 같은 선임 체제 조직은 수백, 수천 년 동안 지속되었다는 사실을 지나쳐 버렸다. 과두 체제의 본질은 아버지에서 아들로 이어지는 세습이 아니라 죽은 사람이 만들어놓은 세계관과 삶의 특정한 방식을 유지하는 것이다. 지배계급은 후계자를 지명할 수 있는 한 여전히 지배계급이다. 당은 혈통을 유지하는 게 아니라 살아남는 것이 목적이다. 계급 구조가 동일하게 지속된다면 누가 권력을 휘두르는지는 중요하지 않다.

우리 시대의 특성을 보여주는 신념과 습관, 성향, 감정, 정신적 자세는 당의 신비로움을 유지하고 현재 사회의 본질을 보호하려고 고안된 것이다. 실제로 물리적인 반란이나 그 예비 활동은 불가능하다. 프롤레타리아들을 두려워할 필요가 없다. 그대로 내버려두어도 세대와 세기를 거치면서 일하고, 음식을 구하고, 죽어갈 것이다. 그들에게는 반란을 꾀하고 세상을 이해할 힘이 없다. 산업 기술의 발달로 더 높은 수준의 교육을 받으면 위험해질 수도 있다. 하지만 군사와 상업적인 경쟁이 중요하지 않은 상황이므로 전반적인 교육 수준은 하락하고 있다. 대중이 어떤 의견을 갖느냐는 중요하지 않다. 이들은 지적인 능력이 없기에 지적 자유를 누리게 놔두어도 된다. 하지만 당원은 별것 아닌 주제에 대한 아주 작은 일탈도 용납해서는 안 된다.

당원은 태어나서 죽을 때까지 사상경찰의 감시를 받으면서 살아간다. 혼자 있을 때도 사실은 혼자가 아니다. 잠을 자건, 깨어 있건, 일하건, 쉬고 있던, 목욕 중이건, 침대에 있건 어떤 경고도 없이 감시받고 있다는 사실을 알리지 않고 감시해야 한다. 당원이 하는 일은 무조건 감시 대상이다. 그의 우정이나 친척 관계, 아내와 아이들을 대하는 태도, 혼자 있을 때의 얼굴 표정, 잠꼬대, 특정한 몸짓 하나까지 세심하게 분석해야 한다. 실제로 잘못된 행동이 아니더라도 내적 갈등의 징후라고 볼 수 있는 사소한 기벽, 습관의 변화, 신경질적인 태도까지 모두 확실하게 감지해내야 한다. 당원은 자유 선택의 의지가 없다. 하지만 법이나 행동 규칙의 제약을 받는 것은 아니다. 오세아니아에는 법이 없다. 발각되면 처형당하게 될 사상이나 행동도 공식적으로는 금지되지 않는다. 계속되는 숙청, 체포, 고문, 수감, 증발은 범죄를 저질렀기 때문이 아니라 앞으로 범죄를 저지를 가능성이 있는 요주의 인물을 제거하려는 것이다. 당원은 올바른 의견뿐 아니라 올바른 본능을 갖도록 요구받는다. 그들에게 요구되는 신념과 태도의 상당 부분은 절대 설명된 적이 없다. 명확하게 설명하면 영사에 내재된 모순이 그대로 드러날 것이다. 누군가 본성이 정통적이라면(신어로는 '좋은 사고자goodthinker'라고 한다) 그는 어떤 상황에서도 생각할 필요 없이 진정한 신념 또는 바람직한 감정을 알 수 있을 것이다. 그들은 어렸을 때부터 신어로 '범죄 중단(crimestop)', '흑백(blackwhite)', '이중사고' 등으로 부르는 정신 훈련을 받고 모임에 참가해왔기에 어떤 문제에 대해서든 깊이 생각하고 싶지도, 생각할 수도 없을 것이다.

당원은 사적인 감정을 가져서는 안 되고 늘 열정적이어야 한다. 그들은 외국의 적과 국내의 배신자에게 끊임없이 증오심을 지녀야 하고, 승리에 대한 확신이 있어야 하고, 권력 앞에서 굴욕적으로 살아야 한다. 헐벗고 만족스럽지 못한 삶에 대한 불만은 2분 증오와 같은 행위로 분출하거나 씻어버리고, 회의주의나 반발적인 태도로 이어질 수 있는 사고는 어렸을 때부터 받은 훈련으로 미리 없애버린다. 훈련의 가장 처음이자 단순한 단계는 어린아이에게도 가르칠 수 있는데, 신어로 '범죄 중단'이라고 부른다. 범죄 중단은 사고가 위험한 곳으로 흐르기 전에 본능처럼 중단하는 것이다. 이는 비유를 이해하지 못하고, 논리적인 문제를 인식하지 못하고, 영사에 반대되는 주장은 아무리 간단해도 이해하지 못하고, 이단적인 방향으로 이어질 수 있는 사고의 연결을 지루해하거나 거부하는 힘이다. 범죄 중단은 한마디로 보호적인 우매함이라고 할 수 있다. 하지만 우매함만으로는 모자란다. 그와 반대로 정통성은 곡예사가 몸을 마음대로 쓰듯이 자신의 사고를 원하는 대로 통제하는 것이다. 오세아니아 사회는 궁극적으로 빅 브라더가 전지전능하고 당이 완벽하다는 신념을 바탕으로 삼고 있다. 하지만 현실적으로 빅 브라더는 전지전능하지 않고 당도 완벽하지 않다. 따라서 모든 문제를 처리하려면 순간적인 유연성이 필요한데, 이때 '흑백'이 중심이 된다. 흑백은 다른 신어와 마찬가지로 상반된 두 가지 뜻이 있다. 적에게 적용하면 흑을 백이라고 우기는 뻔뻔한 습관이고, 당원에게 적용하면 당의 요구가 있을 때 흑을 백이라고 기꺼이 믿는 충성심이다. 그뿐 아니라 흑을 백이라 믿고, 더 나아가 흑을 백으로 인식하고, 지금까지의 신념을 버리는 능력을 뜻한다. 이는 과거에 대한 지속적인 변경을 요구하며, 신어로 '이중사고'라고 알려져 있는 모든 것을 받아들이는 사고 체계에 따라 실현할 수 있다.

과거의 변경이 필요한 이유는 두 가지다. 하나는 보조적인 이유, 즉 예방을 위해서다. 이는 프롤레타리아들처럼 당원들도 비교 대상이 없어야 현재 상황을 참고 버텨낼 수 있다는 것이다. 과거와도 단절되고 다른 나라들과도 단절되어야 한다. 전 세대보다 더 윤택한 삶을 누리고, 물질적인 혜택도 평균적으로 계속 늘어나고 있다고 믿을 필요가 있어서다. 하지만 과거를 변경하는 더 중요한 이유는 당의 완벽성을 지키려는 것이다. 이는 당의 예측이 언제나 옳다는 걸 보여주기 위해 모든 연설과 통계, 기록을 지속적으로 조정하는 것을 넘어선다. 교리나 정치적인 동맹 관계에서 절대 변화가 있음을 인정해서는 안 된다. 마음 또는 정책의 변화를 인정하는 것은 나약함을 자백하는 것이나 마찬가지다. 예를 들어 만약 유라시아나 이스트아시아(어느 쪽이건 상관없다)가 오늘의 적이라면 그 나라는 언제나 적국이어야 한다. 만약 다른 사실이 알려져 있다면 그 사실은 수정되어야 한다. 이처럼 역사는 계속해서 다시 쓰인다. 진실부는 매일 이루어지는 과거 사실의 날조를 맡고 있는데, 이는 사랑부에서 수행하는 억압과 사찰 행위만큼이나 정권 안정에 필수적이다.

과거의 날조는 영사의 중심축이다. 과거의 일은 객관적으로 존재하지 않으며, 문서 기록과 인간의 기억 속에서 살아남을 뿐이다. 과거는 기록과 기억이 일치하는 것이다. 당은 모든 기록과 당원의 마음을 완벽하게 통제하고 있기에 당이 선택한 과거를 따를 수밖에 없다. 또 과거를 바꿀 수는 있지만 특정 과거만 바꿀 수는 없다. 어느 순간에 과거를 재창조할 필요가 있을 때는 이 새로운 변경 사항이 과거가 되고, 다른 과거는 존재할 수 없다. 1년 동안 같은 사건을 몇 번이나 바꾸더라도 상관없고, 실제로 이런 경우는 종종 발생한다. 당은 언제나 절대적인 진실만을 소유하고, 절대적인 진실은 지금과 달라서는 안 된다. 곧 알게 되겠지만 과거에 대한 통제는 무엇보다 기억의 훈련에 기반을 두고 있다. 모든 문서 기록이 당시의 정통성과 확실히 일치되도록 확인하는 작업은 단순히 기계적인 활동이다. 하지만 모든 사건이 바람직한 방향으로 발생했다는 사실을 기억할 필요가 있다. 또 기억을 재구성하고 문서 기록을 수정할 필요가 있을 때는 작업 이후 모든 사실을 잊어야 한다. 이를 위한 기술 또한 다른 정신적 기술 훈련처럼 배워서 습득할 수 있다. 대부분의 당원이 이를 배웠으며, 이들은 실제로 똑똑하면서도 정통적이다. 구어로는 이를 두고 '현실통제'라고 부르지만 신어로는 '이중사고'라 한다.

이중사고는 한 사람의 마음이 동시에 두 가지 상반된 신념을 갖고 이 두 가지를 모두 받아들이는 힘을 말한다. 당의 지식인들은 기억을 어느 방향으로 수정해야 하는지 알고 있다. 따라서 어떻게 현실을 속여야 하는지 알고 있는데, 이중사고를 거쳐 현실이 날조되지 않았다고 여기게 된다. 이 과정은 의식적이어야 한다. 여기에는 상당한 꼼꼼함이 요구되기 때문이다. 하지만 동시에 이 과정은 무의식적이어야 하는데, 그렇지 않으면 거짓말을 하고 있다는 생각과 죄의식이 들기 때문이다. 이중사고는 영사의 중심이라 할 수 있다. 당의 근본적인 행동은 의식적인 속임수를 요구하면서도 목적에 대한 단호함을 유지하기 위해 완벽한 정직이 필요하기 때문이다. 교묘한 거짓말을 하면서 이를 믿고, 필요 없는 것을 잊었다가 다시 필요할 때 망각 속에서 끄집어내며, 객관적인 현실의 존재를 부인했다가 또 그 부인했던 현실을 설명하는 것이 모두 필요하다. 이중사고라는 단어를 사용할 때마저 이중사고를 해야 한다. 이 단어를 사용하면 현실을 왜곡했다고 인정하는 것이다. 그래서 새로운 이중사고 행위를 거쳐 그에 대한 것을 지워야 하고, 이런 과정을 끝없이 되풀이한다. 즉 진실 앞에는 언제나 거짓이 있다. 궁극적으로 당이 역사의 흐름을 막을 수 있었던 것은 이중사고 덕분이며, 앞으로도 수천 년은 계속될 수 있을 것이다.

과거의 모든 과두정치는 너무 경직되었거나 물러터진 바람에 권력에서 밀려났다. 어느 쪽이건 지나치게 어리석거나 거만했고, 그래서 변화하는 상황에 적응하지 못하고 전복되고 말았다. 또는 지나치게 자유주의적으로 변하거나 겁쟁이가 되었고, 힘을 사용해야 할 때 양보하는 바람에 전복당했다. 말하자면 의식적으로나 무의식적으로나 모두 권력에서 밀려났다고 할 수 있다. 이 두 가지 조건에서 동시에 존재할 수 있는 사고 체계를 만들어낸 것이 바로 당이 이룬 성과다. 다른 어떤 지적인 기반으로도 당의 통치는 영원할 수 없다. 누군가 지배하고, 그 지배를 이어가려면 현실 감각을 혼란시킬 수 있어야 한다. 통치력의 비밀은 자신의 완벽함에 대한 신념과 과거로부터 배우는 능력을 조합한 것이다.

이중사고의 창조자는 이것이 넓은 의미의 정신적 속임수라는 사실을 알고 있는, 가장 교묘한 이중사고자라는 사실은 굳이 말할 필요도 없다. 우리 사회에서 벌어지고 있는 일에 대해 가장 정확히 알고 있는 이들은 세상을 있는 그대로 보지 못하는 사람이다. 전반적으로 이해력이 뛰어난 사람일수록 착각도 많이 하고, 똑똑한 사람일수록 미친 짓도 많이 한다. 사회적 지위가 높은 사람일수록 전쟁에 집착하는 게 대표적인 예다. 전쟁에 대해 가장 이성적인 태도를 보이는 사람은 분쟁 지역의 주민들이다. 이들에게 전쟁은 시신이 파도처럼 쓸려왔다가 사라지는 재앙의 연속일 뿐이다. 이들에게 어느 쪽이 승리하는지는 중요하지 않다. 주인이 바뀌면 새 주인 밑에서 전 주인 때 하던 것과 똑같은 일을 하면 된다는 사실을 그들은 이미 알고 있다. 그다음으로 전쟁을 인식하는 사람은 이들보다 처지가 약간 나은 '프롤 계급'이다. 필요하다면 이들에게 공포와 증오의 광기를 주입할 수 있다. 하지만 이들은 홀로 남겨지면 전쟁이 일어났다는 사실마저 한동안 잊어버린다. 진짜 전쟁광은 당원, 그중에서도 핵심 당원이다. 세계 정복이 불가능하다는 사실을 알고 있는 사람들이 가장 단호하게 세계 정복을 믿는다. 이렇게 상반된 결합, 즉 무지와 지식, 냉소와 열광이 오세아니아 사회에서 나타나는 가장 뚜렷한 특징이다. 공식적인 이념은 그럴 만한 실제적인 이유가 없는 곳까지 모순을 채워넣었다. 이처럼 당은 원래의 사회주의 운동이 주장했던 모든 원칙을 거부하고 배척했으며, 사회주의 이름을 내걸고 이 모든 행위가 이루어졌다. 과거에는 한 번도 본 적 없을 만큼 노동계급을 멸시하면서도 노동계급의 작업복을 당원복으로 만들어 당원들에게 입혔다. 체계적으로 가족의 유대를 와해시킴과 동시에 당의 최고 지도자를 가족의 애정에 호소하는 이름으로 부르게 했다('큰형'이나 '큰오빠'라는 뜻을 가진 빅 브라더를 말한다—옮긴이). 심지어 네 개 정부 부서에 일부러 사실과 정반대의 이름을 붙이는 몰염치함을 보여주었다. 평화부는 전쟁을 관장하고, 진실부는 거짓말을 하고, 사랑부는 고문을 자행하고, 풍요부는 궁핍을 만들어내고 있다. 이런 모순은 우연도 아니고, 일반적인 모순의 결과도 아니다. 이는 교묘한 이중사고의 행위다. 이런 모순이 조화를 이룰 때 권력이 영원히 유지될 수 있기 때문이다. 다른 방법으로는 과거의 반복을 깨뜨릴 수 없다. 인간의 평등을 영원히 막으려면, 즉 우리가 상류계급이라 부르는 계급의 지위를 영원히 유지하려면 대부분의 정신을 광적인 상태로 통제해야 한다. 그런데 아직까지 설명하지 못한 문제가 두 가지 있다. 하나는 '왜 인간의 평등을 막아야 하는가?'다. 지금까지의 과정의 단계가 올바르게 설명되었다고 가정한다면 대체 왜 이 특정한 시점에 역사를 동결하기 위해 이처럼 정교한 계획에 따라 엄청난 노력을 들이고 있는 걸까?

여기에 중요한 비밀이 있다. 이미 앞에서 설명했듯이 당의 신비로움, 특히 핵심 당원의 신비로움은 이중사고에 기대고 있다. 하지만 한 꺼풀 더 벗겨보면 원래의 동기가 존재한다. 이는 한 번도 의심해보지 못했던 본능으로, 여기에서 권력 장악과 이중사고, 사상경찰, 끊임없는 전쟁 그리고 그 밖에 따라붙는 모든 사항이 시작되었다. 이 동기의 구성은…….

윈스턴은 마치 새로운 소리를 들은 것처럼 주위가 갑작스

럽게 고요함을 느꼈다. 줄리아가 아까부터 너무 조용했다. 그
녀는 자기 자리에서 허리 위로 아무것도 걸치지 않은 채 손을
베고 누워 있었다. 검은 머리카락 한 올이 눈 사이로 드리워져
있고, 가슴은 천천히 규칙적으로 오르내렸다.

"줄리아."

대답이 없었다.

"줄리아, 자요?"

여전히 대답이 없었다. 줄리아는 자고 있었다. 그는 책을 덮
어 가만히 바닥에 내려놓은 다음 침대에 누워 둘 위로 이불을
끌어올렸다.

윈스턴은 '아직 궁극적인 비밀에 대해서는 배우지 못했군'
하고 생각했다. 언제나 방법은 알고 있었다. 하지만 그 이유는
알지 못했다. 3장이 그랬듯이 1장 또한 이미 알고 있는 내용이
었다. 다만 그가 알고 있는 지식보다 체계화되어 있었다. 하지
만 책을 읽고 나서는 자신이 미치지 않았다는 것을 예전보다
더 확신할 수 있었다. 소수라고 해도, 어쩌면 그 혼자라고 해
도 그는 미친 게 아니었다. 석양의 황금빛이 창문으로 비스듬
히 들어와 베개를 비추고 있었다. 윈스턴은 눈을 감았다. 얼굴
에 느껴지는 햇살과 바로 옆에서 느껴지는 여자의 부드러운
속살 덕분에 졸음과 함께 강한 자신감이 들었다. 그는 안전했
다. 모든 것은 잘 되어갔다. 윈스턴은 잠에 빠져들면서 중얼거

렸다.

"미친 것은 통계와 상관없어."

그는 이 말에 마치 심오한 지혜라도 담겨 있는 듯 한 번 더 읊조리고는 잠이 들었다.

10장

잠에서 깨었을 때 꽤 오래 잔 것 같은 기분이 들었지만 구식 시계를 들여다보니 고작 20시 30분밖에 되지 않았다. 윈스턴은 다시 눈을 감았다. 그때 마치 울림통에서 울리는 듯한 익숙한 노랫소리가 창 아래 뜰에서 들려왔다.

허황된 망상이었구나.
4월의 꽃잎처럼 사라졌지.
표정과 말과 꿈을 흩뜨려 놓고
내 마음을 훔쳐갔구나!

이 시시껄렁한 노래는 아직 인기를 끌고 있는지 여기저기에서 꽤 자주 들을 수 있었다. 〈증오 노래〉보다 인기가 더 좋았다. 노랫소리에 잠이 깬 줄리아는 한가롭게 기지개를 켠 뒤 침대에서 일어났다. 그녀가 말했다.

"배고파요! 커피 끓일게요. 이런! 난로가 꺼졌네요. 물도 차갑고요."

줄리아는 석유난로를 들어 올려 흔들었다.

"석유가 떨어졌어요."

"채링턴 씨에게 얻을 수 있을 거요."

"우습게도 난 가득 차 있을 줄 알았어요. 옷을 입어야겠어요. 좀 추워진 것 같아요."

윈스턴도 자리에서 일어나 옷을 입었다. 뜰에서는 노랫소리가 지칠 줄 모르고 계속되었다.

시간이 모든 걸 해결해준다고 말하지.
언제나 절대 잊을 수 없다고 말하지.
하지만 미소와 눈물은 몇 해를 지나도
내 가슴을 아프게 하네!

윈스턴은 당원복 허리띠를 조이면서 창문으로 다가갔다. 해가 완전히 떨어진 뒤여서 뜰에는 더 이상 빛이 들지 않았다. 금방 빨래를 마친 것처럼 바닥의 널따란 돌이 젖어 있었다. 굴뚝 사이로 보이는 맑고 푸른 하늘 또한 막 씻어낸 듯한 모습이었다. 여자는 지치지도 않는지 입에 빨래집게를 물었다가 빼기도 하고 노래를 불렀다가 그치기도 하면서 쉴 새 없이 몸을 놀려 기저귀를 널었다. 윈스턴은 여자가 생계를 꾸리려고 빨래를 하는 건지, 아니면 스물에서 서른 명쯤 되는 손주들의 빨래를 하는 건지 궁금해졌다. 그의 곁에 선 줄리아도 창문 아래로 내려다보이는 건장한 여자의 모습에서 눈을 떼지 못했다. 윈스턴은 빨래를 널려고 두꺼운 팔을 뻗으면서 힘센 암말처럼 튼실한 엉덩이를 내미는 여자의 독특한 움직임을 보면서 새삼 아름답다는 생각이 들었다. 출산으로 괴물처럼 불어났다가 고된 노동을 거쳐 곡물처럼 단단해진 쉰 넘은 여자의 몸이 아름다울 수도 있다는 생각은 예전에는 결코 해본 적이 없었다. 하지만 그녀는 정말 아름다웠고 곰곰이 생각해보니 그렇지 말란 법도 없었다. 단단하고 굴곡 없는 화강암 덩어리 같은 몸매와 거칠고 붉은 피부를 처녀의 것과 비교하는 건 장미열매와 장미꽃을 비교하는 것과 마찬가지이리라. 그렇다고 열매가 꽃만 못하겠는가? 윈스턴이 중얼거렸다.

"아름답군."

줄리아가 말했다.

"엉덩이 폭이 1미터도 넘겠어요."

"그게 저 여자의 아름다움이죠."

윈스턴은 팔로 줄리아의 탄력 있는 허리를 껴안으며 말했다. 그녀의 엉덩이부터 무릎까지가 그의 몸에 닿았다. 두 사람한테서 아이는 태어나지 않을 것이다. 꿈도 꿀 수 없는 일이었다. 두 사람은 말하지 않았지만 마음에서 마음으로 비밀을 나눴다. 창 아래에 있는 여자에게는 마음이 없었다. 그저 그녀는 강한 팔과 따뜻한 가슴, 풍만한 허리를 가졌을 뿐이다. 그는 여자가 몇 명이나 되는 아이를 낳았을지 궁금했다. 열다섯 명도 넘을지 모른다. 한때는, 적어도 1년 정도는 저 여자도 들장미처럼 활짝 피었던 시절이 있었을 것이다. 하지만 갑자기 여물어 열매를 맺고 단단하고 붉고 거칠게 변했을 것이다. 이후 여자의 삶은 빨래와 설거지, 바느질, 요리, 청소, 광내기, 수선, 깁기로 이어졌을 것이다. 처음에는 자식들을 위해, 그다음에는 손주들을 위해 30년쯤 같은 일을 되풀이했을 것이다. 그 모든 일을 겪은 뒤에도 여자는 노래를 부르고 있었다. 윈스턴의 마음속에서 알 수 없는 존경심이 떠올랐다. 그리고 그것은 곧 굴뚝 뒤로 멀리 펼쳐진 구름 한 점 없이 맑은 하늘과 뒤섞였다. 적어도 하늘만큼은 유라시아건 이스트아시아건, 여기 오세아니아건 누구에게나 똑같다고 생각하자 흥미로웠다. 그 하늘 밑에서 살고 있는 사람들 또한 똑같았다. 전 세계에 살고 있는 수십억의 인구는 서로의 존재를 알지 못하고, 증오와 거짓의 벽으로 막혀 있지만 결국에는 모두 똑같았다. 아무도 생각하는 법을 배우지 못했지만 언젠가 세상을 뒤집을 만한 힘을 가슴과 배, 근육에 쌓아두고 있었다. 만약 희망이 있다면 그것은 프롤 계급에 있을 것이다! 아직 '그 책'의 마지막 부분을 읽지 못했지만 윈스턴은 이미 골드스타인의 마지막 메시지를 알고 있었다. 미래는 프롤 계급에 달려 있다. 그들의 시대가 오면 그들이 만든 세상은 당이 만든 세상과 달리 윈스턴 스미스에게 친숙하게 다가올까? 그럴 것이다. 온전한 정신의 세상이 될 것이기 때문이다. 평등이 있는 곳이 온전한 곳이었다. 그런 세상이 되면 힘은 의식으로 바뀔 것이다. 프롤 계급은 불멸의 존재다. 뜰에 있는 굳센 여자만 봐도 의심의 여지가 없었다. 그들이 마침내는 깨어날 것이다. 그때까지 천년이라는 세월이 걸릴지도 모르지만 그들은 어떤 어려움 속에서도 새들처럼 이 몸과 저 몸으로 옮겨가면서 당이 공유할 수도, 말살할 수도 없는 생명력을 이어갈 것이다. 윈스턴이 물었다.

"우리가 처음 만났던 날, 나뭇가지에 앉아 우리에게 노래를 불러준 개똥지빠귀를 기억해요?"

줄리아가 대답했다.

"새는 우리를 위해 노래한 게 아니에요. 저 혼자 좋아서 부른 거죠. 아니, 그것도 아니에요. 그냥 부른 거예요."

새는 노래하고 프롤 계급도 노래를 불렀다. 당은 노래하지 않았다. 런던, 뉴욕, 아프리카와 브라질에서, 국경 너머의 신비롭고 금지된 구역에서, 파리와 베를린의 거리에서, 끝없이 펼쳐진 러시아 평원에 자리 잡은 마을에서, 중국과 일본의 시장에서…… 세계 여러 곳에서 정복당하지 않은 강한 사람들이 노동과 출산으로 괴물처럼 변해버렸지만 노래를 부르면서 살아간다. 언젠가 저 육중한 배에서 의식 있는 종족이 태어날 것이다. 당신은 죽지만 그들은 미래가 될 것이다. 그들의 육체가 살아 있듯이 당신의 정신도 살아남아 2 더하기 2가 4라는 비밀스러운 교리를 전달한다면 당신 또한 그들과 미래를 공유할 수 있을 것이다. 윈스턴이 말했다.

"우리는 죽은 목숨이야."

줄리아가 충실하게 그의 말을 따라 했다.

"우리는 죽은 목숨이에요."

두 사람 뒤에서 금속성 목소리가 울렸다.

"너희는 죽은 목숨이다."

둘은 화들짝 놀라 서로 떨어졌다. 윈스턴은 뱃속이 얼어붙는 듯했다. 줄리아는 동공이 확장되고 얼굴이 샛노래져 버렸다. 두 뺨에 남은 연지가 지나치게 도드라져서 바로 밑의 피부와 분리된 듯 보였다. 금속성의 목소리가 다시 울렸다.

"너희는 죽은 목숨이다."

줄리아가 숨을 몰아쉬면서 말했다.

"그림 뒤에서 들려요."

목소리가 다시 말했다.

"그렇다, 그림 뒤에서 나는 소리다. 명령이 있을 때까지 그 자리에서 움직이지 마라."

시작되었다, 드디어 시작되었다! 두 사람은 상대방의 눈을 바라보는 것 외에는 아무것도 할 수 없었다. 재빨리 도망쳐 방을 빠져나가는 일은 엄두조차 나지 않았다. 벽에서 흘러나오는 금속성의 목소리에 불복종한다는 것은 생각도 할 수 없는 일이었다. 걸쇠가 돌아가는 듯 "찰칵" 하는 소리가 들리더니 곧 유리가 와장창 깨져버렸다. 판화가 바닥에 떨어지면서, 그 뒤에 숨겨져 있던 텔레스크린이 모습을 드러냈다.

"이제 우리를 볼 수 있겠군요."

"이제 너희가 보인다. 방 한가운데 서로 등을 맞대고 서라. 손을 머리 위로 올리고 서로에게 닿지 않도록 해."

두 사람은 서로 몸이 닿지 않았지만 윈스턴은 줄리아의 몸이 부들부들 떨리고 있는 것을 느낄 수 있었다. 어쩌면 윈스턴 자신이 떨고 있는지도 몰랐다. 그는 이가 덜덜 떨리지 않도록 입을 악물었지만 무릎이 떨리는 건 어쩔 수 없었다. 아래층에서 집 안팎으로 구둣발 소리가 들렸다. 뜰이 사람들로 가득 찬 것 같았다. 무언가 자갈 위로 끌리는 소리가 들렸고, 여자의 노랫소리가 뚝 끊겼다. 빨래통이 뜰을 가로질러 굴러가고 있는 듯 쨍그랑대는 소리가 이어졌다. 곧 분노한 외침이 들리더니 이윽고 고통스러운 비명으로 바뀌었다. 윈스턴이 말했다.

"집이 포위됐어."

목소리가 말했다.

"집은 포위되었다."

줄리아의 이가 덜덜 떨리는 소리가 들렸다. 그녀가 말했다.

"이제 작별 인사를 해야 할 것 같아요."

목소리가 말했다.

"작별 인사나 하지 그래."

다음 순간 아까와는 전혀 다르게 가늘고 고상한 목소리가 들렸다. 윈스턴이 전에 어디선가 들어본 적이 있었던 목소리 같았다.

"여기에 너의 침대를 밝힐 양초가 있고, 여기에 너의 목을 잘라버릴 도끼가 있네!"

윈스턴의 등 뒤에 있던 침대에서 뭔가 부서지는 소리가 들렸다. 사다리 꼭대기 부분이 창문을 뚫고 들어와 침대 끝을 부숴버렸다. 누군가 창문으로 들어오고 있었다. 계단을 올라오는 구둣발 소리도 들렸다. 곧이어 검은 제복을 입고 강철 징이 박힌 신발을 신고 손에 곤봉을 든 건장한 사내들이 방을 가득 채웠다.

윈스턴은 더는 떨지 않았다. 심지어 눈동자조차 움직이지 않았다. 단 한 가지 생각뿐이었다. '침착하자. 침착하자. 그들에게 날 때릴 구실을 만들어줘서는 안 돼!' 턱은 마치 격투기 상이라도 받은 이력이 있는 것처럼 생기고 입은 그저 찢어진 구멍처럼 보이는 남자가 윈스턴 바로 앞에 와서 섰다. 엄지와 검지 사이에는 곤봉이 끼워져 있었다. 윈스턴은 남자의 눈을 바라봤다. 손을 머리 뒤로 올리고 얼굴과 몸을 모두 드러낸 채 노출된 기분은 참기가 어려웠다. 남자는 허연 혀끝을 내밀어 입술처럼 보이는 곳을 핥더니 그대로 지나갔다. 또 한 번 뭔가 깨지는 소리가 들렸다. 누군가 탁자에 있던 유리 문진을 벽난로 받침대 돌에 던져 산산조각 내버렸다. 케이크 위에 올리는, 설탕으로 만든 장미꽃 봉오리처럼 생긴 분홍색의 작은 산호 조각이 매트 위로 굴렀다. 윈스턴은 '정말 작구나' 하는 생각이 들었다. 그의 등 뒤에서 숨을 몰아쉬는 소리와 때리는 소리가 들리더니 누군가 강하게 발목을 걷어차는 바람에 하마터면 균형을 잃을 뻔했다. 남자들 가운데 하나가 줄리아의 관자놀이를 주먹으로 때렸다. 그녀는 접이식 자처럼 몸을 반으로 접은 채 숨을 몰아쉬며 바닥에 나뒹굴었다. 윈스턴은 고개를 조금도 돌릴 수 없었지만 헉헉거리는 그녀의 얼굴이 생생하게 눈에 들어왔다. 물론 숨도 못 쉴 만큼 괴로워하는 줄리아만큼은 아니겠지만 두려움에 사로잡힌 윈스턴은 그녀의 고통이 직접 느껴지는 듯했다. 그는 줄리아가 느끼는 고통이 어떤 것인지 알고 있었다. 끔찍하고 괴롭지만 무엇보다 숨을 쉬는 게 우선이었다. 남자 둘이 줄리아의 무릎과 어깨를 잡아 들어 올린 뒤 마치 자루를 옮기듯이 방을 나갔다. 윈스턴은 그녀의 얼굴을 흘끗 바라봤다. 노랗게 질린 채 위아래로 흔들리는 얼굴은 고통으로 일그러져 있고 눈은 감겨 있었다. 뺨에는 아직 연지가 남아 있었다. 그게 윈스턴이 마지막으로 본 줄리아의 모습이었다.

윈스턴은 꼼짝하지 않았다. 아직은 그를 때리는 사람이 없었다. 아무 쓸모 없는 생각이 불현듯 떠올랐다가 사라졌다. 그들이 채링턴 씨를 체포했는지 알고 싶었다. 뜰에 있던 여자가 어떻게 되었는지도 궁금했다. 세 시간 전쯤 화장실을 다녀왔는데도 참을 수 없을 만큼 오줌이 마려운 것이 약간 놀라웠다. 구식 시계가 9시, 그러니까 21시를 가리키고 있었다. 그런데 햇볕이 너무 강했다. 8월의 저녁 21시라면 해가 져야 하지 않았을까? 그는 줄리아와 자신이 시간을 잘못 알고 있었던 것은 아닌가 하는 생각이 들었다. 너무 잠을 많이 자버리는 바람에 시계가 한 바퀴를 돌아 사실은 아침 8시 30분이었는데 20시 30분으로 잘못 생각한 건 아닐까? 하지만 더는 생각하지 않았다. 이제 와서 그것이 무슨 도움이 되겠는가.

복도에서 가벼운 발소리가 들리더니 이윽고 채링턴 씨가 방 안으로 들어왔다. 검은 제복을 입은 남자들의 행동이 갑자기 누그러졌다. 채링턴 씨의 외모가 조금 달라져 있었다. 그의 시선이 깨진 유리 문진 조각으로 향했다. 그가 날카롭게 말했다.

"유리 조각 좀 치워."

한 남자가 몸을 숙이고 명령을 따랐다. 채링턴 씨의 말투에서 런던 사투리가 사라졌다. 윈스턴은 그의 목소리가 조금 아까 텔레스크린에서 흘러나오던 목소리라는 것을 깨달았다. 채링턴 씨는 여전히 검은 벨벳 재킷을 입고 있었지만 백발이던 머리카락이 검은색으로 변해 있었다. 게다가 안경도 끼지 않았다. 그는 윈스턴의 신분을 확인하듯 한 번 날카롭게 바라보더니 더는 관심을 기울이지 않았다. 윈스턴은 그를 알아볼 수는 있었지만 그는 다른 사람이 되어 있었다. 그는 몸을 꼿꼿하게 세우고 있어 예전보다 더 커 보였다. 얼굴이 조금 바뀌었지만 완전히 달라 보였다. 검은 눈썹은 숱이 줄고 주름살도 없었다. 얼굴의 전체 윤곽도 바뀐 것 같았다. 심지어 코도 짧아진 듯 보였다. 서른다섯 살쯤 되어 보이는 빈틈없고 차가운 인상의 남자였다. 윈스턴은 자신이 난생처음 사상경찰의 얼굴을 보고 있다는 사실을 문득 깨달았다.

제 3 부

1장

윈스턴은 자신이 있는 곳이 어딘지 알 수 없었다. 아마도 사랑부일 테지만 확인할 방법은 없었다.

천장이 높고 벽은 번쩍이는 흰색 도자기 벽돌로 만들어진 감방이었다. 창문은 없었고 갓을 씌운 전등이 차가운 빛을 쏟아내고 있었다. 공기를 순환시키는지 윙윙대는 소리가 주기적으로 들려오고 있었다. 문 쪽의 벽을 뺀 나머지 벽에는 겨우 한 사람이 앉을 만한 너비의 의자가 선반처럼 둘러져 있고, 문 맞은편에는 변좌 없는 변기 하나가 놓여 있었다. 텔레스크린은 벽마다 하나씩 모두 네 대가 설치되어 있었다.

윈스턴은 뱃속에서 묵직한 통증을 느꼈다. 사방이 막힌 차량에 실려 이곳으로 호송될 때부터 시작된 통증이었다. 게다가 배도 고팠는데, 마치 뱃속을 쥐어짜는 듯했다. 아무것도 먹지 못한 것이 스물네 시간째인지, 서른여섯 시간째인지 알 길이 없었다. 윈스턴은 자신이 체포된 때가 아침인지 저녁인지도 알 수 없었다. 아마도 영원히 알지 못할 것이다. 그는 체포된 뒤로 아무것도 먹지 못했다.

윈스턴은 무릎 위에서 손을 맞잡은 채 좁다란 의자에 얌전히 앉아 있었다. 그래야 한다는 것을 배웠기 때문이다. 예측하지 못한 행동을 하면 텔레스크린에서 불호령이 떨어졌다. 그가 원하는 것은 빵 한 조각이었다. 당원복 주머니에 빵 부스러기가 조금 있을지 모른다는 생각이 들었다. 이따금 다리에 뭔가 걸렸던 걸 보면 꽤 큰 부스러기일 수도 있다. 마침내 빵을 먹고 싶다는 마음이 두려움보다 더 커졌다. 그는 슬그머니 주머니에 손을 밀어 넣었다. 텔레스크린이 소리쳤다.

"스미스! 6079 스미스 W! 주머니에서 손 빼지 못해!"

윈스턴은 다시 무릎에 양손을 포개고 조용히 앉아 있었다. 여기로 끌려오기 바로 전에는 일반 감방인지, 아니면 순찰병들이 임시로 사용하는 유치장인지 모를 곳으로 이송되었다. 정확하게 얼마인지는 알 수 없지만 몇 시간 정도를 그곳에서 보냈다. 시계도 없고 햇빛도 들지 않아 시간을 가늠할 수가 없었다. 그곳은 소란스럽고 악취가 코를 찔렀다. 지금 그가 있는 감방과 비슷하게 아주 지저분했으며, 열 명에서 열다섯 명의 죄수로 미어터질 듯했다. 그들은 대부분 일반 범죄자였지만 사상범도 몇 명 섞여 있었다. 윈스턴은 더러운 죄수들에게 이리 치이고 저리 치이면서 벽에 조용히 기대앉아 있었다. 두려움과 복통 탓에 주위에 신경 쓸 겨를이 없었지만 당원 출신 죄수와 일반 죄수의 행동이 놀랄 만큼 다르다는 것은 알 수 있었다. 당원들은 모두 조용하고 겁에 질려 있었지만 일반 죄수들은 다른 사람들을 전혀 거리낌 없이 대했다. 그들은 경비원에게 욕을 퍼붓고, 물건을 빼앗기면 맞받아 공격하고, 바닥에 외설스러운 낙서를 하고, 옷 속 어딘가에서 어떻게 숨겨왔는지 모를 음식을 꺼내 먹기도 했다. 심지어 명령을 내리는 텔레스크린에 대고 고함을 지르기도 했다. 한편 간수들과 친하게 지내는 이들도 있어서 그들의 별명을 부르거나 개구멍으로 담배를 얻어내려 애쓰기도 했다. 간수들 또한 일반 죄수에게는 거칠게 다뤄야 할 때도 너그러운 태도를 보였다. 대부분의 죄수가 앞으로 이송될 노동교화소 이야기를 자주 입에 올렸다. 그곳에서도 인맥을 쌓고 줄을 잘 잡으면 '문제없다'는 것이다. 온갖 뇌물과 특혜 그리고 협박이 난무하고, 동성애와 매춘도 있으며, 감자에서 뽑아낸 불법 밀주까지 있다고 했다. 중요한 자리는 일반 죄수, 그중에서도 특히 강도와 살인범이 차지하는데 그들은 귀족이나 마찬가지라고 설명했다. 갖은 더러운 일은 정치범이 맡아서 한다는 소리도 들었다.

감방에는 마약상이나 강도, 도둑, 암시장 상인, 주정뱅이, 매춘부 등 온갖 죄수들이 드나들었다. 주정뱅이 몇몇은 너무 거칠어 다른 죄수들 여럿이 힘을 합쳐 진정시켜야 했다. 한번은 예순 살쯤 되어 보이는 덩치 큰 여자가 간수 네 명에게 들려 감방으로 옮겨졌다. 그녀는 가슴이 커다랗고 흰 머리카락이 두꺼운 철사처럼 사방으로 뻗쳐 있었다. 여자는 계속해서 발길질을 하고 고함을 질러대면서 발버둥을 쳤다. 간수들은 발길질을 하는 여자 발에서 부츠를 벗긴 다음 윈스턴의 무릎 위로 그녀를 내동댕이쳤다. 윈스턴은 허벅지 뼈가 부러질 것처럼 아팠다. 여자는 몸을 똑바로 펴더니 간수들에게 "이 육시랄 놈들아!" 하고 소리를 질렀다. 그러고는 곧 자신이 평평하지 못한 어딘가에 앉아 있다는 사실을 깨닫고 윈스턴의 무릎에서 내려와 의자에 앉았다. 그녀가 말했다.

"미안하오, 아저씨. 당신 위에 앉을 생각은 아니었다오. 저 놈들 때문이지. 숙녀를 대접할 줄 모르는 멍청한 놈들이야, 안 그러오?"

여자는 가슴을 두드리더니 트림을 했다.

"미안해. 이럴 생각은 아니었는데. "

그녀가 몸을 앞으로 굽히더니 바닥에 토사물을 쏟아냈다. 그러고는 눈을 감고 몸을 뒤로 기대며 말했다.

"이제 좀 낫네. 절대 참으면 안 되거든. 내 말은 토해야 위가 깨끗해진다는 거야."

여자가 눈을 뜨고 윈스턴을 바라보더니 갑자기 그가 마음에 든 듯 커다란 팔을 그의 어깨에 올리고 끌어당겼다. 맥주와 토사물 냄새가 그의 얼굴에 확 풍겼다. 그녀가 물었다.

"아저씬 이름이 뭐지?"

윈스턴이 대답했다.

"스미스요."

"스미스? 웃기네. 내 이름도 스미스인데, 그럼……."

여자는 감상적으로 덧붙였다.

"내가 당신 엄마일 수도 있겠네!"

윈스턴은 그럴 수도 있다는 생각이 들었다. 여자는 그의 어머니와 나이나 키가 얼추 비슷했다. 노동교화소에서 20년을 보내고 나면 사람이 크게 달라질 수도 있을 테니 말이다.

여자 말고는 윈스턴에게 말을 붙이는 사람이 없었다. 일반 죄수들은 놀랄 정도로 당 출신 죄수들을 무시했고, 경멸하는 말투로 '정치범'이라 불렀다. 당 출신 죄수들은 누구에게도 말 붙이는 것을 두려워했고, 무엇보다 서로 말하는 것을 피했다. 윈스턴은 딱 한 번 여성 당원 둘이 의자에 붙어 앉아 주위가 소란스러운 틈을 타 급하게 속삭이는 단어 몇 개를 들을 수 있었다. 특히 '101호실' 이야기를 했는데 무슨 뜻인지는 알 수 없었다.

새로운 감방에 갇힌 것은 두어 시간 전이었다. 뱃속에서 느껴지는 묵직한 복통은 사라지지 않고 심해졌다가 잦아들기를 되풀이했고, 그때마다 윈스턴의 생각도 넓어졌다가 좁아지곤 했다. 고통이 심해지면 아픔과 배고픔 말고는 아무것도 생각나지 않았다. 그러다 좀 견딜 만해지면 두려움에 사로잡혔다. 곧 벌어질 일을 떠올리면 가슴이 뛰고 숨이 가빠졌다. 마치 곤봉으로 팔꿈치를 얻어맞고 징 박힌 구두로 정강이를 걷어차이는 듯한 기분이 들었다. 그는 이가 부러진 채 살려달라면서 바닥을 기어 다니는 자신의 모습을 상상할 수 있었다. 줄리아 생각은 거의 들지 않았다. 그녀를 사랑하고 절대 배신하지 않겠다는 다짐은 수학 연산식처럼 그저 하나의 지식에 지나지 않았다. 그녀에 대한 절절한 사랑도 느껴지지 않았고 그녀에게 무슨 일이 일어났는지도 궁금하지 않았다. 오히려 윈스턴은 꺼질 것 같은 희망을 가슴에 품고 오브라이언을 더 자주 떠올렸다. 오브라이언은 윈스턴이 체포된 사실을 알고 있을 것이다. 그는 브라더후드가 절대 단원을 구하지 않는다면서 면도날에 대해 이야기했다. 할 수만 있다면 그들이 면도날을 보내주리라. 간수가 감방으로 달려올 때까지 5초 정도 여유가 있을 것이다. 면도날은 그의 몸을 타는 듯이 예리하게 벨 것이고, 면도날을 쥐고 있는 그의 손가락도 뼛속까지 자를 것이다. 윈스턴은 몸이 약해 골골하던 자신의 몸뚱이에 온 정신이 쏠렸다. 아주 작은 고통에도 온몸을 떨던 그였다. 기회가 있다고 해도 면도날을 사용할 수 있을지 확신이 서지 않았다. 버텨봤자 고문밖에 남아 있는 게 없더라도 10분이라도, 아니 한순간만이라도 목숨을 연명하는 것이 당연해 보였다.

윈스턴은 종종 감방 벽에 붙어 있는 도자기 벽돌의 숫자를 세어보려고 노력했다. 분명 쉬운 일이었지만 언제나 중간쯤에 숫자를 잊어버리곤 했다. 그보다는 여기가 어디일까, 지금은 몇 시일까 하는 궁금증이 더 자주 들었다. 한순간 바깥이 밝은 대낮일 거라고 여기다가 다음 순간은 칠흑 같은 어둠 속일 거라고 생각했다. 그는 감방에 불이 꺼질 일이 없으리라는 사실을 본능적으로 알고 있었다. 이곳은 어둠이 없는 장소였다. 그제야 윈스턴은 오브라이언이 자신의 꿈속에서 암시했던 말을 이해했다. 사랑부에는 창문이 없었다. 자신이 있는 감방이 건물 한가운데에 있는지, 벽 바로 안쪽에 있는지, 또 지하 10층에 있는지, 지상 30층에 있는지 알 길이 없었다. 윈스턴은 머릿속으로 이곳저곳을 더듬으면서 자신의 몸이 공중에 높이 떠 있는지, 지하 깊숙한 곳에 묻혀 있는지를 가늠해보려 했다.

밖에서 발소리가 들렸다. 철문이 철컹 소리를 내면서 열리더니 말쑥하게 검은 제복을 차려입은 젊은 관리가 군더더기하나 없는 동작으로 감방 안으로 들어왔다. 그가 입은 반들반

들한 가죽옷 덕분에 온몸이 반짝거리는 것처럼 보였고, 얼굴은 밀랍처럼 창백하고 표정이 없었다. 그는 밖에 있는 간수들에게 죄수를 안으로 들여보내라고 손짓했다. 시인인 앰플포스가 비틀거리면서 감방 안으로 들어왔다. 철컹거리는 소리와 함께 다시 문이 닫혔다.

앰플포스는 밖으로 나갈 수 있는 또 다른 문이 있다고 믿는 사람처럼 이쪽에서 저쪽으로 불안하게 두리번대더니 곧 서성거리기 시작했다. 아직 윈스턴의 존재를 깨닫지 못한 듯했다. 불안해 보이는 그의 시선은 윈스턴의 머리에서 1미터쯤 위의 벽을 바라보고 있었다. 신발도 신지 못한 채 커다랗고 더러운 발가락이 구멍 난 양말 밖으로 삐죽 나와 있었다. 며칠째 면도도 하지 못한 듯했다. 덥수룩한 수염이 뺨까지 자란 얼굴과 키가 크고 마른 몸집, 신경질적인 움직임 때문에 괴상한 흉악범 같은 인상을 풍겼다.

기운이 빠져 있던 윈스턴은 조금이나마 힘을 냈다. 텔레스크린이 고함을 치더라도 앰플포스에게 말을 걸어야겠다고 마음먹었다. 그가 면도날을 갖고 있을지도 모른다는 생각이 들었다. 윈스턴이 말했다.

"앰플포스."

텔레스크린에서는 아무 소리도 나지 않았다. 앰플포스는 멈칫하더니 조금 놀란 표정으로 천천히 윈스턴에게 시선을 고정했다. 그가 말했다.

"오, 윈스턴! 자네도!"

"여긴 어떻게 왔나?"

앰플포스는 윈스턴의 맞은편 의자에 불편하게 앉으면서 말을 이었다.

"사실은…… 한 가지 잘못했어. 그거 말이야."

"자네가 저지른 건가?"

"분명 잘못은 저질렀어."

앰플포스는 뭔가를 기억하려는 듯 이마에 한 손을 올리고 잠깐 관자놀이를 눌렀다. 그러고는 막연하게 이야기를 시작했다.

"어쩔 수 없었거든. 그중 하나가 기억나는데…… 아마 그것 때문일 거야. 분명 경솔한 행동이었지. 우리는 키플링의 시 최종본을 만들고 있었어. 그런데 내가 마지막 구절에 '신(God)'이라는 단어를 그냥 남겨두었지. 어쩔 수가 없었어!"

그는 이제 거의 화를 내다시피 하면서 고개를 들고 윈스턴을 바라봤다.

"그 행은 고칠 수 없었어. 운이 '막대기(rod)'였다고. 자네도 알겠지만 그 단어와 운이 맞는 건 열두 단어뿐이지 않나? 며칠 동안 고심해봤지만 다른 단어는 없었어."

앰플포스의 표정이 바뀌었다. 분노가 사라지고 즐거워하는 듯한 표정이 나타났다. 쓸모없는 것을 찾아낸 현학자의 기쁨과 비슷한 지적 온화함이 더럽고 꾀죄죄한 그의 얼굴에서 풍겨 나왔다. 앰플포스가 말했다.

"자네는 이런 생각을 해본 적 있나? 영국 시문학은 영어의 운이 모자라기 때문에 나름의 특징이 생겼다는 걸 말이야."

윈스턴은 그런 생각은 해본 적이 없었다. 게다가 지금과 같은 상황에서 그런 것은 중요하지도, 흥미롭지도 않았다. 그가 물었다.

"혹시 지금 몇 시인지 알고 있나?"

앰플포스는 또 한 번 깜짝 놀라며 대답했다.

"그 생각은 해보지 못했네. 내가 체포된 건 이틀이나 사흘 전쯤이었던 것 같아."

그는 어딘가에 창문이 있기라도 한 듯 벽을 둘러봤다.

"여기선 밤낮의 차이가 없겠군. 시간을 가늠할 수가 없겠어."

두 사람은 몇 분 동안 이야기를 계속 나눴다. 그 순간 텔레스크린에서 뚜렷한 이유도 없이 조용히 하라는 호통이 터져 나왔다. 윈스턴은 말없이 앉아 무릎 위에 양손을 포갰다. 좁은 의자에 앉기에는 몸집이 너무 큰 앰플포스는 몸을 이쪽저쪽으로 비비 꼬면서 손을 한쪽 무릎에 올려놓았다가 다른 쪽 무릎에 올려놓았다가 하며 어쩔 줄 몰랐다. 텔레스크린에서는 그에게 가만히 있으라고 으르렁거렸다. 시간이 계속 흘렀다.

20분인지 한 시간인지 판단하기가 쉽지 않았다. 또 한 번 밖에서 발소리가 들렸다. 윈스턴은 뱃속이 오그라드는 듯했다. 곧, 이제 곧, 어쩌면 5분 안에, 아니면 지금 당장 그의 차례라는 걸 알려주는 발소리인 것만 같았다.

문이 열리더니 냉철한 얼굴의 젊은 관리가 감방 안으로 들어왔다. 그는 짧은 손동작으로 앰플포스를 가리키며 말했다.

"101호실로."

앰플포스는 간수들 사이에 끼어 비틀거리며 걸어 나갔다. 그의 얼굴은 도통 이해하지 못하겠다는 듯 막연하게 동요하고 있었다.

아주 오랜 시간이 흐른 듯했다. 윈스턴은 다시 배가 아프기 시작했다. 그의 정신은 같은 궤도를 회전하는 공처럼 똑같은 곳을 맴돌고 있었다. 그가 생각하는 것은 단 여섯 가지, 즉 복통, 빵 한 조각, 피와 비명, 오브라이언, 줄리아 그리고 면도날 뿐이었다. 배에서 또 한 번 경련이 일어났다. 무거운 구둣발소리가 가까워지고 있었다. 문이 열리자 바깥 공기와 섞여 식어버린 땀 냄새가 흘러들었다. 파슨스가 감방 안으로 들어왔다. 그는 카키색 반바지와 운동 셔츠를 입고 있었다.

윈스턴은 이번만큼은 자신이 누구인지도 잊을 만큼 깜짝 놀랐다. 그가 외쳤다.

"자네가 여기 오다니!"

파슨스가 윈스턴을 흘끗 쳐다봤다. 그의 시선에는 흥미로움도, 놀라움도 없었다. 비참한 기색만이 담겨 있었을 뿐이다. 그는 부산스럽게 감방 안을 돌아다녔다. 가만히 앉아 있을 수 없는 게 분명했다. 무릎을 펼 때마다 부들부들 떨리고 있었다. 마치 방 한가운데 있는 무언가에서 시선을 뗄 수 없다는 듯 눈을 크게 뜨고 바라봤다. 윈스턴이 물었다.

"어떻게 들어오게 된 거야?"

"사상범죄야!"

파슨스가 거의 울다시피 하면서 대답했다. 그의 목소리는 자신의 유죄를 완전히 인정하면서도 그 단어가 자신에게 적용된다는 것 때문에 커다란 공포에 사로잡혀 있었다. 파슨스는 윈스턴 바로 앞에서 걸음을 멈추고 열렬히 호소하기 시작했다.

"날 총살하지는 않겠지? 그렇지, 동지? 아무것도 하지 않았는데 총살하진 않을 거야……. 그냥 생각뿐이었다고. 그건 어쩔 수 없는 거잖아? 당이 공정하게 처리할 거야. 나는 당을 믿는다고! 내 기록을 다 알고 있을 거야, 안 그래? 동지도 내가 어떤 사람인지 알지? 절대 나쁜 짓은 안 한다고. 난 똑똑하진 않지만 열성적이었어. 당을 위해 온 힘을 다했어, 안 그래? 5년쯤이면 될 거야, 그렇지? 아니 10년이려나? 나 같은 사람은 노동교화소에서도 아주 쓸모 있을 거야. 한 번 잘못했다고 총살하기야 하겠어?"

윈스턴이 물었다.

"자네는 유죄인가?"

"물론 유죄지! 당이 죄 없는 사람을 체포하겠어?"

파슨스는 아첨하듯이 텔레스크린을 흘끗 쳐다보면서 외쳤다. 그의 개구리 같은 얼굴이 침착해지더니 조금 엄숙한 표정이 되었다. 그러더니 딱딱하게 말했다.

"사상범죄는 끔찍한 거야, 동지. 음흉한 거지. 알지도 못하는 사이에 사람을 꾀어내. 언제 날 꾀어냈는지 알아? 내가 잠이 들었을 때야! 그래, 그랬어. 나는 맡은 일을 열심히 해냈어. 내 머릿속에 그 못된 게 들어 있는지 전혀 몰랐다고. 그런데 내가 잠꼬대를 시작한 거야. 글쎄 뭐라고 했는지 알아?"

파슨스는 의학적인 이유로 치부를 드러내는 사람처럼 속삭였다.

"'빅 브라더를 타도하자!' 그래, 내가 그랬어! 한 번도 아니고 여러 번이나. 동지니까 하는 말인데, 내가 더 타락하기 전에 잡혀서 다행이야. 내가 법정에서 뭐라고 말할지 알아? '감사합니다. 더 늦기 전에 절 구해주셔서 감사합니다'라고 말할 거야."

윈스턴이 물었다.

"누가 자네를 고발했나?"

파슨스가 우울하지만 자랑스러운 듯 대답했다.

"막내딸이야. 열쇠 구멍으로 엿들었지. 내가 하는 말을 듣고 다음 날 순찰병에게 알렸더군. 일곱 살짜리치곤 꽤 똑똑해, 그렇지? 딸애한테 불만은 없어. 사실은 자랑스러워. 어쨌거나 딸아이는 바르게 키운 셈이니까."

파슨스는 변기를 흘끔거리면서 몇 번이고 감방 안을 왔다 갔다 했다. 그가 말했다.

"미안해, 동지. 더는 못 참을 것 같아. 아까부터 참았거든."

파슨스가 변기 위에 커다란 엉덩이를 걸치자 윈스턴은 양손으로 얼굴을 가렸다. 그러자 텔레스크린에서 큰 소리가 흘러나왔다.

"스미스! 6079 스미스 W! 얼굴에서 손 떼! 감방 안에서는 얼굴을 가려선 안 돼!"

윈스턴이 얼굴에서 손을 뗐다. 파슨스는 요란한 소리와 함께 질펀하게 변기를 사용했다. 그런데 변기 손잡이에 문제가 있었다. 그 뒤 감방 안에서는 몇 시간이나 악취가 진동했다.

파슨스는 다른 감방으로 옮겨갔다. 신기하게도 죄수들 여럿이 계속 감방을 들락거렸다. 여자 죄수 하나는 '101호실'을 배정받았는데, 그 말을 듣자마자 그녀의 몸이 부들부들 떨리기 시작하고 얼굴은 새하얗게 질렸다. 만약 윈스턴이 아침에 이곳에 왔다면 지금은 오후가 되었을 시간이고, 오후에 왔다면 자정이 되었을 시간이 되자 감방 안에는 남자와 여자를 합쳐 여섯 명만 남아 있었다. 모두 꼼짝 않고 가만히 앉아 있었다. 윈스턴 맞은편에는 턱이 없이 이가 다 드러나 보이는 남자가 앉아 있었다. 커다란 쥐를 닮았으나 남에게 해를 끼치지는 않을 것 같은 얼굴이었다. 통통하고 얼룩덜룩한 점이 있는 그의 뺨은 밑부분이 불룩해서 마치 그 안에 음식을 숨겨놓은 것처럼 보였다. 그는 겁에 질린 창백한 회색 눈동자로 재빨리 사람들의 눈치를 살피더니 곧 아무하고도 눈을 마주치려 하지 않았다.

문이 열리더니 또 다른 죄수가 감방 안에 모습을 드러냈다. 그 순간 윈스턴은 오싹 소름이 끼쳤다. 그는 평범한 기술자처럼 보이는 사람이었다. 하지만 놀랄 정도로 얼굴이 수척했다. 마치 앙상한 해골만 남은 것 같았다. 살이라곤 하나도 없어 입과 눈이 얼굴에 맞지 않게 아주 커다래 보였다. 눈동자에서는 누군가 또는 무언가에 대한 살기와 증오가 느껴졌다.

남자는 윈스턴한테서 조금 떨어진 의자에 앉았다. 윈스턴은 남자를 두 번 다시 쳐다보지 않았다. 하지만 일그러진 해골 같은 남자의 얼굴이 너무나 생생해 마치 계속 그의 눈을 들여다보고 있는 듯한 기분이 들었다. 문득 윈스턴은 그 이유를 깨달았다. 남자는 굶어 죽어가고 있었던 것이다. 감방 안에 있는 사람들에게 거의 동시에 같은 깨달음이 퍼져나갔다. 의자에 앉은 죄수들 사이에서는 작은 동요가 일었다. 턱 없는 남자의 눈동자는 해골 같은 얼굴의 남자를 흘끔흘끔 쳐다보다가 미안한 듯 다른 곳으로 향했고, 또다시 어쩔 수 없다는 듯 그의 얼굴로 되돌아왔다. 턱 없는 남자는 안절부절못하다가 마침내 자리에서 일어나 뒤뚱뒤뚱 걸어가더니 부끄러운 낯빛으로 당원복 주머니에서 빵 한 조각을 꺼내 해골 같은 얼굴의 남자에게 내밀었다.

그때 텔레스크린에서 귀가 떨어져 나갈 듯한 불호령이 들렸다. 턱 없는 남자는 화들짝 놀랐고, 해골 같은 얼굴의 남자는 빵을 받지 않겠다고 온 세상에 선언이라도 하듯 두 손을 재빨리 등 뒤로 숨겼다. 텔레스크린에서 계속 고함이 들렸다.

"범스테드! 2713 범스테드 J! 당장 빵을 버려!"

턱 없는 남자는 바닥에 빵을 떨어뜨렸다. 텔레스크린에서 남자에게 명령을 내렸다.

"그 자리에 꼼짝 말고 서 있어. 얼굴을 문 쪽으로 하고 움직이지 마!"

턱 없는 남자는 명령을 따랐다. 주머니처럼 생긴 그의 뺨이 통제되지 않는 듯 떨리고 있었다. 철컹거리는 소리와 함께 문이 열렸다. 젊은 관리가 안으로 들어와 옆으로 서자 그 뒤로 키가 작지만 어깨와 팔이 다부져 보이는 간수가 불쑥 나타났다. 그 간수는 턱 없는 남자의 맞은편에 섰다. 관리가 신호를 보내자 간수는 몸의 체중을 모두 실어 턱 없는 남자의 입으

로 주먹을 날렸다. 충격을 받은 남자는 바닥으로 나뒹굴다시
피 쓰러졌다. 그의 몸은 감방을 가로질러 변기 밑까지 날아갔
다. 한동안 그는 죽은 듯이 꼼짝 않고 누워 있었다. 입과 코에
서 검붉은 피가 줄줄 흘러나왔다. 무의식중에 신음인지, 끙끙
대는 소리인지 알 수 없는 작은 소리가 새어나왔다. 곧 턱 없
는 남자는 비틀거리면서 몸을 굴려 손과 무릎으로 일어났다.
피와 침이 섞여 흘러나오는 그의 입에서 두 동강 난 틀니가 떨
어졌다.

죄수들은 무릎에 두 손을 올린 채 꼼짝 않고 앉아 있었다.
턱 없는 남자는 자기 자리로 기어가 의자에 앉았다. 얼굴 한쪽
이 시커멓게 멍들어 있었다. 입은 모양을 알 수 없는 덩어리처
럼 붉게 부어올랐는데, 마치 얼굴 한가운데 뚫려 있는 검은 구
멍처럼 보였다.

가끔 그의 당원복 가슴 위로 피가 한 방울씩 떨어졌다. 죄의
식에 사로잡힌 잿빛 눈동자는 쉴 새 없이 사람들의 눈치를 살
폈다. 마치 다른 이들이 자신을 얼마나 비웃는지 알아보려는
것 같았다.

다시 문이 열렸다. 관리가 짧은 손짓으로 해골 같은 얼굴의
남자를 가리키면서 말했다.

"101호실로."

윈스턴의 옆에서 숨을 들이마시는 소리와 함께 한바탕 소

동이 일었다. 해골 같은 얼굴의 남자는 말 그대로 마룻바닥에 무릎을 꿇고 손을 모은 채 빌고 있었다. 그가 울부짖었다.

"동지, 관리 동지! 그곳만은 안 됩니다! 이미 모든 걸 말했잖아요? 뭘 더 알고 싶은가요? 더는 자백할 게 없습니다. 아무것도 없어요! 그냥 자백해야 할 걸 말해주세요. 진술서를 쓰고 서명도 하겠습니다. 뭐든지 할게요! 101호실만은 안 됩니다!"

관리가 말했다.

"101호실로."

이미 창백했던 그 남자의 얼굴은 믿기지 않을 정도로 더욱 창백해졌다. 그의 얼굴색은 분명 초록빛이었다.

"무슨 벌이든 받겠습니다. 이미 몇 주나 굶었잖아요. 이제 그만 끝내요. 날 죽여요. 총살해도 좋고 교수형을 시켜도 좋아요. 20년형도 좋아요. 또 누군가 끌어들이고 싶은 사람이 있나요? 말만 해요. 원하는 이름을 다 불어줄 테니까. 누구든 상관없고 당신들이 그들에게 무슨 짓을 해도 상관없어요. 난 아내와 세 아이가 있어요. 제일 큰애가 여섯 살도 안 됐죠. 그들을 데려다 내 눈앞에서 멱을 따요. 그래도 참고 보겠습니다. 하지만 101호실만은 안 돼요!"

관리가 말했다.

"101호실로."

남자가 얼이 빠진 듯 감방 안의 죄수들을 둘러봤다. 마치 자신을 대신할 희생양을 찾고 있는 듯했다. 그의 눈은 턱 없는 남자의 상처 입은 얼굴에서 멈췄다. 그는 빼빼 마른 팔로 턱 없는 남자를 가리키며 외쳤다.

"101호실로 가야 할 건 저 사람이야. 내가 아니라고! 간수에게 얼굴을 얻어맞고 저 사람이 뭐라고 하는지 못 들었나요? 내게 기회를 주면 한 마디도 빼놓지 않고 다 말할게요. 당에 대항하는 사람은 바로 저자야. 내가 아니라고!"

간수가 앞으로 걸어 나왔다. 해골 같은 얼굴의 남자는 목소리를 높이다 못해 악을 썼다.

"저 사람이 하는 말을 못 들었잖아!"

그 남자는 같은 말을 되풀이했다.

"텔레스크린에 문제가 있는 게 틀림없어. 당신이 원하는 사람은 저자라고. 내가 아니라 저자를 끌고 가란 말이야!"

다부진 몸집의 간수 둘이 해골 같은 얼굴의 남자 팔을 잡으려고 몸을 굽혔다. 그 순간 남자가 바닥으로 몸을 날려 의자를 받치고 있던 강철 다리들 가운데 하나를 움켜쥐었다. 그는 이제 말을 하는 대신 짐승처럼 울부짖기 시작했다. 간수들은 의자 다리에서 남자를 떼어내려고 했지만 그는 놀라운 힘으로 버텼다. 아마 20초 정도 간수들이 남자를 끌어당긴 것 같았다. 다른 죄수들은 무릎에 두 손을 올린 채 조용히 앉아 눈앞에서 벌어지는 일을 바라보고 있었다. 남자의 울부짖는 소리가 멎었다. 버티는 것 말고는 숨 쉴 힘조차 남아 있지 않은 듯했다. 그 순간 지금까지와는 다른 비명이 들렸다. 간수가 발로 남자의 손가락을 부러뜨려 버린 것이다. 간수들이 남자의 발을 끌어당겼다. 관리가 말했다.

"101호실로."

해골 같은 얼굴의 남자는 싸울 힘을 모두 잃어버린 듯 고개를 떨어뜨리고 다친 손가락을 어루만지며 비틀비틀 밖으로 끌려나갔다.

아주 긴 시간이 흘렀다. 해골 같은 얼굴의 남자가 끌려나갔을 때가 한밤중이었다면 아침이 되었을 시간이고, 아침이었다면 오후가 되었을 시간이었다. 윈스턴은 혼자였다. 몇 시간이나 혼자 있어야 했다. 그는 비좁은 의자에 앉아 있는 게 고통스러워 종종 일어나 감방 안을 걸어 다녔다. 텔레스크린에서는 아무 소리도 들리지 않았다. 턱 없는 남자가 떨어뜨린 빵이 여전히 바닥에 놓여 있었다. 처음에는 빵을 보지 않으려고 무던히 애썼지만 곧 허기보다 갈증이 더 급해졌다. 입이 바짝 마르고 입안에서는 쓴맛이 났다. 윙윙거리는 소리와 새하얀 전등 빛 탓에 머릿속이 텅 빈 듯했다. 뼈마디가 쑤셔 더는 참지 못하고 일어나면 곧 어지러워 자리에 앉아야 했다. 몸이 버틸 만할 때는 공포가 되살아났다. 점점 희미해지는 희망 속에서 오브라이언과 면도날을 떠올렸다. 음식이 주어진다면 그

속에 면도날이 숨겨져 있을지도 모른다. 아주 흐릿하게 줄리아도 생각났다. 어딘가에서 그보다 더 심한 고통을 겪고 있을 것이다. 지금 이 순간 고통에 찬 비명을 지르고 있을지도 모른다. 그는 '내가 두 배의 고통을 겪고 줄리아를 구할 수 있다면 그렇게 할 수 있을까? 그래, 아마 할 수 있을 거야'라고 생각했다. 하지만 그렇게 해야 한다는 생각에 머릿속으로 내린 결정이었을 뿐이다. 실제로는 그렇게 느껴지지 않았다. 감방 안에서 느껴지는 것은 현재의 고통과 곧 다가올 고통에 대한 예감뿐이었다. 게다가 실제로 고통을 느낄 때도 더 많은 고통을 참고 버텨내겠다고 말할 수 있을까? 아직은 대답할 수 없는 문제였다.

또 다른 발소리가 가까워지고 있었다. 문이 열리고 오브라이언이 들어왔다.

윈스턴은 벌떡 일어섰다. 오브라이언의 모습을 보자마자 너무 놀라 조심해야 한다는 사실도 잊어버렸다. 윈스턴은 몇 년 만에 처음으로 텔레스크린의 존재마저 잊어버린 채 소리쳤다.

"당신도 체포되었군요!"

"나는 오래전에 체포되었지."

오브라이언은 온화하면서도 약간은 미안한 듯 냉소를 담아 대답했다. 그가 옆으로 비켜섰다. 오브라이언의 뒤에서 가슴팍이 널따란 간수가 손에 검은색 곤봉을 들고 나타났다. 오브라이언이 말했다.

"윈스턴, 자네는 알고 있었지. 자신을 속이려 들지 말게. 알고 있었을 테니까……. 언제나 알고 있었을 거야."

그래, 이제는 알 수 있었다. 윈스턴은 늘 알고 있었다. 하지만 생각할 시간이 없었다. 그의 눈길은 온통 간수 손에 들린 곤봉에 쏠려 있었다. 머리, 귓바퀴, 팔, 팔꿈치…… 곤봉이 어디를 내리칠지 몰랐다.

곤봉은 윈스턴의 팔을 내리쳤다! 그는 온몸이 마비된 듯 무릎을 꿇고 주저앉았다. 얻어맞은 팔꿈치를 다른 팔로 감싸 안았다. 눈앞이 노래졌다. 겨우 한 대 맞았을 뿐인데 이렇게 아프다니 믿기지가 않았다. 눈앞의 노란빛이 사라지면서 자신을 내려다보고 있는 두 사람이 보였다. 간수는 고통스럽게 몸을 비트는 윈스턴을 바라보며 웃고 있었다. 어쨌거나 의문은 풀렸다. 절대로 더 많은 고통을 참고 버텨내겠다고 말할 수는 없었다. 고통은 무조건 끝내야 했다. '육체의 고통 앞에서 영웅은 없다, 영웅은 없다.' 윈스턴은 움직이지 않는 왼쪽 팔을 덧없이 부여잡고 마룻바닥에서 몸을 비틀며 생각하고 또 생각했다.

2장

윈스턴이 누워 있는 곳은 간이침대와 비슷했다. 다만 조금 더 높은 데다 몸이 어딘가에 묶여 있었다. 다른 곳보다 더 강한 빛이 그의 얼굴로 쏟아졌다. 옆에서 오브라이언이 그를 유심히 들여다보고 있었다. 맞은편에는 흰 가운을 입은 남자가 주사기를 들고 서 있었다.

눈을 떴지만 주변이 얼른 시야에 들어오지 않았다. 마치 깊은 바닷속 다른 세계에서 방으로 헤엄쳐 오고 있는 듯한 기분이었다. 얼마나 오랫동안 기절해 있었는지 알 수 없었다. 체포되고 나서 윈스턴은 어둠도, 햇빛도 보지 못했다. 게다가 기억도 군데군데 끊겼다. 의식, 그것도 잠자면서 느끼는 것 같은 의식이 아예 사라졌다가는 전혀 알 수 없는 공백 뒤에 다시 이어지곤 했다. 그 공백의 사이가 며칠인지 또는 몇 주나 몇 초인지도 알 길이 없었다.

처음 팔꿈치를 얻어맞고 나서부터 악몽이 시작되었다. 윈스턴은 그때까지 겪었던 일이 모두 시작에 지나지 않았다는 것을 깨달았다. 그것은 모든 죄수가 거치는 일상적인 심문 과정이었다. 죄수들은 모두 간첩죄, 사보타주 등 다양한 죄를 고백해야 했다. 자백은 형식적인 것일 뿐이고 고문은 실제였다. 몇 번이나 매를 맞았는지, 얼마나 오랫동안 매질이 이어졌는지도 기억할 수 없었다. 언제나 검은 제복을 입은 남자 대여섯 명이 한꺼번에 그를 내리쳤다. 주먹으로 맞을 때도 있고 곤봉으로 맞을 때도 있었다. 때론 강철봉으로 맞기도 하고 구둣발로 걷어차이기도 했다. 부끄러움을 모르는 동물처럼 윈스턴은 몇 번이고 바닥에 몸을 굴리고, 끊임없이 몸을 비틀며 헛되이 발길질을 피하곤 했다. 그러다가 갈비뼈와 배, 팔꿈치, 정강이, 사타구니, 고환, 명치에 더 많은 발길질을 당했다. 매질이 계속될수록 그는 정말로 잔인하고 사악하고 용서할 수 없는 행동은 간수가 자신을 때리는 것이 아니라 얻어맞으면서도 스스로 의식을 잃도록 놔두지 않는 것이라는 생각마저 들었다. 그는 공포에 질려 매질이 시작되기도 전에 살려달라고 빌기도 하고, 때리지는 않고 주먹만 휘둘러도 실제 범죄뿐 아니라 상상 속 범죄까지 털어놓기도 했다. 물론 아무것도 자백하지 않겠다고 다짐하기도 했다. 하지만 고통에 숨을 헉헉거리면서 아무 단어나 내뱉을 때가 많았다. 때론 나약하게 이렇게 타협해보려고도 했다. '자백해야지. 하지만 지금은 아니야. 더는 참지 못할 때까지 버텨보자. 세 번 더, 두 번 더 발길질을 당해보자. 그다음에 원하는 대로 자백해주겠어.' 제대로 서지 못할 정도로 매를 맞고 감방의 차가운 돌바닥에 감자 부대처럼 널브러져서 몇 시간이고 정신을 잃었다가 다시 끌려나가 매를 맞을 때도 있었다. 매를 맞는 시간보다 회복하는 시간이 더 길었다. 하지만 이 시간에 대한 기억은 흐릿했다. 대부분 잠들었거나 인사불성 상태였기 때문이다. 윈스턴은 널빤지 침대가 선반처럼 벽에서 삐죽 튀어나와 있던 감방을 기억했다. 양은 세숫대야와 뜨거운 수프, 빵 그리고 가끔 나오는 커피를 곁들인 식사도 기억했다. 분명 이발사가 와서 면도를 해주고 머리를 잘라준 것도 기억났다. 또 흰 가운을 입은 남자가 동정심이라곤 조금도 없는 사무적인 태도로 그의 맥박을 재고, 반사신경을 확인하고, 눈꺼풀을 뒤집어보고, 거친 손길로 부러진 뼈를 확인하고, 팔뚝에 주삿바늘을 꽂아 잠들게 했던 것도 기억났다.

매질이 점점 줄어들고 그 대신 제대로 대답하지 않으면 다시 고문실로 보내겠다는 위협과 공포가 늘어났다. 윈스턴을 심문하는 사람은 검은 제복을 입은 깡패 같은 간수가 아니라 땅딸막한 몸집에 안경을 쓰고 동작이 빠른 당의 지식인으로 바뀌었다. 새로운 심문자들은 번갈아 가며 열 시간에서 열두 시간씩(윈스턴의 짐작일 뿐 확실하지 않았다) 그를 심문했다. 이들도 윈스턴에게 약하게 매질을 했지만 그보다는 다른 심문 방법을 썼다. 뺨을 때리고, 귀를 비틀고, 머리카락을 잡아당기고, 한 발로 서 있게 하고, 소변을 참게 하고, 눈물이 날 때까지 얼굴에 강한 빛을 비추게 했다. 이들의 목적은 윈스턴에게 모욕을 주어 따지거나 합리적으로 생각하지 못하게 하려는 것이었다. 이들의 진짜 무기는 몇 시간이고 이어지는 무자비한 심문이었다. 끊임없이 꼬투리를 잡고, 함정을 파놓고, 하는 말마다 비꼬거나 거짓 또는 자기모순이라 몰아붙여 수치심과 피곤함을 느끼고 울음을 터뜨리게 하는 것이었다. 윈스턴은 한 차례 심문을 받는 동안 대여섯 번이나 울음을 터뜨린 적도 있었다. 그들은 윈스턴에게 욕설을 퍼붓고 대답을 머뭇거릴 때마다 간수에게 넘겨버리겠다고 겁을 주었다. 그러다가도 갑자기 말투를 바꿔 그를 동지라 부르고, 영사와 빅 브라더의 이름을 들먹이면서 측은하다는 듯이 지금이라도 당에 충성해 과거의 죄를 씻지 않겠느냐고 달래곤 했다. 몇 시간 동안 시달리고 나면 윈스턴의 신경은 너덜너덜해져서 이 정도만으로도 눈물을 쏟곤 했다. 그들의 닦달하는 목소리가 간수들의 구둣발이나 주먹세례보다 그를 더 지치고 나약하게 했다. 윈스턴은 그들이 요구하는 대로 말하는 입과 원하는 대로 서명하는 손으로 전락했다. 그의 유일한 관심은 새로운 괴롭힘이 시작되기 전에 그들이 바라는 대로 빨리 자백하는 것뿐이었다. 윈스턴은 당원들에 대한 암살 계획과 불온 문서 배포, 공금 횡령, 군사기밀 유출, 온갖 사보타주를 자백했다. 1968년부터 유라시아 정부의 돈을 받고 간첩으로 활동했다고 자백했으며 종교가 있고, 자본주의를 숭배하고, 변태라고 털어놓았다. 윈스턴 자신뿐 아니라 심문자들도 그의 아내가 살아 있다는 사실을 알지만 그는 아내를 죽였다고 자백했다. 또 몇 년 동안이나 골드스타인과 개인적으로 접촉했고, 자신이 아는 거의 모든 사람이 가담해 있는 지하조직의 일원이었다고 털어놓았다. 모든 것을 자백해 그가 아는 모든 사람을 연루시키는 것이 가장 좋은 대책이었다. 게다가 어느 정도는 사실이었다. 그가 당의 적이었다는 것은 사실이었고, 당의 시각에서 보면 생각과 행동에는 아무런 차이도 없었다.

또 다른 것도 기억났다. 이런 기억은 암흑 속에 걸려 있는 그림처럼 그의 머릿속에서 서로 흩어진 채로 도드라졌다.

윈스턴은 한 쌍의 눈을 빼곤 아무것도 보이지 않아 주위가 어두운지 밝은지도 알 수 없는 감방 안에 있었다. 가까운 곳에서 알 수 없는 기계가 천천히 일정하게 똑딱거리고 있었다. 그를 바라보는 눈이 더 커지고 반짝거렸다. 갑자기 그가 앉아 있던 침대가 위로 솟구쳐 자신을 바라보는 눈 속으로 빨려 들어가 잠겨버릴 것 같았다.

윈스턴은 대낮처럼 밝힌 불빛 아래에서 다이얼로 둘러싸인 의자에 묶여 있었다. 흰 가운을 입은 남자가 다이얼을 읽고 있었다. 밖에서 무거운 구둣발 소리가 들렸다. 문이 "철컹" 소리를 내면서 열리고 밀랍 같은 얼굴의 관리가 간수 두 명과 함께 안으로 들어왔다. 관리가 말했다.

"101호실로."

흰 가운을 입은 남자는 뒤돌아보지 않았다. 윈스턴을 보지도 않고 다이얼만 바라봤다.

윈스턴은 1킬로미터쯤이나 되는, 황금빛으로 가득한 커다란 복도를 따라 내려가고 있었다. 그는 깔깔 웃으면서 고래고래 자기 죄를 자백했다. 그는 모든 것을 털어놓고 있었다. 심지어 고문당하면서도 겨우 참았던 이야기까지 털어놓았다. 이미 모든 것을 알고 있는 관중 앞에서 자신의 인생을 다 이야기하고 있었다. 간수와 다른 심문자들, 흰옷을 입은 남자, 오브라이언, 줄리아, 채링턴 씨가 모두 함께 복도를 따라 내려오면서 고함을 지르고 웃고 있었다. 이후에 일어나야 할 끔찍한 일들은 모두 건너뛰기라도 한 듯 일어나지 않았다. 아무 일도 없었다. 더 이상 고통도 없었다. 그의 인생은 마지막 부분 하나까지 밝혀지고 이해되고 용서받았다.

윈스턴은 오브라이언의 목소리가 들리는 것 같아 널빤지 침대에서 몸을 일으키려 했다. 그는 심문 내내 볼 수는 없었지만 오브라이언이 가까이에 있다는 느낌을 받았다. 다만 눈앞에 없었을 뿐이다. 모든 것을 지휘하는 사람이 바로 오브라이언이었다. 윈스턴에게 간수를 보내는 사람도 오브라이언이고, 윈스턴을 죽이지 않게 하는 사람도 오브라이언이었다. 윈스턴에게 고통을 주고, 휴식을 주고, 밥을 주고, 잠을 재우고, 팔의 혈관에 약물을 주사하는 때를 결정하는 사람도 오브라이언이었다. 질문하는 사람도, 답을 주는 사람도 오브라이언이었다. 그는 고문자이자 보호자이며, 심문자이자 친구였다. 한번은(윈스턴은 약에 취해 잠이 들어 있었는지, 그냥 잠을 자고 있었는지, 아니면 깨어 있었는지 기억할 수 없었다) 오브라이언이 이렇게 중얼거리는 목소리를 들었다.

"걱정하지 마, 윈스턴. 내가 지켜보고 있어. 지난 7년 동안 자네를 지켜보고 있었어. 이제 전환점이 된 거야. 내가 자네를 구할 거고 완벽하게 만들 거야."

윈스턴은 정말 오브라이언의 목소리인지 확신할 수 없었다. 하지만 7년 전 꿈속에서 "우리는 어둡지 않은 곳에서 만날 거요"라고 말했던 목소리와 똑같았다.

윈스턴은 언제나 심문의 마지막을 기억하지 못했다. 늘 눈앞이 캄캄해졌고, 감방이나 방에서 천천히 정신을 추슬렀다.

그는 바닥에 등을 대고 똑바로 누워 있었고, 몸을 움직일 수 없었다. 몸의 중요한 부위마다 묶여 있었던 것이다. 심지어 뒤통수까지 고정되어 있었다. 오브라이언이 그를 근엄하게, 아니 슬프게 내려다보고 있었다. 밑에서 올려다본 오브라이언의 얼굴은 지치고 피곤해 보였다. 눈 밑에 지방 주머니가 툭튀어나와 있고 코에서 입 주변까지 주름살이 깊게 패 있었다. 윈스턴이 생각했던 것보다 훨씬 나이가 들어 보였다. 아마도 마흔여덟 살에서 쉰 살쯤 된 듯했다. 오브라이언은 위쪽에 손잡이가 달려 있고 둥그런 판에 숫자가 적힌 다이얼을 손에 들고 있었다. 그가 말했다.

"내가 말했지. 우리가 다시 만난다면 장소는 여기가 될 거라고."

윈스턴이 대답했다.

"예."

오브라이언의 작은 손짓을 빼곤 아무런 경고도 없이 윈스턴의 몸으로 고통이 물밀듯 밀려 들어왔다. 고통은 언제 시작되는지 알 수 없고, 겉으로 상처도 남지 않아 더 무시무시하게 느껴졌다. 윈스턴은 실제로 끔찍한 상처를 입는 건지, 아니면 전기 충격으로 그런 효과만 주는 건지 알 수 없었다. 하지만 그는 몸이 뒤틀리고 관절이 서서히 쪼개지는 듯한 끔찍한 고통을 겪었다. 이마에서 땀이 비 오듯 흘렀지만 무엇보다 끔찍한 건 척추가 반으로 부러질 거라는 공포였다. 윈스턴은 될 수 있는 한 비명을 지르지 않으려고 노력하면서 이를 악물고 코로 숨을 내뿜었다. 오브라이언이 윈스턴의 얼굴을 바라보며 말했다.

"자넨 두려워하고 있군. 곧 어딘가 부러질 것 같은 기분이겠지. 특히 척추가 부러질까 봐 두려운가? 척추가 반 토막이 나고 체액이 뚝뚝 떨어지는 모습을 눈앞에 그릴 수 있겠나? 그런 생각이 들지 않나, 윈스턴?"

윈스턴은 대답하지 않았다. 오브라이언이 다이얼 손잡이를 원래대로 돌렸다. 파도처럼 밀려왔던 고통이 곧바로 사라졌다. 오브라이언이 말했다.

"지금 강도는 40이었네. 다이얼 숫자가 100까지 적힌 게 보일 거야. 나와 이야기하는 동안 내가 마음만 먹으면 원하는 만큼 강도를 높일 수 있다는 걸 기억하게. 자네가 거짓말을 하거나 얼버무리려 하거나 평소보다 멍청하게 굴면 곧바로 고통으로 몸부림치게 될 걸세. 알겠나?"

윈스턴은 대답했다.

"예."

오브라이언의 태도는 조금 누그러졌다. 그가 세심하게 안경을 고쳐 쓰고 한두 걸음 앞으로 내디뎠다. 말할 때 오브라이언의 목소리는 부드러우면서도 관대했다. 벌을 주려 한다기보다는 설명하거나 설득하려고 애쓰는 의사나 교사, 심지어 목사 같은 분위기가 느껴졌다. 오브라이언이 말했다.

"자네 때문에 나도 고생이야, 윈스턴. 자네는 그만한 가치가 있으니까. 자네 스스로 문제를 잘 알고 있지 않나? 몇 년 동안이나 문제를 알고 있었어. 물론 알면서도 부인해왔지. 자네는 정신적으로 불안정한 상태야. 기억에 문제가 좀 있어. 실제 사건을 기억하지 못하고, 일어나지도 않은 사건을 일어났다고 믿으려 하지. 다행히 자네 문제는 치료할 수 있어. 하지만 스스로 치료해보려고 노력한 적이 없지. 치료하지 않기로 선택한 거야. 아주 작은 노력조차 기울이지 않았어. 지금도 그게 옳다면서 그 병에 집착하고 있는 걸 알고 있네. 이제부터 예를 하나 들어주지. 지금 오세아니아는 어느 나라와 전쟁 중이지?"

"제가 체포되었을 때 오세아니아는 이스트아시아와 전쟁 중이었습니다."

"이스트아시아라……, 잘했네. 오세아니아는 지금까지 쭉 이스트아시아와 전쟁 중이었네. 그렇지 않은가?"

윈스턴은 숨을 들이마셨다. 그는 입을 열었지만 말을 하지는 않았다. 다이얼에서 눈을 뗄 수가 없었다.

"진실을 말하게, 윈스턴. 자네가 생각하는 진실을 말해. 기억하는 그대로 말해주게."

"제가 기억하기로는 체포되기 일주일 전만 해도 오세아니아는 이스트아시아와 전쟁을 하지 않았습니다. 이스트아시아는 우리 동맹국이었어요. 전쟁 대상은 유라시아였습니다. 4년 동안 전쟁이 계속되었고, 그전에는……."

오브라이언이 손을 들어 그의 말을 가로막더니 말했다.

"또 다른 예를 들어보겠네. 몇 년 전 자네는 정말 심각한 환상에 빠져 있었어. 한때는 당원이었지만 반역과 사보타주를 자백하고 처형당한 죄인인 존스와 아론슨, 러더퍼드가 실제로는 죄를 저지르지 않았다고 믿었네. 자네는 그들의 자백이 거짓이라는 사실을 증명하는 자료를 봤다고 믿었어. 환각 속에서 봤다고 생각하는 사진이 있었지. 심지어 그 사진을 손으로 만져봤다고 믿었어. 바로 이런 사진이었지."

오브라이언의 손가락 사이에 직사각형의 신문지 조각이 끼어 있었다. 윈스턴의 시야에 그것이 들어왔다가 사라지는 데는 단 5초의 시간도 걸리지 않았다. 하지만 신문에는 사진이 실려 있었고, 어떤 사진인지도 분명히 알 수 있었다. 바로 그 사진이었다. 11년 전에 윈스턴이 우연히 손에 넣었다가 소각해버린, 존스와 아론슨과 러더퍼드가 뉴욕에서 열린 파티에 참석한 모습을 찍은 사진이었다. 아주 잠깐 사진이 또 한 번 윈스턴의 시야에 들어왔다가 사라졌다. 그렇지만 그는 볼 수 있었다. 분명 그 사진이었다! 윈스턴은 상체를 움직이려고 절박하게 몸을 움직였다. 하지만 어느 방향으로든 조금도 옴짝

달싹할 수가 없었다. 그 순간만큼은 다이얼도 잊고 있었다. 윈스턴이 원하는 건 다시 한 번 사진을 잡아보거나 적어도 제대로 한 번 보기라도 하는 것이었다. 그가 울부짖었다.

"사진이 있었군요!"

오브라이언이 말했다.

"아니야."

오브라이언은 방을 가로질러 걸어갔다. 맞은편 벽에 기억 구멍이 있었다. 그가 기억 구멍의 뚜껑을 열었다. 신문지 조각은 공개되지 않은 채 뜨거운 기류에 휘말려 날아가 버릴 것이다. 그러고는 곧 화염 속에서 사라질 것이다. 오브라이언이 다시 뒤를 돌아보며 말했다.

"이건 잿더미에 지나지 않아. 형체도 알아볼 수 없는 잿더미지. 먼지라고. 이건 존재하지 않아, 존재한 적도 없어."

"하지만 존재했잖아요! 존재하잖아요! 기억 속에 존재해요. 저는 기억하고 있어요, 당신도 기억하고 있고요."

오브라이언이 말했다.

"나는 기억이 없어."

윈스턴은 마음이 쿵 하고 내려앉았다. 이중사고였다. 그는 깊은 절망감에 빠졌다. 만약 오브라이언이 거짓말을 하고 있다고 확신한다면 문제 될 건 없었다. 하지만 오브라이언이 실제 사진에 대해 잊었을 가능성도 있었다. 만약 그렇다면 오브라이언은 그것을 기억했다는 사실을 부인한 것마저 잊었을 테고, 잊었다는 것도 잊었으리라. 이 모든 것이 단순한 속임수가 아니라고 확신할 수 있을까? 어쩌면 정말 윈스턴 자신이 제정신이 아닌지도 모를 일이었다. 이런 생각에 그는 절망감에 빠졌다.

오브라이언은 생각에 잠긴 듯한 표정으로 윈스턴을 바라보고 있었다. 그는 그 어느 때보다 더 나쁜 길로 들어서긴 했지만 똑똑한 학생을 위해 고심하는 교사처럼 보였다. 그가 말했다.

"과거를 통제하는 것에 대한 당의 슬로건이 있네. 읊어보게."

윈스턴은 순순히 슬로건을 읊었다.

"과거를 지배하는 자가 미래를 지배하고, 현재를 지배하는 자가 과거를 지배한다."

오브라이언은 천천히 고개를 끄덕였다.

"현재를 지배하는 자가 과거를 지배한다. 그게 자네 생각인가, 윈스턴? 과거가 실제로 존재한다고 생각하나?"

윈스턴은 또 한 번 절망감에 빠졌다. 그의 눈이 다이얼에 고정되었다. 그는 고통을 막으려면 어떻게 대답해야 할지 몰랐을 뿐 아니라 진짜 답이 어느 쪽인지도 판단할 수 없었다.

오브라이언이 희미하게 미소를 지었다.

"자네는 형이상학자가 아니야, 윈스턴. 지금 이 순간까지 '존재'라는 단어의 실제 의미를 단 한 번도 생각해본 적이 없지 않은가. 좀 더 자세히 말해주지. 과거가 공간 속에 실제로 존재할까? 여기 또는 어딘가에 과거가 지금도 발생되고 있는 분명한 물체의 세계가 있을까?"

"아니요."

"그렇다면 과거가 존재하기는 하는 걸까?"

"기록 속에 존재합니다. 과거를 적을 수 있어요."

"기록 속에 존재한다고? 또 그 밖에는?"

"머릿속에 존재합니다. 인간의 기억 속에요."

"기억 속에 존재한다는 거지. 아주 좋아. 그렇다면 우리, 그러니까 당은 모든 기록과 기억을 통제하지. 그렇다면 우리는 과거도 통제하는 거야, 안 그런가?"

윈스턴이 잠깐 다이얼을 잊은 채 울부짖었다.

"하지만 사람들이 기억하는 건 어떻게 막을 수 있죠? 그건 사람 힘으론 어쩔 수 없습니다. 불가능한 일이에요. 어떻게 기억을 통제할 수 있단 말입니까? 당은 제 기억을 통제하지 못했습니다!"

오브라이언의 태도가 다시 엄격해졌다. 그가 다이얼에 손을 올리며 말했다.

"그게 아니야. 자네가 자신의 기억을 통제하지 못한 거지. 그래서 자네가 여기에 있는 거야. 자네는 겸손하지도, 자기 자신을 다스리지도 못했어. 그래서 여기 끌려온 거야. 올바른 정신을 위해 치러야 하는 대가인 복종을 하지 않았어. 광적인 소수가 되기를 원했지. 윈스턴, 스스로를 다스려야만 현실을 볼 수 있어. 자네는 현실이 객관적이고, 외형적이며, 그 자체로 존재한다고 믿고 있어. 현실이 본질적으로 분명한 것이라고 믿고 있지. 뭔가를 보고 있다고 자기 자신을 속이면서 다른 사람들도 모두 자네와 같은 걸 보고 있다고 생각하는 거지. 하지만 윈스턴, 현실은 외형적인 게 아니야. 현실은 다른 곳이 아니라 인간의 머릿속에 존재해. 개인의 머릿속은 아니야. 그러면 실수를 저지르거나 곧 사라질 수 있으니까. 오직 당의 머릿속에 존재할 때만 집합적이고 영원히 존재할 수 있지. 당이 진실이라고 선택하는 게 바로 진실이야. 당의 눈이 아닌 다른 것으로는 진실을 볼 수 없어. 윈스턴, 이것이 바로 자네가 다시 배워야 하는 사실이야. 여기에는 자기 파괴와 끊임없는 의지가 요구되지. 올바른 정신을 갖추려면 먼저 겸손해져야 해."

오브라이언은 자신의 말을 이해할 시간을 주려는 듯 잠깐 아무 말도 하지 않았다. 그가 말을 계속했다.

"자네가 일기에 '자유란 2 더하기 2는 4라고 말할 수 있는 것이다'라고 적었던 걸 기억하나?"

윈스턴이 대답했다.

"예."

오브라이언이 왼손을 들어 올렸다. 손등을 윈스턴 쪽으로 향하게 하고 엄지손가락을 감춘 채 나머지 손가락 네 개를 펴 보였다.

"내가 손가락 몇 개를 펴고 있지, 윈스턴?"

"네 개입니다."

"만약 당이 네 개가 아니라 다섯 개라고 한다면 내 손가락은 몇 개지?"

"네 개입니다."

말이 끝나기가 무섭게 고통이 덮쳤다. 다이얼 바늘은 55를 가리켰다. 윈스턴의 온몸에서 땀이 비 오듯 흐르고 공기가 그의 폐를 갈기갈기 찢고 있었다. 이를 악물어도 입에서 새어나오는 신음을 막을 수 없었다. 오브라이언은 여전히 손가락 네 개를 편 채 윈스턴을 바라봤다. 그가 손잡이를 거꾸로 돌렸다. 이번에는 고통이 조금 줄어들었다.

"내 손가락이 몇 개지, 윈스턴?"

"네 개입니다."

바늘이 60을 가리켰다.

"손가락은 몇 개지, 윈스턴?"

"네 개! 네 개라고! 대체 무슨 말을 하라는 거야? 네 개란 말이야."

분명 눈금의 숫자가 올라간 것 같았다. 윈스턴은 다이얼을 보지 않았다. 근엄하고 심각한 얼굴과 손가락 네 개가 그의 시야를 메웠다. 손가락은 거대한 기둥처럼 그의 눈앞을 가로막고 있었다. 희뿌연 손가락이 부들부들 떨리는 듯했지만 분명 손가락은 네 개였다.

"손가락이 몇 개지, 윈스턴?"

"네 개예요! 그만, 그만해요! 어디까지 할 겁니까? 네 개! 네 개라니까!"

"손가락이 몇 개지, 윈스턴?"

"다섯 개! 다섯 개! 다섯 개!"

"아니야, 윈스턴. 이제는 소용없어. 자넨 거짓말을 하고 있어. 아직도 네 개라고 생각하지 않나. 손가락이 몇 개지?"

"네 개! 다섯 개! 네 개! 젠장, 마음대로 생각해요. 그냥 멈춰만 주세요. 제발 멈춰줘요!"

갑자기 윈스턴은 일어나 앉아 있고, 오브라이언이 팔로 그의 어깨를 감싸 안고 있었다. 아마도 몇 초 동안 의식을 잃었던 듯했다. 그의 몸을 칭칭 감아놓았던 끈이 느슨해져 있었다. 너무나 춥고 온몸이 부들부들 떨렸다. 이가 덜덜거리며 부딪치고 눈물이 뺨을 타고 흘러내렸다. 윈스턴은 잠깐 아이처럼 오브라이언에게 매달려 그의 커다란 팔에서 알 수 없는 위안을 받았다. 그는 오브라이언이 보호자이고, 고통은 외부 어딘가에서 오고 있으며, 오브라이언이 자신을 구해줄 것 같았다. 오브라이언이 부드럽게 말했다.

"자네는 더디게 배우는군, 윈스턴."

윈스턴이 엉엉 울면서 대답했다.

"어쩔 도리가 없잖아요? 눈앞에 보이는데 어쩌란 말입니까? 2 더하기 2는 4라고요."

"윈스턴, 가끔은 말이야, 2 더하기 2는 5야. 어떤 때는 3이지. 어떤 때는 5도 되고 3도 돼. 더 열심히 노력해야겠군. 정신 차리는 게 쉽지는 않지."

오브라이언이 윈스턴을 침대에 눕혔다. 윈스턴의 사지가 다시 묶였다. 하지만 고통이 사라지고 몸도 더는 떨리지 않았다. 다만 피곤하고 추울 뿐이었다. 오브라이언이 아까부터 꼼짝도 않고 서 있던, 흰 가운을 입은 남자에게 고갯짓을 했다. 흰 가운을 입은 남자가 허리를 굽혀 윈스턴의 눈동자와 맥박을 살피고 그의 가슴에 귀를 대어본 뒤 오브라이언에게 고개를 끄덕였다. 오브라이언이 말했다.

"다시."

또다시 고통이 밀려들었다. 바늘이 70이나 75를 가리키고 있는 것 같았다. 이번에 윈스턴은 눈을 질끈 감았다. 여전히 눈앞에 손가락이 있었고, 손가락은 여전히 네 개라는 것을 알고 있었다. 중요한 건 어떻게든 고통이 끝날 때까지 살아남는 것이었다. 윈스턴은 자신이 울고 있는지도 알 수 없었다. 다시 고통이 누그러졌다. 윈스턴은 눈을 떴고, 오브라이언이 손잡이를 거꾸로 돌리고 있었다.

"손가락은 몇 개지, 윈스턴?"

"네 개입니다, 네 개인 것 같아요. 할 수 있다면 다섯 개로 볼 겁니다. 다섯 개로 보려고 노력하고 있어요."

"다섯 개로 보고 있다고 날 설득하려는 건가? 아니면 정말 다섯 개로 보고 있는 건가?"

"다섯 개로 보고 있어요."

오브라이언이 말했다.

"다시."

아마도 바늘은 80, 아니 90을 가리키고 있는 것 같았다. 윈스턴은 왜 고통을 느끼고 있는지조차 순간순간 기억할 수 없었다. 꼭 감은 눈꺼풀 위에서 수많은 손가락이 춤을 추는 듯하다가 지그재그를 그리며 하나씩 사라졌다가 다시 나타났다. 윈스턴은 손가락을 세어보려고 노력했지만 왜 세고 있는지는 기억하지 못했다. 다만 손가락을 셀 수 없다는 것은 알고 있었고, 손가락이 네 개인지 다섯 개인지 알 수 없기 때문이라는 것만 기억했다. 고통이 다시 사라졌다. 눈을 떴을 때 그는 여전히 같은 것을 보고 있었다. 움직이는 나무처럼 몇 개인지 알 수 없는 손가락이 이쪽에서 저쪽으로 움직이고 있었다. 그가 다시 눈을 질끈 감았다.

"내가 손가락 몇 개를 펴고 있지, 윈스턴?"

"몰라요, 모릅니다. 다시 하려면 차라리 죽이세요. 네 개, 다섯 개, 여섯 개…… 정말 모르겠습니다."

오브라이언이 말했다.

"좀 낫군."

윈스턴의 팔뚝에 주삿바늘이 꽂히자 곧바로 행복과 치유의 온기가 그의 몸속으로 퍼져나갔다. 고통은 이미 절반쯤 잊혔다. 윈스턴은 눈을 뜨고 고맙다는 듯이 오브라이언을 바라봤다. 너무나 못생겼으면서도 지적으로 보이고, 엄숙한 표정에 주름살이 잡힌 그의 얼굴을 보자 윈스턴의 마음이 움직이는 듯했다. 윈스턴에게 조금이라도 남은 힘이 있었다면 오브라이언의 팔에 손을 올려놓았을 것이다. 그 어느 때보다 오브라이언에게 깊은 애정을 느꼈다. 단순히 고통을 멈춰주었기 때문은 아니었다. 기본적으로 그가 친구인지 적인지는 중요하지 않았고, 다만 옛 감정이 되살아났다. 오브라이언은 그가 이야기를 나눌 수 있는 사람이었다. 아마도 사람은 사랑받는 것보다 이해받는 것을 더 원하는지도 모를 일이었다. 그는 윈스턴이 미치기 바로 직전까지 고문하고, 또 얼마 안 가 윈스턴을 처형할 것이 분명했다. 그렇다고 달라지는 것은 없었다. 어떤 면에서 보면 우정보다 친밀감이 더 큰 감정이었다. 정확한 표현이 아닐지도 모르지만 친밀감은 사람들이 얼굴을 맞대고 이야기할 수 있는 연결고리였다. 윈스턴을 내려다보고 있는 오브라이언의 표정은 그도 윈스턴과 똑같은 생각을 하고 있다는 것을 알려주었다. 오브라이언이 편안한 말투로 이야기를 시작했다.

"윈스턴, 여기가 어디인지 알고 있나?"

"모릅니다. 아마도 사랑부인 것 같아요."

"이곳에 얼마나 있었는지 알고 있나?"

"모릅니다. 며칠, 몇 주, 몇 달…… 아마 몇 달인 것 같아요."

"왜 우리가 사람들을 여기로 데려오는지 알고 있나?"

"자백을 받아내려고요."

"아니야, 그게 아니야. 다시 대답해보게."

"벌을 주기 위해서요."

오브라이언이 외쳤다.

"아니야!"

그의 목소리는 아까와는 딴판이었고, 얼굴은 엄격하면서도 상기되어 있었다.

"아니야! 단순히 자백을 받아내거나 벌을 주려는 게 아니야. 왜 자네가 여기에 있는지 말해줄까? 자네를 치료하려고 여기 데려온 거야! 자네를 제정신으로 돌려놓기 위해! 우리가 이곳에서 치료하지 못한 사람이 아무도 없다면 이해하겠나? 자네가 저지른 바보 같은 범죄에는 관심 없어. 당은 분명히 드러나는 행동에도 별로 개의치 않아. 우리가 걱정하는 건 자네의 생각이야. 우리는 적을 파괴하는 게 아니야, 바꾸는 거지. 내가 하는 말을 이해하겠나?"

오브라이언이 윈스턴에게로 몸을 숙였다. 거리가 가까워 얼굴이 아주 커다랗게 보이고 밑에서 올려다보니 더욱 못생겨 보였다. 게다가 광적일 정도의 강렬함이 얼굴에 가득했다. 윈스턴은 또 한 번 가슴이 철렁했다. 할 수만 있다면 침대 속으로 숨어버리고 싶었다. 오브라이언이 당장 다이얼을 100으로 올릴 것 같았다. 하지만 그는 등을 돌리고 몇 걸음 걸어가더니 아까보다 누그러진 태도로 이야기를 계속했다.

"자네가 가장 먼저 이해해야 하는 건 이곳이 절대 순교지가 아니라는 거야. 과거의 종교 박해에 대해 들어봤겠지? 중세 시대에는 종교재판이 있었어. 종교재판은 실패였지. 이단을 뿌리 뽑는 게 목적이었는데 오히려 영속시켜버렸어. 이단자 하나를 말뚝에 박아 화형에 처하면 수천 명의 이단자가 생겨났지. 왜 그랬냐고? 회개하지 않은 적을 공개적으로 사형에 처했기 때문이야. 아니, 회개하지 않았기에 죽인 거지. 사람들은 진정한 믿음을 포기하지 않았기에 죽임을 당한 거야. 자연스럽게 희생자는 영광스러운 존재가, 가해자는 수치스러운 존재가 되었지. 그 뒤 20세기에는 전체주의라는 게 있었네. 독일 나치와 소련 공산주의지. 소련은 종교재판 때보다 더 잔인하게 이단자를 박해했어. 그들은 과거의 실수에서 교훈을 얻었거든. 희생자가 순교자가 되어서는 안 된다고 생각했지. 공개재판에 희생자를 세우기 전에 교묘하게 그들의 순수성을 파괴했어. 희생자들을 고문하고 독방에 가둬 그들이 처참하게 굽실거리면서 모든 것을 자백하고 서로 욕하고 자신만 살려달라고 애원하는 존재로 만들어버렸지. 하지만 몇 년 지나지 않아 똑같은 문제가 생겼네. 죽은 자는 순교자가 되었고 그들이 보여준 타락은 잊혔지. 이번에는 왜 그랬는지 아나? 그 자백은 강요된 것이었고 사실이 아니었기 때문이야. 우리는 자백을 진실로 만들고 있지. 여기서 말하는 모든 자백은 진실이 되는 거야. 무엇보다 죽은 자가 다시 살아나지 못하게 막고 있어. 윈스턴, 후손들이 자네를 편들어줄 거라고 생각하지 말게. 후손들은 자네를 알지 못할 거야. 자네는 역사의 흐름 속에서 사라질 테니까. 우리는 자네를 기체로 만들어 대기로 증발시킬 거야. 자네에 대해서는 아무것도 남지 않게 되지. 이름도 없어지고, 살아 있는 사람의 기억 속에서도 지워질 거야. 미래에도 없고 과거에도 없을 거야. 아예 존재한 적이 없게 되지."

윈스턴은 씁쓸한 기분이 들어 '그렇다면 고문은 왜 한 거지?'라고 생각했다. 오브라이언은 윈스턴의 생각이 들리기라도 한 듯 그에게 다가왔다. 오브라이언의 못생긴 얼굴이 윈스턴의 눈과 가까워졌다. 오브라이언이 말했다.

"우리가 자네를 완전히 파괴할 의도라면 자네가 하는 말과 행동이 아무 변화도 가져오지 않을 텐데, 왜 우리가 처음부터 심문하고 있는지 궁금할 거야. 그렇게 생각하지, 안 그런가?"

윈스턴이 대답했다.

"그렇습니다."

오브라이언은 살짝 미소를 지었다.

"윈스턴, 자네는 전체 속에서 생겨난 아주 작은 흠이야. 자네라는 얼룩은 지워져야 하네. 내가 앞에서 당은 예전의 박해자들과 다르다고 설명하지 않았나? 우리는 겉으로만 복종하거나 절망에 빠져서 항복하는 것으론 만족하지 않아. 자네가 우리에게 복종할 때는 반드시 자유의지에 따른 것이어야 해. 이단자가 저항한다고 해서 파괴하는 게 아니야. 우리는 그들이 저항하는 한 파괴하지 않아. 당은 이단자를 설득하고 내면까지 포섭해 완전히 바꿔버리지. 이단자의 겉모습뿐 아니라 마음과 영혼까지 우리 편으로 만드는 거야. 죽이기 전에 우리 가운데 하나로 만들어버리지. 아무리 비밀스럽고 힘이 없다 하더라도 이 세상 어딘가에 잘못된 생각이 존재한다는 것 자체만으로도 참을 수 없거든. 죽음의 순간에도 일탈은 허용할 수 없지. 과거에 이단자는 영원한 이단자로 화형을 당하면서도 스스로 이단자라고 외치며 희열을 느끼기도 했어. 소련에서 숙청당한 희생자들도 총살을 기다리면서 두개골 속에 반항 의식을 숨겨놓고 있었단 말이야. 하지만 우리 당은 총살 전에 뇌를 완전히 바꿔버리지. 지난날 전제군주는 '이렇게 해서는 안 된다'고 했고 전체주의는 '이렇게 해야 한다'고 했어. 우리 명령은 '너희는 원래 이래'라는 거야. 이곳에 끌려온 뒤 우리에게 맞선 자는 없어. 모두가 깨끗해졌지. 자네가 한때 죄가 없다고 믿었던 반역자들인 존스와 아론슨과 러더퍼드도 마침내 굴복했어. 내가 그들을 심문했지. 그들은 점점 약해져서 훌쩍거리더니 눈물을 흘리며 애원했네. 그건 고통이나 공포 때문이 아니라 회개했기 때문이지. 심문이 끝났을 때는 빈껍데기에 지나지 않았네. 자신들의 잘못에 대한 슬픔과 빅 브라더에 대한 사랑만 남았어. 그들이 얼마나 빅 브라더를 사랑하는지 느낄 수 있었지. 자신들의 마음이 깨끗한 상태에서 죽을 수 있게 빨리 총살해달라고 애원했거든."

오브라이언의 목소리는 꿈을 꾸는 듯했다. 여전히 얼굴에는 광적인 열정이 깃들어 있었지만 꾸며낸 게 아니었다. 그는 자신이 하는 말을 단어 하나까지 믿고 있었다. 윈스턴을 가장 압박하고 있는 것은 지적인 열등감에 대한 인식이었다. 윈스턴은 커다란 몸집의 오브라이언이 우아하게 방 안을 거닐면서 자신의 시야에 들어왔다가 사라지는 모습을 바라봤다. 그는 모든 면에서 윈스턴보다 위대했다. 오브라이언이 하지 않은 생각은 없었고, 할 수 없는 생각도 없었다. 이미 오래전부터 알고 있거나 고려해보거나 거부한 생각이었다. 그의 마음은 윈스턴의 마음을 포용하고 있었다. 그런데 오브라이언이 미쳤다고 할 수 있을까? 분명 미친 사람은 윈스턴 자신일 것이다. 오브라이언이 걸음을 멈추고 윈스턴을 바라봤다. 목소리가 다시 엄해졌다.

"윈스턴, 목숨을 구할 수 있을 거라는 생각은 버려. 아무리 우리에게 복종해도 잘못을 저지르고 살아남은 사람은 없어. 혹시 자네가 정해진 수명대로 살게 놓아준다고 하더라도 우리한테서 벗어날 수는 없어. 여기서 일어난 일은 영원한 거야. 이것부터 먼저 이해해야 해. 우리는 자네가 원래 모습을 찾을 수 없을 만큼 파괴할 거야. 천년을 산다고 해도 회복할 수 없는 일들이 생길 테니까. 사랑이나 우정, 삶의 기쁨, 웃음, 호기심, 용기, 진실 같은 건 모두 잃게 될 거야. 자네는 텅 비게 될 테지. 그런 다음 우리와 똑같은 것으로 채울 거야."

오브라이언이 말을 멈추고 흰 가운을 입은 남자에게 신호를 보냈다. 윈스턴은 머리 뒤에 묵직한 장치가 놓였다는 것을 깨달았다. 오브라이언이 침대 옆에 앉자 두 사람의 얼굴 높이가 비슷해졌다. 오브라이언이 윈스턴의 머리 뒤쪽에 서 있던 흰 가운을 입은 남자에게 말했다.

"3천."

조금 축축하고 부드러운 헝겊 두 장이 윈스턴의 관자놀이에 닿았다. 그는 겁이 덜컥 났다. 지금까지와는 다른 새로운 고통을 느낄 시간이었다. 오브라이언이 안심하라는 듯 윈스턴의 손을 부드럽게 잡았다. 그가 말했다.

"이번에는 아프지 않아. 내 눈을 바라봐."

그 순간 거대한 폭발이 일어났다. 폭발음이 들렸는지는 알수 없지만 확실히 폭발처럼 느껴지고 섬광도 번쩍였다. 아픈곳은 없었다. 다만 몸을 가눌 수가 없었다. 아까부터 등을 대고 누워 있었지만 맞아서 바닥에 쓰러져 있는 듯한 기분이 들었다. 고통 없는 끔찍한 충격이 그를 완전히 뻗어버리게 했다. 그의 머릿속에서 무슨 일인가 일어났다. 눈에 초점이 잡히자자신이 누구인지, 여기가 어디인지, 자신을 보고 있는 사람이누구인지 기억해낼 수 있었다. 하지만 뇌가 빠져나가 버리고머릿속이 텅 빈 것 같았다. 오브라이언이 물었다.

"오래가지 않을 거야. 내 눈을 쳐다봐. 오세아니아는 어느나라와 전쟁 중이지?"

윈스턴은 생각했다. 오세아니아라는 이름도 알고 있고, 자신이 오세아니아 시민인 것도 알고 있었다. 유라시아와 이스트아시아도 기억했다. 하지만 어디와 전쟁 중인지는 알 수 없었다. 아니, 지금이 전쟁 중인지도 알 수 없었다.

"기억이 안 납니다."

"오세아니아는 지금 이스트아시아와 전쟁 중이야. 이제 기억이 나나?"

"예."

"오세아니아는 자네가 태어났을 때부터, 당이 시작된 뒤부터, 역사가 시작된 이래로 줄곧 이스트아시아와 전쟁 중이었지. 휴전은 없었고 항상 똑같았어. 기억하나?"

"예."

"자네는 11년 전에 반역죄로 사형선고를 받은 세 죄수에 대한 이야기를 꾸며냈어. 그들의 무죄를 증명하는 신문을 본 적이 있다고 믿었지. 하지만 그런 신문지 조각은 원래부터 없었어. 자네가 만들어낸 거야. 나중에는 스스로 믿어버렸고. 이야기를 처음 만들어냈던 때를 기억하나? 그런가?"

"예."

"아까 내가 손가락을 펴 보였을 때 손가락은 다섯 개였어. 기억이 나나?"

"예."

오브라이언은 엄지손가락을 접은 왼쪽 손을 들어 보였다.

"손가락이 다섯 개야, 보이나?"

"예."

윈스턴은 다섯 개의 손가락을 봤다. 아주 잠깐이지만 그의 머릿속이 뒤바뀌었다. 손가락은 다섯 개고 하나도 모자라지 않았다. 모든 것은 다시 정상이 되었다. 아까의 공포와 증오, 당황스러움이 되살아났다. 그렇지만 잠깐, 정확한 시간은 알 수 없지만 30초쯤 오브라이언이 물어보는 말이 그의 텅 빈 머리를 채우고 절대적인 진실이 되는 순간이 있었다. 2 더하기 2가 필요에 따라 3이 되었다가 5도 될 수 있는 순간이었다. 그가 손을 내리기도 전에 그런 순간은 지나가 버렸다. 하지만 다시 시작할 수는 없어도 기억할 수는 있었다. 마치 인생의 한때에 지금과 전혀 다른 사람이었다는 것을 생생하게 기억하는 경험과 비슷했다. 오브라이언이 말했다.

"내 말이 가능하다는 걸 이젠 알겠지."

윈스턴은 대답했다.

"예."

오브라이언이 만족스러운 표정으로 일어섰다. 윈스턴의 왼쪽에는 흰 가운을 입은 남자가 서 있었다. 그는 주사기에 약물을 채우고 있었다. 오브라이언은 늘 하던 대로 안경을 고쳐 썼다.

"자네가 일기에 이렇게 쓴 것을 기억하나? 내가 자네를 이해하고 대화를 나눌 수 있는 사람이라면 내가 적이든 친구든 상관없다고 말이야. 자네 말이 맞아. 나도 자네와 대화를 나누는 게 즐겁네. 그리고 자네의 정신에도 흥미가 있어. 제정신이 아니라는 것만 빼면 나와 비슷하다고 할까. 심문을 마치기 전에 궁금한 게 있으면 물어보게."

"아무 질문이나 괜찮습니까?"

"뭐든 좋아."

윈스턴이 고개를 돌려 다이얼 쪽을 바라보자 오브라이언이 덧붙였다.

"다이얼 스위치는 껐네. 질문이 뭔가?"

윈스턴이 물었다.

"줄리아는 어떻게 되었습니까?"

오브라이언이 다시 미소를 지었다.

"여자는 자네를 배신했어. 조금도 망설이지 않았지. 그렇게 우리에게 빨리 무릎 꿇은 사람은 보기 드물 정도였어. 자네가 여자를 만난다면 아마 알아보기 어려울 거야. 반항적인 생각 이나 우매함, 더러운 마음을 모두 지워 없애버렸거든. 완전한 전향이지. 교과서 같은 사례라고 할 만해."

"줄리아도 고문했습니까?"

오브라이언은 대답하지 않았다.

"다음 질문은?"

"빅 브라더는 존재합니까?"

"물론 그는 존재하네. 당도 존재하지. 빅 브라더는 당의 화 신이야."

"제가 존재하듯이 존재하는 겁니까?"

오브라이언이 대답했다.

"자넨 존재하지 않아."

윈스턴은 다시 한 번 절망했다. 오브라이언은 윈스턴이 존재하지 않는다고 주장하는 이론을 알고 있거나 추측할 수 있었다. 그러나 그건 헛소리이고 말장난일 뿐이었다. '너는 존재하지 않는다'는 선언이 논리적으로 맞는 소리인가? 하지만 그렇다고 한들 무슨 소용이 있단 말인가? 윈스턴의 마음은 대답마저 불가능한 오브라이언의 희한한 논리에 공격받을 거라고 생각하자 이내 주눅이 들었다. 윈스턴은 힘없이 말했다.

"저는 제가 존재한다고 생각합니다. 저 자신이 누구인지 알고 있습니다. 저는 태어났고 곧 죽을 겁니다. 팔과 다리도 있습니다. 저는 공간을 차지하고 있고, 다른 물체가 제 공간을 동시에 차지할 수는 없습니다. 빅 브라더도 이와 같은 의미로 존재합니까?"

"그런 건 중요하지 않아, 그는 존재하니까."

"빅 브라더도 죽나요?"

"물론 아니지. 어떻게 죽나? 다음 질문."

"브라더후드는 존재합니까?"

"그건 말이야, 윈스턴. 자네는 영원히 모를 거야. 우리가 자네를 풀어주기로 결정하고 자네가 아흔 살까지 살아남는다 해도 그 질문의 답이 뭔지 절대 모를 거야. 자네가 살아 있는 한 풀지 못할 수수께끼로 가슴속에 남겨두게."

윈스턴은 아무 말도 하지 않았다. 그의 가슴이 좀 더 빠르게 오르내렸다. 가장 먼저 떠올린 질문을 아직 꺼내지 못하고 있었다. 이제 더는 미룰 수가 없었다. 하지만 마치 혀가 굳어버린 것 같아 물어볼 수가 없었다. 윈스턴의 얼굴을 본 오브라이언은 즐거워하는 듯했다. 심지어 그의 안경마저 윈스턴을 조롱하듯 번뜩이고 있었다. 윈스턴은 문득 '그는 알고 있다. 내가 뭘 물어보려는지 알고 있어!'라는 생각이 들었다. 그러자 질문이 입 밖으로 튀어나왔다.

"101호실에는 무엇이 있습니까?"

오브라이언의 얼굴 표정은 조금도 바뀌지 않았다. 그가 차갑게 대답했다.

"윈스턴, 101호실에 뭐가 있는지 이미 알고 있지 않은가. 모두가 101호실에 뭐가 있는지 알고 있지."

오브라이언이 흰 가운을 입은 남자에게 손가락을 들어 보였다. 심문이 끝났다는 표시였다. 윈스턴의 팔에 주삿바늘이 꽂혔다. 그는 곧바로 깊은 잠에 빠져들었다.

3장

오브라이언이 말했다.

"자네가 복귀하기 위해서는 세 가지 단계를 거쳐야 하네. 바로 배우고 이해하고 받아들이는 것이지. 지금부터는 두 번째 단계야."

윈스턴은 아까처럼 바닥에 등을 대고 누워 있었다. 하지만 그를 묶어놓은 끈은 약간 풀려 있었다. 아직도 침대에 묶여 있는 처지지만 무릎을 조금 움직이거나 고개를 이쪽저쪽으로 돌리거나 팔과 팔꿈치를 들어 올릴 수 있었다. 다이얼에 대한 공포심도 줄어들었다. 영리하게 행동한다면 그 날카로운 이빨을 피할 수 있었다. 오브라이언이 손잡이를 당기는 이유는 주로 윈스턴이 멍청하게 굴었기 때문이다. 가끔은 심문을 받는 동안 다이얼을 한 번도 돌리지 않을 때도 있었다. 윈스턴은 심문이 몇 차례 이루어졌는지 기억하지 못했다. 심문은 아주 오랫동안 계속된 것처럼 느껴졌는데, 아마도 몇 주는 지난 것 같았다. 심문 사이의 간격은 며칠이 될 때도 있지만 한두 시간밖에 되지 않을 때도 있었다. 오브라이언이 물었다.

"거기 누워 있으면서 왜 사랑부가 자네한테 이토록 오랜 시간과 노력을 들이는지 궁금하게 생각했을 거야. 심지어 내게 묻기도 했지. 그리고 자유를 얻고 난 뒤에도 기본적으로는 똑같은 의문을 품을 테고. 자네는 사회 체계는 이해하지만 그 저변에 깔린 동기는 이해하지 못하고 있어. 자네가 일기에 '방법'은 알고 있지만 '이유'는 모르겠다고 적었던 걸 기억하나? 그때 자네 스스로 제정신인지 의심해봐야 했지. 윈스턴, 자네는 골드스타인이 쓴 '그 책'을 읽었지? 다 읽진 못했지만 말이야. 거기에 자네가 모르는 내용이 적혀 있던가?"

윈스턴이 물었다.

"당신도 그 책을 읽었나요?"

"그건 내가 쓴 책이야. 말하자면 다른 사람과 함께 쓴 거지. 알겠지만 한 사람이 생산하는 책은 없으니까."

"책에 적힌 내용이 사실인가요?"

"설명은 사실이야. 하지만 거기에서 주장하는 프로그램은 조금도 사리에 맞지 않아. 지식의 비밀스러운 축적, 전반적인 계몽, 프롤레타리아의 궁극적인 봉기, 당의 전복 따위는 없어. 자네도 나중에는 책의 내용이 모조리 헛소리라는 걸 깨달을 거야. 프롤 계급은 천 년이 지나고 백만 년이 지나도 봉기하지 않아. 그럴 능력이 없거든. 이유는 설명해주지 않아도 될 거야, 이미 알고 있을 테니. 만일 폭력적인 반란을 꿈꾼다면 그런 헛된 꿈은 버려야 할 거야. 당이 전복될 가능성은 추호도 없어. 당의 규칙은 영원하지. 이걸 생각의 출발점으로 삼으라고."

오브라이언이 윈스턴의 침대로 다가왔다.

"영원히!"

그는 다시 한 번 강조한 뒤 다음 말을 이어나갔다.

"자, 그럼 이제 '방법'과 '이유'의 문제를 되짚어보지. 자네는 당이 권력을 유지하는 방법은 충분히 알고 있어. 그렇다면 이제 이유를 설명해보겠나? 우리가 권력에 집착하는 동기는 뭘까? 왜 우리는 권력을 원하는 걸까?"

윈스턴이 잠자코 있자 오브라이언은 답을 재촉했다.

"자, 말해보라고."

하지만 윈스턴은 단 한 마디도 하고 싶지 않았다. 너무 피로해서 견딜 수가 없었다. 오브라이언의 얼굴에는 광적인 열정이 희미하게 나타나고 있었다. 당은 스스로가 아니라 다수의 행복을 위해 권력을 추구할 뿐이다. 인간 집단은 약하고 비겁해서 자유를 수호할 수도 없고 진리를 맞이할 줄도 모른다. 인간은 더 강한 존재에게 체계적으로 기만당하고 통치당하도록 만들어졌기 때문이다. 인류는 자유와 행복 가운데 하나를 선택해야 하는데 대부분 행복을 선호한다. 당은 약자의 영원한 보호자이고, 선을 위해 악을 서슴지 않으며, 다른 사람의 행복을 위해 자신의 행복을 희생한다. 가장 끔찍한 점은 오브라이언이 그렇게 말하면 윈스턴 자신도 그렇게 믿어야 한다는 것이었다. 오브라이언의 얼굴을 보면 알 수 있었다. 그는 모든 것을 알고 있었다. 실제 세상은 어떤지, 대부분의 인간이 어떤 타락한 삶을 살고 있는지, 당의 거짓과 야만성이 어떻게 그들을 타락시키는지 윈스턴보다 수천 배는 더 잘 알고 있었다. 윈스턴은 그 모든 것을 이해하고 가늠해봤지만 달라지는 건 없었다. 모든 것은 하나의 궁극적 목표로 정당화되었다. 윈스턴은 '나보다 지식이 많고, 내가 하는 말을 모두 들은 뒤에도 자신의 광적인 잣대만을 고집하는 이 미치광이를 어떻게 상대한단 말인가?'라고 생각했다. 그는 기운 없이 대답했다.

"당은 우리 모두의 이익을 위해 우리를 다스리고 있습니다. 당은 인간이 스스로 다스릴 수 없다고 생각해서……."

윈스턴은 소스라치게 놀라 거의 비명을 지를 뻔했다. 날카로운 고통이 윈스턴의 몸을 뚫고 지나갔다. 오브라이언이 다이얼을 55까지 올려버린 것이다. 그가 말했다.

"멍청해, 윈스턴. 멍청하다고! 그것보다 더 잘 알고 있잖아."

오브라이언이 다시 손잡이를 내리고 말을 계속했다.

"내 질문에 대한 답을 들려주지. 답은 이런 거야. 당이 권력을 추구하는 이유는 당을 위해서야. 우리는 남의 행복 따위엔 전혀 관심 없어. 권력에만 관심 있을 뿐이야. 재산이나 호사스러움, 장수, 행복…… 그런 것에는 관심 없어. 오직 순수하게 권력만 생각할 뿐이지. 순수한 권력이 뭔지는 곧 이해하게 될 거야. 우리는 과거의 과두정치와 달라. 우리가 무슨 짓을 하고 있는지 알거든. 다른 부류들은 겉모습이 우리와 닮아 있어도 모두 겁쟁이고 위선자야. 독일 나치와 소련 공산당은 방법 면에서는 우리와 비슷했지만 자신들의 동기를 인정할 만한 용기가 없었지. 그들은 제한된 시간 동안만 권력을 장악해 모두가 자유롭고 평등하게 살 수 있는 낙원을 만들겠다고 했어. 심지어 자신들도 그 약속을 믿었지. 하지만 인간은 그렇게 되지 않아. 누구나 권력을 잡으면 포기하려 하지 않거든. 권력은 수단이 아니라 목적이야. 혁명을 보호하려고 독재를 하는 게 아니라 독재를 하려고 혁명을 일으키는 거야. 종교 박해의 목적은 종교적으로 박해하는 것뿐이야. 고문의 목적은 고문이고, 권력의 목적은 권력이지. 이제 좀 이해가 되나?"

오브라이언의 지친 낯빛을 보고 윈스턴은 깜짝 놀랐다. 바로 전 그가 절망했을 때 봤던 오브라이언의 얼굴은 강하고 다부지면서도 잔인했다. 매우 지적이고 열정을 잘 통제하고 있었다. 하지만 지금은 지쳐 보였다. 눈 밑에는 불룩한 지방 주머니가 있었고, 뺨은 축 늘어져 있었다. 오브라이언은 일부러 몸을 숙이고 윈스턴에게 지친 얼굴을 들이댔다. 그가 말했다.

"아마 내가 늙고 피로해 보인다고 생각하고 있겠지. 권력에 대해 이야기하고 있어도 결국 몸이 늙어가는 건 막지 못한다고 말일세. 하지만 윈스턴, 자네는 우리 개인이 당의 세포 하나에 지나지 않는다는 걸 모르겠나? 세포의 죽음은 유기체에 활력을 주지. 손톱을 깎는다고 죽진 않잖아?"

오브라이언은 침대에서 등을 돌리고 주머니에 한 손을 넣은 채 방 안을 어슬렁거렸다. 그가 계속 말했다.

"우리는 권력의 성직자야. 신은 권력이지. 그렇지만 자네가 보기에 현재 권력은 그저 단어에 지나지 않아. 이제는 자네가 권력의 의미를 생각해볼 차례야. 먼저 알아야 할 건 권력이 집단적이라는 사실이야. 개인은 스스로 개인임을 포기할 때만 권력을 갖게 되지. '자유는 노예를 만들어낸다'라는 슬로건을 자네도 알고 있지. 혹시 그걸 거꾸로 노예가 자유를 만들어낸다고 생각해본 적이 있나? 혼자, 그러니까 자유로운 인간은 언제나 패배하지. 모든 인간은 죽을 운명이고, 죽음은 무엇보다 커다란 패배니까. 하지만 인간이 완전한 복종을 거쳐 자신의 존재를 벗어나 스스로 당이 될 만큼 자란다면, 즉 그가 당이 된다면 그는 가장 전지전능한 불멸의 존재가 되어버리지. 두 번째로는 권력이 인간의 모든 것보다 우선한다는 걸 알아야 하네. 인간의 신체 그리고 무엇보다 정신보다도 우선한다는 게 가장 중요하지. 물질에 대한 권력, 그러니까 자네가 말하는 외적인 현실은 중요하지 않아. 이미 물질에 대한 통제는 절대적이니까."

윈스턴은 잠깐 다이얼에 대해 잊었다. 그는 일어나 앉으려고 애썼지만 겨우 고통스럽게 몸을 비트는 데 성공했을 뿐이다. 그가 참지 못하고 물었다.

"하지만 어떻게 물질을 통제할 수 있습니까? 기후나 중력은 통제하지 못합니다. 질병도, 고통도 그리고 죽음도……."

오브라이언이 손을 들어 그의 말을 막았다.

"우리는 정신을 통제하기 때문에 물질도 통제하는 거야. 현실은 우리 두개골 속에 있지. 자네도 조금씩 알게 될 거야. 우리가 하지 못하는 건 아무것도 없어. 눈에 보이지 않게 할 수도, 공중을 날아다닐 수도 있어. 뭐든 할 수 있지. 원하기만 한다면 나는 비눗방울처럼 공중을 떠다닐 수도 있어. 당이 원하지 않아서 나도 원하지 않는 것뿐이야. 자연의 법칙에 대한 19세기적인 사고방식은 버려야 해. 우리가 자연의 법칙을 만들어내니까 말이야."

"하지만 당신들은 자연의 법칙을 만들 수 없어요! 이 지구의 지배자는 아니지 않습니까. 유라시아와 이스트아시아는 또 어떻습니까? 그들도 아직 정복하지 못했잖아요."

"그런 건 중요하지 않아. 우리에게 적절한 때에 정복할 테니까. 또 정복하지 않는다고 해도 뭐가 달라지나? 존재한다는 사실 자체를 막아버리면 그만이야. 그럼 오세아니아가 세상의 전부가 되지."

"하지만 세계는 하나의 먼지 덩어리에 지나지 않아요. 인간은 작고 무력하고요! 우리가 얼마나 존재해온 것 같습니까? 수백만 년 동안 지구에는 인간이 살지 않았습니다."

"전부 헛소리야. 지구의 나이는 우리 나이와 같아. 어떻게 지구가 우리보다 나이가 많을 수 있나? 인간의 의식이 없으면 아무것도 존재하지 않아."

"하지만 암석에는 멸종된 동물의 화석이 가득합니다…….우리가 존재하기 훨씬 이전에 살았던 매머드나 마스토돈 등 엄청나게 큰 파충류 화석들이에요."

"화석을 실제로 본 적 있나, 윈스턴? 물론 없을 거야. 모두 19세기 생물학자들이 만들어낸 소리니까. 이 지구상에 인간보다 앞선 생명체는 없었어. 인간이 멸종한다면 지구상에는 아무것도 없게 되지. 인간 말고는 아무것도 없다고."

"하지만 우리보다 더 큰 우주가 있어요. 별을 보세요! 백만 광년이나 떨어져 있어요. 우리가 닿을 수 없는 곳에 있다고요."

오브라이언이 무심하게 물었다.

"별이 뭔데? 몇 킬로미터 바깥에 떨어져 있는 불빛에 지나지 않아. 우리가 마음만 먹으면 갈 수 있지, 없애버릴 수도 있고. 우주의 중심은 지구야. 태양과 별이 지구 주위를 돌고 있어."

윈스턴은 또 한 번 발작적으로 움직였다. 이번에는 아무 말도 하지 않았다. 하지만 오브라이언은 윈스턴이 자신의 이야기를 반박하기라도 한 듯 이렇게 대답했다.

"물론 어떤 면에서 보면 그건 진실이 아닐 수도 있어. 바다를 항해할 때나 일식을 예측할 때 지구가 태양을 돈다고 생각하고, 별들이 수백억 킬로미터 떨어져 있다고 생각하면 편리하지. 하지만 그래서 어떻다는 말이지? 천문학에서 이원적인 체계를 만들 수 없다고 생각하나? 별들은 필요에 따라 가까이 있을 수도, 멀리 있을 수도 있어. 수학자들은 그와 다를 것 같은가? 이중사고를 잊었나?"

윈스턴은 다시 침대 위에 몸을 뉘었다. 그가 뭐라고 말하건 오브라이언은 곤봉을 내리치듯 재빠르게 대답했다. 하지만 윈스턴은 자신이 옳다는 걸 알고 있었다. 인간의 정신을 떠나서는 아무것도 존재할 수 없다는 맹목적인 믿음을 거짓이라고 밝힐 방법이 있지 않았던가? 이미 오래전 그것은 허구임이 드러나지 않았던가? 잊어버렸지만 분명 거기에는 이름도 있었다. 윈스턴을 내려다보는 오브라이언의 입가에 희미한 미소가 서려 있었다. 오브라이언이 말했다.

"내가 말했잖아, 윈스턴. 형이상학 쪽은 자네 분야가 아니야. 자네가 지금 생각해내려는 단어는 유아론(실재하는 것은 자아 뿐이고 다른 모든 것은 자아의 관념이거나 현상에 지나지 않는다는 주장—옮긴이)이야. 하지만 자네는 잘못 알고 있어. 이건 유아론이 아니거든. 굳이 말하자면 집단적 유아론이지. 둘은 다른 거야. 정확하게 말하면 정반대의 것이지. 이 모든 건 다 핵심을 벗어난 이야기야."

오브라이언은 말투를 바꿔 이야기를 계속했다.

"진정한 권력, 그러니까 우리가 밤낮으로 싸워 얻어내야 하는 권력은 물질에 대한 것이 아니라 인간에 대한 거야."

그러고는 잠깐 말을 멈추고 재능 있는 학생을 대하는 교사와 같은 분위기를 또 한 번 풍기면서 물었다.

"윈스턴, 어떻게 하면 다른 사람에게 자신의 권력을 보여줄 수 있을까?"

윈스턴은 한동안 생각한 뒤 대답했다.

"다른 사람을 괴롭힘으로써 보여줄 수 있습니다."

"그래, 바로 그거야. 남을 괴롭혀서 권력을 과시할 수 있지. 복종시키는 걸로는 충분하지 않아. 괴롭히지 않으면 어떻게 복종하는 걸 확인할 수 있겠나? 권력은 고통과 모욕 속에서 실현되는 거야. 인간의 마음을 갈기갈기 찢어놓았다가 권력자가 원하는 모양으로 다시 맞춰놓는 거지. 이젠 우리가 창조하고 있는 세계가 어떤 건지 알겠나? 예전 개혁자들이 상상했던 어리석은 쾌락적 유토피아와는 정반대의 것이지. 공포와 반역, 고통의 세계야. 짓밟고 짓밟히는 세계이고, 정제될수록 더욱 무자비해지는 세계야. 우리가 만드는 세계에서 발전은 더 큰 고통을 향한 전진이야. 과거의 문명은 사랑과 정의에 기반을 두었다고 주장했어. 우리 문명은 증오를 기반으로 하지. 우리 세계에서는 공포와 분노, 승리감, 자기 비하 이외의 감정은 존재하지 않아. 다른 것은 모두 우리가 파괴할 거니까. 하나도 남김없이 파괴할 거야. 이미 혁명 전부터 이어진 사고 습관을 깨버리고 있지. 부모와 자식, 인간과 인간, 남자와 여자 간의 연결고리를 끊어버리는 데 성공했지. 이제는 함부로 아내나 자식, 친구도 믿지 못하니까 말이야. 미래엔 아예 아내나 친구 따위의 개념이 없어질 거야. 암탉이 낳은 달걀을 빼앗듯, 여자한테서 자식을 빼앗을 거야. 성욕은 뿌리째 뽑힐 거고, 출산은 배급카드 갱신과 다름없는 연례 공식 행사가 될 거야. 오르가슴도 없애버릴 거야. 신경학자들이 오르가슴 없애는 법을 연구하고 있네. 충성심도 없어질 거야. 당에 대한 충성심 말고는 모두 없애버릴 거야. 빅 브라더에 대한 사랑 외에는 모든 사랑이 없어질 거고, 적을 패배시킨 뒤 승리감에 취해 웃을 때를 빼곤 웃음도 없어질 거야. 미술과 문학, 과학도 없어질 걸세. 우리는 전지전능해질 테니까 과학도 필요 없어질 거야. 아름다움과 추함의 경계도 없어지고, 호기심이나 삶의 과정에서 얻는 즐거움도 없어질 거야. 서로 상충하며 얻는 쾌락도 모두 파괴될 거고. 윈스턴, 이 점을 절대 잊지 말게. 언제나 끊임없이 커지고 미묘해지는 권력에 대한 중독만 남게 된다는 사실을……. 매 순간 성공의 기쁨이 커질 테고, 적을 짓밟고 싶은 욕구를 참을 수 없을 거야. 미래를 떠올릴 때면 인류를 짓밟는 구둣발을 상상해야 할 거야, 영원히."

오브라이언은 윈스턴의 대답을 기다리는 듯 잠깐 말을 멈췄다. 윈스턴은 다시 침대에 누우려고 노력했다. 아무런 말도 할 수 없었다. 심장이 얼어붙어 버린 듯했다. 오브라이언이 말을 이었다.

"이 구둣발이 영원하다는 걸 꼭 기억하게. 이단자나 사회의 적의 얼굴이 항상 구둣발 밑에 깔려 패배를 겪고 계속해서 모욕을 느끼게 될 거야. 자네가 우리 손아귀에 들어오고 나서 겪었던 모든 일이 앞으로도 계속되고 더욱 심해질 테지. 간첩 행위와 배신, 체포, 고문, 행방불명, 처형은 절대 중단되지 않을 걸세. 승리의 시대는 곧 공포의 시대를 의미하지. 당의 권력이 커지는 만큼 관용은 줄어들고, 적은 더 약해지고, 전체주의는 더 철저해질 거야. 골드스타인과 이단자들은 영원히 사라지지 않을 걸세. 그들은 매일 매 순간 패배하고, 불신을 당하고, 비웃음을 사고, 모욕당하면서 어딘가에 살아남을 거야. 자네가 7년 동안 겪었던 이 모든 드라마가 세대와 세대로 이어져 언제나 미묘하게 되풀이될 걸세. 우리는 원하는 대로 이단자를 처단할 거야. 그들은 고통의 비명을 지르면서 완전히 부서진 채로 애원하게 될 거야. 결국에는 살려달라면서 우리 다리를 붙잡고 애걸복걸하겠지. 윈스턴, 이게 바로 우리가 준비하고 있는 세계야. 내가 보기에 자네는 앞으로 세계가 어떻게 될지 경험하기 시작했네. 마침내는 더 많이 이해하고, 받아들이고, 환영하고, 그 일부가 될 거야."

윈스턴은 말을 할 수 있을 만큼 기력을 되찾았다. 그가 힘없이 말했다.

"그럴 수 없을 거예요!"

"무슨 뜻으로 하는 소리지, 윈스턴?"

"지금 말한 세계를 창조할 수는 없을 겁니다. 그건 꿈이에요, 불가능하다고요."

"왜 그렇지?"

"공포와 증오, 잔인성 위에는 문명을 세울 수 없습니다. 계속될 수 없어요."

"왜 안 되지?"

"생명력이 없기 때문입니다. 붕괴될 거예요. 스스로 망하고 말 겁니다."

"말도 안 되는 소리야. 자네는 증오가 사랑보다 더 피곤하다고 생각하는 것 같군. 왜 그렇게 생각하지? 만약 그렇다 하더라도 무슨 차이가 있지? 우리가 더 빨리 늙을 수 있다고 생각해보게. 예를 들어 삶의 속도를 높여 서른 살이 되면 노인이 된다고 해보세. 그렇다고 무슨 차이가 있지? 개인의 죽음은 죽음이 아니라는 걸 이해하지 못하겠나? 당은 불멸의 존재야."

오브라이언의 목소리에 윈스턴은 언제나처럼 절망감을 느꼈다. 게다가 계속 오브라이언의 말을 부정하면 또 다이얼을 돌릴 것 같아 두려웠다. 하지만 잠자코 있을 수만은 없었다. 윈스턴은 그의 의견을 반박할 아무런 힘도, 논리도 없었지만 막연한 공포감 때문에 다시 공격하기 시작했다.

"잘 모르겠습니다. 신경 쓰지 않아요. 하지만 당은 곧 실패할 겁니다. 뭔가가 당신들을 실패하게 만들 거예요. 삶이 당신들을 실패하게 할 겁니다."

"윈스턴, 우리는 모든 면에서 삶을 통제하고 있어. 자네는 지금 우리 일에 분노하게 될 인간의 본성을 상상하고 있는 거야. 그래서 인간의 본성이 우리에게 등을 돌릴 거라고 생각하는 거지. 하지만 우리는 인간의 본성을 창조하지. 인간은 끝없이 유연한 존재야. 어쩌면 자네는 프롤레타리아나 노예 계급이 봉기해서 우리를 전복할 거라는 구식 사고방식을 생각하고 있을지도 모르겠군. 그런 생각은 집어치워. 그들은 짐승처럼 쓸모없는 존재야. 당이 유일한 인간이지. 그 밖의 것들은 모두 도움이 되지 않아."

"상관없어요. 언젠가는 인간의 본성이 당신들을 이길 겁니다. 곧 당신들이 어떤 사람들인지 알려질 거고, 당신들을 갈기갈기 찢어버릴 겁니다."

"그런 일이 일어날 거라는 증거라도 있나? 아니면 합리적인 이유가 있나?"

"없습니다. 하지만 믿고 있어요. 당신들은 실패할 겁니다. 우주에는 당신들이 모르는 정신이나 원칙 같은 게 있습니다. 당신들도 절대 극복할 수 없어요."

"자넨 신을 믿나?"

"아닙니다."

"그렇다면 무슨 원칙으로 우리가 패배하리라고 생각하는 거지?"

"모릅니다. 그저 인간의 정신 같은 겁니다."

"자네는 자신을 인간이라고 생각하나?"

"예."

"윈스턴, 자네가 인간이라면 바로 마지막 인간이네. 자네와 같은 부류는 멸종했어. 우리가 그 후계자야. 자네가 혼자라는 사실을 알고 있나? 자네는 역사에도 없고 존재하지도 않는 인간이야."

오브라이언이 태도를 바꿔 조금 매섭게 말했다.

"우리가 거짓말을 하고 잔인하기 때문에 자네가 우리보다 도덕적으로 우월하다고 생각하나?"

"예, 저 자신이 낫다고 생각합니다."

오브라이언은 아무 말도 하지 않았다. 갑자기 또 다른 두 사람의 목소리가 들렸다. 곧 윈스턴은 그중 하나가 자신의 목소리라는 것을 깨달았다. 브라더후드에 가입한 날 밤에 오브라이언과 나눈 대화를 녹음한 것이었다. 거짓말을 하고, 도둑질을 하고, 위조하고, 살인하고, 마약과 매춘을 권장하고, 성병을 퍼뜨리고, 아이 얼굴에 황산을 뿌리겠다고 약속하는 윈스턴의 목소리가 들렸다. 오브라이언은 이런 시위가 전혀 쓸모없다는 것을 알려주려는 듯 조금 초조한 기색을 보였다. 그가 스위치를 껐고 목소리는 멈췄다. 오브라이언이 말했다.

"침대에서 일어나."

윈스턴의 몸을 묶어놓았던 끈이 저절로 느슨해졌다. 윈스턴은 몸을 굽히고 비틀거리면서 침대에서 내려왔다. 오브라이언이 다시 말했다.

"자네가 마지막 인간이야. 인간 정신의 마지막 보루라고. 자신의 모습을 살펴보도록 해. 옷을 벗어."

윈스턴은 당원복을 졸라맨 끈을 풀었다. 지퍼는 이미 오래전에 망가져 있었다. 그는 갇힌 이후에 한 번도 옷을 벗어본 기억이 없었다. 당원복 안에서 더럽고 누런 걸레 같은 천이 나타났고, 윈스턴은 그것이 자신의 속옷이라는 걸 알았다. 그는 그것마저 벗어서 바닥에 내려놓고 방 한쪽 끝에 있는 삼면거울을 바라봤다. 거울로 다가가던 윈스턴이 우뚝 멈춰 섰다. 그는 자기도 모르게 비명을 질렀다. 오브라이언이 다그쳤다.

"계속 가. 거울 사이에 서서 자신을 제대로 보라고."

윈스턴은 두려움을 느끼고 걸음을 멈췄다. 거울을 향해 다가서는 그의 모습은 구부정하고 꾀죄죄한 해골 같았다. 자기 모습이라는 게 믿기지 않았다. 소름이 끼치는 몰골이었다. 그는 거울 앞으로 가까이 다가섰다. 구부정한 자세 탓인지 거울에 비친 생명체의 얼굴은 비틀어져 있었다. 머리는 정수리 부근까지 몽땅 빠지고, 코는 구부러지고, 광대뼈는 맞아서 찌그러져 있었다. 사나운 눈은 경계를 늦추지 않는 것처럼 보였다. 어느 모로 보나 험악한 죄수의 모습이었다. 뺨에는 꿰맨 상처가 도드라졌고 입은 안으로 쑥 들어가 있었다. 분명 그의 얼굴이 맞았다. 하지만 겉모습은 내면보다 더 크게 변해 있었다. 윈스턴은 군데군데 벗겨진 머리를 바라보다 깜짝 놀라고 말았다. 처음에는 머리카락이 하얗게 세서 그런 줄 알았는데 두피가 아예 회색으로 변해버렸던 것이다. 손과 얼굴만 빼고 온몸은 묵은 때 때문에 잿빛으로 보였다. 여기저기에 붉은 상처가 나 있고, 정맥류성 궤양을 앓는 발목 근처는 염증으로 피부가 벗겨져 있었다. 정말로 끔찍한 것은 놀랍게 마른 그의 몸이었다. 갈빗대가 거의 해골처럼 드러나 있었고 다리는 오그라들어서 무릎이 허벅지보다 두꺼웠다. 윈스턴은 오브라이언이 왜 삼면거울 앞에 서보라고 했는지 이유를 알 것 같았다. 그의 척추는 놀라울 정도로 굽어 있었다. 야윈 어깨가 앞으로 구부러져 가슴이 움푹 패었고, 앙상한 목은 머리 무게를 이기지 못해 접혀 있는 것처럼 보였다. 마치 고질병에 시달리는 예순 살 먹은 노인의 몸 같았다.

"자네는 아마 핵심 당원인 내 얼굴이 늙고 피곤해 보인다고 생각했겠지. 그럼 자네 얼굴은 어떤가?"

오브라이언은 윈스턴의 어깨를 붙잡고 돌려세워 자신을 바라보게 했다.

"자네 모습을 보라고! 이 역겨운 몰골을 보란 말이야. 발가락 사이에 낀 때를 좀 봐. 다리에 퍼진 구역질 나는 부스럼도 보라고. 염소처럼 악취가 나는 걸 알고 있나? 아마도 모르겠지. 말라비틀어진 몰골을 보고 있나? 내 엄지와 검지만으로도 자네 팔을 쥘 수 있겠군. 당근처럼 목을 비틀어버릴 수도 있을 거야. 우리에게 체포되고 나서 25킬로그램이나 빠진 걸 알고 있나? 머리카락도 한 움큼씩 빠지고 있어, 보라고!"

오브라이언이 윈스턴의 머리카락을 한 움큼 잡아당겼다.

"입을 벌려봐. 아홉, 열, 열하나. 열한 개 남았군. 여기 들어올 때 이가 몇 개였나? 남아 있는 몇 안 되는 것도 흔들리고 있군. 자, 봐!"

오브라이언이 우악스러운 엄지손가락과 집게손가락으로
남아 있던 앞니를 뽑아버렸다. 윈스턴은 턱이 빠지는 듯한 통
증을 느꼈다. 오브라이언은 뿌리째 뽑은 이빨을 감방 한구석
으로 던져버렸다.

"자네는 썩어서 문드러지고 있어. 조각조각 해체되고 있지.
자네가 더러운 쓰레기 덩어리와 다를 게 뭐가 있나? 자, 이제
다시 거울을 바라보게. 자네가 보고 있는 게 뭔지 알겠나? 그
게 바로 인간의 마지막 모습이야. 자네가 인간이라면 말이지.
자, 다시 옷을 입어."

윈스턴은 몸이 굳어서 천천히 옷을 입기 시작했다. 지금까
지 그는 자신이 얼마나 마르고 허약해졌는지 알지 못하고 있
었다. 머릿속에는 한 가지 생각만 떠올랐다. 자신은 아마 생각
했던 것보다 더 오래 이곳에 있었을 것이다. 그는 비참한 누더
기를 걸치면서 갑자기 자신의 지치고 쇠약해진 몸에 대한 연
민이 주체할 수 없이 솟아났다. 그는 자기도 모르게 침대 옆에
놓인 작은 의자에 털썩 주저앉아 눈물을 흘렸다. 그리고 밝은
불빛 아래 앉아 흐느끼면서 자신의 추함과 꾀죄죄한 몰골, 더
러운 속옷을 걸친 앙상한 몸을 생각했다. 그는 자신을 주체할
수가 없었다. 오브라이언이 그의 어깨에 손을 올리고 부드럽
게 말했다.

"오래 계속되지는 않을 거야. 마음만 먹으면 이곳을 벗어날 수 있어. 모든 건 자네한테 달렸네."

윈스턴은 흐느끼면서 말했다.

"당신이 그런 겁니다! 당신이 날 이 꼴로 만들었어요."

"아니야, 윈스턴. 자네 스스로 그렇게 만든 거야. 당에 반대하기 시작할 때 이렇게 될 거라고 알고 있지 않았나? 처음 행동했을 때부터 포함되어 있던 일이야. 자네가 예견하지 못한 일은 아무것도 일어나지 않았어."

오브라이언은 잠깐 말을 멈췄다가 다시 계속했다.

"우리는 자네한테 매질을 했네. 완전히 망가지도록 때렸지. 이제 자네는 스스로 어떤 몰골인지 봤네. 자네 정신도 마찬가지 상태야. 그 속에 어떤 자부심도 남아 있을 거라고 생각하지 않네. 발길질당하고 매 맞고 모욕당하면서 자네는 고통에 몸부림치고 바닥을 구르고 피와 토사물을 게워냈어. 살려달라 애원하고 모든 사람과 모든 것을 배신했어. 단 한 가지라도 자네가 지켰다고 할 수 있는 게 있나?"

윈스턴은 울음을 그쳤지만 눈물이 계속해서 흘러나왔다. 그는 고개를 들고 오브라이언을 바라보며 말했다.

"나는 줄리아를 배신하지 않았어요."

오브라이언이 생각에 잠긴 얼굴로 그를 내려다봤다.

"그래, 그건 사실이야. 자네는 줄리아를 배신하지 않았어."

갑자기 윈스턴의 가슴속에서 오브라이언에 대한 깨뜨릴 수 없는 존경심이 솟구쳤다. 윈스턴은 생각했다. '얼마나 지적인 사람인가, 얼마나 지적인 사람인가!' 오브라이언은 윈스턴이 한 말을 하나도 빠짐없이 이해하고 있었다. 윈스턴이 줄리아를 배신하지 않았다고 곧바로 대답해줄 사람이 또 누가 있을까? 고문으로 얻어내지 못할 것은 없다. 윈스턴은 줄리아에 대해 알고 있는 모든 것을 털어놓았다. 줄리아의 습관이나 성격, 과거의 생활까지 모두 털어놓았다. 밀회를 즐기면서 일어났던 사소한 일, 둘이 주고받았던 대화, 암시장에서 했던 거래, 간통 행위, 당에 대한 어설픈 음모 등을 다 말했다. 하지만 윈스턴의 시각에서는 줄리아를 배신한 적은 없었다. 줄리아에 대한 사랑은 여전했고 그녀에 대한 감정도 그대로 남아 있었다. 오브라이언은 설명을 듣지 않아도 윈스턴의 말뜻을 이해하는 듯했다. 윈스턴이 물었다.

"언제 나를 총살할 건지 말해주십시오."

오브라이언이 대답했다.

"오래 있어야 할 거야. 자네는 어려운 사례지. 절대 희망을 포기하지 말게. 언젠가는 모두 완치될 테니. 결국에는 자네도 총살당하게 될 거야."

4장

 윈스턴은 예전보다 훨씬 나아졌다. 정확히 하루라고 할 수 있을지는 모르지만 하루가 다르게 살이 찌고 몸도 건강해지고 있었다.

 감방 안의 밝은 전등과 윙윙대는 소리는 여전했다. 하지만 처음 왔을 때보다는 좀 더 편해졌다. 널빤지 침대 위에는 매트리스와 베개가 있고, 앉을 의자도 있었다. 양은 세숫대야에서 얼굴을 자주 씻게 하고 목욕도 하도록 허락해주었다. 심지어 씻을 때 따뜻한 물을 주기도 했다. 새 속옷과 깨끗한 작업복도 받았다. 정맥류성 궤양 부위에는 연고를 바르고 붕대를 감아주었으며, 남은 이를 모두 뽑고 틀니를 끼워주었다.

 몇 주인지, 몇 달인지 알 수 없는 날들이 지나갔다. 규칙적으로 식사가 제공되었기에 관심이 있다면 정확한 날짜를 알 수 있었을 것이다. 그는 스물네 시간 동안 세 번 식사를 하는 것 같았다. 하지만 밤에 먹는 건지, 낮에 먹는 건지는 알 수 없었다. 음식은 놀랄 만큼 훌륭해 세 끼에 한 번꼴로 고기가 나왔다. 한번은 담배 한 갑을 받기도 했다. 한 모금 빨자마자 역겨움이 밀려왔지만 참았다. 식사를 마칠 때마다 반 개비씩 피웠더니 꽤 오래 피울 수 있었다.

윈스턴은 몽당연필이 달린 하얀 석판도 받았다. 처음에는 사용하지 않았다. 깨어 있을 때조차 인사불성 상태였기 때문이다. 식사를 마치고 나서 다음 식사 때까지 자고 있거나, 깨어 있어도 가만히 누워 있었다. 어떤 때는 너무나 고통스러워 눈도 뜨지 못하고 몽롱한 의식에 잠겨 있기도 했다. 하지만 이제는 얼굴을 비추는 강한 빛에도 익숙해져 잠을 잘 잘 수 있었다. 꿈이 일관적이라는 점을 빼면 별로 달라진 것도 없는 듯했다. 그는 수많은 꿈을 꿨다. 언제나 행복한 꿈이었다. 황금의 나라에서 햇빛을 받으며 어머니와 줄리아 그리고 오브라이언과 함께 기분 좋게 앉아 있었다. 가만히 앉아 햇빛을 받으며 평화롭게 대화를 나누는 것 말고는 아무것도 하지 않았다. 깨어 있을 때 생각하던 것들이 종종 꿈에 나타나곤 했다. 고통의 자극이 없어지자 머리로 생각하는 힘을 잃은 것 같았다. 지루하지는 않았다. 이야기를 나누고 싶거나 다른 곳에 신경을 쓰고 싶은 생각도 없었다. 얻어맞지 않고 심문도 당하지 않으면서 혼자 있고 싶은 생각뿐이었다. 충분히 먹고 깨끗하게 있을 수 있다면 완전히 만족스러울 듯했다.

잠자는 시간이 조금씩 줄어들었지만 침대에서 일어나고 싶은 생각은 여전히 들지 않았다. 윈스턴이 신경 쓰는 거라곤 조용하게 누워 몸에 힘을 모아보는 것뿐이었다. 여기저기 손가락으로 눌러보면서 근육에 힘이 붙고 피부에 탄력이 돌아오는지를 확인했다. 드디어 살이 찌고 있다는 사실이 눈으로 보기에도 확연해졌다. 허벅지가 무릎보다 두꺼워졌을 때였다. 그는 처음에는 조금 망설였지만 곧 규칙적으로 운동을 하기 시작했다. 얼마 뒤 그는 감방 안의 걸음으로 재어봤을 때 3킬로미터 정도는 걸을 수 있었다. 구부러져 있던 어깨가 반듯하게 펴졌다. 좀 더 번듯한 운동을 하고 싶었지만 아직은 역부족이었다. 걷는 것보다 더 빨리 뛸 수도, 팔로 의자를 들 수도 없었다. 한 발로 설 수도 없었다. 발뒤꿈치를 땅에 대고 쪼그려 앉으면 허벅지와 종아리가 고통스러워 버틸 수가 없었다. 팔굽혀펴기를 해보려고 했는데 이는 가당치도 않은 일이었다. 땅에서 단 1센티미터도 몸을 들어 올릴 수 없었다. 하지만 며칠 뒤, 아니 정확하게 말하면 몇 번의 식사 시간이 지나고 나자 팔굽혀펴기를 할 수 있게 되었다. 이어서 여섯 개나 할 수 있었다. 윈스턴은 자신의 몸에 자신감이 생겼다. 이제 얼굴도 원래대로 돌아가는 것 같았다. 다만 벗겨진 두피를 손으로 쓰다듬을 때면 상처 입고 망가진 자신의 얼굴이 떠올랐다.

윈스턴의 정신도 활기를 띠기 시작했다. 그는 널빤지 침대에 앉아 벽에 등을 기댄 채 석판을 무릎에 올려놓고 자신을 교육했다.

윈스턴은 항복했다. 마침내 복종하기로 동의한 것이다. 사실은 이미 오래전부터 결정을 내렸다. 사랑부에 들어오기 전부터, 어쩌면 줄리아와 텔레스크린에서 흘러나오는 금속성 명령을 듣고 절망하며 서 있을 때부터 당의 권력에 맞서는 것은 헛되고 쓸데없는 일이라는 걸 알고 있었다. 지난 7년 동안 사상경찰이 확대경으로 딱정벌레를 관찰하듯 자신을 감시했다는 사실도 알고 있었다. 그들이 모르는 윈스턴의 행동과 말은 없었다. 심지어 그가 했던 생각까지 모두 꿰뚫고 있었다. 사상경찰은 그가 일기장 표지 위에 조심스럽게 올려두었던 희뿌연 먼지까지 제자리로 돌려놓았다. 그들은 녹음된 내용을 들려주고 사진을 보여주었다. 줄리아와 함께 있는 모습을 찍은 사진도 있었다. 그중에는 심지어……. 그는 더 이상 당에 맞설 수가 없었다. 게다가 당은 옳았다. 불멸의 집단적 뇌가 어떻게 실수를 저지를 수 있을까? 어떤 외부 기준으로 그들의 판단을 확인할 수 있을까? 온전한 정신이란 오로지 통계에 따른 것이다. 문제는 그들이 생각하는 방법을 배우는 것이다. 오직……!

손가락 사이에 끼운 연필이 두껍고 어색하게 느껴졌다. 윈스턴은 머릿속에 떠오르는 생각을 그대로 적어가기 시작했다. 처음에는 삐뚤빼뚤한 대문자로 적었다.

자유는 노예를 만들어낸다.

곧바로 다음 문장을 적었다.

두 개에 두 개를 더하면 다섯이 된다.

하지만 여기에는 뭔가 석연찮은 구석이 있었다. 그의 마음이 무언가로부터 도망치려는 듯 집중할 수가 없었다. 그다음에 무엇을 써야 할지 알고 있다고 생각했지만 기억이 나지 않았다. 의식적으로 무엇을 써야 할지 추론한 다음에야 생각났을 뿐 저절로 생각난 것은 아니었다. 어쨌거나 윈스턴은 다음과 같이 썼다.

신은 힘이다.

윈스턴은 모든 것을 받아들였다. 과거는 바꿀 수 있다. 과거는 단 한 번도 날조된 적이 없다. 오세아니아는 지금까지 이스트아시아와 전쟁을 해왔고 존스와 아론슨, 러더퍼드는 범죄를 저질렀던 죄인들이다. 윈스턴은 그들이 죄를 짓지 않았다는 사실을 증명해주는 사진을 본 적이 없다. 그런 사진은 존재한 적도 없고 모두 자신이 꾸며낸 이야기였다. 그는 이와 정반대로 기억하고 있지만 그것은 잘못된 기억이고 자기기만의 결과였다. 얼마나 쉬운지! 단지 복종했을 뿐인데 다른 일들은 차례대로 따라왔다. 마치 물결과 반대 방향으로 헤엄치다가 갑자기 물결과 같은 방향으로 헤엄치려고 결정한 것 같았다. 그의 태도 말고는 달라진 건 아무것도 없었다. 그는 자신이 과거에 당에 저항했던 이유를 이해할 수 없었다. 유일한 예외는……!

그 어떤 것도 진실일 수 있다. 이른바 '자연의 법칙'도 헛소리다. 인력도 헛소리다. 오브라이언은 이렇게 말했다.

"원하기만 한다면 나는 비눗방울처럼 공중을 떠다닐 수도 있어."

윈스턴은 그 말을 곰곰이 생각했다. '오브라이언이 공중을 떠다니고 있다고 생각하고, 내가 동시에 공중을 떠다니는 그의 모습을 보고 있다고 생각한다면 그건 실제로 일어나고 있는 일이다.' 하지만 난파된 배의 한 부분이 불쑥 바다 밑에서 떠오르듯 다음 생각이 그의 머릿속에서 솟구쳤다. '그건 실제로 일어나고 있는 일이 아니야. 우리가 상상한 거야, 환각이라고.' 윈스턴은 그 순간 방금 떠오른 생각을 머릿속에서 밀어냈다. 잘못된 게 분명했다. 그것은 어딘가 이곳이 아닌 다른 곳에 '진짜'인 일들이 일어나는 '진짜' 세계가 있다는 생각에서 나온 것이었다. 하지만 어떻게 그런 세계가 있겠는가? 우리 지식은 우리 머리를 거쳐서 나온 게 아닐까? 모든 것은 우리 머릿속에서 일어나는 것이다. 우리 머릿속에서 일어나는 일은 모두 진짜로 일어나는 것이다.

윈스턴은 어렵지 않게 이런 잘못을 해결할 수 있었다. 그리고 여기에 굴복할 위험도 없었다. 그는 어찌 됐든 간에 이런 잘못이 절대 일어나지 않아야 한다는 것을 깨달았다. 위험한 생각이 들 때마다 머릿속에 사각지대를 만들어야 한다. 이는 자동적이고 본능적인 과정이어야 한다. 이것을 신어로는 '범죄 중단'이라고 불렀다.

윈스턴은 범죄 중단을 연습했다. 그는 스스로 몇 가지 명제를 생각해냈다. '당은 지구가 평평하다고 한다.' '당은 얼음이 물보다 무겁다고 한다.' 이와 모순되는 주장은 보지도, 이해하지도 않으려고 스스로 훈련했다. 하지만 쉽지 않았다. 이 과정에는 상당한 추론 능력과 임기응변이 필요했다. 예를 들어 '둘에 둘을 더하면 다섯이 된다'는 산술적인 문제는 윈스턴의 지적인 이해를 넘어섰다. 논리를 교묘하게 활용하고 그다음 순간 분명한 논리의 오류를 의식하지 않는 두뇌 훈련이 필요했다. 지적인 능력과 어리석음이 동시에 필요했는데, 그런 점이 쉽지 않았다.

그러면서 줄곧 윈스턴의 마음 한구석에는 당이 언제 자신을 총살할지에 대한 궁금증이 자리 잡고 있었다. 오브라이언은 이렇게 말했다.

"모든 건 자네한테 달려 있어."

하지만 총살 시기를 앞당길 수 있는 의식적인 행동은 없다는 것을 알고 있었다. 어쩌면 10분 뒤가 될 수도 있고, 어쩌면 10년 뒤가 될 수도 있다. 몇 년 동안이나 독방에 감금되어 있을 수도 있고, 노동교화소에 보내질 수도 있다. 가끔 당이 그렇게 하듯 석방되었다가 다시 체포와 심문을 겪은 뒤 총살을 당하는 드라마가 또 한 번 펼쳐질 수도 있었다. 한 가지 분명한 사실은 죽음이란 예측한 순간에 다가오지 않는다는 것이었다. 전통적으로, 물론 아무도 말해준 적도 없고 들어본 적 없지만 어느 정도 알고 있는 전통에 따르면 총살할 때는 언제나 경고 없이 뒤에서 쏜다는 것이다. 예를 들어 감방과 감방 사이를 잇는 복도를 지날 때 뒤에서 머리를 쏘아 죽인다고 했다.

어느 날 한낮에 윈스턴은 낯설고 행복한 몽상에 빠져 있었다. 하지만 '어느 날 한낮'이라는 표현은 옳지 않다. 어느 날 자정일 수도 있기 때문이다. 그는 총알이 날아오길 기다리면서 복도를 따라 걷고 있었다. 다음 순간 무슨 일이 벌어질지 알고 있었다. 모든 것이 해결되고 정리되고 화해가 이루어졌다. 더 이상 의심도 없고 말싸움도 없고 고통이나 공포도 없었다. 윈스턴의 몸은 건강하고 튼튼해졌다. 움직이는 게 즐거웠고 햇살 아래에서 걷는 것처럼 발걸음이 가벼웠다. 그는 더 이상 사랑부의 좁고 하얀 복도를 걷고 있는 게 아니었다. 그 대신 햇살이 비치고 폭이 1킬로미터는 되는 넓은 도로를 마약에 취한 듯 걷고 있었다. 그가 있는 곳은 황금의 나라였다. 윈스턴은 토끼가 풀을 뜯어먹는 초원을 가로질러 오솔길을 따라 걸었다. 발밑에서 푹신한 잔디가 느껴지고, 얼굴에서 부드러운 햇살이 느껴졌다. 들판 끝에는 느릅나무가 바람에 살짝 흔들리고 있었고, 그 너머 어딘가에는 황어 떼가 푸른 물에서 헤엄치는 시냇물이 있었다.

갑자기 윈스턴은 커다란 공포에 휩싸여 벌떡 일어나 앉았다. 등줄기에서 땀이 흘러내렸다. 그는 커다랗게 외치는 자신의 목소리를 들었다.

"줄리아! 줄리아! 줄리아, 내 사랑! 줄리아!"

잠깐 윈스턴은 정말로 그녀를 본 것만 같은 환상에 빠져 꼼짝하지 못했다. 심지어 줄리아가 그의 내부에 있는 것 같았다. 마치 그녀가 그의 살갗을 뚫고 들어와 버린 듯했다. 그 순간 윈스턴은 두 사람이 자유롭게 함께 있었던 시절보다 줄리아에 대한 사랑을 더 크게 느꼈다. 또한 줄리아가 어딘가에서 살아남아 그의 도움을 기다리고 있는 듯했다.

윈스턴은 다시 침대에 누워 자신을 달래려고 노력했다. 그는 '내가 지금 무슨 짓을 한 거지?'라고 생각했다. 순간의 나약함 탓에 얼마나 오랜 시간을 더 예속되어야 하는 걸까?

곧 밖에서 구둣발 소리가 들릴 것만 같았다. 그들이 윈스턴의 비명을 벌하지 않을 리 없었다. 혹시라도 윈스턴이 당과 맺은 합의를 깨뜨렸다는 걸 모르고 있었더라도 지금은 알게 되었을 것이다. 그는 당에 복종했지만 여전히 당을 증오하기도 했다. 예전에는 순응하는 모습 속에 이단적인 생각을 감춰두었다. 하지만 지금은 한 걸음 더 물러나 정신적으로는 복종하지만 내면의 마음만큼은 침범당하지 않기를 바라고 있었다. 자신이 잘못하고 있다는 것을 알지만 오히려 잘못하는 쪽을 더 좋아했다. 그들은 그것을 이해할 것이다. 오브라이언도 이해할 것이다. 조금 전 외마디 비명은 이 모든 것에 대한 자백이었다.

아마도 처음부터 다시 시작해야 할 것이다. 몇 년이 걸릴지도 모른다. 윈스턴은 한 손으로 얼굴을 더듬으면서 얼굴 모양을 익히려고 했다. 뺨은 움푹 패어 있고 광대뼈가 불쑥 튀어나와 있었다. 코는 평평했다. 지난번에 거울에 비친 모습을 본 뒤로 이도 모두 새로 해 넣었다. 자신의 얼굴이 어떻게 생겼는지도 모르는데 무표정을 유지하기는 쉽지 않았다. 어떤 상황이건 표정을 통제하는 것만으로는 모자랐다. 윈스턴은 비밀을 지키려면 자기 자신에게도 숨겨야 한다는 사실을 처음으로 깨달았다. 자신에게 비밀이 있다는 걸 줄곧 알고 있어야 하지만 필요할 때까지는 분명하게 의식해서는 안 된다. 지금부터는 옳은 생각만 하고 옳은 것만 느끼고 옳은 꿈만 꿔야 한다. 자기 몸의 일부분이면서도 몸의 다른 부분과는 연결되어 있지 않은, 마치 몸에 난 물혹처럼 자신의 증오심을 내면 어딘가에 가둬두어야 한다.

언젠가 그들은 그를 총살하기로 결정할 것이다. 언제라고 정확하게 말할 수 없지만 바로 몇 초 전에는 분명히 느낄 수 있을 것이다. 언제나 복도를 걷게 하고 뒤에서 총알이 날아온다. 10초면 충분할 것이다. 그의 내면이 바뀌는 데 10초면 충분하다. 그 순간 말 한 마디 없이, 발걸음 한 번 내딛지 않고, 얼굴 표정 하나 변하지 않으면서 그가 쓰고 있던 가면이 쾅하고 벗겨질 것이다. 그 대신 그의 증오가 드러날 것이다. 그와 동시에 "탕!" 하는 소리와 함께 총알이 날아올 것이다. 너무 늦은 것인지도, 아니면 너무 빠른 것인지도 모른다. 미처 되돌리지 못하고 윈스턴의 뇌는 산산조각이 날 것이다. 그가 하고 있던 이단적인 생각은 벌을 받지도 않고 뉘우쳐지지도 않은 채 영원히 그들의 손아귀에서 벗어날 것이다. 당의 완벽함에 총알구멍이 하나 뚫리는 것이다. 그들을 증오하면서 죽는 것, 그것이 바로 자유다.

윈스턴은 눈을 질끈 감았다. 그것은 지적인 훈련보다 더 어려웠다. 자신을 타락시키고 불구로 만드는 문제였다. 그는 추악한 곳 가운데서도 가장 추악한 데 빠져 있었다. 그중에서 가장 끔찍하고 역겨운 것은 무엇일까? 윈스턴은 빅 브라더를 생각했다. 검은 콧수염을 기르고 사람을 따라 눈동자가 이리저리 움직이는 커다란 얼굴(언제나 포스터에서만 얼굴을 봤기에 얼굴 크기가 1미터는 넘는 것처럼 느껴졌다)이 그의 마음속에서 이리저리 떠다니는 듯했다. 빅 브라더에 대한 그의 진정한 감정은 어떤 것일까?

복도에서 무거운 발소리가 들리더니 강철 문이 철컹하고 열렸다. 오브라이언이 감방 안으로 들어오고, 얼굴이 밀랍처럼 생긴 관리와 검은 제복을 입은 간수도 따라 들어왔다. 오브라이언이 말했다.

"일어나서 이쪽으로 와."

윈스턴은 오브라이언의 바로 앞에 가서 섰다. 오브라이언은 강한 손으로 윈스턴의 어깨를 붙잡고 자세히 들여다봤다.

"날 속일 수 있을 거라고 생각했겠지. 멍청한 생각이야. 똑바로 서서 내 얼굴을 바라봐."

오브라이언은 잠깐 말을 멈췄다가 조금 부드러운 말투로

말했다.

"자네는 나아지고 있어. 지적인 면에서는 별로 문제가 없어. 다만 감정적으로 나아지지 않고 있을 뿐이지. 윈스턴, 말해봐. 거짓말을 해서는 안 된다는 것을 기억해. 내가 거짓말을 알아낼 수 있다는 걸 알지? 자, 이제 말해봐. 빅 브라더에 대한 자네의 진심이 뭐지?"

"저는 그를 증오합니다."

"증오한다고? 좋아. 이제 마지막 단계에 왔군. 자네는 빅 브라더를 사랑해야 해. 복종하는 것만으로는 부족하지. 반드시 그를 사랑해야 해."

오브라이언은 윈스턴을 놓아주고 간수에게 말했다.

"101호실로!"

5장

감방이 바뀔 때마다 윈스턴은 자신이 창문 없는 건물의 어디쯤에 감금된 것인지 알고 있었다. 아니, 알 것 같았다. 기압에 조금씩 차이가 있었다. 간수들에게 얻어맞던 감방은 지하였다. 오브라이언의 심문이 이루어진 방은 거의 지붕 꼭대기쯤에 있었다. 지금 있는 곳은 가장 밑바닥인 듯했다.

이곳은 윈스턴이 지금까지 있던 대부분의 감방보다 넓었다. 하지만 주위를 둘러볼 수는 없었다. 그가 볼 수 있는 것은 바로 앞에 있는 녹색 천으로 덮인 조그마한 탁자 두 개뿐이었다. 하나는 그에게서 1, 2미터 정도밖에 떨어져 있지 않고, 나머지 하나는 좀 더 멀리 문가에 놓여 있었다. 윈스턴은 의자에 똑바로 앉아 있었다. 너무 단단하게 몸을 묶어놓아 조금도 움직일 수 없었다. 심지어 고개조차 돌릴 수 없었다. 머리 뒤에는 헝겊 같은 것을 괴어놓아 오직 앞만 볼 수 있었다. 한동안 윈스턴은 혼자였다. 하지만 곧 문이 열리고 오브라이언이 들어오더니 말했다.

"언젠가 101호실에 뭐가 있느냐고 물었지? 그때 나는 이미 자네가 답을 알고 있다고 말했어. 누구나 답을 알고 있지. 101 호실에는 이 세상에서 가장 끔찍한 게 있어."

또 문이 열렸다. 간수가 철망으로 만든 상자 같기도 하고 바구니 같기도 한 물건을 가져와 조금 멀리 떨어져 있는 탁자 위에 올려놓았다. 오브라이언이 중간을 가로막고 있어 윈스턴은 그 물건이 무엇인지 알 수 없었다. 오브라이언이 말했다.

"세상에서 가장 끔찍한 것은 사람마다 달라. 누군가에게는 산 채로 묻히는 것이고, 누군가에게는 화형을 당하는 것이지. 또 물에 빠져 죽거나 말뚝에 박혀 죽는 것일 수도 있지. 처형 방법은 50가지도 넘어. 그런데 가끔은 치명적인 방법이 별것 아닌 경우도 있지."

그가 조금 옆으로 비켜서자 윈스턴은 탁자 위에 놓인 물건을 볼 수 있었다. 그것은 들고 다닐 수 있도록 윗부분에 손잡이가 달린 직사각형 모양의 철장이었다. 앞에는 펜싱을 할 때 쓰는 마스크처럼 생긴 장치가 붙어 있고, 옆은 바깥쪽으로 불룩 튀어나와 있었다. 비록 3, 4미터 떨어진 곳에 있었지만 윈스턴은 그 철장이 두 군데로 나뉘어 있고 그 속에는 각각 동물 같은 것이 들어 있다는 걸 알 수 있었다. 바로 쥐였다. 오브라이언이 다시 말했다.

"자네의 경우 세상에서 가장 끔찍한 것은 이것이지."

철장을 보자마자 알 수 없는 전율과 공포가 윈스턴을 훑고 지나갔다. 그 순간 철장 바로 앞에 붙어 있는 마스크처럼 생긴 장치가 무엇인지 깨달았다. 윈스턴은 당장 오줌이라도 지릴 것 같았다. 그는 갈라지는 목소리로 비명을 질렀다.

"안 돼요! 안 돼요, 안 돼! 이럴 수는 없어요."

오브라이언이 말했다.

"자네 꿈에 종종 나타나던 공포의 순간을 기억하나? 자네 앞으로 암흑이 펼쳐져 있고, 어디선가 아우성치는 소리가 들리는 꿈이었지. 암흑으로 된 벽 맞은편에는 뭔가 끔찍한 게 있었어. 자네는 뭔지 알고 있었지만 감히 알아보려 하지 않았지. 맞은편에 있던 건 바로 쥐였어."

윈스턴은 목소리를 가다듬으려고 애쓰면서 말했다.

"오브라이언! 이럴 필요 없다는 걸 알잖아요. 내게 바라는 게 뭡니까?"

오브라이언은 바로 대답하지 않았다. 입을 열었을 때 그는 가끔 그랬듯이 선생 같은 태도로 말했다.

"고통만으로는 언제나 부족하지. 인간은 심지어 죽을 위기에서도 고통을 참아낼 때가 있어. 하지만 누구한테나 절대로 참아낼 수 없는 끔찍한 게 있지. 그건 용기나 비겁함과는 관계가 없어. 만약 내가 절벽에서 떨어지지 않으려고 밧줄을 붙잡는다면 그건 비겁한 짓이 아니야. 깊은 물속에서 헤엄쳐 나와 폐를 공기로 채우는 것도 비겁한 짓이 아니야. 그건 단순히 파괴를 피하려는 본능이지. 쥐도 마찬가지야. 자네는 쥐를 참아낼 수 없어. 참고 싶어도 참아낼 수 없는 압력이지. 자넨 필요한 일을 하게 될 거야."

"그게 뭡니까? 그게 뭐죠? 뭔지도 모르는데 내가 어떻게 할수 있습니까?"

오브라이언이 철장을 집어 들고 가까운 탁자로 가져와 조심스럽게 탁자보 위에 올려놓았다. 윈스턴의 귀에 망할 놈의찍찍 소리가 들려왔다. 그는 완전히 혼자 앉아 있는 것 같았다. 마치 텅 빈 광활한 들판이나 햇볕이 내리쬐는 평평한 사막한가운데 앉아 아주 먼 곳에서 들려오는 소리를 듣고 있는 듯한 기분이었다. 하지만 쥐가 들어 있는 철장은 고작 2미터 정도 떨어져 있었을 뿐이다. 그 쥐들은 정말 커다란 놈들이었다. 이미 다 자라 주둥이가 뾰족하게 길고 털은 잿빛이 아닌 갈색을 띠고 있었다.

오브라이언은 보이지 않는 청중에게 연설하듯 말했다.

"쥐는 설치류지만 잡식성이지. 자네도 알고 있을 거야. 도시

빈민가에서 일어난 일을 들어본 적 있지? 어떤 거리에서는 여자들이 집 안에 아이를 단 5분도 혼자 두지 못한다고 하더군. 쥐가 눈 깜짝할 사이에 아이를 다 물어뜯고 뼈만 남겨놓는다더군. 또 아프거나 죽어가는 사람도 공격하지. 기력이 없는 사람을 알아낼 정도로 영리한 놈들이거든."

철장에서 찍찍거리는 소리가 들렸다. 윈스턴은 아주 멀리서 그 소리를 듣고 있는 것 같았다. 쥐들이 칸막이 틈으로 서로 싸우고 있었다. 윈스턴은 절망 섞인 한숨을 깊게 내쉬었다. 하지만 그 또한 멀리서 들려오는 듯했다.

오브라이언이 철장을 집어 들었다. 그러고는 철장 안으로 뭔가를 밀어 넣었다. 갑자기 날카로운 금속성 소리가 들렸다. 윈스턴은 의자에서 벗어나려고 미친 듯이 몸부림쳤다. 하지만 소용없었다. 그의 몸은 꽁꽁 묶여 있어 고개마저 돌릴 수 없었다. 오브라이언이 철장을 좀 더 가까이 가져왔다. 이제 윈스턴의 얼굴에서 채 1미터도 떨어져 있지 않았다. 오브라이언이 말했다.

"지금 첫 번째 빗장을 열었네. 이 철장 구조를 이해해야 해. 이 마스크는 자네 머리에 꼭 맞을 거야. 그러니 벗어날 구멍은 없어. 내가 또 다른 빗장을 열면 철장 문이 완전히 열릴 거야. 굶주린 짐승들은 총알처럼 재빨리 밖으로 뛰쳐나오겠지. 쥐가 공중으로 튀어 오르는 걸 본 적 있나? 쥐들은 얼굴까지 튀어 올라 공격하지. 가끔은 눈알을 먼저 파먹을 때도 있고 뺨을 파먹거나 혀를 게걸스럽게 먹어치우기도 하지."

철장이 점점 더 가까워지고 있었다. 윈스턴은 자신의 머리
위로 날카롭게 찍찍거리는 소리가 계속해서 들리는 것을 느
꼈다. 그는 공포에 맞서 정신없이 싸우고 있었다. 생각하자,
생각하자. 단 1초밖에 안 되는 시간이라도 생각하자. 생각만
이 유일한 희망이었다. 갑자기 짐승 썩는 냄새가 코를 찔렀다.
심한 구역질이 나서 윈스턴은 정신을 잃을 것만 같았다. 모든
것이 암흑 속에 잠겼다. 그 순간 그는 제정신을 잃고 짐승처럼
비명을 질러댔다. 암흑 속에서 윈스턴은 한 가지를 생각해냈
다. 자신을 구할 수 있는 방법은 단 하나였다. 자신이 아닌 다
른 사람을 가져다 놓아야 했다. 누군가의 몸뚱이를 자신과 쥐
사이에 가져다 놓아야 했다.

마스크는 너무 커서 철장 말고는 아무것도 볼 수 없었다. 철
장 문은 그의 얼굴에서 두 뼘밖에 떨어져 있지 않았다. 쥐들은
곧 무슨 일이 벌어질지 알고 있는 듯했다. 한 놈은 위아래로
펄쩍펄쩍 날뛰고 있고, 하수구의 조상쯤 되는 늙은 놈은 뒷발
로 서서 철장에 분홍색 앞발을 대고 맹렬하게 코를 킁킁거리
고 있었다. 윈스턴은 쥐의 수염과 누런 이빨을 볼 수 있었다.
다시 한 번 칠흑 같은 공포가 그를 사로잡았다. 윈스턴은 차마
눈을 뜰 수 없었고, 절망에 빠졌으며, 아무런 생각도 할 수 없
었다. 오브라이언이 설교하듯 말했다.

"중국 왕조에서 흔히 쓰던 형벌이지."

마스크가 윈스턴의 얼굴에 아주 가까이 다가왔다. 마스크 철망이 그의 뺨에 닿았다. 그 순간 안도감은 아니지만 그나마 유일한 희망 한 조각이 떠올랐다. 어쩌면 너무 늦었을지도 모른다. 하지만 윈스턴이 자기 대신 형벌을 받게 할 사람이 세상에 딱 한 명 있었다. 자신과 쥐 사이에 가져다 놓을 몸뚱이가 딱 하나 있었다. 윈스턴은 미친 듯이 외치기 시작했다. 외치고 또 외쳤다.

"줄리아한테 하세요! 줄리아한테 하라고요! 난 안 돼요! 줄리아! 그 여자한테 무슨 일이 생기건 신경 안 써요. 그 여자 얼굴을 파먹고 뼈까지 발라 먹으라고 해요. 난 안 돼요. 나 대신 줄리아한테 해요!"

윈스턴은 뒤로 넘어졌다. 커다란 구멍 속으로 넘어지면서 쥐들로부터 멀어졌다. 아직도 의자에 묶여 있었지만 마룻바닥을 뚫고, 건물 벽을 뚫고, 땅바닥을 뚫고, 바다와 대기를 통과해 우주 속으로, 별 사이의 심연으로 계속해서 쥐들로부터 멀어지고 있었다. 몇 광년이나 멀어진 듯했지만 오브라이언은 여전히 바로 옆에 서 있었다. 윈스턴의 뺨에 아직도 차가운 철망의 느낌이 남아 있었다. 그를 둘러싼 암흑 속에서 금속성 물체가 철컥거리는 소리가 다시 한 번 들렸다. 윈스턴은 그것이 철장문이 열리는 소리가 아니라 닫히는 소리라는 것을 알았다.

6장

체스트넛트리 카페에는 거의 사람이 없었다. 창문으로 들어온 한 줄기 빛이 먼지 쌓인 탁자 위를 비추고 있었다. 한적한 15시였다. 텔레스크린에서는 양철통을 두드리는 듯한 음악 소리가 흘러나왔다.

윈스턴은 늘 앉던 구석 자리에서 빈 술잔을 들여다보고 있었다. 그는 가끔 고개를 들고 맞은편 벽에서 자신을 노려보고 있는 포스터 속의 커다란 얼굴을 바라봤다. 포스터에는 "빅 브라더가 당신을 보고 있다"라는 글귀가 쓰여 있었다. 시키지도 않았는데 웨이터가 다가와 그의 술잔에 빅토리 진을 따르고, 코르크 마개에 빨대를 꽂아놓은 병에 든 액체를 몇 방울 떨어뜨려 섞어주었다. 그것은 정향나무 향이 나는 사카린 액이었는데, 이 카페에서 가장 유명한 메뉴였다. 윈스턴은 텔레스크린에 귀를 기울였다. 지금은 음악만 흘러나오고 있지만 곧 평화부의 특별 발표가 있을지도 몰랐다. 아프리카 전선에서 전해지는 전쟁 소식은 몹시 불안했다. 그는 온종일 전쟁 소식에 안절부절못했다. 유라시아군(오세아니아는 유라시아와 전쟁 중이었다. 오세아니아는 지금까지 쭉 유라시아와 전쟁을 해왔다)이 무서운 속도로 남쪽으로 내려오고 있었다. 정오에 전해진 소식에서는 정확한 지역이 언급되지 않았지만 이미 콩고 어귀까지 전쟁이 번졌을 수도 있었다. 브라자빌과 레오폴드빌이 위험했다. 그 의미를 알아내려 지도까지 들여다볼 필요는 없었다. 단순히 중앙아프리카를 잃는 정도로 끝나는 문제가 아니었다. 전쟁이 일어나고 나서 처음으로 오세아니아 자체가 위협받고 있었다.

그의 마음속에서 격렬한 감정이 타올랐다가 사라졌다. 정확하게 말하면 공포라곤 할 수 없었다. 그건 일종의 흥분으로 새로운 감정이었다. 하지만 그는 곧 전쟁에 대한 생각을 그만두었다. 얼마 전부터 한 가지 문제에 오랫동안 집중할 수가 없었다. 그는 잔을 들고 술을 꿀꺽 들이켰다. 언제나 그랬듯이 빅토리 진 때문에 몸이 떨리고 속이 메슥거렸다. 그 술은 끔찍했다. 정향나무 향 사카린 액은 충분히 역겨운 데다 빅토리 진의 느끼한 냄새도 없애지 못했다. 그가 가장 참을 수 없는 건 밤낮으로 자신에게 달라붙어 있는 빅토리 진 냄새였다. 그 냄새는 그의 머릿속에서 다른 것과 복잡하게 얽혀 있었다.

윈스턴은 마음속에서조차 그것이 무엇인지 알아보려고 하지 않았다. 아니, 떠올리려고도 하지 않았다. 그가 어렴풋하게 알고 있는 그것은 얼굴 근처에 있었고, 그 냄새가 코를 자극했다는 사실뿐이었다. 빅토리 진이 뱃속에서 올라오면서 그의 보랏빛 입술 사이로 트림이 나왔다. 석방되고 나서 윈스턴은 살이 오르고 혈색도 예전처럼 돌아왔다. 아니, 예전보다 더 좋아 보였다. 얼굴에도 살이 붙고 코와 뺨의 피부는 거친 붉은빛으로 변했다. 심지어 머리카락이 뽑혔던 두피도 진한 분홍빛을 띠었다. 시키지도 않았는데 웨이터가 체스보드와 함께 체스 문제가 실린 면을 접어놓은 〈타임스〉 최신호를 가져다주었다. 그러고는 마침 윈스턴의 잔이 빈 것을 보고 또 한 번 빅토리 진을 채워주었다. 주문할 필요도 없었다. 웨이터는 그의 습관을 알고 있었다. 언제나 체스보드가 마련되어 있고, 그가 앉는 자리는 늘 비어 있었다. 사람이 많을 때도 혼자 앉아 있을 수 있었는데, 어느 누구도 함부로 가까이 오려 하지 않았기 때문이다. 윈스턴은 술을 몇 잔 마셨는지 셀 필요도 없었다. 계산서라고 부르는 더러운 종잇조각을 이따금 가져다주었는데, 그에게는 술값을 덜 받는 것 같았다. 하지만 오히려 값을 더 올려 받아도 상관없었다. 요즘 윈스턴은 언제나 돈이 넉넉

했다. 불안정하기는 하지만 예전보다 보수가 더 좋은 일자리도 있었다.

텔레스크린에서 음악 소리가 멈추고 목소리가 들리기 시작했다. 윈스턴은 그 소리를 들으려고 고개를 들었다. 하지만 전쟁 소식이 아니라 풍요부의 단순한 발표 내용이었다. 지난 분기에 제10차 3개년 계획의 구두끈 생산 할당량을 98퍼센트 초과 달성했다는 내용이었다.

윈스턴은 〈타임스〉의 체스 문제를 확인하면서 체스 말을 옮겼다. 나이트 두 개를 사용해야 하는 까다로운 문제였다. '백으로 두 번 만에 체크메이트를 하라.' 윈스턴은 고개를 들고 빅 브라더의 초상화를 올려다봤다. 항상 백이 체크메이트를 한다는 것이 신기했다. 한 번의 예외도 없었다. 체스 문제가 생겨난 이래로 흑이 이긴 적은 한 번도 없었다. 선이 언제나 악을 이긴다는 영원불멸의 승리를 상징하는 걸까? 빅 브라더의 커다란 얼굴이 차분하게 그를 바라보고 있었다. 백은 언제나 이긴다.

텔레스크린의 소리가 끊기더니 곧 심각한 말투의 다른 목소리가 들렸다.

"15시 30분에 중요한 발표가 있습니다. 15시 30분입니다! 아주 중요한 발표입니다. 절대 놓치지 마세요. 15시 30분입니다!"

양철통을 두드리는 것 같은 음악 소리가 이어졌다.

윈스턴의 가슴이 두근거렸다. 최전방에서 날아온 소식이었다. 윈스턴은 본능적으로 좋지 않은 소식이라는 것을 짐작할수 있었다. 온종일 약간의 흥분과 함께 아프리카에서 적에게패하는 모습이 그의 머릿속을 떠올렸다. 실제로 유라시아 군대가 한 번도 뚫린 적이 없는 전선을 뚫고 개미 떼처럼 아프리카로 쳐들어가는 모습이 보이는 듯했다. 왜 측면에서 공격하지 않았던 걸까? 서아프리카의 해안 지역이 머릿속에 생생하게 떠올랐다. 윈스턴은 백색 나이트를 체스보드 위에서 옮겼다. '그곳'이 적당한 위치였다. 그는 검은 무리가 남쪽으로 진격하는 동안 신비롭게 구성된 다른 병력이 갑자기 후방에서나타나 그들의 육로와 해상 통신망을 끊어버리는 모습을 떠올렸다. 마치 자유자재로 또 다른 병력을 만들어낸 것 같았다. 하지만 서둘러야 했다. 적들이 아프리카 대륙 전체를 장악하고 케이프타운의 비행장과 해군 기지를 점령한다면 오세아니아는 둘로 쪼개질 것이다. 그렇게 되면 큰일이었다. 그것은 패배와 붕괴, 세계의 또 다른 분할 그리고 당의 파멸을 뜻한다! 윈스턴은 깊게 한숨을 쉬었다. 여러 감정이 한꺼번에 느껴지는 듯했다. 아니, 여러 감정이 조금씩 쌓여 감정의 층을 이룬것처럼 여겨졌다. 그중 어떤 감정이 가장 두드러지는지는 알수 없었다.

한 차례 경련이 지나갔다. 윈스턴은 백색 나이트를 들어 제

자리에 놓았지만 체스 문제에 집중할 수 없었다. 그의 생각이
또 엇갈렸다. 그는 거의 무의식적으로 탁자에 쌓인 먼지 위에
손가락으로 숫자를 썼다.

$$2 + 2 = 5$$

줄리아는 이렇게 말했다.

"그들이 당신 마음속으로 들어갈 수는 없으니까요."

하지만 그들은 사람의 마음속으로 들어올 수 있었다. 오브
라이언이 말했다.

"여기서 일어나는 일은 앞으로도 영원히 계속되는 거야."

오브라이언의 말은 진실이었다. 절대로 되돌릴 수 없는 것
들과 행동이 있었다. 그들은 그의 가슴속 뭔가를 완전히 죽였
다. 불태우고 마비시켜버린 것이다.

윈스턴은 줄리아를 본 적이 있었다. 심지어 말을 걸기도 했
다. 아무런 위험도 없었다. 그는 본능적으로 그들이 그의 행동
에 더는 관심이 없다는 것을 알고 있었다. 원한다면 줄리아와
밀회를 약속할 수도 있었을 것이다. 두 사람이 만난 건 우연이
었다. 아직 쌀쌀한 3월의 어느 날 공원에서였다. 땅은 강철처
럼 딱딱하고 잔디는 모두 죽어버린 듯했다. 바람에 흩어지는
크로커스 꽃 몇 송이 외에는 새싹이라곤 찾아볼 수 없었다. 추
운 날씨 탓에 윈스턴은 손이 꽁꽁 얼고 눈물이 고인 채 서둘러

발걸음을 옮기고 있었다. 바로 그때 채 10미터도 떨어져 있지 않은 곳에서 줄리아를 봤다. 그는 어딘가 변해버린 그녀의 모습에 충격을 받았다. 두 사람은 아무 신호도 보내지 않고 서로 지나쳤다. 하지만 윈스턴은 별로 내키지 않으면서도 발길을 돌려 줄리아를 따라갔다. 그는 위험하지도 않고 아무도 그에게 관심을 보이지도 않는다는 걸 알고 있었다. 줄리아는 아무런 말도 하지 않았다. 처음에는 그를 떼어내려는 것처럼 재빨리 잔디밭을 가로질러 걸어갔다. 둘은 잎사귀가 다 떨어져 바람을 막을 수도, 몸을 숨길 수도 없는 덤불 속에 함께 있게 되었다. 두 사람이 발걸음을 멈췄다. 날씨가 매섭게 추웠다. 바람이 이따금 지저분해 보이는 크로커스 가지 사이를 흔들었다. 윈스턴은 그녀의 허리에 팔을 둘렀다.

텔레스크린은 없었지만 숨겨놓은 마이크가 있을 법한 장소였다. 게다가 사람들의 시선도 많았다. 하지만 상관없었다. 아무것도 중요하지 않았다. 원한다면 땅바닥에 누워 '그것'을 할 수도 있었다. 그런 생각을 하는 순간 그는 공포로 살갗이 얼어붙는 것 같았다. 줄리아는 그가 허리를 끌어안아도 아무런 반응을 보이지 않았다. 심지어 팔을 풀려고도 하지 않았다. 윈스턴은 줄리아의 무엇이 변했는지를 깨달았다. 얼굴은 누렇게 떠 있고 관자놀이에서 이마를 거쳐 긴 상처가 나 있었다. 상처 일부는 머리카락으로 가려놓았다. 하지만 변한 것은 그것만이 아니었다. 허리는 더 굵어지고 놀랄 정도로 뻣뻣해졌다. 윈스턴은 언젠가 로켓 폭탄이 터져 폐허가 된 곳에서 시체를 끌어내는 일을 도왔던 적이 있다. 그때 그는 시체가 믿기지 않을 정도로 무겁고 뻣뻣하다는 사실을 처음 알았다. 마치 사람의 살이 아니라 단단한 바위 같았다. 줄리아의 몸도 그때의 시체 같았다. 그녀의 살갗도 예전과는 완전히 달라진 것 같다는 생각이 그의 머리를 스쳤다.

윈스턴은 줄리아에게 키스를 하려고도, 말을 붙이려고도 하지 않았다. 잔디밭을 다시 가로질러 걸을 때 그녀가 처음으로 그를 똑바로 쳐다봤다. 아주 잠깐이었지만 그녀의 눈길에는 경멸과 혐오가 가득했다. 순수하게 과거의 일 때문인지, 아니면 그의 부어오른 얼굴과 바람을 맞아 흘러내린 눈물 때문인지 알 수 없었다. 두 사람은 조금 거리를 둔 채 강철로 된 의자에 나란히 앉았다. 그녀가 곧 말을 꺼낼 것 같았다. 줄리아는 어설프게 신발을 몇 센티미터 움직여 나뭇가지를 밟았다. 예전보다 발볼이 넓어 보이는 것 같았다. 그녀가 대담하게 말했다.

"난 당신을 배신했어요."

그도 말했다.

"나도 당신을 배신했어요."

줄리아는 또 한 번 혐오감 어린 눈길을 그에게 보냈다.

"아마도 당신이 참을 수 없고, 생각조차 할 수 없는 걸로 위협했겠지요. 당신은 '나한테 하지 말고 다른 누군가에게 하라'고 외쳤겠지요. 그리고 나중에는 그건 진심이 아니라 고문을 멈추게 하려고 그런 거라고 생각했겠지요. 하지만 그건 사실이 아니에요. 그런 상황에서는 그게 진심이에요. 자신을 구할 수 있는 다른 방법이 없다고 생각하면 자기 자신만 빠져나오려고 하는 거죠. 나 대신 다른 사람에게 그런 일이 생기길 원하죠. 다른 사람이 어떤 일을 겪든 눈곱만치도 신경 쓰지 않아요. 자신만 생각하게 돼요."

그가 그녀의 말을 되풀이했다.

"그래요, 자신만 생각하게 돼요."

"그런 일을 겪고 난 다음에는 다른 사람에 대한 감정이 예전과 달라져요."

"그래요, 예전과는 달라지죠."

더는 할 말이 없는 듯했다. 몸에 걸친 얇은 당원복 안으로 차가운 바람이 파고들었다. 둘은 불편한 침묵 속에 아무 말 없이 앉아 있었다. 줄리아는 지하철을 타야 한다고 말하더니 그만 가야겠다며 자리에서 일어섰다. 윈스턴이 말했다.

"우리는 다시 만나야 해요."

그녀가 말했다.

"그래요, 우리는 다시 만나야 해요."

윈스턴은 조금 떨어져서 줄리아를 따라갔다. 그 뒤로 두 사람은 아무 말도 하지 않았다. 그녀는 그를 떼어내려고 하지는 않았지만 그와 나란히 걷지 않으려고 걸음을 빨리했다. 윈스턴은 지하철역까지 그녀와 같이 갈 작정이었지만 추위에 떨면서 따라간다는 건 아무 의미도 없고 참을 수 없는 일이라고 느꼈다. 그는 줄리아한테서 떨어지고 싶다는 생각보다는 체스트넛트리 카페에 가고 싶은 충동에 휩싸였다. 그때까지는 별로 좋아하던 장소가 아니었지만 지금은 신문과 체스보드, 항상 술이 있는 자신의 자리가 그리워졌다. 무엇보다 그곳은 따뜻했다. 다음 순간 그와 줄리아 사이에 몇 사람이 끼어들었다. 우연만은 아니었다. 윈스턴은 그녀를 더 이상 따라잡고 싶은 마음이 없어 느리게 걷다가 곧 방향을 돌려 반대편으로 걸어갔다. 그는 50미터쯤 걷다가 뒤를 돌아봤다. 그다지 사람들이 붐비는 거리도 아니었는데 그녀의 모습을 찾을 수 없었다. 어쩌면 줄리아의 굵고 뻣뻣한 몸을 더는 알아볼 수 없었기 때문인지도 몰랐다.

　　줄리아는 이렇게 말했다.

　　"그런 상황에서는 그게 진심이에요."

　　정말 그랬다. 윈스턴은 단순히 말로만 그런 게 아니라 정말로 그렇게 생각했다. 진심으로 자신의 고통이 줄리아에게 옮겨가기를 바랐다.

텔레스크린에서 양철통을 두드리는 소리처럼 흘러나오던 노래가 바뀌었다. 찢어지는 것 같기도 하고, 비웃는 것 같기도 하고, 한편으로는 선정적이기도 한 음색이 흘러나왔다. 다음 순간 노랫소리가 들렸다. 실제로 그 노래는 아닐 것이다. 아마도 곡조가 비슷해 기억 속 그 노래처럼 느껴지는 듯했다.

　울창한 밤나무 아래
　난 동지를 팔고 동지는 날 팔았지.

원스턴의 눈에서 눈물이 흘렀다. 지나가던 웨이터가 빈 술잔을 보고 빅토리 진 술병을 가져왔다.

원스턴은 술잔을 들고 냄새를 맡았다. 그 술은 마실 때마다 끔찍함이 줄어들기는커녕 더 심해졌다. 하지만 이제 그는 빅토리 진에 빠져 살았다. 술은 그의 삶이고 죽음이고 부활이었다. 그는 매일 밤 그 술 덕분에 잠들고 아침에도 일어났다. 원스턴은 11시 이전에 일어나는 날이 거의 없었다. 그 시간이 돼서야 붙어버린 듯한 눈꺼풀과 타들어 가는 입, 부러질 것 같은 척추를 느끼면서 겨우 잠에서 깨어났다. 밤새 침대 옆에 놓아둔 술병과 술잔이 없었다면 침대에서 몸을 일으킬 수도 없었을 것이다. 낮 동안은 벌겋게 달아오른 얼굴로 자리에 앉아 술병을 들고 텔레스크린에 귀를 기울였다. 원스턴은 15시부터

문을 닫을 때까지 체스트넛트리 카페를 떠날 줄 몰랐다. 아무도 그에게 더는 신경 쓰지 않았다. 호루라기 소리로 그를 깨우지 않았고, 텔레스크린도 그를 야단치지 않았다. 가끔 일주일에 두 번 정도 진실부에 있는 사람들의 기억에서 사라져버린, 먼지가 뽀얗게 쌓인 사무실에 나가 별것 아닌 일, 아니 일이라고 부를 수도 없는 일을 했다. 그는 신어사전 11쇄를 완성하는 데 따르는 사소한 문제들을 다루는 수많은 위원회에 속한 한 부서의 하부 조직에 발령받았다. 윈스턴은 중간보고서라는 것을 작성하는 일을 했다. 그런데 그는 대체 무엇을 보고하라는 건지 알 수 없었다. 그건 구두점을 괄호 안에 찍어야 하는지, 밖에 찍어야 하는지의 문제인 것 같았다. 위원회에는 위원이 넷 있었는데 모두 윈스턴과 비슷했다. 넷 다 모이는 날도 있었지만 할 일이 없다는 것을 인정하고 금세 헤어지곤 했다. 하지만 가끔은 세부 사항까지 파고 들어가 결코 끝나지 않을 긴 비망록을 작성하면서 자리를 잡고 열정적으로 일하는 날도 있었다. 이때의 토론 주제는 지나치게 복잡하고 어려웠다. 어떤 때는 신어의 정의를 놓고 미묘한 싸움을 벌이다가 곧 이야기가 다른 데로 빠져 당국에 보고하겠다는 협박으로 이어지기도 했다. 그러다가 닭 우는 소리를 듣고 사라지는 유령처럼 갑자기 생기가 사라지면 탁자 앞에 멍하니 둘러앉아 서로의 얼굴만 바라봤다.

텔레스크린이 한동안 잠잠했다. 윈스턴은 다시 고개를 들었다. 속보다! 아니, 아니다. 그냥 음악이 바뀌었을 뿐이다. 그의 눈앞에 아프리카 지도가 그려졌다. 군대의 이동 경로가 도표처럼 나타났다. 검은색 화살표가 수직으로 남진하고 있고, 흰색 화살표는 검은색 화살표의 꼬리를 가로질러 동쪽으로 이동하기 시작했다. 마치 확인을 바라듯이 윈스턴은 고개를 들어 초상화 속의 태연한 얼굴을 바라봤다. 흰색 화살표가 존재한 적도 없다고 생각할 수 있을까?

윈스턴의 관심이 다시 시들해졌다. 그는 빅토리 진을 또한 모금 마시고 체스보드에서 백색 나이트를 한번 옮겨봤다. 체크메이트……. 하지만 별로 좋은 수는 아니었다. 왜냐하면…….

그의 머릿속에서 어렸을 때 기억이 떠올랐다. 양초를 밝힌 방에 하얀 침대보를 깔아놓은 커다란 침대가 놓여 있었다. 아홉 살이나 열 살쯤 된 사내아이가 마룻바닥에 앉아 주사위 통을 흔들며 깔깔거리고 있었다. 맞은편에 앉은 어머니도 웃고 있었다.

어머니가 사라지기 한 달쯤 전인 듯했다. 뱃속에서 느껴지는 허기를 잊고 어머니에 대한 애정이 잠깐이나마 되살아났던 화해의 순간이었다. 윈스턴은 그날의 일을 또렷하게 기억했다. 창가에 빗물이 흐를 정도로 비가 억수같이 내리던 날이었다. 방 안은 너무 어두워 글을 읽을 수도 없었다. 그와 동생은 비좁은 침실에 앉아 지루함을 참지 못하고 있었다. 윈스턴은 음식을 달라면서 칭얼대고, 방 안을 서성거리면서 뭐든지 끄집어내고, 발로 벽을 걷어차는 바람에 이웃집에서 벽을 쾅쾅 두드렸다. 동생은 가끔 가냘픈 울음소리를 냈다. 마침내 어머니가 말했다.

"착한 우리 아들, 장난감을 사줄 테니 이제 좀 얌전히 있으렴. 분명 네 마음에 들 거야."

어머니는 빗속을 뚫고 밖으로 나가 가끔 문을 여는 작은 잡화점에서 '뱀과 사다리'라는 보드게임이 든 마분지 상자를 갖고 돌아왔다. 윈스턴은 그 당시 젖은 마분지 냄새를 맡으려는 듯 코를 킁킁거렸다. 정말 볼품없는 장난감이었다. 보드는 깨져 있고, 작은 나무 주사위는 엉성하게 깎아놓아 제대로 바닥에 놓을 수도 없었다. 윈스턴은 부루퉁해서 아무런 흥미도 느끼지 못하고 그것들을 바라봤다. 하지만 어머니가 촛불을 켰고, 두 사람은 게임을 하려고 바닥에 앉았다. 윈스턴은 곧 신이 났다. 작은 말들이 사다리를 오르다가 뱀에 걸려 출발점 가까이까지 되돌아오면 박장대소하면서 크게 떠들었다. 여동생은 너무 어려 게임을 이해하지 못했지만 베개를 받쳐놓고 앉아 남들이 웃으면 따라 웃었다. 오후 내내 윈스턴 가족은 그가 아주 어렸을 때처럼 행복했다.

윈스턴은 머릿속에서 그때의 기억을 밀어냈다. 잘못된 기억이었다. 가끔 잘못된 기억이 떠올라 그를 괴롭혔다. 다행히 그가 정확하게 알고 있는 한 별 문제는 없었다. 어떤 것은 일어난 것이고, 또 어떤 것은 일어나지 않은 것이다. 윈스턴은 체스보드로 몸을 돌리고 백색 나이트를 집어 들다가 떨어뜨리고 말았다. 그는 바늘에 찔린 것처럼 깜짝 놀랐다.

날카로운 나팔 소리가 공기를 갈랐다. 전쟁 소식이다! 승전보다! 뉴스에 앞서 울리는 나팔 소리는 승리를 뜻했다. 전기에 감전된 듯한 전율이 카페 안에 퍼졌다. 웨이터들마저 깜짝 놀라 텔레스크린에 귀를 기울였다.

나팔이 시끄러운 소리를 냈다. 벌써부터 격양된 목소리가 텔레스크린에서 흘러나왔지만 밖에서 나는 환호 소리에 묻혀버렸다. 승전보는 마술처럼 거리로 퍼져나갔다. 텔레스크린에서 나온 설명을 듣고 그의 예측대로 전쟁이 진행되었다는 사실을 알 수 있었다. 해상에서 커다란 함대가 적의 후미를 갑자기 습격했다. 흰색 화살표가 검은색 화살표의 꼬리를 가로지른 것이다. 승리를 알리는 단어가 소음 때문에 중간중간 끊겨서 들려왔다.

"대규모 전술로…… 완벽한 협력…… 완전히 뿌리 뽑아…… 오십만 명이 포로로…… 완전히 사기 저하…… 아프리카 전역을 얻어…… 종전이 가시적…… 승리…… 위대한 인간 승리…… 승리, 승리, 승리!"

윈스턴은 발을 탁자 밑에 가만히 두고 있을 수가 없었다. 몸은 자리에 그대로 앉아 있었지만 마음만은 재빨리 밖으로 뛰쳐나가 거리의 군중과 함께 귀가 잘 들리지 않을 만큼 환호성을 지르고 싶었다. 그는 다시 고개를 들어 빅 브라더의 초상화를 바라봤다. 세계 속에 우뚝 선 위대한 인물! 아시아 유목민들을 완전히 초토화시킨 바위 같은 인물! 10분 전만 해도, 그러니까 단 10분 전만 해도 그는 최전방에서 승리 소식이 전해질지, 패배 소식이 전해질지 몰라 안절부절못했다. 단순히 유라시아 군대가 패배했다는 의미 이상이었다! 그는 사랑부에서 보낸 첫날 이후로 많은 변화를 겪었다. 하지만 지금 이 순간까지 최종적이고 불가피한 치유의 변화는 아직 일어나지 않았다.

텔레스크린의 목소리는 여전히 포로와 노획물, 살육에 대해 주절대고 있었다. 하지만 밖에서 들리는 고함은 조금 줄어들었다. 웨이터들이 다시 일을 시작했고, 그들 가운데 하나가 빅토리 진이 든 술병을 들고 그에게 다가왔다. 윈스턴은 웨이터가 잔을 채우는 데는 신경도 쓰지 않고 행복한 몽상에 빠져 있었다. 그는 더 이상 펄쩍펄쩍 뛰거나 환호성을 지르지 않았다. 윈스턴은 완전히 용서받아 깨끗해진 영혼으로 다시 사랑부로 돌아갔다. 피고석에 앉아 모든 죄를 고백했고, 그가 아는 모든 사람들을 연루시켰다. 윈스턴이 햇빛 속을 걷는 기분으로 하얀 타일이 붙은 복도를 걷고 있을 때 그의 등 뒤에는 무장한 간수가 서 있었다. 오랫동안 기다려온 총알이 그의 뇌에 박혔다.

윈스턴은 고개를 들어 빅 브라더의 커다란 얼굴을 바라봤다. 그 검은 콧수염 밑에 숨겨진 미소를 알아내기까지 40년이 걸렸다. 잔인하고 덧없는 오해의 시절이여! 술 냄새가 밴 눈물 두 줄이 코 양옆으로 흘러내렸다. 하지만 이제 다 끝났다. 모든 것이 잘되었고, 투쟁은 끝났다. 윈스턴은 자신과의 싸움에서 승리했다. 그는 빅 브라더를 사랑했다.

신어의 원칙

신어는 오세아니아 공용어로 영사, 즉 영국식 사회주의의 이념적 요구에 맞추기 위해 개발되었다. 1984년까지는 말하거나 글을 쓸 때 신어를 유일한 의사소통 수단으로 사용하는 사람은 없었다. 〈타임스〉의 주요 기사는 신어로 쓰였지만 이런 일은 전문가들만 할 수 있는 아주 어려운 작업이었다. 그러나 2050년이 되면 신어가 구어(이른바 표준 영어)를 완전히 대체할 것으로 예측된다. 그동안 신어의 사용 범위는 꾸준하게 확대되었다. 당원들은 일상생활에서 점점 더 신어의 어휘와 문법 구조를 사용해 말하는 경향을 보이고 있다. 1984년에 사용된 신어는 신어사전 9쇄와 10쇄에 임시로 수록된 것으로, 그 속에는 삭제해야 할 불필요한 어휘와 고어가 많이 포함되어 있다. 여기에서 설명하려는 내용은 11쇄에 수록된 완벽한 최종본이다.

신어의 목적은 영사 신봉자들에게 걸맞은 세계관과 정신적 습관을 위한 표현 수단을 제공함과 더불어 영사 이외의 다른 사상을 갖지 못하도록 하는 데 있다. 적어도 사상이 언어에 의존하는 한 신어가 전면적으로 채택되고 구어가 잊히게 되면 이단적 사상, 다시 말해 영사 원칙에 위배되는 사상은 생각할 수도 없게 된다. 신어의 어휘는 당원이 적절히 표현하려는 모든 의미를 정확하고 미묘하게 나타낼 수 있도록 만든 반면, 다른 모든 의미와 간접적인 방법으로 의미를 전달할 가능성은 배제해버렸다. 이는 새로운 어휘를 창조해낸 덕분이기도 하지만 무엇보다 바람직하지 못하거나 비정통적인 의미를 지닌 낱말을 삭제하고, 어휘의 이차적 의미를 없앰으로써 가능해졌다. 한 가지 예를 들어보자. 신어에는 아직 '자유로운(free)'이라는 낱말이 남아 있다. 하지만 이 말은 '이 개에게는 이가 없다(This dog is free from lice)'라든지 '이 밭에는 잡초가 없다(This field is free from weeds)'라는 식의 문장에만 사용할 뿐 '정치적으로 자유로운(politically free)'이라든지 '지적으로 자유로운(intellectually free)'이라는 낡은 방식으로는 사용할 수 없다. 이는 정치적 자유라는 개념이 존재하지 않기 때문이다. 따라서 그런 낱말도 존재할 필요가 없는 것이다. 신어의 목적에는 분명하게 이단의 뜻을 지닌 낱말을 없애는 것과 별도로 어휘를 삭제하는 것도 포함된다. 따라서 없어도 괜찮은 어휘는 모두 사라졌다. 신어는 사고의 영역을 넓히기 위해서가 아니라 '줄이기' 위해 만들었고, 어휘 선택을 최소한도로 줄이는 것도 신어의 고안 목적을 달성하는 데 적지 않은 도움이 되었다.

신어는 표준 영어에 근거를 두고 있지만 오늘날 영어를 사용하는 사람들은 새로 만들어진 낱말이 들어 있지 않더라도 신어로 구성된 문장을 잘 이해하지 못한다. 신어의 어휘는 A어군, B어군(복합어라고도 한다), C어군으로 뚜렷하게 나뉜다. 각 어군을 분리해 설명하면 더 쉽겠지만 신어의 문법적 특성에 대한 설명은 A어군을 다루는 항목에서 할 것이다. 왜냐하면 세 어군에 공통적으로 똑같은 규칙이 적용되기 때문이다.

A어군

A어군은 먹다, 마시다, 일하다, 옷을 입다, 계단을 오르내리다, 차를 타다, 정원을 가꾸다, 요리하다 등 일상생활과 관련된 단어로 구성되어 있다. 여기에는 이미 사용하는 낱말인 '치다(hit)', '달리다(run)', '개(dog)', '나무(tree)', '설탕(sugar)', '집(house)', '들판(field)' 등이 포함되어 있다. 이러한 것들은 오늘날의 영어 어휘와 비교하면 그 수가 매우 적고, 뜻도 엄격하게 제한되어 있다. 이 어군에서는 의미가 모호하거나 다른 것과 미묘한 차

이가 있는 낱말이 모두 사라졌다. 이 어군의 낱말들이 신어로 쓰인다면 분명한 '하나'의 개념을 표현하는 단음어가 될 것이다. A어군의 어휘를 문학적인 목적이나 정치적·철학적 논쟁에 사용하는 것은 아예 불가능하다. 이 어휘들은 구체적 대상이나 물리적 행위를 포함해 단순하고 의도적인 사고만을 표현하게 만들어졌다.

신어에는 두 가지 뚜렷한 문법적 특성이 있다. 첫 번째는 문장의 어느 부분에서나 자유롭게 위치를 바꿔 쓸 수 있다는 점이다. 신어에서는 어떤 단어든(원칙적으로는 '만약if'이나 '언제when' 같은 추상어까지 적용된다) 동사와 명사, 형용사, 부사로 쓸 수 있다. 그리고 동사와 명사의 어근이 같은 경우 어떤 어미변화도 없는데, 이러한 규칙 덕분에 많은 고어의 형태가 사라질 수 있었다. 가령 신어에는 '사상(thought)'이라는 단어가 없다. 그 대신 '생각하다(think)'라는 단어로 대체되었는데 이는 한꺼번에 동사와 명사 역할을 한다. 여기에는 어떤 어원적인 원칙도 적용되지 않는다. 경우에 따라 원래 명사인 낱말이 명사로도, 동사로도 사용될 수 있다. 심지어 비슷한 뜻을 지닌 명사와 동사가 어원적으로 아무런 관련이 없을 때도 그중 하나는 폐기된다. 예를 들면 '자르다(cut)'라는 낱말은 없고, 명사와 동사로 모두 쓸 수 있는 명동사인 '칼(knife)'이라는 말로 의미를 충분히 나타낼 수 있다. 한편 형용사는 명동사에 접미사 '-로운(-ful)'

을 붙여서 만들고, 부사는 '-롭게(-wise)'를 붙여서 만든다. 이렇게 만든 신어 가운데 '속도로운(speedful)'은 '빠른(rapid)'을, '속도롭게(speedwise)'는 '빨리(quickly)'를 뜻한다. 오늘날 사용되는 '좋은(good)', '튼튼한(strong)', '큰(big)', '검은(black)', '부드러운(soft)' 같은 형용사는 그대로 남아 있는 몇 안 되는 경우다. 명동사에 '-로운(-ful)'을 붙이면 거의 모든 형용사적 의미를 표현할 수 있으므로 따로 형용사가 필요 없게 된 것이다. 부사는 '-롭게(-wise)'로 끝나는 단어 몇 개를 빼곤 현재까지 남아 있는 것이 거의 없다. 모든 부사는 접미사 '-wise'가 붙게 되어 있다. 예를 들어 '잘(well)'이라는 낱말은 '좋은롭게(goodwise)'로 대체되었다.

게다가 어떤 낱말이든 접두사 '안(un-)'을 붙여서 부정의 의미로 만들 수 있고, '더욱(plus-)'을 붙이면 뜻을 강조할 수 있다. 이 또한 원칙적으로 신어의 모든 낱말에 적용된다. 뜻을 좀 더 강조하려면 '더욱더(doubleplus)'를 붙이면 된다. 다시 말해 '안 추운(uncold)'은 '따뜻한(warm)'을 의미하고, '더 추운(pluscold)'과 '더욱더 추운(doublepluscold)'은 각각 '매우 추운(very cold)'과 '최고로 추운(superlatively cold)'을 뜻한다. 또한 오늘날의 영어에서처럼 '전(ante-)', '후(post-)', '위(up-)', '아래(down-)' 등 전치사인 접두사를 사용해 거의 모든 단어의 의미를 바꿀 수 있다. 이런 방법을 사용하면 무엇보다 어휘의 개수를 크게 줄일 수 있다.

예를 들어 '좋은(good)'이라는 단어가 있기 때문에 '나쁜(bad)'이라는 말은 없어도 된다. 왜냐하면 '안 좋은(ungood)'이라는 단어로 훌륭하게 표현될 수 있어서다. 두 개의 낱말이 반대의 뜻을 갖고 짝을 이루는 경우에 둘 중 하나는 사라지게 된다. 가령 '어두운(dark)'을 '안 밝은(unlight)'으로 바꿔 쓰거나 '밝은(light)'을 '안 어두운(undark)'으로 바꿔 쓸 수 있다.

신어 문법의 두 번째 특성은 규칙이 일관적이라는 점이다. 다음에 언급할 몇 가지 예외를 제외하고 모든 어형 변화는 동일한 규칙을 따른다. 말하자면 모든 동사의 과거형과 과거분사형이 똑같이 '-ed'로 끝나는 것이다. 예를 들어 '훔치다(steal)'의 과거형은 '훔쳤다(stealed)'이고 '생각하다(think)'의 과거형은 '생각했다(thinked)'이다. 모든 동사의 과거형이 이런 식이므로 '수영했다(swam)', '주었다(gave)', '가져왔다(brought)', '말했다(spoke)', '취했다(taken)' 등은 폐기된다. 한편 모든 복수형은 '-s'나 '-es'를 붙여서 만든다. 그래서 '사람(man)', '황소(ox)', '인생(life)'의 복수형은 각각 'mans', 'oxes', 'lifes'가 된다. 형용사의 비교형도 모두 '-er', '-est'(good, gooder, goodest)를 붙여서 만든다. 따라서 불규칙형과 'more', 'most'를 취하는 형태는 사용하지 않는다.

불규칙활용이 여전히 허용되는 것은 대명사, 관계대명사, 지시형용사, 조동사뿐이다. 이들은 모두 과거의 용법을 그대로 따른다. 다만 이 중에서 'whom'은 필요 없기 때문에 폐기되고 'shall'과 'should' 또한 사라졌는데, 'will'과 'would'가 그 역할을 대신한다. 더 빠르고 손쉬운 대화를 위해 만들어진 낱말에도 몇 가지 불규칙적인 요소가 있다. 발음하기 어렵거나 엉뚱하게 들리기 쉬운 낱말은 추방해야 할 나쁜 말로 여겨졌다. 어느 때는 듣기 좋은 음조가 되도록 편의상 특정한 글자를 집어넣거나 고어 형태를 그대로 사용하기도 한다. 그러나 이 같은 필요성은 주로 B어군과 관련되어 있다. 아주 쉬운 발음의 중요성에 대해서는 이 글의 후반부에서 설명하겠다.

B어군

B어군은 정치적 목적을 위해 고안된 단어들로 구성된다. 그래서 이 단어들은 어떤 경우에서든 정치적 의미를 품고 있는데, 한편으로는 단어를 사용하는 사람들에게 바람직한 정신 자세를 갖게 하려는 의도가 깔려 있다. 당연히 영사 원칙을 충분히 이해하지 않으면 이들 단어를 정확하게 사용할 수 없다. 몇몇 경우엔 단어가 구어나 심지어 A어군의 말들로 번역되기도 하지만 이때는 보통 긴 문장이 요구되는 데다 정확한 원문의 맛을 잃어버리게 된다. B어군은 구술적 속기문자 같은 것이다. 이는 종종 전체 사고 영역을 몇 개 음절로 축약한 것이며, 일반 언어보다 더 정확하고 강력하게 표현된다.

모든 B어군은 복합어다('음성기록하다speakwrite'와 같은 복합어는 물론 A어군에 속하지만 이런 것은 단지 편의상 약어일 뿐 어떤 특별한 이념적 색채를 띠지는 않는다). 이 단어들은 둘 이상의 단어 또는 단어의 부분들로 이루어져 있을 뿐 아니라 발음하기 쉬운 형태로 결합되어 있다. 이렇게 만든 복합어는 언제나 명동사로, 일반적인 규칙에 따라 어미가 변한다. 가령 '좋은 사고(goodthink)'라는 낱말은 대체로 '정통(orthodoxy)'을 의미하는데, 만약 이를 동사로 사용하면 '정통적 방법으로 생각하다'라는 뜻이 된다. 이 단어의 어미변화는 명동사는 'goodthink', 과거와 과거분사는 'goodthinked', 현재분사는 'goodthinking', 형용사는 'goodthinkful', 부사는 'goodthinkwise', 동사적 명사는 'goodthinker'가 된다.

B어군은 일정한 형태의 어원적 계획에 따라 만든 것이 아니다. 이 단어들은 문장 어디에서 쓰이건, 어떤 순서로 놓이건 상관없다. 원래 의미를 손상하지 않는다면 발음의 편이성을 위해 일부를 삭제하기도 한다. 예를 들어 '사상범죄(crimethink)'라는 단어에서는 'think'가 뒤에 오지만 '사상경찰(thinkpol)'에서는 앞에 온다. 그리고 뒷부분의 '경찰(police)'이라는 낱말에서는 둘째 음절이 삭제되었다. B어군에서는 음조를 살리기가 아주 어려워 A어군에서보다 불규칙형을 더 많이 사용한다. 예를 들어 '-trueful', '-paxful', '-loveful'의 발음이 어색하기 때문에

'진부(Minitrue)', '평부(Minipax)', '사부(Miniluv)'의 형용사형은 각각 'Minitruthful', 'Minipeaceful', 'Minilovely'로 쓰인다. 그러나 원칙적으로 B어군의 모든 낱말은 어미변화가 가능하며 똑같은 규칙에 따라 바뀐다.

B어군 가운데는 뜻이 미묘해 언어에 대해 완벽하게 이해하지 못한 사람은 이해하기 어려운 낱말들이 있다. 〈타임스〉 사설에서 볼 수 있는 "구사고인은 영사를 불감한다(Oldthinkers unbellyfeel Ingsoc)"라는 문장을 살펴보자. 이것을 구어로 간단히 번역하면 "혁명 전에 사고가 형성된 사람은 영국식 사회주의의 원칙을 마음속 깊이 이해할 수 없다"는 뜻이다. 그러나 이는 적절한 번역이 아니다. 앞의 문장에 들어 있는 신어의 의미를 완전히 파악하려면 먼저 '영사'의 의미부터 정확하게 알아야 한다. 사실 영사에 해박한 사람만이 오늘날에는 도저히 상상할 수 없는 맹목적이면서도 열성적인 수용을 뜻하는 '감하다(bellyfeel)'라는 단어나 사악함과 쇠퇴함의 개념이 혼합된 '구사고(oldthink)'라는 단어를 이해할 수 있고, 그 실제 힘을 파악할 수 있다. 신어의 어떤 낱말은 '구사고'처럼 뜻을 표현하기보다는 파괴하는 기능이 있다. 하지만 필연적으로 그 숫자는 적은데, 그렇더라도 이 단어들은 하나의 포괄적인 용어로 그 뜻을 충분히 나타낼 수 있기에 오늘날 잊히거나 삭제될 수 있는 어휘들의 의미까지 포함할 정도로 의미가 확대되었다.

신어사전의 편찬자들이 직면하는 가장 어려운 문제는 새로운 어휘를 만들어내는 일이 아니라 그것들을 만든 뒤 의미를 확인하는 것이다. 말하자면 새로운 어휘가 늘어나는 데 맞춰 삭제해야 할 어휘 범위를 확실하게 결정하는 일이다.

  이미 '자유로운(free)'이라는 단어를 예로 들어 살펴본 것처럼 이단적인 뜻을 지닌 어휘가 편의상 남아 있는 경우도 있는데, 이는 바람직하지 못한 의미가 모두 제거된 상태이기 때문이다. 그동안 명예(honor), 정의(justice), 도덕(morality), 국제주의(internationalism), 민주주의(democracy), 과학(science), 종교(religion) 등 수많은 단어의 존재가 중단되었다. 그리고 몇몇 포괄적인 어휘가 이들을 대신했다. 대신한다는 것은 곧 이 단어가 사라진다는 뜻이다. 예를 들어 자유와 평등의 개념과 유사한 모든 단어는 '사상범죄(crimethink)'라는 단어에 포함되고, 객관성이나 합리주의 개념과 유사한 낱말들은 '구사고(oldthink)'라는 단어에 포함된다. 이는 의미를 정확하게 하는 것이 위험하기 때문이다. 당원들에게 요구되는 것은 잘 알지도 못하는 상태에서 다른 민족은 모두 '잘못된 신'을 숭배한다고 믿었던 고대 히브리인들처럼 편협한 사고방식을 갖는 것이다. 히브리인들은 그런 거짓 신들이 '바알'이나 '오시리스', '몰록', '아스다롯' 등으로 불린다는 사실도 알려고 하지 않았다. 이는 아마도 그런 것들을 잘 모를수록 자신들의 정통성을 지키는 데 더 유리하다고 판단했기 때문일 것이다. 그들은 여호와와 계명만을 알고 있었다. 따라서 다른 이름이나 속성을 지닌 신들은 잘못된 신으로 여길 수밖에 없었다. 이와 비슷하게 당원들은 올바른 행위가 어떤 것인지를 인지하고 있으며, 그 올바른 행위에서 어떤 식으로 일탈이 가능한지를 아주 모호하면서도 포괄적인 용어로 알고 있다. 예를 들어 당원들의 성생활은 성적 부도덕성을 뜻하는 '성범죄(sexcrime)'와 정절을 뜻하는 '선한 성(goodsex)'이라는 두 가지 신어로 철저하게 규제된다. 여기에서 '성범죄'는 모든 성적 탈선을 뜻하는데, 간음이나 간통, 동성애, 성도착뿐 아니라 성행위 자체를 위한 정상적인 성교까지 포함한다. 이런 행위는 모두 처벌받아 마땅한 죄이고, 원칙적으로 사형에 처할 수 있기에 일일이 설명할 필요가 없다. 과학과 기술 용어로 이루어진 C어군에서는 성적 탈선에 전문용어를 붙일 필요가 있을지 모르지만 시민에게는 그럴 필요가 없다. 그들은 '선한 성'의 의미를 알고 있다. 이는 부부 사이에서 육체적 쾌감을 느끼지 않고 오로지 아이를 갖기 위해 하는 성교이며, 그 밖에는 모두 '성범죄'에 해당한다. 신어에서는 어떤 것이 이단적인 사상인지 인식할 수 있으며, 거기에서 좀 더 나아가 이단적 사상을 추구할 수도 없다. 그 선을 넘어서는 데 필요한 단어가 존재하지 않기 때문이다.

B어군에는 이념적으로 중립적인 단어가 없다. 수많은 단어

는 완곡어법의 형태를 띠고 있다. 예를 들어 노동교화소를 뜻하는 '기쁨교화소(joycamp)'나 실은 전쟁부인 '평화부(Minipax)' 같은 낱말인데, 이것들은 이름과 정반대의 뜻을 가진다. 어떤 낱말은 오세아니아 사회의 본질을 노골적이고 경멸적으로 나타내기도 한다. 그중 하나가 당이 대중에게 제공하는 시시껄렁한 오락과 허위 보도를 뜻하는 '프롤 먹이(prolefeed)'라는 낱말이다. 또 당에 적용하면 좋은 뜻이고 적에게 적용하면 나쁜 뜻인 양면성을 가진 단어들도 있다. 언뜻 보면 단순한 약어 같지만 실제로는 그 의미보다는 구조에 따라 이념적인 색채를 띠는 단어도 꽤 많은 편이다.

조금이라도 정치적인 의미를 띠거나 그럴 가능성이 있는 낱말은 대부분 B어군에 적합하다. 한편 조직과 신체, 학설, 지역, 제도, 공공건물의 명칭은 축약된다. 다시 말해 본래의 뜻을 살리되 음절을 최소화해 발음하기 쉬운 하나의 단어로 만든다. 대표적인 예로 윈스턴 스미스가 근무하던 진실부 안의 '기록국'은 '기국(Recdep)'으로, '소설국'은 '소국(Ficdep)'으로, '텔레스크린프로그램국'은 '텔레국(Teledep)'으로 부른다. 단어를 줄이는 일은 단순히 시간을 절약하기 위해서만은 아니다. 20세기 초에도 정치적 단어와 구절이 수십 년에 걸쳐 축약되는 특성이 나타났다. 그리고 이 같은 종류의 약어를 사용하는 추세는 전체주의 국가나 전체주의 체제에서 가장 두드러졌다. '나치(Nazi)', '게슈타포(Gestapo, 나치의 비밀경찰―옮긴이)', '코민테른 (Comintern, 국제공산당―옮긴이)', '인프레코르(Inprecorr, 코민테른 기관지―옮긴이)', '아지트프로프(Agitprop, 선전이나 선동―옮긴이)'와 같은 단어들이 그 예다.

처음에 이들 어휘는 무의식적으로 사용되었다. 하지만 신어의 경우에는 처음부터 의식적인 목적으로 사용되었다. 이런 식으로 명칭을 약어화하면 명칭에서 연상할 수 있는 다양한 의미가 거의 제거되므로 뜻이 한정되고 미묘하게 변화할 것이라 예측되었다. '국제공산당(Communist International)'이란 단어는 보편적인 인류애와 붉은 깃발, 바리케이드, 카를 마르크스, 파리 코뮌 등으로 이루어진 하나의 복합적인 그림을 머릿속에 연상시킨다. 그 반면 '코민테른'이란 낱말은 엄격하게 조직된 단체와 분명하게 정의된 교리를 암시할 뿐이다. 이것은 의자나 책상처럼 아주 쉽게 인식되며, 제한된 대상을 가리키는 것이 목적이다. '코민테른'은 거의 생각을 하지 않으면서 말할 수 있는 단어지만 '국제공산당'은 잠깐이라도 생각이 요구된다. 이와 마찬가지로 '진부(Minitrue)'라는 낱말은 '진실부'에 비해 연상의 폭이 훨씬 좁아 통제하기 쉽다. 이 때문에 가능하면 언제든지 생략하려는 습관이 생겨날 뿐 아니라 단어를 쉽게 발음하려고 노력하게 된다.

신어에서는 정확한 단어의 의미 다음으로 쉬운 발음을 중요하게 생각한다. 쉽게 발음하는 데 필요하다면 문법도 무시된다. 이는 당연한 현상으로 생각되는데, 정치적인 목적을 위해서는 빨리 발음할 수 있으면서 화자의 뇌리에 다른 연상을 불러일으키지 않는 분명한 의미를 지닌 짧은 약어들이 요구되기 때문이다. B어군의 낱말들이 거의 모두 비슷하게 조합되었다는 것도 강점으로 작용한다. 가령 goodthink, Minipax, prolefeed, sexcrime, joycamp, Ingsoc, bellyfeel, thinkpol과 같이 수많은 단어가 첫 음절과 마지막 음절 사이에 강세가 붙는 음절 두어 개로 이루어져 있다. 이런 단어를 사용하면 단음과 단조로운 억양 덕분에 주절대듯 빠르게 말할 수 있다. 이것이 바로 신어의 목적이다. 신어의 의도는 언어, 그중에서도 특히 이념적으로 중립적인 언어를 의식과 독립적으로 존재하게 하는 것이다. 일상생활에서는 말하기 전에 생각하는 것이 반드시 또는 이따금 필요하다. 하지만 정치적이나 윤리적인 판단을 내려야 하는 당원은 당의 의견을 마치 기관총에서 튀어나오는 속사포처럼 자동으로 설명할 수 있어야 한다. 이런 방식에 숙달되면 언어는 누구에게나 손쉬운 표현 수단이 된다. 한편 단어의 질감은 소리가 격해지면서 영사 정신에 적합한 의도적인 추악함을 배가하게 된다.

선택할 낱말 수가 아주 적다는 사실도 빨리 말하는 데 도움이 된다. 일반적인 언어와 비교하면 신어의 어휘 수는 아주 적은데도 그 수를 더욱 줄이기 위한 방법을 계속해서 모색하고 있다. 해마다 어휘 수가 늘지 않고 오히려 줄어들고 있다는 점은 신어가 다른 모든 언어와 구별되는 특성이다. 어휘 선택의 범위가 좁을수록 사고하려는 유혹도 그만큼 적어지기에 매년 어휘 수가 감소하는 것은 당의 관점에서는 이득이다. 궁극적으로는 뇌신경을 전혀 쓰지 않고 목구멍에서 나오는 대로 말하는 것이 목표다. 이러한 의도는 '오리처럼 꽥꽥거리다'라는 뜻인 '오리말(duckspeak)'이라는 신어에 분명하게 나타난다. B어군의 다른 낱말들처럼 '오리말' 또한 그 의미가 모호하고 양면적이다. 만약 꽥꽥거리며 말한다는 단어가 정통적으로 사용되면 이는 칭찬을 뜻한다. 따라서 〈타임스〉가 당의 한 연사를 두고 "더욱더 좋은 오리말 연사(doubleplusgood duckspeaker)"라고 평했다면 그는 더없이 따뜻한 호평을 받은 셈이다.

   C어군

   C어군은 A어군과 B어군을 보조하는 말로, 과학적이거나 기술적인 용어로 구성되어 있다. 이 단어들은 현재 사용하는 과학 용어와 비슷한데, 같은 어근에서 파생되었기 때문이다. 그러나 C어군의 용어들은 좀 더 엄격하게 정의되었으며, 바람직하지 못한 의미는 지속적으로 제거되었다. C어군의 용어들 또한 다른 두 어군의 낱말들과 똑같은 문법적 규칙을 따른다. 단

지 C어군의 낱말들은 일상생활이나 정치에서는 잘 사용되지 않을 뿐이다. 과학자나 기술자들은 각자의 전문 분야에 배정된 단어에서 낱말들을 모두 찾을 수 있다. 하지만 다른 분야의 목록에 있는 단어는 피상적으로 알고 있을 뿐 거의 이해하지 못한다. 모든 목록에 공통으로 쓰이는 단어는 아주 적으며, 전문적인 과학 분야를 제외하고 과학의 기능을 하나의 정신 습관이나 사고방식으로 표현할 어휘는 없다. 사실 '과학'이라는 단어도 사라졌는데, 이미 '영사'로 대체되었기 때문이다.

이상의 설명에서 알 수 있듯 신어에서는 아주 낮은 수준을 제외하고는 비정통적인 의견을 표현할 길이 거의 없다. 물론 난폭한 이단적인 표현이나 불경스러운 말은 가능하다. 예를 들어 "빅 브라더는 안 좋다(Big Brother is ungood)"라고 말할 수도 있다. 하지만 정통주의자의 귀에는 분명히 모순되게 들릴 이런 말에는 논쟁에 필요한 단어가 없고, 그렇기 때문에 그 자체로 마땅한 논쟁거리가 될 수 없다. 영사를 적대시하는 생각은 말로 표현할 수 없는 모호한 상태로만 할 수 있다. 설령 그것을 겉으로 나타낼 수 있다고 해도 이단적인 어휘들을 모두 모아 한 덩어리로 만들어 정의할 수도 없는 막연한 말로 표현할 뿐이다. 다만 신어를 맞지 않는 구어로 번역해 비정통적인 목적에 사용할 수는 있다. 예를 들어 "모든 인간은 동등하다(All mans are equal)"라는 문장을 신어로 표현할 수는 있어도 그 의미를 지금의 구어로 바꿔보면 "모든 인간은 머리카락이 붉다 (All men are redhaired)"라는 의미가 될 뿐이다. 여기에 문법적인 오류는 없지만 그 뜻은 모든 인간의 신장과 체중, 체력이 똑같다는 식의 엉뚱한 내용이 되어버린다. 정치적인 평등 개념이 더는 존재하지 않기에 '동등한(equal)'이라는 단어의 이차적인 의미도 사라진다. 구어를 여전히 일반적인 의사소통 수단으로 사용하던 1984년에는 이론적으로 신어의 어휘가 사용되었기에 원래 뜻을 기억하고 있을 가능성이 있었다. 하지만 '이중사고'를 깊이 이해하는 사람은 이런 위험을 쉽게 피할 수 있고, 두 세대가 지나기 전에 그런 실수를 저지를 가능성은 사라졌다. 가령 체스에 대해 한 번도 듣거나 보지 못한 사람이 '퀸(queen)'이나 '루크(rook)'의 이차적 의미를 모르듯, 신어를 유일한 언어로 익히며 자라온 사람들은 '동등한(equal)'이라는 단어가 한때 '정치적으로 평등한(politically equal)'이라는 이차적인 의미였고, '자유로운(free)'이라는 단어 또한 한때 '지적으로 자유로운(intellectually free)'이라는 의미였다는 사실을 전혀 모를 것이다. 이름이 없고 생각할 수도 없기 때문에 저지르지 못하는 범죄와 오류가 크게 늘어날 것이다. 앞으로 신어의 특징은 더욱더 뚜렷해지고, 단어 수는 점점 줄어들고, 의미는 훨씬 더 엄격해지고, 잘못 사용할 기회는 점점 줄어 거의 없어질 것으로 예측된다.

일단 구어 사용이 완전히 중단되면 과거와의 유대도 완벽히 단절될 것이다. 역사는 이미 다시 쓰였지만 과거의 문학 작품은 불완전한 검열 탓에 단편적으로 여기저기 남아 있는 상태다. 구어에 대한 지식이 있다면 누구나 그것을 읽을 수 있다. 하지만 앞으로는 이런 문학 작품이 우연히 남아 있다 하더라도 이해와 번역이 불가능할 것이다. 기술적인 과정이나 아주 간단한 일상적 활동 또는 이미 정통적인 내용, 즉 신어 표현으로 '좋은 사고'가 아니라면 구어로 된 글을 신어로 번역하는 일은 아예 불가능해질 것이다. 다시 말해 1960년 이전에 쓰인 책은 어떤 것이든 완전히 번역될 수 없다는 것을 뜻한다. 혁명 이전의 문학은 오직 이념적인 번역, 요컨대 언어뿐 아니라 그 의미까지 바뀐 번역으로만 존속할 수 있을 것이다. 미국 독립선언문 가운데 유명한 글귀를 예로 들어보자.

우리는 다음 사실을 자명한 진실로 믿는다. 모든 인간은 평등하게 태어났고, 창조주로부터 남에게 양도할 수 없는 권리를 부여받았다. 여기에는 생명과 자유와 행복을 추구할 권리도 포함된다. 정부는 이러한 권리를 보장하기 위해 수립되었으며, 정부 권력은 통치에 대한 국민 합의에서 나온다. 특정 형태의 정부가 이러한 목적을 파괴하면 국민은 곧바로 그 정부를 바꾸거나 폐지하고 새로운 정부를 세울 권리가 있다······.

이 원문의 의미를 그대로 유지하면서 신어로 번역하는 것은 불가능하다. 원래 의미에 따라 가장 가깝게 번역해도 전체 문장은 '사상범죄'라는 단 한 마디 말로 축약될 것이다. 완전한 번역은 오직 이념적 번역밖에 없기 때문에 제퍼슨의 이 글은 절대적인 정부에 대한 찬사로 바뀐다.

실제로 과거 문학 작품의 상당수가 이런 방식으로 변형되었다. 과거의 권위를 고려해 몇몇 역사적 인물들에 대한 기억은 그대로 보존하는 게 바람직하다. 한편 이들의 업적은 영사 철학과 서로 통하게 되었다. 그 결과 셰익스피어, 밀턴, 스위프트, 바이런, 디킨스 등 다양한 작가의 작품을 번역하고 있다. 물론 이 작업이 끝나면 작가들의 원작은 아직 남아 있는 과거의 문학 작품들과 함께 파괴될 것이다. 기간이 오래 걸리고 까다로운 번역 작업이어서 21세기가 시작되고도 10년에서 20년대 사이에는 마칠 수 없을 것으로 보인다. 게다가 이런 방식으로 번역해야 할 실용서, 즉 꼭 필요한 기술 안내서 등의 양도 상당하다. 신어의 최종 채택이 2050년으로 늦춰진 가장 큰 이유도 번역의 예비 작업에 필요한 시간을 확보하기 위해서다.

옮긴이 박준형

서울외국어대학교 통번역대학원에서 한영 통번역 석사 학위를 받았다. 경제지 기자를 거쳐 현재 출판번역 에이전시 베네트랜스에서 전문 번역가로 활동하고 있다.

1984

초판 1쇄 발행 | 2019년 7월 15일

지은이 | 조지 오웰
옮긴이 | 박준형

펴낸이 | 이삼영
펴낸곳 | 별글
블로그 | http://blog.naver.com/starrybook
등록 | 제 2014-000001 호
주소 | 경기도 고양시 덕양구 고양대로 1393, 2층 3C호(성사동)
전화 | 070-7655-5949   팩스 | 070-7614-3657

ISBN 979-11-89998-08-0
       979-11-86877-81-4(세트)

• 별글은 독자 여러분의 책에 대한 아이디어와 원고 투고를 기다리고 있습니다. 책 출간을 원하시는 분은 이메일 starrybook@naver.com으로 간단한 개요와 취지, 연락처 등을 보내주세요.